U0476856

有一种力量,叫文学;
有一种美好,叫回忆;
有一种感动,叫青春;
有一种生命,在鲁院!

鲁迅文学院「百草园」书系

黄河流经的村落

张行健 ◎ 著

在审视黄土黄河文明，表达普世关爱的同时，在剖析浓郁乡愁的间隙，充盈着乡土历史纠结的张力，也给我们的灵魂带来震撼和温暖。

HUANGHE LIUJING DE CUNLUO

江西高校出版社

图书在版编目（CIP）数据

黄河流经的村落 / 张行健著. —南昌：江西高校出版社，2017.6

（鲁迅文学院"百草园"书系）
ISBN 978-7-5493-5527-3

Ⅰ.①黄… Ⅱ.①张… Ⅲ.①散文集－中国－当代 Ⅳ.①I267

中国版本图书馆CIP数据核字(2017)第123376号

出 版 发 行	江西高校出版社
社　　　 址	江西省南昌市洪都北大道96号
总编室电话	（0791）88504319
销 售 电 话	（0791）88595089
网　　　 址	www.juacp.com
印　　　 刷	北京一鑫印务有限责任公司
经　　　 销	全国新华书店
开　　　 本	700mm×1000mm　1/16
印　　　 张	19.5
字　　　 数	245千字
版　　　 次	2017年6月第1版 2020年7月第2次印刷
书　　　 号	ISBN 978-7-5493-5527-3
定　　　 价	49.00元

赣版权登字-07-2017-572

版权所有　　侵权必究

图书若有印装问题，请随时向本社印制部（0791-88513257）退换

目录 Contents

婆娘们 …………………………………… 1
北方的庄稼汉 …………………………… 5
阳光切入麦穗 …………………………… 12
故乡的冬 ………………………………… 15
苜蓿地 …………………………………… 21
水　井 …………………………………… 30
牧　羊 …………………………………… 36
犁　地 …………………………………… 46
耙　地 …………………………………… 54
乡村牲畜 ………………………………… 64
少年十食 ………………………………… 108
骑车子咏叹调 …………………………… 129
岳阳五章 ………………………………… 152
西部四章 ………………………………… 163
黔地四章 ………………………………… 189
疆地二章 ………………………………… 201
春雨东岳庙 ……………………………… 212
寻胜师家沟 ……………………………… 231
槐根之吟 ………………………………… 260
黄河流经的村落 ………………………… 263
大河长吟 ………………………………… 270

汾河岸畔有翠竹……………………………………282
日子如水流走多少小说情绪……………………287
阅读与思索：创作的精神烛照……………………292
作家应成为社会的精神脊梁（访谈）…………300

婆娘们

我们这方土地生长五谷杂粮，生长击壤歌生长古老的传说，也生长着一群群和男人们一样野性十足的婆娘们。

水土硬，吃着这水土的人们的话自然也硬。婆娘，漂亮而硬朗的字眼，当姑娘们遮着红盖头在欢快的唢呐和猛烈的爆竹声里或忧或喜地迈进男人家门槛的时候，和她们的祖母母亲姑姑妗子们年轻时一样，便结束了少女的无忧无虑的日子，便失却了昔日家庭里的两棵乘凉的大树，便拥有了这个沉沉甸甸、掷地有声的称谓，便挑起了与这个称谓一样沉重如山的生活……

成了婆娘的女人们最会用女人的眼光打量自己的汉子，或婚前自由相识或父母一手包办或两家换亲而成，经过那暴风骤雨的激烈，动人心魄的销魂抑或令人心悸使人亢奋痛苦发狂的难忘之夜后，一切都平静得如同黄土峁上无风无沙的小树林一般，抹去喜悦或酸楚的两滴莹莹泪珠，她们认认真真地掂量往后的日月了。

在婆婆慈善而留意甚或锥子般目光的盯视下，她们开始了穿针引线缝纫织布蒸馍发糕晒酱淋醋，只有这会儿才发觉做姑娘时学的给情郎纳鞋垫儿给老爹擀面条儿的那点小玩意少得可怜少得苍白，愧疚地羞红着脸子学一点操持家务的真本领了。

随着肚皮的日日鼓起婆娘们的胆儿也日日大起，家族的希望之根和女人引以为傲的资本全膨胀在里面，便敢拣着花样吃偏食赶鸭子般摇摆着到邻家坐在炕棱边台阶上与另外的婆娘们一起，数落婆婆的不是，埋怨公公的毛病更不把小姑子放在眼里……在某日的黄昏或黎明，一阵撕心裂肺的呼喊声把一个小农家的心都悬到房梁上，无须花钱无须上医院，横在自家炕头上有婆婆有土接生婆子就行，婆娘们披头散发，痛急了骂天骂地骂自家狠心的汉，全没有城里娘儿们那般娇贵那般做作。汗珠从额上淌下，毅力韧劲也从紧咬的牙缝里流出……

哇——

一声崭新的生命的呐喊，这一辈子的依托就在血光里进出，进出家庭的未来进出婆娘们的地位。从此，她们全没有当姑娘时的羞涩，敢在街口掀开衣襟亮出白晃晃的奶子往娃娃口里塞；敢张开嘴巴放开嗓门无所顾忌地大笑；敢用粗俗的话语回敬同样粗俗的男人们……

婆娘们懂得来身子但不懂得什么是例假，她们的身上永远写着繁忙和动弹的字眼，即使骨头发软情绪烦躁时，也得照样走到田野里，走成男人的左右手，拣豆苗栽红薯点玉米插高粱摘棉花，把那六七天里的一朵朵血红染成傍晚最壮丽的残霞。汉们摇耧的时候，她们也驴一样地驾起耧杆，把腰肢弯曲成优美的象形文字，把滚圆结实的臀部高高撅起，撅成一块丰饶富庶的责任田一面由你耕耘任你播种的黄土高坡。

也挨汉子的暴打。常常是因顶了公公的嘴、和婆婆生了气或是分家时为了争那三个细碟两只蓝花碗与妯娌们红了脸。她们受不了男人们雨点般的拳头，裹了包袱红肿着眼窝返向那条只有逢年过节才走的小路，把一肚子委屈哭诉给娘家父母，这委屈便少了一半。另一半儿是在以后两天里消失的，第三天便倚在娘家门口，边给老爹纳鞋底边拿眼窝留意对面山上的小路儿。她们惦念那个属于自己的实实在在的小家，鸡儿喂不好就会到别家吃食下蛋；猪儿不能按时喂年底肯定出不了槽；娃子们会时时念叨妈妈的，那个"狠心贼"不会做饭就胡吃乱喝，他原本就有胃病的哟……本来红肿的眼窝被焦虑折磨得下塌了……终于，对面山路上显出了三个小黑点，前面蹦蹦跳跳的是儿子，中间是披着枣红被子脖子里挂着铃铛的小毛驴儿，最后那个最熟悉不过的影子正是她的汉……她们口里骂着那个"挨砍刀的"，心旌却飘摇起来，脸儿也笑成了一朵黑牡丹……

婆娘们懂得对土地的爱更懂得对自家男人的爱，这种爱建立在这个红红火火热热闹闹的家庭之上。她们有细腻温柔的另一个世界，在无数个夜晚里她们用粗糙的手指给男人挖痒，用和风细雨消除男人的疲劳，用宽阔的胸脯做一面床，让男人在上面淋漓尽致地做一个甜蜜而疯狂的梦，然后共同去迎接又一个繁忙而艰辛的明天。

婆娘们又是乡间哀乐的制造者。左邻右舍过世了老人，婆娘们挂一脸忧伤义不容辞地来到灵柩前哀哀地哭唱出动听的音乐，常常走进角色宣泄出真情实感，涕与泪交织在一起流成一条条白色的小河。她们叹日月的艰难，哭命运的不幸，哭别人哭自己，哭出一片悲凄的氛围，哭出了纯朴厚道的传统风俗，多少年便一直传下来哭出一片深沉悲哀的殡葬文化。

婆娘们最有母亲的慈爱和儿媳的孝敬，她们宁可一年不吃一颗鸡蛋从牙缝里紧巴出几个给儿子交学费的钱，宁可自家衣裤多补几个补丁也要让汉子穿着体面地走在人们前面。随着岁月的推移和推移的岁月在她们额上雕刻下纹路的延长而儿子也有了小婆娘的时候，婆娘们更透彻地懂得了如何对待自己的婆婆和媳妇，自个儿如何做婆婆的媳妇和媳妇的婆婆，这双重身份把婆娘们推到一个家庭历史的交叉点上，便少了些许张狂多了几分庄重，和男人一起舵手般驾驭着这一叶家庭的小船更稳妥地驶进那波涛汹涌的岁月大海里……

没有男人的日子是没有太阳的阴暗日子，没有女人的日子是没有雨水的干旱日子。这方土地上的日子需要阳光需要明媚更需要雨水的滋润，黄土地和黄土地男人们被没有雨水和没有女人的旱日子旱怕了，才诞生出一串串粗犷豪放或凄婉动人的山调情歌，泻出光棍心底那绵延生命的热切期盼。在这辉煌的期盼里，婆娘们来了，踩着山头踩着地平线踩着黄土的旋律来了，她们奏出锅碗瓢盆交响曲的和谐，她们播放鸡鸭猪鹅大合唱的动听，她们发挥黄道婆的技艺编织生活的漫长瀑布，她们肩扛儿子手拖女儿走向祖辈走过的那条遥远的土路，走向渴望已久的北回归线。

春风吹到黄土地上的时候，婆娘们那张张耐风吹耐日晒耐雨淋耐霜打的黑红脸子如麦苗一样活泛泛有了生机有了明艳有了娇媚，她们哼蒲剧哼碗碗腔的时候也哼唱优美的流行歌曲。她们在多次的犹豫观望之后，终于大胆地褪下肥肥宽宽的布裤子，用牛仔裤用健美裤来勾勒身躯上的山川河流；她们穿着这身衣服去镇上赶集，买些儿子用的书本买些娘们儿用的小玩意和一瓶馨馨散香的花露水；她们会和男人们合计把卖了山羊的钱换回一台黑白电视机，让一家人看看外面的世界……夏季风呼唤的时候，风信子分解了婆娘们，婆娘群里的一部分婆娘们离开了或暂离了这片恨得要命爱得发狂的黄土地，到镇子上到城市里，推一架卖冰棍的小车或依墙根竖一个小小餐馆，在拉拉面炸油条的时候拉出女性的自我价值炸出一片崭新的生活……

婆娘们站立在这片新生活的沃土上迎接四面八方雄性的风……

婆娘们，这方土地上的婆娘们。

北方的庄稼汉

早春的一场大风从黄土峁铺天盖地刮来，扬起尘土卷起沙粒刮了七七四十九天，刮黄了北方的天刮黄了北方的地，也给庄稼汉们一张张泛黄的脸子涂抹了一层粗粝的黄尘。于是，被烟叶儿呛出的咳嗽声焦躁不安地从塬上的瓦屋里从土崖的窑洞里传出来，伴和着惊蛰的第一声响雷。

庄稼汉们从各自的门洞里蠕动而出，把明亮的混沌的惺忪的机敏的各种目光投向刚刚复苏了的土地。

鲜亮的日头把酝酿了一个冷季的光线慷慨地铺陈下来，广袤的黄土地失却了单调失却了灰冷失却了冬日的坚硬，蒸腾着一缕缕细雾的时候，还原了本来的疏朗和温热，一如庄稼汉们质朴平实和布满期待的脸。

一双沾满了泥土的大脚板子，套上婆娘们新做就的千层布底鞋，结结实实地走进了这面亘古未变的老塬上，走在这条祖辈踩踏过几千年的黄土路。老塬震动了一下，地心里隐约着的闷雷是从脚底下传出的。他们的前面，沉着老练地走动着的是黄土一样的稳健的耕牛，无须吆喝无须鞭打，善解人意的老牛知道春天是怎样的季节；他们的肩上，沉重的枣木犁把和闪亮的犁铧在默默诉说着新石器时代的历史，悠悠地慨叹着击壤歌声里的岁月。庄稼汉们在这一元复始的季节里想喊两嗓子吼两嗓子，喊出这一刻里莫名的孤独吼出心底久压的渴盼。于是，土路上就荡出低沉的或高亢的眉户乱弹，扬起整段的或残缺的老蒲剧，在片刻的投入片刻的欢愉或忧伤里，大片的土地横陈在庄稼汉子的眼前了。

北方的土地，川里坦荡如砥塬上沟壑纵横，川里是庄稼汉们一面面古铜般的脊背，塬上则成了庄稼汉们一张张风雨蛀蚀凸凹沧桑的老脸，一条条岁月的沟涧里蕴含了艰辛蕴含了苦难蕴含了从昨天到今天的坎坷。颧骨的山岭和额的峰峦被黄土高原的风覆盖了厚重的皮层，嘴巴的崖畔唇的土峁上，那一丛丛稀疏或浓密的胡须长成了一丛丛树林，在三月风的摇撼里是否能摇撼出那被砍伐过的日子？庄稼汉子们晃晃脑袋，把往昔晃进一片淡漠的记忆里，谋生的小路弯弯曲曲仍在眉宇的皱褶里蔓延……两只眼窝，分明是黄土峁上两眼悠久的老井，伴着北方大山的历史，流出生生不息的挣扎流出爱的诱惑恨的疯狂和太阳下面背负青天的命运。

面对松软深情野性弥漫的黄土地，庄稼汉子们没有犹豫没有矜持，把心中的浓烈之火封锁得严严实实，他们沉静地甩脱了布鞋麻利地套好了耕牛，一个响鞭炸过，当不曾发锈的犁铧锐利地切入土地，庄稼汉们的赤脚也犁进早春的泥土里。新翻的泥土在铧面上愉快地呻吟着，吱吱作响地卷起层层土花。他们在一阵阵新土的馨香里感受着温热感受着土地赐予的陶醉。犁沟长长地延伸着，向着漫长遥远的山那边。犁铧后面，身背粪筐的婆娘们在一把一把地抓粪，小巧的脚板叠印着汉子的脚印，把农家的一把把热情投放在深深的犁沟里。婆娘的身后，庄稼汉们的父亲树根一般的老庄稼汉们，把在苍老的目光里过滤了的、在汗水里浸泡得发胀的籽粒谨慎而忙碌地撒播，把饱满肥实的希望植进犁沟里……日头鲜活成一枚早春的新橘，把浑黄而清亮的光织成一张巨网，把耕牛把木犁把劳作的庄稼汉网进忙碌网进一幅幅生动形象的耕牛图里。

在人和牛的静默天与地交流的神圣里，庄稼汉们会倏然忆起自己清晨一般柔嫩的儿时和春天一样亮丽的少年。摄入孩童瞳仁中的，是老父弯曲如弓的脊梁，是老母状如镰刀的脚片，如山的脊梁顶不起合家人的生计，勤快的镰刀却收割着一个个窘迫惨淡的日月。在牛背上跳舞的他们，在黄土里洗澡的他们，人生的第一感悟便是黄土地的贫瘠和清瘦，黄土地的博大和雄浑，黄土地的苍劲和悲凉……经过日月星辰的无数次轮回，春夏秋冬的循环往复，庄稼汉们出生的那盘宽大土炕渐渐古旧黑乌起来，黄土崄下小树林里捉迷藏的嬉笑声渐渐陌生缥缈起来。当一次次真实地走进土地，和他们的祖父父亲叔叔伯伯一样，也走进了庄稼汉们的行列，走成了这片土地的虔诚的信徒这片土地的忠实的主人。随着土地上麦苗的油绿和疯长，他们的鼻下唇上也蓬勃地钻出青黑的胡子，两只掌心里开始被锹把耙子把磨下第一层老茧时，曾经光滑的脖颈上山杏般长出一枚突兀的喉结。千百次劳作之余，他们开始把眼光放在异性身上，用粗亮起来的嗓门谈起诱人的关于女人的话题，喉结亢奋地上下滚动着，嘎嘎的笑声滑碌碌滚到了黄土里，黄土便不再单调不再乏味，她蕴藏了多少让庄稼汉们神往和神秘的故事啊。从这会儿开始，遒劲的西北风猛烈的东北风在他们年轻容颜上雕刻粗糙，浑浊的黄河水冷峻的太岳山给他们未定格的性情磨砺坚韧，祖辈相传的淳厚民风和左邻右舍浓郁的乡情，使他们懂得做完自家活路的时候再套上牛儿给村头年迈的五爷捎带拉两车子猪粪，给沟底缺少劳力的二嫂驾起驴儿耕上三亩坡地，然后把这平静而滚烫的情谊化作浓烈的高粱白酒，在某一个月夜里招呼上同辈的庄稼汉们，围一张圆桌，把辣椒把酸菜把一肚子的话题当成最好的下酒菜，猜拳吆喝声把北方的乡村震得山响。在青春和酒精的刺激里，他们放肆地大笑，他们把动作弄得十分老练地比画着，他们转到院外对着干燥的土地冲一泡热辣辣的黄尿，然后也借着酒劲偷偷地跳上寡妇的墙头……

北方的春天短暂得像小青年斑斓的梦幻，像春乏农人一个短促的小盹儿，一场跟一场的大风把日月刮进了另一个火热的季节，庄稼汉们也告别青皮后生的轻狂认真走进这个季节的成熟。

日头浓烈地把土地把麦子把庄稼汉们一张张脸子染成了同一个颜色，在这个土黄色的天地里，庄稼汉们的笑声也黄澄澄成熟了眼前的小麦。面对麦子的波浪，他们的心也翻滚成一片激动，他们把手中的镰刀在场院旁的磨刀石上磨了一遍又一遍，蘸上汗水蘸上心血把期待的镰刀砺得飞快，攥着这把镰刀他们扑向麦地，把腰肢弯曲成一个古老的文字，弯曲成一台不知疲倦的机器。那几日，铺天的黄土色彩中唯有汉子们的眼窝是血红的，血红的眼窝里装满龙口夺食的内容。他们把麦田麦场麦库奔走成一个忙碌的三角形。太阳烘烤着黄土地烘烤着土地上一枚枚土豆般的光脑袋和一颗颗兴奋激动急躁不安的心。大片的土地里有牛驴的影子骡马的影子也有收割机和打麦机的影子，抱麦捆的老人拣麦穗的娃娃和送来一罐子绿豆汤的婆娘们同打麦机们一起交织成一个繁忙艰辛的五月天。

不眠的日子在实实在在丰丰硕硕的收获里过去了，乡村又走进一片相对宁静中，庄稼汉子们会在宁静的六月天选一个好日子通知亲朋好友街坊邻舍，喜盈盈乐颠颠摆上几桌子酒席，在几挂鞭炮的燃放里和一个以前相识或不相识的姑娘结婚成亲，拜天拜地拜祖宗拜家族中的每一位长者，最后不忘了小两口的互拜。村巷里树梢上挂满炮屑荡满喜悦，荡满了鼓乐班子欢快的吹奏，这吹奏一直延续到了夜深人静。亢奋的庄稼汉们将在这个美丽六月的夜里把他们蕴含了多年的热情淋漓尽致地喷发出去，释放给另一个春情澎湃的人，卧虎山在起伏黄土峁抖动，村前的黄鹿泉在奔涌畅流，在这野性的跃动里，庄稼汉们一夜间把羞涩的大姑娘变成了大方的小媳妇……黎明，村人们会发现，那对新人的房屋上新垒的烟囱里有一缕青烟在向瓦蓝的空中扭去……来年的六月或七月，村人们知道，这所房屋里便会传出崭新的婴儿的啼哭，炸起蓬勃生命的呐喊……

北方的原野是浮躁不安的野性的原野，原野上的灵魂是滚爬摔打的游荡的灵魂。有钱难买五月旱的干渴日子过去了，六月连雨吃饱饭的湿润日子过去了。当遍野的高粱红艳了穗子当遍野的玉荄金黄了娃娃的时候，秋风秋阳秋天的田野便沉甸了一个季节，无际的苍穹安详明净地深邃起来，面对千百年传下来的悠悠泛黑的连枷和新购回的灿灿夺目的脱粒机，庄稼汉们沉着含蓄得像这个季节里稳重的大青山。看一眼正午的太阳，那是庄稼汉智慧和充满张力的年纪。四处都充溢着熟透庄稼的气息，四处都流荡着收获秋日的紧张，割高粱拔花秆出红薯刨山药掰棒子碾谷子打糜子晒豆子还要捎带拾掇菜园里的紫茄子和山梁上一树树的红柿子……

做完这一切又把土地平整得如同一盘大土炕，犁耙得舒服熨帖松松软软，再从家里把那台老木耧扛到地头上连同一口袋子良种。

木耧不知是上几辈子传下来的，用坚硬的枣木或耐实的桦木做就，大方的样式华美的木纹让人对祖先的手艺感叹不止，遍体的黑红显得深沉庄重，瞅一眼便想起它从悠悠岁月里摇过来，陡然增添情感的凝重顿生出酸涩的钦佩。庄稼汉子们知道，老爹就是摇耧的好手，儿时，他们用一泡尿水在土里和泥，娘便牵一头老驴在前面走，光着膀子的爹们很有节奏地摇着它，老到执着地编着蒜步，在这大片土地上划出三道直溜的细沟。长长的地畛没有尽头，苍黄的天浑厚的地把驴把耧把人推移成几个蠕动的黑点……爹们把自己摇死在黄土里的时候，耧便传到他们手里，待到他们摇不动了就该儿子孙子接着摇，在黄土地里摇出了多少个歉收与丰收的年景，摇出了几代庄稼户共同的归宿。

庄稼汉们的汗水比河水还便宜，庄稼汉们的泪水比油水还金贵。他们情愿牛一般在黄土里流尽血汗也要巴结儿子上学念书，将来去过不同于自己的另一种日子；他们宁愿吃粗穿烂盖着麻片一般的破棉絮，也要给上高中的儿子弄一床体体面面的好铺盖。庄户子弟求学艰难，当心爱的儿子高考落榜垂头丧气地归来也走向这片土地的时候，庄稼汉们红肿着眼窝把珍贵的泪珠子尽情地流下来，流成漫漫秋雨把那一段日子浸泡得潮湿而黯淡。

有文化的儿子们从走向土地那会儿起就已成为一个小庄稼汉。小庄稼汉不似父辈那样全身心地忠实于土地，望着大片的浑浑黄黄常思谋一些土地之外的谋生手段。这使得庄稼汉们痛苦和不解。经过秋日的怅然秋日的反思，他们诠释了一个全新的命题：黄土地上的庄稼一茬有一茬的长法，黄土地上的儿女一代有一代的活法。秋天的辽阔使庄稼汉子们有了哲人的睿智哲人的超脱。

秋天毕竟是沉重的季节，正如庄稼汉们沉重的年轮，生儿育女养老送终的担子全在中年的肩膀上。他们会把院里的百年老树恋恋地砍倒，早早给老人备一口上等的棺木，来尽一个儿子应有的孝道；他们会把半生的血汗半生的积蓄拿出来，矗立成一排坐北朝南的新瓦房，在中堂的正梁上留下气魄而骄傲的大名儿。庄稼汉子们一面叹息着土地的减少，一面却又在占有着宅基地，除了土地，房屋是支撑光景支撑声誉支撑人生目标的又一大内容。在宽敞明亮表明业绩表明家道殷实的瓦房里，在种有南瓜吊有葫芦的院落里，一枚圆桌借了秋月的皎朗，摆了葡萄摆了果子摆了刚摘下的酸石榴甜石榴，在合家的团圆里，听老人拉呱着老村子新村子的变迁，给小儿讲一些杏树枣树的童话……在这片刻宁静和睦的氛围里，黄土地上劳顿疲惫的身心得到了歇息，永远要强的心理上投下了满足和明月一般的自豪。

　　日子在昼夜的交替中增加，正如庄稼汉们脸上的纹路在纵横中延伸。当阴郁的天空里抽下第一条晶亮的雪丝，猛烈肆虐的西北风便疯狂地抽打着黄土地，把北方的原野裹进砭骨的寒冷里。上了年纪的庄稼汉们不会躲进暖和的小窝里玩扑克打麻将，他们会闭着眼窝喷着烟雾把一冬一年的活路细细盘算，然后系上羊肚子手巾勒紧布腰带走进凛冽的土地上，套上毛驴带上干粮，让平车的小轮儿滚进小镇滚进小城滚向闹市的一隅，谦卑而自信地把城里人不屑一顾的茅粪装进粪桶里，载着满桶热情满桶浓烈返回自己的家园……他们会在早已收拾好的土地里用一根木棍点戳无数个地眼，通放憋闷的地气，他们知道，放了地气的土地来年点豆子粒儿大，栽红薯瓢儿甜，他们专注地戳着地眼，把对土地的热爱深深戳进地心里。

　　永远做不完地里的活路，永远读不尽土里的字典，当枯树一般的四肢不能再灵巧地动弹时，他们会望着冬日的夕阳沉思，祥和善良的面容包含了往昔如烟的记忆，或生发岁月短暂草木一秋的感叹，或为无力再把牲口粪运往地里而懊恼不已……卧虎山不会苍老，龙祠泉碧水长流，当合上那一双沉重的眼皮，在子孙们一片哀伤的号哭里，睡成一个苍黄的土包入土为安时，庄稼汉们便完成了生命的最后辉煌。

　　蓝天记着他们，黄土记着他们，蓝天书写了他们的平凡，黄土深烙着他们的脚印。当次年的清明节，小孙子提了酒壶提了祭盒来祭祖磕头时，会惊奇地发现坟土上刚长出一丛鲜嫩的野草，刚开出一朵美丽的喇叭花，诉说着又一载的开头抒发着些许希冀……

　　从悠久的年代走来，从洪荒的远古走来，从刀耕火种的岁月走来，从连枷声从击壤歌的执着、悲怆中走来，带着尧舜禹淳厚遗风的这群庄稼汉们，在北方这块发烫的土地上演绎出千百年苦难和辛酸、勤劳与智慧的黄土文化。当变革的大潮凶猛地冲刷这片文明悠远积淀沉重的黄土地时，庄稼汉子们被四面八方雄性的风刺激得痛苦不安亢奋和浮躁了，恪守土地的诺言恪守春种秋收的诺言和心理失却了固有的稳定和平衡。大片土地在气势恢宏地实现着一个大预言的时候，庄稼汉子们也在阵痛中进行一次庄严的洗礼和神圣的嬗变。在这激动人心的嬗变里，扛着锹镢耙子的庄稼汉们开着小四轮开着播种机开着联合收割机的庄稼汉们，踩着山脊踩着高原踩着黄土的风尘一同走向高悬的太阳。

庄稼汉，北方的一群生生死死的庄稼汉们。

阳光切入麦穗

记忆中那年的夏天炎热而漫长。天边那颗老太阳执着浓烈地烤炙着滚烫的田里和田野上一条条惊慌忙碌的身影、一枚枚苍老或幼稚的脑袋们。

早已收割过的大田里麦茬子被一双双疲惫的脚们反反复复踏过,麦茬间的遗穗被一只只手们拣过,饥饿的眼窝们仍固执地在赤裸的麦地里搜索,以至蝇头大的麦穗儿纤细如丝的麦秆儿均被拾捡起来,大小麦头儿齐齐地挤在一处,状如一枚向日葵。等到左手握不住时快快在垅上埝下拔一棵细长蒿草,缚在麦脖上。又一把麦子拾下咧。我眨动着十三岁欣喜的眼窝,把麦把儿交给奶奶,奶奶捣着粽子脚,把瘦小腰身伸直一下,接过麦把儿,塞进腰中挂着的围包里,送我一个苍老的笑,又弯腰去拾拣。我看到一滴晶莹汗珠在奶奶额上渗出又很快被烘干,阳光在奶奶灰白的头发里闪闪烁烁,凝聚成六月的希冀。

伸腰看看前面,眼前有二三十个拾穗者;转身瞅瞅后面,背后有二三十个拾穗者,大多是年迈的婆子抑或年岁尚轻的媳妇,也有少许如我一样的十二三岁的孩娃。拾穗人细瞅着田土,也下意识看一下四周,眼光都虚虚的,偷儿一般,看远处的某一田地里是否会倏然突兀出大队里执勤民兵。

集体的麦穗子,宁可烂在地里,也不能让私人拾去,民兵们,抓一个拾麦者,没收麦子,给你奖工分十个!大队主任沙哑的嗓音仍萦绕在村里村外。拾穗人怕怕的,饥饿又使这群婆娘孩娃们一次次走进惨白的日头下，走进田野绿色的侥幸里。

天边日头悠长缓慢地朝西移去。我的肚子里咕咕啼唤时，奶奶腰中围包已沉甸甸胀开来。一阵野风吹过，风中夹了一声令人可怕的惊呼：民兵朝这边跑来啦——拾穗人立刻慌乱，呼儿唤娘纷纷拎了麦把儿和围包朝小路和就近的玉茭地里散去。

玉茭苗苗才尺把高，遮不住的，便又盲目着死命地跑。

同往常仓皇逃跑一样，我接过奶奶的围包，并牵着奶奶找一个躲藏或逃离的去处。麦田好长哟，日头白白地悬在天边。我只看脚下和选择着前头的路，只感到我们超过了三三两两的人和有三三两两的人超过了我们，我那时惊异于年近七十且有一双尖尖小脚的奶奶跑得如同她十三岁的孙子一样快……

忽然，身边一个年轻媳妇吁喘着，对奶奶说：老婶子，我跑不动咧，我肚子疼，怕是要——我和奶奶细看，是邻村一个不相识的女人，一个陌生的拾穗人。她腆着圆凸的大肚子，脸色此时同麦秆一样蜡黄。

奔跑中的奶奶忽然意识到什么，冷丁站住了，由于站得急切，身骨前倾着，尖尖小脚深深犁进麦田。

"哎哟——老婶子，疼死我咧——"女人一串呻吟过后，斜躺在麦田里。

"怀上几个月啦，闺女？"奶奶问。

"七个月咧……"痛苦地答。

"别怕，闺女，七活八不活，孩娃能保住的。"奶奶放下围包，倒净里面的麦穗，平平铺在女人腰身下，要她沉住气，帮她慢慢解开裤带，褪下单裤……

拾穗者已远远跑去了；我们身后有三四个民兵快快追过来。

"盛娃——"奶奶叫我。把你的衫子和背心给奶奶脱下。阳光下奶奶苍老的声音白白晃晃却透着一股坚定和鲜活。

"哎哟……"女人在叫，一声高于一声。

"不怕，咬紧牙，憋住气，使劲努，是女人就要过这一关，有老婶子在，咱啥也不用怕。"奶奶劝着，把我刚脱下的背心和衫子一条条撕开来，放在女人小肚边。

三四个民兵已经走上来；奶奶回转身子，布满皱褶的老脸挤出一些愤怒："滚远些，女人家生娃娃哩，到跟前凑啥呀？走远些——"

几个民兵一怔，讪讪走开，走在十几步开外的麦田里坐下，静等。

那一刻日头白得耀眼。女人的声声叫唤都令我抖动不已，我看到天边飞来几只燕子，在我们头上交织着划出优美的黑色弧线，更远处，有一只蟋蟀在悠扬地鸣叫。

"老婶子，痛死我啦——啊——啊——"女人的手指深深嵌进奶奶干瘪的胳膊里。

十三岁的我不敢去看，不敢看那神秘的张扬开又收缩小的生命的洞门。

阳光却亢奋地洒在光裸的麦田里，像是播种，循着一行行矮矮麦茬，我看到一只只麦秆麦穗出奇地粗壮出奇地硕大，平时难以寻找难以拣拾的麦穗儿这会儿平静地躺在发烫的田土里，反闪着白亮的光。

"麦穗儿——"我叫。

"哇——啊啊，哇——啊啊。"

一声鲜嫩嘹亮的啼唤在麦田里荡开去，我欣喜地嗅到新麦的清香。

"是个胖小子哩……"

奶奶笑着抱起初生婴儿。奶奶手心里染满了血红。奶奶的老脸在日光下笑成一朵老菊花。

围包和我的衣衫碎片全是红色的，一地的麦穗儿也红了。

夕阳西下时，奶奶抱着婴孩，我扶着邻村不知姓名的女人朝大队部走去。

民兵在后，我们在前。

故乡的冬

故乡的冬日其实是很寂寞的。

农历十月一日是鬼节,在布满了许多纸钱纸灰的清瘦的早晨,你会觉得气候倏倏间冷下来,同时看见路边的杂草和田地里被收割遗忘下的三棵五棵的豆蔓上,竟然悄悄地挂了一层薄霜,身骨不由地一抖。哦,才意识到,冬是实实在在地来了。

起初的风,阴冷而湿润,带了浓郁的深秋情调,风里可嗅出老日月棒子和红薯蔓子以及不可能开花的棉花圪桃的气息,还有骡马牛粪里草料的香味。渐渐,湿润连同残秋被一天天风干,风便干硬清冽起来,带着沙土,裹着黄尘,在故乡的许多长长短短宽宽窄窄的巷子里兜来窜去。

农事自然就清闲了许多。汉们一张张被秋收弄得疲惫泛黄的脸上,憔悴正从皱褶里一点一点褪却下来,恢复了素有的寡淡,从瓦房里或者从砖窑土窑里走出来,揉一揉惺忪的眼窝,使劲咳两三声,将新换上的棉袄一紧,把老裤腰一箍,袖着手,在土院里立一刻,随即,会转悠到院侧的牲口棚子里,给头牯加点料,添些草,用拌棍在木槽里均匀地搅一遍,就看着牛驴们香香地嚼吃。长膘不如养膘,人畜一个样哩,闲下来的牛驴们毛儿顺溜了,皮子光洁了,嚄嚄的嚼草声喜滋滋响到汉们的心里头。挂着一片清淡的喜悦,懒懒地踱到胡同里,有同样散淡的人在巷里站,且袖着手。

"天冷咧。"

"冷咧。"

"老是刮。"

"穷刮哩。"

"该落一场雪了。"

"是着哩。"

对话是极随意的,问者与答者还有相互问候的意思。仰了头看天,并不高远的天罩了几许昏黄,几朵云,也看不出白净,蔫蔫地被冷缩着。日头似乎离得很远,光线就十分淡漠了。都知道,天,还一时不会落雪。

"冬里,谋划些啥?"又问。

"没啥,闲闲地歇吧。"语调是缓了些,心里,却对冬里有了一些活路的筹划。

大清早,闲不住的,是故乡勤恳的老汉。天似明非明的时候,就有老汉在咳声里起来,咳着,吐着痰,不忘了掂起长杆旱烟,眯起眼,先美美吸它两锅子。随后哩,将一条黑乌的毛巾或破旧的帽子系在扣在脑壳上、拐进冬晨的清冷里。腰里自然挂一只柳条筐子,手里是一把同年轮一般苍老且秃了头的铁锨,脚步迟钝却并不犹豫,全村的街巷土路,均熟悉得如同自家的院落。这会儿,流着酸泪的老眼窝却分外专注,墙根下抑或某角落里,土路上的骡马牛驴猪狗鸡羊以及小娃子们大大小小黑黑黄黄的粪便,均拾进眼窝,均铲进筐里。不大的工夫,筐子里就有了可观的货色。一筐不算多,半筐不算少,颠颠地走向自家的田土,脚步就颠出几分瓷实……日头朝高处旋,地气便有些回升,地表的冻土慢慢融开,有乳白的气被蒸腾着往空里扭。这时辰,单调的黄土里有生动的黄点子在造型,且固执地完成着两三个动作,细瞅,是老汉们拿了一头削尖的棍子扎地眼,双手运了气,一戳一点扎出黑黑的眼子,窝憋了多日的地气从眼子里钻出,土质便松软而鲜活了。只有对田地注满别样的深情,才会有这老道原始的劳作。也有闲适的时候,常在日头晴好天气无风的晌午。故乡的许多场院或街巷朝阳的墙壁下,三五个七八个老汉们并不讲究坐姿,七扭八歪或蹲或卧大体围成个圈子，拉呱起遥远悠长的话题，沙哑声调里夹杂了气短的咳和嘀儿嘀儿的笑，脸子是极祥和的；也有借了这暖洋的日头剥下棉袄去抓虱，噼噼啪啪地，响出一片热闹。有诉说癖的老者就喋喋不休了，唾沫星子溅起陈年旧事时，心境便得到宣泄的乐趣。静听的老者毕竟是有的，内向的性情使他们如一头沉默的老牛，卧着，咀嚼眼前的日子，反刍逝却的岁月。

四五十岁的汉子却有另一种营生。天亮时分，村巷的土路上，小毛驴的嘎蹬声敲打着故乡的早晨，便有十辆八辆二三十辆平车们从沉静的村门下碾过。说是平车，其实只有平车的架子，没有筐板的，一只由油桶改成的大茅桶就紧箍其上。茅桶的前端倒还洁净，洁净的桶钩上挂了手巾包裹的干粮，两颗馍馍一条咸菜的。这是进城拉茅粪。冬里，地里需要积攒些底粪；麦子呢，要茅粪一行一片地去暖；那不多的二三亩果园，也要铺层茅粪然后再引渠浇上一水……自家地里够用了，时辰就过去一两个月。还要拉，是给别人拉哩，多是没劳力却有俩钱的户主。一大桶茅粪，能挣个五块六块的不等。

过了晌午或日影西斜时，从平阳城通往家乡的马路上，就有了茅粪车的长龙。

"看，大翟村拉茅粪的，成气候咧。"路人的惊讶拾到汉们的耳里，漠然的表情会浮出几许自负，坐车辕上，就眯了眼，哼一段蒲剧或眉户；靠粪桶上，就睁了眼，怅怅地朝远处瞅，远处，是东面苍凉的卧虎山，翟村呢，就嵌在山的半腰里。在村里时，看东山觉着还有十余里远，常嘲笑更高远处的山里人，不曾想，自己的翟村就在山里面，一种觉醒后的惊奇写到脸上，脸子就讪讪地无聊起来。路上，不时地碰到本村进城的青年人，青年们多穿着西服和风雪衣，当然，是最廉价的那一类，自行车自然是加重的，车后座吊着两只硕大竹筐，进城做些不大不小的买卖，或贩些冬菜。年轻的心不似长辈那样的忠实于土地，常思谋土地之外的营生，就忙忙碌碌城里乡下地跑。

婆娘们的冬日相对地说是个温馨冬日。地里是绝少有活路的，当然，除了帮汉们浇一两次小麦外。线是不去纺了，布是不去织了，对灵巧的纺线车和粗笨的织布机就陌生得遥远起来。锅台上下，喂猪打杂，拌鸡看娃，还有零碎的针线，缝缝补补什么的，日子也绵密得如同给汉子纳鞋底的针脚。因没有野外的劳作，没有一夏一秋那样的辛苦，面皮就保养得白净红润起来，胸脯和腰身就有了女人家柔韧的丰厚，说起话来，声调也俏丽得有几成风韵。这就惹得自家的汉子多了些眼馋，被农忙时节淡忘了的激情一次次被唤回，就拍着婆娘丰腴的臀，脸皮潺潺的，笑说："孩儿他妈，来，淘淘气吧——"，原本冷酷的冬夜，因了一家一家殷切的淘气，显得生动温暖了许多。

　　天气向纵深处冷去，风是干硬生涩的，空旷的天里，只有麻雀在飞着号寒，还得惊慌地躲避调皮孩子的弹弓，或是落在高远的电线上，七只八只秃秃地缩成一行。瓦棱上，许多干枯的草儿们瑟缩着，村子被冻在浅色土黄里。

　　在乡人盼雪无望的时候，雪，悄悄落下了。落雪其实很简单，天先是愣刮，过后阴沉着，渐浓、无风，就有米粒似的雪从空中抽下来，渐大成团状、鹅毛状，一片一片地，落在地下，柔柔地酥响。有娃子在场院一跳一跳，嘻嘻地叫唤——

　　"米颗雪，下一月——馍馍团，下三年——"

　　没下一月更没下三年，两三天，村子就裹在一片素白里。村东的卧虎山如一尊须发皆白的道人，把村庄揽在怀里，清清静静感受着大自然赐予的无为与祥和。村人被大雪封在屋里。封不住的是村里的狗、娃子和鸡儿们。

　　狗的警觉表现在对主人的忠诚上，这个冻不死的东西，夜夜守护在门洞口和猪圈边，嗅出一点异味或在墙根下发觉异样的爪印，汪汪的狂吠常使整个村庄都醒来。饥饿的狼们退却得老远，无可奈何地长嗥一阵，向卧虎山里窜去。

　　晴天里的狗们就悠闲得生事，居然三五成群地撒欢和对咬，咬下毛来，溅出血来，雪地被践踏得一片脏污。甚或一公一母转悠到避人的墙角或麦秸垛下，暧暧昧昧欲搭身交配……巧被过路的老汉们看见，扭转头去，吐一口，骂一句：混蛋，就不分个季节了。随后愤愤然叹息世风的日下。

　　娃子们的可爱在于无虑地撒野，一群一伙的，均破皮烂片，均拖着两条青涕，鼻子猛猛地一吸，就堆一天雪人，打一天雪仗，滚爬一身泥水，在大人的叱骂催促下还不愿回家，直到屁股上挨了重重的几个巴掌。

　　鸡儿们的悲剧在于不时地觅食，雪地里尤其艰难，黑黑白白点缀在场院里，啄、刨。雪窝里毕竟啄不出温饱，忙忙碌碌总也生不下蛋来，免不了遭到黄鼠狼的袭击或被故乡的二嫂三婶们倒提了，弄到集镇上去卖。

　　也有欢快的场面。你看洁白的雪地上，矗立着的新房屋赫然贴着火红的对联，大红的喜字把乡人的心烧得暖暖的，更有爆竹在接二连三地炸起，在鼓乐班子的吹吹唱唱里，厚道地迎来了成为故乡人的新媳妇。

　　最亢奋的要数村里的青年人，当然也不排除中年汉子们。三个晚上的闹洞房，按乡俗，年龄不分大小，即使有一两个年逾六旬的老鳏夫，看新郎新娘"吃奶子""墩豆腐""抓虼蚤""滚西瓜"，也都不为过。新娘大多娇羞，也不乏忸怩作态者，这更激起闹房的情趣，遇到执拗的新娘，新郎便有几分作难，不能过分让娘子难堪，又不能违了朋友的意愿，还得顾全男人的自尊，稍犹豫间，便有朋友督促的笤帚疙瘩噼噼啪啪落在屁股上，索性横下心来，去完成规定的有一定难度的动作。这自然吸引了好奇的眼光，也就有乐乐的粗野的笑从十几口嘴巴里朗朗地蹦出。

　　如是三夜。第四晚，余兴未尽的男人家又到了新房寻乐，新娘子一扫前几日的羞涩，以主妇身份给来者敬烟冲茶递瓜子，热情且大方，还会依年龄的大小辈分的尊卑，称呼来者一声三哥或者五叔，三哥和五叔们倒立刻腼腆尴尬起来，恭恭敬敬答着话，显出一点身份，坐上两根烟工夫，怅怅然各自散去……

　　一九、二九不算九，三九、四九冻破石头。石头倒没有冻破，只是房檐上瓦楞下吊出一尺半尺的冰棒棒，冰棍们在晴天的大晌午消融时，年关就一天天地逼近了，这就匆忙了故乡人的脚步，进城赶集，杀羊卖肉，购置年货。也有走街串巷地叫卖糖葫芦，那鲜红的一串一串插在稻草把子上，吸引得娃子们口水直流，跟着，也一街一巷地憨跑。

其实，过了丰厚喧闹的大年，故乡真正的冬天就算完成了一个段落。

苜蓿地

在农村长大的孩子，有谁不熟悉嫩绿的苜蓿苗儿，不熟悉绿茸茸的望不到尽头的苜蓿地呢？

春天是个多风的季节，老人们说，自打立春那天起，要刮够七七四十九场大风，天，才能稳定下来哩。风是一场跟着一场地刮，气候是一天比一天地暖和了。

春天是个多情的季节。一场春风一场绿，等我们彻底甩脱了棉衣的时候，才发觉，山坡上长出了小草儿，树枝上挂满了绿叶儿，田野里有翠绿的禾苗儿在招摇，远处的卧虎山和山上的天，都是绿色的了。

我们一对对饥饿的眼窝，也成了绿色的。

春天是个青黄不接的季节。男人们一双双粗大的手揭开沉重的瓮盖时，只见储粮的大瓮空旷了许多，年时的玉茭粒儿薄薄地刚好能覆盖了瓮底。粗略地算计一下，等收到新麦，还有两个多月，全家人六十多天的吃食儿，就只有东借西凑了……男人的心情，就比厚重的石页盖板还要沉。

女人们一双双和面的手，就比往常谨慎收敛了许多。都在思谋着，该在每顿不多的面粉里，添加一些绿色的内容了。

乡村在那一段时日里就活泛了起来，有毛猴似的娃子爬到高高的椿树和榆树上，采摘下一枝枝诱人的叶片儿；有细心的媳妇或婆婆们拿了长长的大钩子，探勾下飘香的槐花儿。椿叶是上好的青菜，而榆钱和槐花能拌了面粉吃囫囵，乡村的树木不仅仅能撑起乡村的荫凉，节骨眼上，也在尽力地撑饱着乡人的肚皮。

树叶儿槐花们毕竟有限，半月二十天下来，光秃秃的树们如一个个乡村的单身汉，沉寂地站立在落寞的春日里。

操持家务的奶奶妈妈和婶子们就怂恿我们，去走向碧绿的苜蓿地。

在孩童的眼里，那时的苜蓿地辽阔无边，遍地嫩绿的苜蓿充满了无穷诱惑。阴历三四月是苜蓿生长的最佳时期，也是苜蓿最香馨最可口的头茬阶段。根是有些灰白的嫩根，茎是细细的一掐就流出绿汁的嫩茎，几条茎枝上，却缀满了小巧繁茂而碧绿的苜蓿叶儿，叶儿们在微风下摆动着，使得遍地苜蓿形同一大片起伏的波浪。

春夏两个季节，苜蓿是生产队里五十多头驴骡牛马们的主要饲料。特别是春季，地气回升，开耕播种，牲口们整天拉犁拖耙，驾车送粪，超负荷的劳动量使它们需要说得过去的食料。在那个粮食奇缺的岁月，人都要挨饿呢，何况哑巴畜生。辛辛苦苦的牛驴们的上好饲料只能是麦秸拌了苜蓿，间或撒一把麦麸。

那块油绿的苜蓿地就分外珍贵和敏感起来。

当初处于多种考虑，队委会把那片开阔的土地种了苜蓿，一是看在土地的肥沃，二是图个便于看管，平平展展一览无余，无遮掩无躲藏，有什么风吹草动，看管者能及时发觉。

看苜蓿者是一个鳏居多年的老汉，人勤恳，性子却火爆，我们都叫他苜蓿老汉。平时给饲养场里割苜蓿，风声紧了，看苜蓿就成了首要任务。春季里，他干脆住在苜蓿地当间的一间土屋里，队里还给他配了一把雪亮的大手电，这样，老汉在夜里就有了第三只眼睛。

大白天我们是绝不敢涉足苜蓿地的，尽管被鲜嫩的小苜蓿诱惑得坐卧不安。在肚子咕咕啼唤的时候，隔了一畛子地，或更远的地方，呆呆地瞅着那一片翠绿，就能嗅到了苜蓿生发的特有的气息，郁郁的，浓浓的，有泥土的腥味，有青草的涩味，还有属于苜蓿本身的亦苦亦甜亦香亦涩的混合味儿。在那一层绿色上面，有许多雪白的蝴蝶在悠闲地飞舞，有杏黄色的鸟雀在作着忙碌的交织。苜蓿地，春日的苜蓿地就有了如诗似画的意境。

被饥饿困扰的我们走不到那种意境里。

我们平庸而卑琐地构思着夜色下偷苜蓿的情节,大胆地设想着一个又一个有惊无险的故事,亏空的肠胃有滋有味地预支了那喷喷香的苜蓿囫囵。

将嫩苜蓿连茎带叶拔回来,择过洗净,用菜刀细细切成几段,和少许的玉米面搅拌在一起,在笼里蒸熟。一掀开笼盖,大团蒸气把苜蓿叶儿的清香弥漫得满屋都是。在朦胧气雾里,忙碌着奶奶妈妈和婶子们的身影,她们将熟囫囵悉心搅拌着,添加进必不可少的盐醋酱油,和浓浓的蒜汁儿,奶奶又给里面洒几滴珍贵的小磨香油,最后将囫囵均分在几个人的饭碗里。这中间我们的眼窝一直死盯着逸人的囫囵,自始至终不停地咽着口水,当嘴里塞满苜蓿团子,并被那奇特的香味袭击得如痴如醉的时候,不知是噎着了还是被美食感动,两汪泪水滚滚而下,我嚼,我吞,我咽,一条舌头忙上忙下,卷来卷去,牙齿对苜蓿叶的反复切割和舌头的频频搅动产生出莫大的慰藉与快感,多年后这种感觉依然回味无穷。

第一碗狼吞虎咽,第二碗风卷残云,到了第三碗或第四碗,才可以细细品味苜蓿叶朴素的亲切,和这种质朴所产生的巨大的美食魅力。

只有第四碗下肚,我才能理解饱和的意义。

要吃饱就得有付出,就得把切实的行动交付于夜晚的冒险之中。

机会终于来了,这是一个风高月黑的夜晚。

下弦月早早消失在阴云里,夜风呼啦啦吹拂着空旷的田野,摆动的树枝和摇晃的灌木似乎在给要做亏心事的人壮一些胆量。

我像一只瘦削而轻捷的野猫儿,悄无声息地在村路上疾走,遛进苜蓿地有好大一会心忒还在咚咚狂跳。

终于宁静下来了。我爬卧在苜蓿地垄间,看着地心里那一间小土屋,夜色下的小泥屋在幽静中伫立,仿佛是那个苜蓿老汉在无声地站立一样。我敛了敛气息,四周荡漾着浓浓的苜蓿的青涩与香馨,饥饿与好奇使我伸手拔一把苜蓿苗,填进嘴里大口嚼着,立时有一种生涩的清香溢满口腔，青绿的汁液从嘴角拉下来，流下来，那时候我觉得生苜蓿就像生萝卜一样，生吃更地道，滋味更浓郁，更能体会到土地的气息，那是凝聚了土地的朴实和松散的气息。我有些艳羡牛驴们对生苜蓿的占有和情有独钟了。饥饿折磨的时候，我真想当一条驴子，能啃吃路边的青草，还能生吃嫩绿的苜蓿。

这样想着，胆子就慢慢壮起来，身子轻轻蠕动起来，一手拿了布包，另一只手噌噌地拔着苜蓿苗儿。

尽管慌乱，本能和良知使我在拔苜蓿时，手搭得很低，从地皮用力，像镰刀一样将苜蓿茎儿从地皮处一把一把拔开，而不能只顾了鲜嫩，只拔苜蓿顶端的翠叶儿。只捋顶端的嫩叶，整根苜蓿就被伤了，影响它以后的生长，而从地皮处齐齐地拔断，如同镰刀割过一样，很快就又长出新的一茬儿。拔苜蓿，准确地说是偷苜蓿，也要讲究个偷的德行和偷的原则的……

我清晰地听到苜蓿苗儿在我右手的作用下，断裂时的噌噌声响，它果决干脆，毫不犹豫，声响里又标明着主人的匆忙和做贼的心虚。右手掌里拔满了一把，就快速地塞进布包里，不肯悠闲的左手早就努力地把布包口儿撑开了……

偷苜蓿的整个过程是身体的各个部位都在不停运作的过程。双手就莫说了，腰是一直弯曲着，而蹲着的双膝带了双脚，随了拔苜蓿的节奏在一寸一寸地朝前移着，那不是一般的移，是犁着，身体的重量使双脚陷进地皮里，一点一点朝前犁着；偷苜蓿的整个过程又是神经格外敏感心理十分紧张的过程。腰虽说弯着，却得不时地抬起头，两只骨碌碌的眼窝看着眼前又得看远处那个需分外警惕的土屋子。两只耳朵高高地竖起来，留意着风声嘈杂声和一丝一毫的可疑声。拔苜蓿的噌噌声响原本低微得只有自己才能听到，但因为高度紧张，因为内心虚，因为脆弱而敏感的神经，又因为静夜里有两只分外聪慧的大耳朵，这声音听起来又特别响亮特别刺耳，甚至担心它会随了夜风传到地中心的土屋里面，惊动了那个心细勤勉又脾气火爆的苜蓿老汉，以及他那把探照灯一样的大手电。听人说，那把手电足有尺五长，它能从地心照到地头，极短的瞬间里光柱把暗雾击打得四处逃窜，划开一道雪亮如昼的弧线，光弧的照射下，就连地里的禾鼠与野兔都看得一清二楚。

我害怕老汉以及老汉的传奇手电，潜在的贪婪以及一不做二不休的心理又使我在矛盾中机械地运了右手，噌噌噌噌拔个不停，欲使左手里的布包鼓胀起来。我知道，多拔一把，第二天的笼盖下就会多一碗苜蓿饧饷；奶奶妈妈以及婶子们的脸上就会少一缕愁容，多出些许宽慰；我们的肚子以及受到奶奶表彰的那一点少年的虚荣心就会有暂时的满足⋯⋯

这样想着，右手就拔得快了，弄出的声响自然也大了许多。

就在这时远处小土屋里有了动静，其实是小土屋的老者发觉这边有可疑的动静，一条黑影，一条老者的瘦削而异常固执的身影朝了这边移来。

情急中的我想快速跑脱，一个六旬老者毕竟跑不过一个少年男娃的兔子样的双腿。但是，我又不敢跑，我知道自己兔子一样的双腿是跑不过老者手中那杆土枪的，土枪中的沙粒、石子、炸药、铁珠会飞一样地射来，能把我瘦薄的脊背射成蜂窝。曾听人说过，有一伙人偷苜蓿时被老者发觉，老者责令其放下苜蓿走人，偷者不听，仗了腿脚麻利，提了装满苜蓿的布包掉头而跑，老者暴怒，据了土枪朝那些背影猛烈地一放，声势浩大的炸响过后，苜蓿地里弥漫起一大团儿炝人的烟雾。

烟雾如浪，袭击着偷者的后背，有好几人没能经起这种袭击，一下被击倒在苜蓿地里。

老者的土枪里并没有装石子铁沙一类伤人的东西，只放了一些制造烟雾的炸药。几个偷苜蓿者的脸，吓得死白，乖乖地交了布包里的苜蓿，听候老者的发落。

不敢贸然逃跑，又不甘心被老汉活捉，趁他转头看另一个方向时，我悄悄地滚了几滚，借了浓重夜色滚到苜蓿地的地垄下面。地垄下面有一大丛蓬勃的苜蓿，而我穿着的蓝布衣衫又与苜蓿的颜色融为一体，存着一丝侥幸的心理，我藏首卷尾地躲在地垄下的苜蓿丛里。

苜蓿老汉在举目四顾了一阵后，又接着朝这里走。其实他心里并没有底，夜风吹动起树叶的拍打声，附近灌木丛里的沙沙声，以及苜蓿地众多昆虫的鸣叫声足以使一个六旬老者产生迷幻。但是，他凭着职业的素有直觉，还是朝这边走来，警觉着，探寻着，企图发现一些蛛丝马迹。

苜蓿丛里的我气儿都不敢大出，如果此时忍不住咳一声或者不小心弄出什么响动，那后果不堪设想。我知道每年春季都有被老汉抓住的偷苜蓿的人，或移交大队，开大会小会批判；或戴一顶高高的纸帽在全村游街，纸帽上写着"偷苜蓿的贼"的字样；除此以外，还要视情节轻重被扣除工分和扣除春季里的返还粮等等……

我紧紧闭上眼睛，不敢看也不敢想了，听着老汉的脚步一点点逼近，只得听天由命由上苍安排福福祸祸了……

忽然，脚步声停下来，时间在苜蓿地里凝固了。那一刻里我觉得冷汗像苜蓿地里的许多爬虫一样，爬上我的头我的额，又一起从脖颈下钻进胸脯里；我能清晰地感觉到夜风从苜蓿地里掠过，把苜蓿们翠嫩的叶片拂动得左右翻飞，苜蓿叶的生长声不同玉米叶的那种咔嘣咔嘣的张扬，苜蓿叶儿在悄悄地生长，在夜里生长出类似零星细雨掉落的唰唰声，或是邻家轻俏媳妇的微微的喘息……

这一切都被我在那个凝固了的空间里捕捉到了，就在我静等着厄运临头的时候，那苍老的脚步却出人意料地缓缓离去了，向着遥远处小土屋的方向。我使劲睁开眼窝望去，夜色下的老汉是那么单薄的一条，且佝偻着腰身，他的手里，并没有能释放雪亮光芒的手电，也没有那样让人闻风丧胆的双管土枪，他就那么孤独地走向了苜蓿地心孤独的小土屋。

我连滚带爬地背上了一大布包苜蓿，融进浓浓的夜色里。

有了第一次侥幸，做贼的胆量就无形地增长，自然，对看苜蓿的老汉，畏惧成分也减少了许多。

那是个大中午，婶子对我悄悄说，苜蓿老汉感冒了，这倒是一个拔苜蓿的好时机，莫说追人了，这会子正躺在小土屋里哼哼呢。

一股欲望，大白天偷苜蓿的欲望，从我少年的心底滋生开来，冒险的刺激在某种程度上能产生快感，何况还有自己饥饿的肠胃以及全家老少沉默中期盼的眼神。

空旷的天上悬吊一枚苍黄的太阳；

空旷的天下铺展一片翠绿的苜蓿。

拿一个大布包的我，带着忐忑的心，朝着苍黄和翠绿的交融里走去。

两条少年的腿一插进绵软的苜蓿地里，苜蓿苗就强烈地诱惑着贪婪起来的心。

先不急着往布包里塞，拔一把喷香的苜蓿稍儿，先往口里填充着，填满了，细细咀嚼着，这才拔往布包里。

这次不同上次那样慌乱无序，苍黄的日光毕竟给我壮了许多胆量，我似乎无须抬头留意地心里那座卑琐的土屋，土屋此时之于我，只是一个虚假的摆设，而苜蓿老汉，此时可能就晕沉沉地躺在土屋里，已完全构不成对我的威胁了。

拔苜蓿的手，就有了些肆无忌惮，噌噌的声响也毫无顾忌地传出，嘴里嚼动着一把又一把苜蓿叶儿，碧绿的汁液染青了嘴角。

有三两只雪白的蝴蝶在我的身边飞来飞往，自由且浪漫的样子。一颗少年的心，就被舞蹈般的精灵感动愉悦了，忘记了饥饿，忘记了当偷儿的卑微，我真想在绿毯一样的无边无际的苜蓿地里翻几个滚儿，然后仰面躺着，感受苜蓿地的宽厚和眼前蓝天的开阔。

拔苜蓿的手，不觉间缓慢下来，思维，果真在春日的苜蓿地里飞翔起来。

愉悦的极致可能就是悲哀，这就是通常所说的乐极生悲吧。我无论如何没料到，大祸就在这时候降临了，那是两只粗糙精瘦、质地结实、苍老光裸且染了绿色的脚，倏忽间出现在我的面前。

我两只惊惧的眼睛顺了脚面朝上看，是两条宽大的黑色裤腿，裤腿上是窄小破旧辨不清颜色的小夹衫，再往上，是一颗老者的极干瘪也极模糊的脑袋。

因为从我蹲着的角度仰视他，我仅能看到这一切，这样造成的视觉效果是苜蓿老汉高大无比，像兀立起来的一座塔，沉重而威严地压着我，压着我一个偷儿的心。

嗬，小小年纪不学个好样儿，大白天就敢跑到这里偷苜蓿，起来！提上你的布包，跟我到土屋里去！

苜蓿老汉嗓音不高，沙沙哑哑，带了浓浓的鼻音，看来他感冒了不假，只是，他怎能无声无息地来到我的身边，令我猝不及防？我至今仍是一个谜。

苜蓿老汉的低沉嗓音又含有一股慑人的威力，让我从头到脚都冰凉起来。

拿起尚瘪的布包跟了老汉走向地中心的小土屋，那段路漫长而遥远，我在心里一直懊悔着，眼前只是一片绿色的苍茫。那种惧怕是彻骨彻肺深入灵魂的，我仅仅是一个五年级学生，我害怕苜蓿老汉把这事儿捅给大队，大队又移交给学校处理，那样的后果我一点都不敢想下去，……

爷爷……我……

我叫苜蓿老汉，声音小得只有我能听见，我只觉得小腹一阵收紧，还没有做出适当的反应，一股液体失控地排出，裤子湿了，裤腿下面的苜蓿地一片湿润。

苜蓿老汉默默地看到了这一切，又转头引我走向小土屋。不知过了多少时辰，当我感到我已经快苍老的时候，我走进了一个窄小的有些阴暗但弥漫了浓浓的苜蓿气息的土屋里。

土屋里有一面低矮的土炕，土炕上有一把修长的手电，土墙上，憜然地挂着一杆双管猎枪。自然，还有一盏马灯，有一团儿象苜蓿一样颜色的破烂被絮。

老汉拉着我的胳膊朝里走时，似乎惊讶了一下，我的细弱得像高粱秆一样的胳膊，使得老汉深看了我一眼，他无言地掀起我的衣衫，衣衫下面，是我发育不良的一条瘦瘦的脊背和兀凸着一根根肋骨的搓衣板一样的胸脯。

苜蓿老汉久久地沉默着。

你拔苜蓿，这是几次了？

第二次。第一次是前几天夜里，我答。声调是吓出的哭腔。

为啥拔苜蓿？老汉又问。

我饿哩。声音低得似蚊子哼。

我并没留意，老汉在问我话时，那个刺耳的"偷"字换成了"拔"字。

又是长久的沉默。

这之后苜蓿老汉出去了，很快弄了一大捆草回来，他又给我的布包里塞进了许多的嫩苜蓿。

然后把滚圆的布包裹进一大捆青草里，用绳子结结实实地捆好。

老汉又从土炕头上的笼盖下拿出一颗窝头来，那是一颗玉米面与高粱面混合捏成的窝头，递给我说，饿了，吃吧。以后，饿了，就到爷爷这儿里来，爷爷给你一些嫩苜蓿，可不敢一个人拔苜蓿苗子了，小小年纪，才学做人呢，以后的路儿，还长着哩……

委屈和感激的泪水一下子涌出了眼眶，我是和着泪水把那颗窝头吃完的，那么香，那么甜。

苜蓿老汉把捆有布包的青草捆儿扶到我背上，看着我一步步远离了苜蓿地。那会儿走出地畔，转身朝小土屋再望一眼，看到苜蓿老汉仍站立在他的孤独的小土屋边。

以后依然是饥饿的日子，但我绝没有再偷过一次苜蓿，不知出于一种什么心理，我也再没有迈进苜蓿地，去走向苜蓿老汉那个低矮的小土屋，尽管那大片的苜蓿地对我充满了无穷的魅力和诱惑。

苜蓿老汉的话，却如同浓郁的苜蓿地的气息一样，在我以后的生活里弥漫：小小年纪，才学做人呢，以后的路儿还长着哩……

在后来漫长的人生岁月里，我时时打探着故乡的发展与变迁，我知道，那大片的苜蓿地已面目全非，责任制以后切割成多块乡人的承包田，田地里栽了苹果树，垒成了一座又一座蔬菜大棚。苜蓿老汉早已殁去，他就葬在原本是小土屋的那块地方。

多年后我曾经多次回到故乡，去寻觅苜蓿老汉的墓地，但我终没能寻找到。那大片碧绿的苜蓿地和苜蓿老汉便长久地生长在我的心域里，鲜活着，浓郁着，翠绿着。涂抹着生命的底色，铺展着生活的漫长……

水 井

村落总是沉寂在一片苍黄里。

让村落生动的,是那两眼相距并不遥远的水井。

天还没有亮透,有三颗或五颗倦怠的星,依然在空里缀着。早起乡人的脚步把村子踩醒,水桶声和咳嗽声很匆忙地缠着,被一条条影子带到水井边了。

这是一眼甜水井。

水井有高于地面三尺余的砖砌井台,一色的青砖极讲究也颇结实地将井口围着。井口上竖着枣木井架,上面按着挑水用的辘轳。圆圆的辘轳缠了极粗的井绳,那是乡人用老麻皮拧就的,耐用也富有韧性,绳头是一串铁链,用来套紧桶把儿的。

空桶下落水井的过程,是一个快速而猛烈的过程,辘轳在轴上飞转,发出啪啪嗒嗒的声响,好嘹亮的,把树上的鸟雀惊得飞远了,把天边的残星,震得抖落了。成年汉子双手的手心,在麻绳上摩擦且用力,控制着缓急速度,水桶接触水面前的一瞬,忽然慢下来,水桶由于井绳的一兜,便栽进水里,舀了满满的一桶。水桶的上升就悠然了几许,那是汉子的臂力通过辘轳作用于井绳的,辘轳的把子每转一圈儿,辘轳心与轴柱的咬磨就发出一个浑厚的响声,吱——呦——吱——呦——这样响过二十余下,一桶冒着热气的井水上了井口。有性急的汉子,会探下嘴去,饱饱地喝几大口,起身、仰了一张满足的脸,很惬意地叹道:好甜哪,美哑了——

叹过，美过，便挑了一担，脚步轻快地经过村巷，晃进自家的院落。此时，天就亮了许多，汉子正好荷锄下地。

井台承载了清晨的忙碌后，便陷进一天的静默里，无论早上最后一个离开者是谁，看一眼四周再无人走来，他便在挑起水桶之前，将沉重的木盖封在井口上的。

爷爷常对家人说，井是咱乡村的眼呀，谁都得爱惜眼睛哩！

暮色降临的时候，井台又开始新一轮的热闹。五六个或七八个汉子，聚在台边，依序而等。有红红的烟头燃起，也有淡淡的家常拉起。谈天气，谈庄禾，谈无穷无尽的日子。井绳绵长，话题也绵长，井绳与话题就绵延了更长的日子。两桶水吊着，担子就上了肩，脚态就不像清晨里那么轻俏，一整天的劳作，汗水和精气神儿，都泼洒在田土里了，这会儿，步子就沉沉实实地，挑着这一担沉实的水，便像他们那个沉实的光景。

轻俏也好，沉实也罢，一早一晚里，村巷里因了一条条移动的影子，而颇显得生动与鲜活了。

甜水井是属于乡村汉子的，娃娃家和婆娘们一般不可以靠近它。

年少的我首先走近的，是村头的另一眼井，它是苦水井。

同甜水井相比，苦水井井台要低一些，台上的枣木架也低，架上的轴和轴上的辘轳，都相应地要小。如果说甜水井的早晚是汉子们的世界，那么，苦水井的前晌和后晌，井台上下则是娃娃和女人们的天下。

女人们要浆洗衣物了，要择葱扒蒜了，要淘红薯洗萝卜了，会拿了衣盆，拿了箩筐由她的半大的能挑了井水的儿子陪了，来到苦井台边，井台边就交织了细腻紧张的劳作乐章，也时时炸起只有女人堆里才能炸起的欢笑。

村里的每个农家，都有两口蓄水的大缸，一口蓄甜水，一口蓄苦水。甜水做饭用，人吃；苦水洗衣洗脸洗菜熬猪食拌鸡食，当然有时候也会浇灌院落里的菜畦和初栽的小树。有时，忙晕头的女人，在熬猪食时舀了甜水缸里的水，男人会胀着一张硬脸，嚷道：咋用甜水熬猪食呢，嗯？要累死老子你才舒心？

女人的脸腾地红了，羞愧着，低了头，赶紧将水换过来。

每个农家都有不成文的规矩，男人主事土地庄禾，挑满缸里的甜水；女人做饭洗衣，喂猪养鸡，也和娃子捎带挑满苦水缸。这是个形式，深层的意蕴在于，畜生不能和人一样享用甜水，甜水是上苍供给至高无上的人专用的。

无数次，在除夕的炮仗声里，爷爷敬完了家里院里的所有神子，就引了我，当然，还有二叔三叔们拿一把高香，走过长长村巷来到甜水井的井台边，三叔在井台上插好一大把香，点燃，爷爷就朝井台跪下，我们都跪下，虔诚地拜了三拜。离开时，我发现，甜井台上，凡能插香的地方，都有长长短短的香在燃着，袅袅烟缕在无声地书写着乡人对水井的图腾。

爷爷起身后交代我们说，你们到苦井台上拜一拜吧，多烧点香，头还是要叩的。

苦井台也有插好的香炷，但没有高香，细细弱弱的，明灭着几点香头红火。

十四岁那年，细细高高的我，承担了家里挑苦水的任务。家里两副水桶，大铁桶和小铁桶，大铁桶由二叔三叔小叔轮换着挑，小铁桶就由我来挑了。第一次挑，我兴奋又紧张，我不会把脚步迈得沉稳老练，空担子在肩上时，水桶也晃不到一个"点儿"上，摇摇摆摆的。到了井台，心突突地跳，站在井口，身子颤颤地晃，小叔教我系好井绳，说，沉住气，头一回，不要朝井里看，放桶时，也不要放猛轳辘，手握辘辘把，一下一下地放吧。我红着脸，一下一下地放，眼还是不由地看井下，井壁黑黝、湿润，长一层茸茸苔藓，显示出固执的绿意。没想到小小圆圆的井口下面，井肚却宽圆阔大，小桶上下其间，渺小得似是一个黑点。幽深的井下，水静静泊着，像一面镜子，镜子里，有下悬的桶，也有我的一张圆圆的惊怕的脸。桶终于下去了，砸破了镜面，井绳突然一沉，告诉我，水桶舀满了水。摇辘辘把子，是力气和技巧活儿，先得有力，后讲技巧，辘辘把欺人，摇不动，自然就沉。我用双臂去摇，还觉得十分吃力。不时要空出一只手，还得照护井绳，一桶水上来，一头一脸的汗。挑水回家，得讲究个步点，步点走对了，手甩对了，桶晃悠着，水也不洒，人还轻快；步点错了，前面的桶，会碰了地，后面的桶，会碰了脚，摇摇晃晃，趔趔趄趄，无章无法，一担水挑到家里，洒得就剩半担儿了。一个月下来，我基本熟悉了一系列要领和技巧，我甚至掌握了水桶下到水面时用怎样的力，能使桶口平栽或倒栽，舀一桶或多半桶……

口渴的时候，我会放下水桶，将嘴探进水面灌几口的。这不仅仅是口渴，还有猎奇的心理作祟。同甜井水的清、甜、绵、软相反的是，苦井水浊、苦、涩巴、泥腥，水质粗粝。喝一口，脸上的表情会被弄得扭曲。我曾困惑地问爷爷，同一个村子的井水，为啥有甜有苦呢？

爷爷仰着一张老皱脸，没直接回答我；淡淡地说，这就像我们的光景，有甜也有苦么。爷爷深沉的像一个乡村哲学家。

我的少年时代，是一个阶级斗争的年代。学校的老师常常把我们列队带到甜水井边，每人喝几口甜水，让我们体会井水的清冽甘甜，然后又到苦水井边，让我们每人喝半瓢苦水，让我们品尝苦水的浑浊苦涩。然后我们就整齐地围了井台坐一圈儿，听井台上的贫协，忆苦思甜。

贫协大声说，我们现如今的日子，甜呐，像方才喝的甜井水，可是，旧社会，我们贫苦人的日子就是在这苦井里度过一样，吃不尽的苦，受不尽的罪呀……贫协一把鼻涕一把泪，讲他过去所受的压迫。他说，他就给村里地主屈大头扛长工，一年四季吃不饱穿不暖，挨打受骂不说了，吃饭喝水，屈大头都让他喝苦井水，我和他家养的猪羊鸡鸭一样，还不如个畜生呢……那一天他挑回一担甜水，渴极了，就拿马勺舀了一勺猛喝，不料，屈大头猛踢他一脚，顺手夺过马勺，骂他，什么狗东西，牲口也配喝甜井水呀……

同学们就心酸，就流泪，同时也气愤，大队民兵们就适时地押来了绑了双手的屈大头。把他押到苦井台上，低了头。

大伙就喊口号，打倒地主分子，不忘阶级苦，牢记血泪仇。

屈大头交代说，我过去有地，有牲口，有房屋，雇过短工和长工，压迫过长工和短工，——可是，我和长工短工一样吃饭一样喝水的，这不能骗人……

话没说完，贫协跑过去，脱下鞋子就打屈大头，民兵也紧了捆绑的绳子，学生娃里，有拿土块砸向屈大头的……

屈大头只是个干瘪的小老头，头也不见得有多大。平时，生产队安排他挑大粪，把各家各户的茅粪，挑到大田里。挑罢粪，就不停歇地清扫村里的大街小巷。在我们的印象里，他是一个裹在尘土飞扬里的小老头。

屈大头没能忍受住一次次频繁和严厉的批斗，在一个冬日的夜晚，他跳苦井死了。

村里一片死寂，打捞上来的屈大头全身泡得肿胀，三天三夜，他干瘪的身体里不知灌了多少苦井水。

贫协早已升了大队会计，不下大田，不晒烈日，日子却过得滋润，从村巷里经过时，把欢快的蒲剧梆子戏洒溅得满路都是。

没过几年，会计出事了，上边的工作队来村里驻下来，调查他的贪污问题。

终因数额过大，还有许多无头绪账，会计吓得脸色纸白，工作队找他谈话时，他借口上茅房，转身拐到就近的甜水井边，一头栽下去了……

他栽到井里，却没有灌饱甜井水。头斜斜地撞到井底的那一圈砖座上，磕死了。

爷爷和村人一样，私下里破口大骂这个坏了良心的，死都不落个好名声，不栽沟上吊跳茅房，却脏污了那一眼好甜水井。

村里派精壮后生淘井洗井，把污了的水，舀出来，把沉淀的泥沙也挖出来，整整干了五个整天，井又还原了一眼新崭崭的老井。

爷爷曾对我说，村人对水井的爱，真像爱自个的眼一样。谁也不愿意往里揉沙子的。早年间，一个妇人枯等着在省城经商的丈夫，后来知道丈夫已经在省城另有妻室时，羞愧之下跳进了苦水井；再一个，就是经不住活活折磨的屈大头老汉，他们跳的都是苦水井，人们叹息着打捞他们，并不去淘井洗井，只等个三五日后，又一如以前般去担去挑了。只有那个令人生厌的贫协会计，死就死吧，还要污了甜井的水，一提起这事儿，乡人的唾沫星子就要淹他的魂魄哩。

……

多年后，我回到久违的乡村，才知道，甜水井和苦水井都已枯了，村人吃水，只靠管道从远处的机井处输送过来的。甜水井和苦水井的井台虽已风蚀得斑驳陈旧了，但原先的木盖依然牢牢盖着井口，护着井口。村里的老者说，井并没有干涸，是水井要歇息一些年头咧。水脉就在地下，只要淘一淘，挖一挖，依然会有旺旺的甜水冒出来，会有旺旺的苦水冒出来……

牧　羊

十五岁那年，我跟着三叔，放了半年时间的羊。

少年时总是把放羊想得太美妙。碧绿的东山坡上，游移着那么白白净净的一群羊，就像一大片白白净净的云，游移在瓦蓝瓦蓝的天上。羊儿低了头，很专注地啃吃山坡草儿，吃出愉悦了，一条条短尾巴摆着，晃着，晃出许多的悠然。有被惊的野兔儿，倏忽间从草丛里窜出，箭一样射向山那边，红的黄的紫的花儿，在草丛里开得自信，多种怪怪的叫不出名的树，还有类似树的东西，都在坡里有一个属于它们的姿势。树下，牧羊汉斜躺着，吸着烟，哼着古老的戏文，惬意写在脸上……

放羊远远不是这样儿。

清早是不可以放羊的，清晨的山坡草地，草枝草叶儿上，满缀着夜的露珠儿，羊吃了露水草，会拉稀掉膘的。只有吃过早饭，日上三竿，温热的风蒸腾了露水，才能赶着羊儿上山坡。

那么从清早到吃早饭的这一大段时辰，是我担土填圈清扫场院并朝水槽水缸里挑水的忙碌时辰。三叔呢，则把羊儿从圈里赶到一个四周有着低矮土墙的废园里，让山羊晒晒太阳，给绵羊，一只一只地剪羊毛。

羊圈，是一孔高大的土窑，圈了一夜的羊，里面，有浓浓的，稠稠的羊腥味儿在氤氲。尽管圈门开着，窑顶的气眼敞着，味儿还是呛得人憋气。百十只羊，一夜在圈里又拉又尿，有稠有稀，花花绿绿，就得在上面铺一层绵绵的黄土，圈垫得平整了，羊儿舒服，也给生产队里增加上好的底粪。

我从远处的崖下，把绵土刨好，再一担一担地挑到羊圈，薄薄地铺一层，天天如此，不多不少，十担绵土。垫好羊圈，我得掂一把大扫帚，一下一下清扫场院。场院是羊圈前的一片场地，冬日，不出牧时，羊可以卧在场地上晒晒日头。三叔是个爱干净的人，平时再忙再累，也要把场院扫得光光净净。挥着扫把，羊粪蛋儿在滚动着，很欢快的样子，朝一边靠拢。场院扫过，院角里会有可喜的堆积，新新旧旧，成了一座黑豆般的小山。

我不敢有半点停歇，又挑了担子水桶，到苦水井挑水。场院南侧，有两排长长的水泥抹就的水槽，清理完槽里秽物，十担水才能把两槽挑满。水要早早挑好，一天日光晒过，水就成了熟水，牧羊归来，渴极的羊儿喝过，不会生病的，如从井里刚刚挑出，水生冷，羊儿喝过，胃肠会不舒服。

苦累的活儿，是为轻松活儿作一个铺垫，先苦后甜的道理，我那会儿就懂了。整个前晌和后晌的山坡放牧，是少年的我，最幸福最开心的时候。

东山是故乡的屏障，也是幽幽神秘的所在，她生长草木百禾也生长古老的传说，对于我，她是一个少年开阔的乐园。

山羊或是绵羊，一踏上青绿的山坡，脑袋就深深地埋下，专注地啃吃青草儿，深情地在草丛里游移。这时候，头羊就显得有几分迷茫，因为无须它带头引路了，扬起硕大雄壮的脑袋，那标志着强悍雄性和英武的粗实壮观的双角，不甘寂寞地扬一扬，便随了脑袋隐于草丛里。

天，出奇的蓝，悠悠山风在和草儿呀树呀亲切地磨合。那时候山鸟真多，就像山上的野花儿一样，连名儿也叫不出，灰色的，黑色的，黄色的和大红色的，在空中，划出一道道多彩的弧线，清脆和悠扬的啼唤，把山坡唤出一派祥和。每每这时，三叔就舒心地把腰板放在草坡，在暖暖的日光里打个盹儿。我同山羊绵羊一样，在山坡里放飞我的欢快，钻草丛，捉蚂蚱，追坡垅上的禾鼠，看远处奔跑着的狐狸的身影。这会儿的羊群，不用牧羊人去操心，那把看护羊群的长铲儿，插在山坡里，成了一个摆设和道具，像山上的一棵树。

正晌午时，羊的肚子都渐次地圆了，像天上那颗日头，饱饱的，圆圆的。对嫩草儿的寻觅，就不像前晌那么执着和贪气，啃草的嘴，就松懈许多，嚼草的牙，就缓慢许多，嚼着，刍着，就把脑袋扬起来，对坡上的草，也挑剔起来，挑三拣四的样子，三心二意的样子。

有另一群羊，会慢慢地靠拢过来，相距很近，但并不会和这群融合。羊就有一些新奇感，东张西望，像看到陌生的邻居。两边的头羊，就来了劲儿，就很抖擞地走到了一块儿，先是互相在尾巴上闻一闻，狗儿一样，嗅过闻过，就恼怒了，就用各自卷了几卷的粗壮的角，去攻击对方，对方不服，便用劲地拱，这时候，如果有一只跑了，那就算服输，草坡上便寂静下来。头羊就有股执拗劲都不服输，这就在山坡上拉开架势，决一死斗了。

两只羊都后退着，后退五六步的样子，运足劲儿，又一起猛猛地冲过来，用头角相迎，嘎——嘎——两声，两颗羊头，四只羊角，碰击到了一起，把全身的力气，都运到头角上了，然后，再后拉，再撞击，后拉的距离越远，撞击的劲头越大。起先，两颗头，平行着撞，后来，身子都跃起，抬起前腿，后腿支撑了身子，把更大的力，甩到头上，击到角上，坡上，草被踏得稀烂，土被扬起老高，两群羊和牧羊者，都远远地，看得发呆，就连天上的飞鸟，也就近落在树上，惊喜地看这羊世界的一场武戏……

那时候，我十分惊讶，觉得小小的羊脑袋，经那几十个回合的撞击，是一块石头，也碰得破了，羊头居然没事。我心疼两颗羊头，好多次，不等它们斗出分晓，就用放羊铲，打开了它们……三叔在一旁吸着烟，微微笑着，淡淡地说，分开也好，分开也好，不然，会斗个天灰地暗的……

羊群也有不听话的时候，那常在缺草的地段，而附近又有绿绿的庄禾在诱惑，嘴馋的和胆儿大的，便不会老实，趁人不备，会窜到地边，探出嘴来，偷吃几口的。

每到这时，三叔就会分外警惕，看到蠢蠢欲动的羊只，便用长长的牧羊铲去警告。牧羊铲有细长的木把儿，头上按一铁铲，三叔用它铲一块土坷垃抡起来，用力一甩，就那么随意地一甩，土块就落在羊的前头，羊便断了偷吃的念头。

三叔抡铲砸物的本领让我对他产生许多敬畏，他曾给我表演过，山坡的另一边，有一块圆圆的黑石，在草丛里，很醒目的。三叔的铲上铲了一块小方石，高高地将铲把抡起来，借了惯性，小石块迅速地弹出去，准确地击到远处的黑石上，黑石的肚心显出一点被击打的白来。曾多次听乡人说过，前两年的一个冬夜，一只饿狼死死盯着羊群中的一只怀孕的母羊，母羊因身子笨重，每每落在羊群后面。三叔驱赶了饿狼好几次，依然赶不跑。饿极的狼比疯狂的狼还难对付。三叔拿了一把松枝，点燃后举在手里，让燃烧的火焰吓跑饿狼，可是依然不见效果，那家伙躲一下火苗，随后又几次朝母羊扑去，根本没把三叔当一回事儿。

被逼无路的三叔想到了他的牧羊铲。

他轻巧地铲了一块青石，铆足了劲儿，双臂运一运，把气愤运到了铲把儿上，猛劲一抡，那青石像长了眼睛直朝饿狼脑袋而去，蹦——地一下，青石非常沉闷也非常突然地击打在狼脑壳上，饿狼竟被这致命一击击晕了，趔趄几下，一头栽到了地下。

三叔也惊讶，没想到这一石就这么稳准狠。他怕饿狼没死利落，又搬起一块大石头，朝狼头砸下去。

　　麻秆腿，

　　豆腐腰。

　　扫帚尾巴，

　　铁壳脑。

这是人们对狼的总结。没想到三叔的一铲一掷，就把铁脑壳砸晕了，要了饿狼一条命。

三叔教我抡铲，他教的是要领，简洁、明了，抓了要点。还不算十分笨拙的我，三五天就掷得有了点模样。三叔反复嘱咐我，平时砸羊时，只起个警告作用，一般不铲石块，顶多铲个土块就行了，还有，要朝羊走的前方砸去，最好两三尺距离，万不可朝羊身上砸，砸到羊头，晕了，砸到羊腿，跛了，砸到羊肚上，更可怕，怕内脏破了，那可使不得，使不得，一条羊一条命呢……

牧羊的日子，我还跟三叔学会了打尖亮悠长的口哨，起先，打不成，口型不对，运气不对。三叔示范了几次，我天天揣摩，天天在山坡沟梁里练习，不出半月，居然打成了，也很嘹亮很悠长的。会打口哨，作用太大了，在沟这边，朝沟那边的羊群打一声长哨，羊在头羊的带领下，会按照牧者的意愿，乖乖地返回到沟这边。

在山上看天，天真高远，高远得让人想哭想笑；在山上看地，大地是很苍黄的一片，一族又一族的村落，隔三岔五地嵌在大地上，而房屋和树，是村庄的标志，一缕又一缕炊烟，青青地扭到空里，融进天里，昭示着日子的恬淡，显示了岁月的悠长。

有时候，对面山梁上的牧者，可能耐不了寂寞，隔了一道大沟和一片草坡，远远地送来很动听的山歌——

　　　　山坡上来了一群白褡子白，
　　　　脑袋上顶了两根干硬的柴——
　　　　嘴子里哼着那个呐咔声哎，
　　　　尾巴下蹦出那个黑豆子来——
　　　　……

很悠远，很苍沙的，在沟沟峁峁上缠绕。

三叔淡淡地笑笑，对了我说，你也回唱他一个吧。

我红着脸，说不会唱呀，忽然想起跟三叔学会了打口哨，就仰了脸儿，自作主张地朝对面打了一个深长的口哨：呼——呼儿——

三叔笑笑，说：这娃娃，咋能给人家打口哨儿，那可是吆喝羊哩……

夏日，我最害怕给羊群洗澡了。

夏季，日头总有发狂的几天。人热得受不了，浑身是毛的羊更热得要命。吃一阵青草，蔫蔫地躲在一边去喘，黑毛白毛里，散发着难闻的膻腥气味儿。

羊喘决不像狗，狗要喘是很张扬的，吐着长长的舌头，伸缩着，一下又一下，大喷着气，怪吓人的样子。羊喘时静静地躲在一角，极可怜的，极卑微的，勾着脑袋，身子也一倾一倾，实在撑不住了，就一头栽下，或极轻地哼一声或默默地，静静地倒下就起不来了。

夏天要给羊勤洗澡哩。三叔把羊赶到一个水沟边上，对我，也对羊这样说。

水沟是深谷里的低凹处，下暴雨时，山洪遗留下的一汪儿。选一个大水沟，水大，还不能深。我先用牧羊铲试探一下，搅搅水心，拭水的深浅，也有意将沟里的水蛇惊跑，如果有水蛇的话。

羊们会乖乖地在水边饮一阵，饮饱了，三叔就几乎脱光了衣服，下到水心里，扑腾几下水，溅起一些水花；我则紧抓了羊，一只一只地朝水下拖，拖一只，给了三叔，三叔把羊全弄湿了，用一个小小短短的铁耙子，给羊的腰身，肚腹，一下一下地耙。一只羊，得一袋烟的工夫，百十只羊，就得一个大后响。

羊这畜生不开窍，体会到了洗澡的痛快，可一次一次地，还是怕下水，死活不听人的话，这就累苦了我。抓住一只羊，或拖了后腿，或拽了双角，朝水边拉着，羊却死命挣脱，水沟边的我和羊，就拉拉扯扯，拖拖拽拽。有个头小的，三下两下被我拖进水沟，扔给水心的三叔；个头大的，便和我在水沟边摔跤，常常因拖不过那些家伙，被弄得东倒西歪，趔趔趄趄。三叔说，先洗听话的，个头小的，剩下难缠的大家伙放在最后洗。

夕阳坐在西山头，把一层薄薄的橘红抹在沟梁上。我和三叔都已筋疲力尽。为了对付十来只大羊，我俩一块拖拽着一只，一起下水，他摁着羊角，我则用铁耙耙着羊身……羊这贱货，几耙子耙下来，就听话了，乖乖的，眨巴着一对善良的羊眼，任由我在他的身上，横耙竖挠。

日头沉下去了，沟谷里出现一片梦样的虚幻，树木与庄禾呈现了黄昏时分的青灰色彩，天空神秘地被一种云彩罩着，有落巢的山鸟儿，哇——哇——地唤两声，沟就更静了。

羊群在前头缓缓地走，我跟着三叔在后面。浑身的骨头，像散了架，三叔拍拍我的肩，说，多洗几回就好了，就炼出来了。声音却倦倦的，没有了底气。看眼前，黑的山羊更黑，白的绵羊更白，是这些黑黑白白的东西，在引着我们回村。

深秋，难熬的是羊卧地。

大田里，庄稼全收获回去，连迟收的红薯，也全刨了，地头地角的，偶有一两棵被遗忘的高粱秆，孤孤地立着，在风里摇晃，像村里永远找不到的婆娘的光棍汉，酸酸地看着什么，呆呆地瞅着什么……旷野真的显示了它的空旷，田土也裸露出它的真诚的土黄。

在偏远的山地，由于远离了村落，乡人是不会把农家粪运到这里的，每年的秋耕前，羊群都要在山地上，整夜整夜地爬卧，除了粪便尿水外，羊身上浓浓的羊腥，熏了山地，山地就肥了，就好收获来年的庄稼。

穿着爷爷的老羊皮袄，我和三叔驱羊来到了偏远的山地。

羊儿吃了一天遗留的禾叶和山草，肚子差不多饱了。入夜时分，就由牧羊人安排着，并不团聚也不分散地卧在某一块山地上。

日头还没完全落坡时，有几颗星子就急急地跳出来，缀在寒天的一角。日头一落坡，好家伙，满天的星子都眨着眼，把山地的夜，眨得好寒好冷。这样的天，要么没有月，要么寡寡的一小条，像一牙没长熟的石榴籽。高高远远的天里，多了一些神秘，也多一些清冷，看一眼，让人的心里，怯怯地，平添许多凉意。

夜色朝深沉里一点一点地移，就有大团大团的黑在旷野上压下来，把山地，还有山地的人呀羊呀，压得一片迷糊。羊群安静许多，半大的幼小的山羊绵羊们，不再跑跑窜窜，寻到自己的母，或依在其身边静卧，或是暗里靠感觉去吮吸奶子。

三叔穿着大皮袄大皮裤，都是羊毛的，皮子黑污光滑，毛都翻在里子内，暖和。三叔常笑着说，把鸡蛋焐在里头，不出三天，会飞出小鸡儿的。可是，三叔的腿，还是老寒腿，牧羊日子和山地寒夜会浸寒两条壮腿的。

这时候，三叔会让我抱来许多玉茭秆高粱秆和山柴之类，山柴是硬柴，耐烧；庄禾杆子引火，有旺旺实实的火焰，但不耐烧。硬柴软柴一起堆在避风的地垅边，等到夜深更寒时再燃。

夜风，不觉中从山地上掠过，先是悄然地，轻摇着杜梨树的枝条，粗粗细细的枝条们，在空里起舞；坡上的草，也颤颤地抖；渐渐，风大起来，在树梢上兜着尖锐的哨子，冷冷地往耳朵里钻，而山草儿，像要被风一把一把地拔起来。

三叔不让这时燃火取暖，三叔说，风会把燃着的柴火一团一团地刮跑，会把山草山树烧掉，酿成火灾的。

羊群不惊不慌，每一只都沉静地卧着，用浑身的山羊毛和绵羊毛，来敌御山地的寒风。

沉着的羊和沉着的三叔给我一些御寒的暖气，我欲躺在柴堆上时，三叔却站起来，在羊群四周缓缓地踱了一圈，眼光警惕地看看近处，看看远处。三叔说，这样的大风里，狼会借了风声来偷袭羊的，狼这东西，贼得很……

下半夜，风弱下来，停下来，山地上恢复了可怕的寂静，寂静里却弥漫了透骨的冷，这种冷，是生冷的那种，硬硬地，钻到人的衣裳里，刺进皮肤和骨头里去了。

这时候，三叔点燃了柴堆。

柴火先是沤烟，三叔猛吹一口气，就腾地一下，噼噼啪啪地烧起来。

火苗舔着我的脸，被冻的脸被火一烤，有一种消融的痛痒，我摸着脸，退远了一点，身上，一点点暖起来。

羊儿也被山地的火燃得激动，有咩咩的叫声交叉起来，也有的羊儿站起身子，抖抖身上的土，换一个姿势重卧。

火给我带来温暖，也带来浓浓的瞌睡。靠在垅垅上，我睡着了。

朦胧中，我做了一个又长又怪的梦，身穿着的羊皮袄变成了一只老绵羊，抖开皮袄，却是一只狼。

猛丁地醒来，是被三叔的叫喊惊醒的。

火已剩了残火，沤着一股白烟，羊群的不远处，有几对贼贼的眼放着绿光。

狼——

我脱口唤出。

四五只狼,可能饿极了,围着羊群,兜圈子,对三叔的呵斥,毫不在意。

三叔拿他的羊铲,铲了石块朝狼砸去,狼跳着躲闪,并不后退,发一声威,嗓子眼深处吼着,张开尖嘴,露出长长的牙来。

我没见过这场面,吓得发呆。

三叔命我收拾一下柴火,赶快把火燃起来。

火又一次燃起,玉茭秆子旺旺地举起了一团浓烈。

狼是怕火的,见火心虚,四五只家伙后退了许多。

后退是后退,并不离开,白的绵羊和黑的山羊在诱惑着饿极的肠胃。

狼中的一只凶猛者,往往会令人猝不及防地窜出去,到羊群的边缘,企图叼出一只半只的,这很可怕,一旦偷袭成功,四五只狼会拼命护着叼羊者,逃离山地,逃到山的更远处,去撕咬,去分食。

三叔就打退了这样的三四次偷袭。

善良的羊们不敢再卧,起来,挤成了一团儿,咩咩的叫声流露着软弱和恐惧。

人,狼,羊,就这样艰难地对峙着,比着耐心、毅力,还有智慧;耗着体力、精力,还有大团儿时辰,直到天亮时分,日头从山头冒出来。

后来,三叔在羊卧地时,就备了一杆土枪,装好了炸药、沙粒、铁屑、石子,遇到狼困羊群时,就对了狼放它一家伙。轰——,有烟有火,有闷闷的响声,群狼就落荒而逃了,耷着耳朵,吊着尾巴,隐到山后去了……

天快亮时,露水落下来,是地气结成白水,湿湿的,浸在草上,地皮上,人的脚面上,有时,就凝成了白白的霜,像一层咸涩的盐,像一层早来的雪。

山地在一夜夜的羊卧中,肥了,来年风调雨顺时,可收到大片的白豆，大片的黑豆，也可刨出一窝窝硕硕的山药蛋。

那时候，看到山地收获回的满场院晾晒的白豆儿黑豆儿，我总觉得那是一颗颗羊粪蛋儿变成的，小小巧巧，却很硕壮很可爱的样子，在日头下的场院晒着，泛着白的亮泛着黑的亮。

好不容易熬到了春季，东山上终于长出了一层青草儿，许多只冬天生的小羊羔，也在这个季节里变得黑幽幽白生生的了，活蹦乱跳着，也敢离开母羊，在羊群里跑前跑后地撒欢。

羊群也像山坡的草，一茬一茬的，老羊如老草一样枯去，小羊像新草一样萌生，羊群里小羊多了，就多了许多活跃，十五岁的我，也如一只能跑能颠的撒欢的羊，喜欢春天的山坡，喜欢坡里梦一样的绿草，可惜我已没有了牧羊上山的机会，我得拾起书包，继续我的中断的学业了。春的山坡和春日的羊群，就永驻在少年的遗憾里。多年后想起那一段牧羊的日子，眼前是山坡的起伏，是田野的空旷，是黑魆魆的山羊和白花花的绵羊，嘴里，就轻轻哼着那首歌子——

　　　　山坡上来了一群白褡子白，
　　　　脑袋上顶了两根干硬的柴——
　　　　嘴子里哼着那个呐哞声哎，
　　　　尾巴下蹦出那个黑豆子来——
　　　　……

犁　地

　　在小青年的眼里，犁地可是又轻松又惬意的活计。

　　老牛踩着犁沟，就那么不慌不忙低沉着脑袋，一点一点地朝前走着，犁地的人手扶了犁把，那是轻轻地扶着，或是手握着犁把顶端那圆润的发光泛滑的一片儿，不经意地握着，任由那头老实的黄牛牵带着木犁，木犁又牵带着犁地的人，在长长的地畛里走动，一来一回……

　　好多次，在地心里，我看到犁地者扶着犁把慢腾腾地走着，走着走着，居然响起了鼾声，看他的口角，拉下一条长长的亮亮的口水，忙看前头慢走着的老牛，牛的口鼻里也混合着悬吊几条粗粗壮壮的鼻涕口水，正好与犁者的那条遥相呼应。

　　那时候我就想，敢情犁地这活计还能忙里偷闲美美地打一半个小盹儿的……

　　我学会犁地是十六岁那年。

　　准确地说，我们这一伙小青年是集体学会犁地的。

　　十六岁的我细细高高，乍一看，像是一个大人了，细瞅，还是娃娃十分嫩面的脸，娃娃十分嫩弱的骨架。这样的年纪和这样的身骨，在生产队里是不会挣到全劳力工分的，顶多是多半个劳力。

　　全劳力是十个工分，活计自然是村里粗重的活计，和有技术含量的活计，出圈担粪，摇耧种麦，割麦锄地，翻地打坨，割玉茭秆，拔棉花秆……苦累不说了，还得有一把好力气。

半大小子的我们不可以独当一面，但常常能成为全劳力的左膀右臂，全劳力出圈，我们可以往出运粪；全劳力割麦，我们可以捆麦个子；全劳力拍垯打坢，我们可以给他们供应新土；全劳力大汗淋淋拔花秆，我们可以把拔下的花秆子一捆一捆拉到秋场上；全劳力摇耧种麦，我们可以给他们牵马牵驴牵骡子……在我们眼里，当一个全劳力，才是出息和风光的事情。

村里常见的犁地和耙地的活计往往和我们毛手毛脚的半大小子无缘，那一般是老成持重的中老年人的营生，那活计有些技术性，有些驾驭性，虽挣不到全劳力的工分儿，我们却常常望尘莫及。

学犁地是一个十分偶然的机会。

我们一伙儿十几个半大小子，一下子都有了学犁地的机会。

这个机会的到来让我们都有些措手不及。

那是个大中午的天气，是秋季还是春季？记忆里已模糊不清了，但大中午的太阳吊在空旷的天上，土黄色的地垄边点缀着不少人群，那一刻让我永远牢记。

生产队长和分管牲口的贫协组长产生了严重的分歧。

生产队长年轻气盛，大队和公社下达的生产任务一拖再拖，就是不能按时完成，他心里火急！贫协组长老年稳重，他分管着犁地耙地的这一班中老年，大田不能按时耕完，是任务太急活儿太重了，总不能把牲口们朝死里使唤吧？！

生产队长和贫协组长就对峙在互不相让的大中午的日头下面，还是队长权力大，他沉思了一会儿，果决地把手从空中一劈，僵持被打破了。

头牯还是那一群头牯，关键是什么人使唤它们，慢性子的中老年使唤它们，它们就慢慢腾腾拖拖拉拉，一头头一条条都养成了慢性子！让咱队里这一帮小年轻使唤它们，它们就热火朝天快马加鞭了——

生产队长就是这时候宣布了让我们这伙小青年从后响起套牛犁地的！

兴奋、刺激、不安、激动一时间罩着十几张少年的脸，我们跃跃欲试又心里无底，真想美美地大干一番又有些老虎吃天没法子下手。

那一群使唤了多年牲口的中老年被安排干其他活路了，不过，在两天之内教会我们犁地的所有路数也算是他们一项任务。

看着别人犁地时那么惬意和自在，真正让自个儿操作起来，谈何容易。

别看粗粗笨笨的老黄牛，它可是个有灵性的牲口，它和使唤它驾驭它的人有一个磨合的过程，相互了解的过程，最终才可以达到默契的程度。

我哪里知道这些？那根象征着权力或是暴力的皮鞭一握在手里，我就滋生了统治的欲望，手心里痒痒着，右手刚刚握住犁把，左手就迫不及待地挥鞭过去，啪——一下抽打在老牛的胯骨上。

那些年人吃不饱，牲口的草料也不足，牛啊驴啊一头头一条条瘦骨嶙峋的。一鞭子打下去，那可是打在骨头上啊！我清晰地看到一鞭抽打下去老牛胯骨上稀疏的黄毛儿中间出现了一道白印儿，有白花花雪片儿一样的皮屑儿被打得四散飘去。老牛被这重重的一鞭打得莫名其妙，无辜挨打的恼怒使它在那一刻里紧紧夹住了那一条秃尾巴，两只牛眼瞪得滚圆，在我毫不留意的时候它一下子拖着犁铧就顺着地垄胡乱地却飞快地跑着，那张大铁犁早已倒在地上被老牛拖拽着，犁头深深浅浅划拉着土地。

教我学犁地的田伯这时也慌了手脚，他没料到我那一鞭子会把老牛打得疯跑起来。在村里，在我们队里，以前也有过类似事件，那可是非常危险的事情。有时疯跑起来的牛带动得身后的犁铧也颠蹦起来，一来二去，犁铧的刀面就碰撞切割着牛的两条后腿，感到疼痛的牛就越跑得快起来，而犁铧也一下一下越来越频繁地撞击切割着牛的后腿，情形严重的时候，会把牛的两只后腿毁掉的……

田伯的一张黑黑的脸子早已吓得蜡黄起来，他飞跑着去追赶黄牛，深一脚浅一脚踩踏着犁过的和没有犁过的土地，一只方口布鞋掉在犁沟里也浑然不觉。

还好，在跑了半畛子地后田伯终于牵住了牛笼头，后面的犁铧也侥幸没有碰破老牛后腿。我赶过去时，老牛口里喷着白沫正吁吁大喘，而田伯的一张脸子，由于后怕蜡黄得发起白来。

事后我才明白，牛啊驴啊这些被人使唤的头牲们断然是不可以随意鞭打它们的。你打得有理由，比如牲口偷懒了，该快着赶活计的时候它们却慢慢腾腾，驾车上坡时到半坡里不愿使劲拉车了，这时候你挥鞭打它，它认，它觉得你打得有理；比如偷吃了，干活时或走路时它不老实，探出脑袋张开大嘴偷吃路边的庄稼，这时候你打，它不会闹情绪的，它知道它做了理亏的事情，挨打是应该的。

更多的时候，挥鞭打牲口是象征性的，带有吓唬的意思，鞭子高高地抡起来，却轻轻地落下去，起到个震慑作用和警示作用。牲口都有属于自己的思维，它也在揣摩着人的举动和人的语言。你有打它的动作，它心里就怯了几分，你有骂它的言语，它们行为就收敛了几分，效果到了才是目的啊！

还有一种打法是对牲口喜欢的一种表达，口里吆喝一声，手里的鞭儿就在它的腰脊上空和胯背上空轻轻兜一下，兜出一个脆脆亮亮的炸鞭声，让空旷的田野里不再单调，或者鞭身鞭梢轻轻落在牲口的皮毛上，像朋友之间拍打着肩膀一样，牲口能体会到是主人对它的一种抚爱的方式，心里就增加几分踏实，埋下脑袋，踏踏实实地干它该干的活计。

还有一个最容易被人忽略的细节，那就是牲口在干活中的大小便问题。乡村里有一句俗话：老牛上坡，屎尿怪多。一般是指老牛拉着车上坡时的情状。坡陡车重，鞭杆在身后猛催，老牛费劲拉着往往就蠕动屁股，啪——啪——地拉出几团儿牛粪来，鞭子抽打得狠了，老牛用劲狠了，拉出的粪便也稀稀拉拉不成个形状。这时候赶车人也得发狠，无论如何不能让老牛停下来。驾驭者口里喷着唾沫星子，大声吆喝着，底气饱满得像放三眼铳，一是要老牛惧怕，惧怕赶车人的威严，节骨眼上是不能发软退坡的，退下坡去，那后果将不堪想设。二是鼓励老牛要有一气拉车上到坡顶的信心。这样，吆喝声在身后催促着，鞭梢声在空中炸响着，老牛埋了脑袋四蹄紧绷，夹起尾巴，双眼瞪得响铃一般又圆又大，粗大的鼻孔里扑——扑——地喷着白色的雾气，便有了一股不上坡顶不罢休的气势……

犁地没驾车上坡那么紧张，更没那份险要，犁地要平缓得多，从容得多。在这种悠然里，拉犁的老牛自然也免不了要屙尿，犁着犁着，老牛的尾巴就翘了起来，屁股上的那一团嫩红的皮肉便慢慢蠕动几下。这时候，你不喊停下来的口令，牛是断然不敢停下步子的，只有边拉犁边屙尿了。其实犁地这活儿并不在乎这一会工夫，应该低沉而亲切地喊一声吁——，让牛停下来，看它蠕动之后的屁股徐徐张开来，粉红色的肉皮裹挟着深黄色的牛粪，一点一点排出，接着就一团儿一团儿掉下来，落进犁铧下的泥土里。

牛粪不同于骡马粪，骡马驴的粪便，形状方方圆圆小小巧巧的外表光滑，里面却粗糙，农人说，驴马粪蛋儿，外面光，不知道里面多窝囊。这里的窝囊是指粗糙得乱七八糟。骡马们吃草料不及牛的细致，在场院里或地头上，只要歇息下来，卧着的牛们就会反刍腹中的草料，牙嚼嘴动着，白白的细腻的沫液在嘴边悬吊。

这是牛们悠闲幸福的时光，反刍着草料，整合着食物，重新体味着进食的愉悦。这样，牛粪就细腻得讲究起来，容不得一点的大意和粗糙；牛粪的形状也异于骡马，憨憨厚厚的，一团儿一团儿堆积起来，条纹优美，结构大方，如同刚出笼的一枚又一枚花卷儿馍的组合。牛粪的排量也大，三四斤甚至五六斤。有时候在通往田野的路上，看见那一堆壮观的牛粪，农人们会弯下腰来，深情地用锨把它移到麦田里去的。

掉到犁铧下新土里面的牛粪，欢快地蒸腾一大团儿一大团儿的白气，雾气里便有了草料的味道，有了牛体的味道，有了土腥的味道，还混合着田野里草木百禾的味道……

故而在牛们排粪的时候，最好停下犁地，让它从容舒缓心态平静地进行完排泄的程序，让它体验或者说享受这一点可怜的排泄的快感，然后身心轻松地投入繁重的拉犁活计。

牛是颇通人性的牲口，多次我停下脚步扶着犁把，等它排粪完毕，又给它整理缰绳的时候，我看到那两只大大的牛眼里水汪汪的，流露着感激的柔情，在接下来的活计里几乎不用催促，它就知道该怎样拉犁，怎样占据犁沟的位置，怎样在地角头拐弯和回返，听话顺从得像今天的家养宠物。它是用下死劲地劳作来回报我对它的那一点好呢！

在那短短的两天时间里，我从田伯那里学会了使唤牲口的所有口令，如朝左走、朝右拐、朝前赶、向后退，停下来等等一应口令，并付诸犁地当中，懂得了粗犁和细犁的把握，知道了粗犁是把犁铧搭着宽阔，细犁则把犁铧搭得窄细，什么季节里面对什么样的土质，即将种什么庄稼需要粗犁，什么季节里需要细犁，山坡地和平坦地的搭犁粗细就不同，对播种小麦和点种玉荬的地，搭犁的粗细也不一样，还有，熟土地和生土地，单茬地和回茬地犁地的粗细也各有异……按理说，无论山地平地，无论春种秋播，无论土质肥瘦，无论复茬单茬，犁地都应该细致搭犁，细细疏松土壤的。可是，生产队里的牲口里有限的，大头牯（这里指骡子马）一般要驾胶轮车负责生产队里比较重要的运送任务，如给公社的粮店送麦子和玉米，给棉站拉运籽棉，到城里买回牲口们吃的麻饼和豆饼，还有从田地里往谷场上拉高粱玉荬、豆子、糜子、棉花秆、绿豆蔓等等。犁地耙地这些粗笨的活计，就落在牛们驴们的身上了，如果对每一片地都细细地犁一遍，是万万犁不过来的，犁不过来不说了，还怕误了节令，耽误了播种可是天大的事情。

那几天不仅仅学会了搭犁的粗细和深浅，扶犁的要令和技巧，速度的快慢和节奏。更重要的是学会了如何爱惜牲口使得牲口听从人的旨意，并且尽量达到牛、犁、地、人四位一体的最高犁地境界。那不仅仅是一个老农大半生的农事经验，是他对牲口对土地对农耕理解的层面。

那两天里我像一头敏感的驴子一样，高高地夛起我的两只耳朵，用耳朵用心灵，认真拾取田伯的每一句话，每一个经验的片段，每一个不连贯的情节。那两天里田伯的话对我来说很重要，关乎着我能不能学会犁地并且犁好地，这在一定意义上关乎着我的饭碗和一个小青年的名誉与自尊！我会掂量轻轻重重的。

等到田伯不再跟在身后，不再嚅动着嘴巴，不再喷溅着白白的唾沫星子絮絮叨叨的时候，我已经能一人扶着犁把，赶着老牛独自犁地了。我知道在这两三天时间里，我初步和我驾驭的老牛建立了一些薄薄的感情，我小心翼翼着每一个动作。老牛也听话地给我一些些面子，这样，我或粗或细地按要求搭着犁铧，在尖尖的犁尖儿即将接触地表的时候，我探出右脚，使劲踩踏一下犁铧的上棱儿，犁铧就趁势吃进了土里，只轻轻吆喝一声：驾——！黄牛就蹬开四蹄，埋下脑袋使劲一拉，两条边绳早已绷得紧紧的，直直的，力量正作用于边绳并通过边绳传递到笨重的木犁上，木犁就乖乖地被牵着被拉着，在浑黄的土地上沉重地移动。

我能清晰地听见犁尖刺破硬土的那独有的声响，那原本清脆利落的声响，穿过了紧接着的松土的覆盖，变得有些沉闷和木讷了，我还清晰地听见犁刃切割土壤中的草禾根须和蚯蚓身段的噌噌的尖锐声，那声音果断干脆，决不拖泥带水，有一种斩杀的快意，还有开垦的悲壮，在这种快意和悲壮的音响里，蕴藏在地下的新土被翻卷上来了，被颠覆一下，移动了位置。人常说人挪活树移死，这土被调动移动一下也活泛起来了，新土像源远不断的浪花，在犁铧的作用下翻卷着，奔涌着，体验着被倒腾的欢快。

上午的半前晌和下午的半后晌，是犁地者歇歇儿的时辰，其实是让牛们驴们歇歇儿哩。扶犁的人并不累，特别是学会了驾驭牛驴掌握了犁地的要令之后，犁地在农活儿中还真是一件美差。以前，在我们一伙小年轻舞动着手中的榔头在地里敲打土疙瘩的时候；在我们跟在犁者身后朝崭新的犁沟里洒粪施肥或点种籽粒的时候；在我们忙忙碌碌在耕过或耙过的地里捡拾玉茭根棉花根大麻根糜子根儿的时候；我们或远或近地看到犁地的大爷大伯们悠悠然然地扶着犁把，眯缝着眼窝，嘴里哼唱着眉胡或蒲剧小调儿的时候，我们的羡慕和神往真是难以描摹。歇歇儿的时候，那可真是莫大的享受，大爷大伯们围坐成一个散淡的半圆，掂着旱烟袋锅子，吧嗒吧嗒地吸着，喷吐着乳白的苍蓝的烟雾，谈论着日月的漫长和生计的琐碎……

我们小青年是不存在歇歇儿一说的，腿脚麻利的我们快快地下沟爬坡，各自麻利地弄来一大团儿鲜鲜嫩嫩的野草儿，当然是牛驴们极喜吃的野草儿啦，野苜蓿、蒲冬果、灰条草、羊肚芽、甜苣苣芽，当然春天的草和秋天的草类别还是不同的。当我们急切地把嫩绿的野草放在各自驾驭的牛、驴面前时,头牯们原本就大的眼睛瞪得圆溜了,迸溅出贪馋亢奋的光点,探下脑袋大口大口地吃起来,馕起来,不管不顾的样子,却把一条条或秃或毛的尾巴悠悠地荡来甩去,抒发着进食的愉悦,表达着对主人的感激……

时间不长,我和老牛,我们小年轻和自己使唤的头牯们都建立了不薄的感情,最起码相互间也有了认可度和信任度。在这种基础上,我们驱使牲口干活拉犁,牛们驴们是顺从的,听话的。特别是我们利用歇歇儿时间不辞辛苦给它们寻来可口的鲜草儿,这在中老年的爷爷伯伯们使唤它们时是绝对没有的事情。时间长了,好像牲口们也悟出了这种事情的不容易,便用起劲的干活儿,起码是不偷懒的劳作来回报我们。是的,牲口是有灵性的,似乎懂一些简单的道理,从而为生产队里下力劳作的,它们只是机械地或被动地回报我们。

田野的风徐徐地吹着,掠起一伙儿犁地少年的散乱的头发和不周正的衣衫,飘飘荡荡的衣衫们就成了那时候田野里一面面灰色的旗帜。蓝天、白云,远天远地,右手扶了犁杖,左手扬着皮鞭儿,一趟一趟地我们便走成了田野里的风景。

正如生产队长所预料,我们一旦掌握了犁地的技巧,犁地的速度和效益大大地快于以前的大爷大伯们,每个季节都提前完成了耕作的任务,也一次次得到了生产队长的表扬。

那时候,小青年们的一张张脸子都如同我一样泛着饥饿的青黄,但常常有兴奋的红晕在上面燃烧。那是初涉生活的第一步即被肯定的少年的自尊,是对生活猎奇和好奇心的满足。我们刚刚学会了犁地,并不知道生活的犁铧在我们人生的沃野上刚刚开始了耕耘和开垦,以后将还有大片大片的生活荒野等着我们去插犁去开耕!我们刚刚学会了驾驭和使唤牲口,并不知道在往后漫长的岁月里,还要学会被别人驾驭抑或也要学会驾驭别人,这也是服从与领导的一种辨证。可喜的是那时的我们什么也没想,稀里糊涂冒冒失失就开始了人生的第一犁,看着一片崭新的湿土翻卷上来,并且有乳白的地气悠扬地朝空里蒸发,心里那种舒坦真是无以言表,嗅着浓浓的扩散泥腥和馨香的气味,我就从心底里对养育我们的土地有了深深的爱……

耙　地

　　庄户人常说：锄头有水，耙齿保墒。

　　雨后，地里能插进脚时，就得不失时机地锄一遍庄禾。锄头轻轻地砍去板结的地壳儿，把地表拉动得疏松起来，就那一层疏松的土质，能抵挡烈日的暴晒，能防御不停吹拂的野风，能把渗到田里的那些雨水有效地保留起来。

　　同锄地的功能一样，耙地同样能保墒，能疏松土壤，能抵御野外肆虐的风，能破碎田地里顽固坚硬的土疙瘩，能让土地舒舒服服地横陈在那里，等待季节到来时的播种。

　　在旁观者的眼里，耙地比犁地要舒坦和潇洒得多。

　　四尺长，五尺宽的木耙，是用乡村结实的木板做就的，长方形的两根横板和两头收边的两条竖板，形成了木耙的主要框架，中间还有较宽的两条竖板和横板联结，一是固定耙身，主要是用来耙地者双脚踩踏。在这些横横竖竖的下面，铆满了三寸多长的耙齿，耙齿是熟铁的，坚硬且柔韧，呈了弯弯的弓形，下端细细尖尖，具有划拉和切割地表的功能。

　　别小看了这些分布得有些密集的不起眼的甚或因淋了雨根部有了陈年锈痕的耙齿，它们一旦被运作起来，那功效大得叫人佩服。

　　那是一个雨后的下午，因生产队里的播种任务太紧，来不及把一片因荒废了两三年而长满了杂草的土地细细犁上一遍，就要赶在天黑前种上小麦。生产队长和几个农事经验丰富的老者一商量，就调来了生产队里的六匹大头牯，有两匹马四头骡子，套上三套木耙准备突击疏松那片荒地了。

一般情况下，耙地是用队里的那十几条毛驴的，两条驴套一架木耙，在刚刚犁过的地里一来一回地耙上两三遍。比起牛来，驴儿的身子要相对轻一些，在松软的土地上拉耙并不十分吃力。

牛则不然，沉重笨拙的身躯和它缓慢从容的性格，决定了它不大适合在松软的土地上拉耙。再说了那四只硕大而笨重的蹄子也不可以在刚刚犁过的地里踩踩踏踏，那相当于在土地上不时地打夯呀！牛可以耙地是冬天里天寒地冻时在麦地里耙麦，那可是疏通地表让地气欢快地流动，把沉睡的麦苗儿梳理梳理，把麦地里那些不识趣儿的大小土疙瘩破一破粉碎一下。

能把马儿和骡子这些高高大大的在生产队的牲口群体里属于贵族一类的大头牯，拉来套耙耙地，可见生产队长是怎样地重视这天的劳作。

那时候我刚刚学会犁地。在驾驭牲口的浓厚兴趣的驱使下，我们一伙刚会犁地的小青年带着十分的好奇站在荒地边观看，亲眼看看生产队里最昂贵最值钱的威风凛凛的大头牯是怎么套耙耙地的。

有意思的是两匹马并没有被组合在一起，而是和骡子搭配起来了，可能是使唤牲口的老把式了解牲口们的秉性，比如性子的快慢，脾气的大小，谁与谁搭配起来更为和谐的诸多缘故吧。三套耙，两套是马和骡子的组合，另一套是两头骡子的组合。耙地者是平时赶胶轮大车的三个三十岁左右的年轻人，行动快疾稳健的那一类。套好各自的耙后，他们只轻轻地低沉地吆喝一句：驾——！大头牯们就开耙了。

我至今仍惊讶他们耙地时吆喝的口令和马们、骡子们对口令的极度敏感，就那么一声极短促的吆喝，似乎刚刚弹出耙地者的嘴，马们骡子们就拾取到耳朵里了，条件反射一样各自抬起蹄子，跨开长腿，开始了荒园里的耙地。

耙地者手中的鞭子仅仅是一个道具，随意地可有可无地拿在手里，好像是一个驾驭牲口者就要拿杆鞭子而形成了乡村的规矩。对于这些极敏捷极灵性极容易和人沟通并且很快就能理解主人意图的骡马们，说实话鞭子是多余的，它们的自觉自律和自尊的程度，远远超过了我们的乡人，这就是它们比牛驴昂贵的地方。看到它们高大威仪的身躯，光洁漂亮的体毛和那一双双颇通人性又若有所思的美丽忧郁的大眼睛，你怎能狠心将无情的皮鞭抽打下去？即使它们有某些劳作的失误和过错。自尊的马儿或骡子如果受了不白之冤会两三天不去吃一口草料的，即使再饥饿，草料再鲜嫩，也断然不去吃，除非主人用另一种爱抚的形式去给它认错和平反。

那个下午是一个壮观的下午。三套骡马驾着三套木耙在荒废的田园里来回穿梭。如果说老牛犁地是缓缓移动的话，那么骡马们耙地则是爽快的奔跑。

第一遍耙过，像一把大梳子给一个久未梳洗的懒婆娘的一团儿散乱头发用力下了第一梳，把表皮的许多毛毛草草全梳理集中成了几堆儿。地边观望的我们进地里去把成堆成堆儿的杂草杂物们捡拾到地头的土坑里点燃沤粪，荒地立时显得干净清爽了许多；

第二遍开耙是耙齿从地皮努力往下的试探。荒园毕竟废弃了二三年光景，地表浅层还是板结得硬了许多，雨水浸润得湿润了，使得耙齿有了深入的条件。每一套木耙被骡马拉着从我们身边耙过时，都能清晰地听见尖利的耙齿切割土层的破碎声。耙地人的两脚踩踏着木耙，两腿却呈了弓形在不断蹬踏和使劲儿，让耙面更贴近地表，让耙齿更深入地钻进土里。在快速拉动的力的作用下，一些被埋在土里的瓦片瓷片和木棍树根们居然也被锐利的耙齿尖划拉切割得断裂破碎了。被第二遍耙过的园地显然已被驯服，荒芜的样子不复存在，真正复原了一副土地的本分的模样；

第三遍开耙，已经非常顺溜了，耙齿与土地已有了一种磨合的关系，耙齿在地下只是偶尔发出那种生硬的征服性的切割声，一切都顺利得像耙在耕犁过的土地上；

第四遍、第五遍的耙地是悄无声息地进行着，木耙划过绵软起来的土地，就像春风拂过麦田的样子。这一遍的耙地还有修整和抚平地皮的作用，较前几遍细腻精到了几分。骡马们不似前几趟那么快捷和威猛，知人心意地缓和和细致起来，步子也跨得细小绵长了……

仅仅半个后响，这片园地已成了一片松软的熟地，当木耙就要从地角头拖开的时候，队长和几个老农来到地边，伸手探进刚耙过的地里，摸了摸、捏了捏，抬起一张张粗糙的脸来，互相点点脑袋，那意思是说，行咧，能开种啦！

那是我第一次见识过的因时间紧迫播种任务大，以耙代耕接着播种的农事，也是我不多的几次见识过的骡马大牲口，同时拉起三套木耙快速耙地的威仪壮观的场景。

我学会耙地是在我学会犁地的两三个月以后的事情。

在乡村，在掌握农活的先后顺序上，永远是先会犁地后学耙的，这成了一条不成文的规矩，就如同乡村的学校里先上小学后升中学一个道理。

我学会耙地并在之后的耙地劳作中，生产队里分配我使唤的是一头个子细细高高的秃尾巴驴儿。

平时，在农活儿不太紧张，任务不太逼人的劳作中，耙地的活儿是较为舒缓和从容的。

因为这份轻松和从容，我们耙地时，也仅需要套用一头牲口。

我的个头细细高高的，秃尾巴驴儿的身材也细细高高的，我们的劳作组合似乎是一种缘分。

刚刚套上秃尾巴驴开始耙地的那几天，总是有同伴儿们对我挤眼睛偷偷笑，我不知其故。我想，难道他们在笑我使唤的驴儿是一条少毛的秃尾巴么？

开始用它耙地的七八天里，秃尾巴驴儿顺从听话，拉起耙来也肯下力气，可以说，是得心应手的。

七八天后的一天，那是在路边的一块地里耙地。耙地一般先从靠地边的那面开耙，一来一回，再慢慢朝地心，地根耙去。靠路的那边是地边，我就赶着驴儿先从地边耙了，一来一回，就移到了地心处……忽然，秃尾巴驴儿不知是着了什么魔，扬开了四蹄加快了速度就朝靠大路的地边跑去了，差点把我闪下耙去。我赶紧拉套绳，口里大喊着"嘚儿——吁——"的停止口令，秃尾巴驴儿却不管不顾，疯了一样朝靠大路的地边跑去……

那边是已耙好的地呀，莫非这家伙倒忘记了？

我看一眼大路的前面，见有村里的穿红着绿的几个小媳妇大姑娘朝前走去，她们说说笑笑的，那红红绿绿的衣裳在浑黄的土路和田野里很是惹眼。

莫非这秃尾巴驴儿也……

怎么可能呢？

正当我胡思乱想的时候，秃尾巴驴儿拖着木耙带着耙上的我已经跑到和大路边的女人家并排且超过女人家了，这时候它忽然放慢了速度，像平时拉耙一样不紧不慢地走起来，好像让木耙上的我有充裕的时间仔细观看身边几步远的大姑娘小媳妇似的。

一连几天都是这样，只要耙作的田地在大路边上，只要路上出现了穿红戴绿的女人家，秃尾巴驴儿都快快地载着我跑到人家跟前才放慢速度。

咋回事？

我困惑地问寻几个耙地和使唤牲口的同行，他们顿了一顿，做出暧昧的表情，之后就嗐儿嗐儿地大笑起来。

秃尾巴驴儿耙地之前，曾被村里一个光棍汉疤脸儿赶着，套着平车给副庄拉水。副庄距我村十里地，属于同一个行政村，小自然村地处偏远，干旱缺水，连人吃的水也要由村里统一安排给送，村里就派疤脸儿拉水。

疤脸儿三十大几，因家穷和一脸的疤痕老大年岁了娶不下女人，终日又赶着这条秃尾巴驴儿拉水，走在那条漫长单调的土路上自然寂寞难耐。土路上常常出现让他眼睛一亮的风景，那就是三日五日里就出现几个红红绿绿的赶路的姑娘媳妇家，只要那一簇红色绿色在前头一出现，疤脸儿就狠狠地鞭打毛驴儿，让它快快赶、快快跑，追上前头的那团儿红绿色。

疤脸儿催赶毛驴儿的办法很多，除了挥鞭抽打外，还有又狠又绝的两招儿，一是拿鞭子把儿用力去杵毛驴胯骨，那地方敏感脆弱，不经杵，一杵一戳，毛驴儿不跑不由它；二是一根一根用手去拽毛驴儿的那条尾巴上的毛，那是一种难挨的痒痛，毛驴儿受不了，就奋蹄疾跑开来。

只要跑到那一簇红红绿绿的跟前，疤脸会让减下速度的，就那么不紧不慢地走着，为的是贪贪地去瞅眉毛眼前的女人家，让饥渴的眼窝过一把艳福，让干旱的心灵受一些抚慰。

毛驴儿就怕疤脸儿的鞭打把杵拔尾巴毛，时日长了，只要眼面有了穿红着绿说说笑笑的女性，便自觉地、条件反射地疾跑起来，直到追赶上女人家才放慢四蹄。

说也怪，如果前面是三五个弓腰驼背咳嗽气短的老汉家，或是其他男人家，毛驴儿也绝不会加速追赶的，毛驴儿在鞭打和拔毛的痛苦下，增长了一些判断力，它首先是从衣着的色彩上去界定的，二是从说笑的声音里去推断的，还有，可能是从气味儿上去鉴别的，毕竟，女人男人的气味是不尽相同的。

尽管这样，毛驴儿还是挨了疤脸儿的许多打，据说，它的那条秃尾巴也是让疤脸儿给拽给拔成现今这样的。

秃尾巴驴儿的条件反射给我的耙地活计多多少少带来一些麻烦。

它没有忘记昔日里所遭受的那些苦痛，但它却不知道如今更换了活计，更重要的是更换了使唤它的主人。我虽年少，但我不会用鞭把子杵它，更不会为了能看到女人而狠命拔它的尾巴毛。

我尽可能多地给它一些关怀，耙地的步子慢了，我吆喝一声，高扬了皮鞭，却不把鞭子落在它身上，唬它一下；半晌歇歇儿时，除了给它拔些可口的青草外，我用一把小铁刷给它梳理腰腹上胯臀上的灰毛儿。耙地是驴拉了木耙给土地梳理，那我就理应也给辛苦的驴子梳理梳理；这样很快和秃尾巴驴儿建立起了感情。

我一点点纠正秃尾巴驴儿以前给造成的条件反射。

首先，如果是在靠近大路的地里耙时，我就时刻留意着前面。人蹬在木耙上，眼光扫一下左前方或右前方的路上，看有无行人，看行人里有无着花衣的女子，如果有，我早早喊一声吁——，先发制驴，等着前方的女人家走远了，拐了弯儿，消失在视野的尽头了，或者，等迎面过来的人走了过去，我才驱驴儿开耙。

再一个举动我以为是一个绝招儿，多年后想起来我还为当时能想起这一绝招来而沾沾自喜。

我把秃尾巴驴的"追女"状况给妇女队长说了，并恳切地请求她的帮忙。妇女队长是我村大寨铁姑娘战斗队的成员，风风火火，热情泼辣，她听罢也好奇地一笑，于当天下午带我一块耙地。

妇女队长结结实实的身材，这天穿了一件火红的上衣，煞是惹眼。

她一进到我耙地的这片地里，秃尾巴驴儿显然有些无所适从，那双大大的驴眼里一时间网满了困惑。这次不是它主动地去追赶女人，是穿了红衣服的女人直接来到了它身边，并且抓住了它的牵绳，我蹬着耙，妇女队长牵着驴，一直就耙了半后响的地。歇歇儿之后，妇女队长不去牵驴儿了，而是拿了一把钢锨在这块地的地塄上铲草，她的良苦用心是看看毛驴儿还朝她这里跑不？不跑，这毛驴儿的毛病算是初步治愈了，还朝她跑，那么再作打算。再次开耙时，秃尾巴驴儿看到那一团儿火红就在不远的塄根下铲草，它还是犹犹豫豫了一会儿，见我，驾驭它的主人一如往常一样地悠悠地耙着，没有鞭它，没有杵它，更没拔它尾巴上的毛……毛驴儿就沉下脑袋，静下心来，一门心思老老实实拉它的木耙了。

以后，在我赶它耙地的那些日子里，秃尾巴早已没有了那个毛病，像生产队里其他老实本分的驴儿一样，该静则静，该动便动。

不要以为耙地的活计就像木耙梳过地面那么平坦那么平静，无惊无险，洒脱悠然。有一种耙地就充满了惊险和刺激，那可是对耙者本人的挑战，对驾驭的木耙和木耙下土地的挑战。

熟悉乡村生活的人，就不会陌生拖拉机耕地的场景，知道拖拉机耕地但不一定清楚那硕大凌厉的双铧后面再拖带一套普通的木耙。

木耙上自然要蹬踏一个耙者的，那都是清一色的年轻人，没有力量没胆量没有耙地经验者是不敢轻易蹬上这种拖拉机拖带的木耙的。

我敢，我就敢。

细细高高的我对干这类略有技术含量的农活儿是很有一些悟性的，长辈教一教，自个儿想一想，试着干一干就会了，就掌握了，就敢干了。有巧劲儿也得有勇气，而对于在拖拉机后带耙耙地，唯一的缺憾是我的身子有些轻，如果再高大胖重一些，就容易把木耙压住，不会因为拖拉机巨大的拉拖力量拽得木耙荡起来，飘起来，同时也容易破碎土块，摊平松土的。

故而，在乡村，在乡村广袤的田野上，你会常常看到这样一种现象，在耙地的木耙中间，在耙者蹬脚的空隙里，有时候还会压上一块重重的石头，那就是增加木耙的压力，使耙齿深入地刺进土壤，使耙的木棱更有力地撞击土块、摊平松土。

拖拉机后面拖拽的木耙是万万不敢绑一块石头的，即使耙地人的身骨再轻也不行，因为被拽拉的速度太快，怕万一碰撞一下伤了人。

我蹬上木耙是带了一股豪气的，这种豪气里带有小青年的猎奇和征服的欲望，当然，还有在乡人面前的那一些渐渐膨胀了的虚荣心。

在父辈和同伴儿们的叮嘱声里，我咬咬后牙根子，带了些激动踏上了木耙。同以往牲口耕地不同的是，木耙距拖拉机和其后的高大的双铧犁有了一段距离，所以两条坚实的牵绳就长了很多。蹬在木耙上，两腿用力踏着，像两根钉子钉在耙上一样，两手紧紧拉着粗壮的牵绳。牵绳是用来平衡耙者同木耙和拖拉机之间的关系的，要随了木耙的游移抖动和颠簸来决定于捏牵绳的松紧。

拖拉机在隆隆的轰鸣声中启动了，一缕黑烟突突突喷上苍天，倏忽中，我踩踏的木耙被飞快地带动起来⋯⋯那会儿我看不见拖拉机是如何前行的，我只能看到眼前那两只大钢铧一下就深深地不由分说地刺进土壤里，那深度没有二尺也有尺五，就如同在电影里看到的小型舰艇一下子钻进大海里一样。紧接着，源源不断的绵土的浪花被翻涌上来了，湿润的新土带着土壤里特有的土腥味儿和着一层薄薄的气雾在阳光下蒸腾，那土呀，不是被翻上来的，是一涌一涌一浪一浪向我扑面而来的，因为在木耙上，我只能产生那样的感觉。我不像在耙地，倒像一个初驾小船的人在海浪上颠簸，我正是驾驭着一套木耙，在黄土地的海洋里颠簸着。不过，刚开始的那会儿，不是我驾驭木耙，是木耙载着我，直愣愣地，胆战心惊地在木耙上呆若木鸡。我只觉得耳边呼呼生风，只觉得黄土的波涛时高时低，只觉得一会儿陷进低凹处，一会儿又跃上土峰顶。几个来回过后，我才渐渐适应了这种断然不同于以往耙地的速度，头脑也变得清醒了许多，胆量也一点一点大起来。少许，我会随着拖拉机耙地的节奏，双腿在木耙上用力不同轻重有别地蹬踏，用力踏木耙下土偏高的一面，让木耙的木棱把松松的绵土推到相对低凹的另一边。不多时，我又学会了兜耙，或者说我在快速移动的木耙上敢用手去兜耙了。兜耙是在身体不失衡的前提下，将木耙的前端或后端一下子兜起来，甩开耙齿中间聚集起来的一团团杂草杂物和坚硬的瓦片土块。

  双铧犁果真厉害，一前一后，前铧刚把犁土翻过去，后铧紧随其后又翻开一片新土。双铧与耕机有螺丝固定，当然又具有灵活性，吃土可宽可窄，犁沟可大可小，后铧犁过，新土新崭崭翻到了右边，看见的左边，立时便出现了一条尺把宽尺五深的土渠，当然，等拖拉机返回来，土渠随之又被新土填充和覆盖了……

  那些年，抓革命，促生产。生产任务实在逼紧了，而队里的骡马牛驴们又忙不过来，队委会就会花了油钱花了工钱雇用本村或邻村的拖拉机，机子耕地的深与快是牲口耕地所无法相比的。不过，拖拉机只能在又大又平坦的土地里开耕，拖拉机的四只大轮子也一来一回碾压着土地，机耕过的土地造成了新的不平整，因双铧吃土的宽厚耕出的大土坷垃也相对要多。这是机耕的弱点，这些缺点要靠木耙一点一点去修复和完善。机后拖耙只能耙一个大概，耕完一块地要出动许多牲口和耙具，再如同以往一样细细地耙，慢慢地耱。

  在我劳动的那个年头里，队里雇了拖拉机耕地只有春季和秋季两次，春季里，我才刚刚学会了犁地，还没有资格学耙地，更不敢奢望在拖拉机的双铧犁后面套耙耙地。到了秋季，境况不同了，我有了蹬耙踩耙的自信和胆量。我有幸在机耕后套耙耙地，虽然只有短暂的三天两后响，而且是和其他小伙子换班踩耙，但那种体验和感觉让我时时忆及且终生难忘。如果说驾驭牲口耙地是培养如我等年纪的耙者的一种细腻、人性、周全的性情的话，那么机耕后的踩耙则是历练耙者的勇气、胆识和毅力的，它充满了阳刚惊险和挑战。在牛驴骡马耕地耙地的劳作中，我感受到的，是中国几千年农耕文明的悠然和古老，是不慌不忙的从容中的温馨和自信，是带有田园牧歌式的恬淡中的无为和忍耐；而在短暂的机耕拖耙的那几天里，确实让我看到了什么是速度，是效率，什么是庞然大物以及它所营造的一个小青年眼里的奇迹，还有它钢铁的冷漠生硬和严峻。耙地的日子，毕竟成了记忆，定格在对往昔的念想里。

耙地的日子毕竟成了记忆，定格在对往昔的念想里。耙地却教会了我除了劳作之外生活的另一些课题。如果说犁地是一种大刀阔斧的垦荒和开拓的话，那耙地是必不可少的后续步骤，是修复和有条不紊的梳理；犁地带有创造的遒劲和壮美，而耙地则有完善的细腻和阴柔之美，这如同轰轰烈烈打天下和一丝不苟搞治理是一个道理。你看，很简单的犁地耙地的农事活计，却让我毫无节制地引申和演义出所谓的许多感怀，絮絮叨叨、婆婆妈妈，看来需要驾驭一套理性的木耙，把我的思维好好的像耙地一样耙一耙耱一耱梳理梳理了。

乡村牲畜

每次回到故乡，就走进了一片寂然和空阔中。深长的村巷里看不见枯坐的老汉和闲聊的婆子，也鲜有游走的家狗和觅食的鸡群。一条一条的胡同，就那样空洞地在房舍和树木间罗列着，装一些乡村无聊的风。

村边的田野是平坦的大片的地，离村庄远一些是缓坡的山地，平地与山地，一律落寞地在苍穹下横陈着，承载一些乡村常见的庄禾和蒿草，三五棵野生的杜梨，地垅上悬挂下来的酸枣藤还有莫名其妙就长出的几棵矮矮的杨树，它们抖动着叶片，在野风中叹息。

前些年，田野里是少不得牲口的，在山地的某一处，庄禾绿色叶片稀疏的地方，忽然就会出现一口驴的脑袋，先是两只竖着的大耳朵，再是修长的驴脸……那是驴子在被人操纵着拉犁，在高粱或是来菽间套种着什么。山腰或是沟涧里，偶有一头或两头黄牛在耙地，山风把人的吆喝，悠悠地兜进村庄。村庄的巷子里，某一户人家的大门侧，会看到拴有一条驴子，墙根下晒暖阳的老汉身边，也卧有一头正反刍的老牛……如今，这一切都很难看到了，尤其不见了牲畜的身影。三叔说，大片的地，都用机子耕作，小片的地，也有小型机器，进不去机器的坡地，人工去刨挖刨挖或干脆让它们荒弃了，也不值得养牲口咧！过去跑跑乡村间的运输或是老人们赶集、逢会，全仗了骡子、马、驴的骡马大车，如今早被三轮、四轮和小电动车替代了，这就很少再使唤牲口啦，再说，这些年青壮年全在外地打工，家里老的老，小的小，谁能喂得动牲口，喂养牲口还得一笔不小的开销，草啊、料啊小病小恙还得找兽医唎，操心不少，慢慢地牲口就卖了，就少了，就没了……现在的娃娃家已经分辨不清骡子和马啦。

　　三叔的话说得很平静，既没有高兴也不见伤感，仿佛一切都是极自然的事情。我却有着深深的失落，甚至有痛苦惋惜和揪心的感觉。我一直以为牲畜是乡村的灵魂，是农人和土地的纽带，也是农人们最富灵性和智商的得力帮手。过去的年月里，农人们认为牲畜（这里专指马骡牛驴）是他们的半个家当，是一半儿光景，在愁闷和痛苦的时候，可以和这些牲畜倾诉、宣泄，再笨的牲口们也会竖起耳朵，专注地倾听他们的话语，在静默中分担主人的忧愁。如今半个家当都成了一色的铁器，小四轮、小三轮、耕耙机、播种机、收割机，这机那机，真不知道，当主人们向他们发泄心中的郁沉和生计窘迫的时候，这些冰冷的家伙会不会把主人的牢骚生硬地反弹回来……乡村的牲口，这与土地不可分割的精灵，难道果真就这么一天天一年年减少乃至绝迹了么？

马（上）

　　马是非常尊贵的动物，无论品性，无论作用。
　　马的天地原本是在厮杀的疆场鸣叫着的，在漫长的驿道上奔跑着的。平和的年份总要多于战乱。在和平的日子里如同百万大裁军一样，一匹匹优质的马儿被下放到了乡村里，担负起乡村和田野耕犁耙耱驾大车的劳作。
　　马是被乡人称为大头牲的，它们和骡子一样在名称上叫大头牲，是大牲口的意思，这就比牛们驴们高了一个级别。
　　在其他称谓上也可看出这种区别的微妙。如，圈马、喂马的地点，乡人叫马房，叫马号，官方称马厩；而圈牛、圈驴的地方则叫牛圈、驴圈、牛棚、驴棚；马房、马号大多是单另的，马们绝不会和牛们圈在一个号子里，马号里除了一色的马儿之外顶多再圈几匹骡子，因为是大头牯嘛同一个等级，也可以说物以类聚。牛圈和驴圈里则不讲究，它们可以混合着圈，牛圈里有驴，驴圈里有牛，牛驴还是和谐相处的。这是我童年少年时很真切的印象。

乡人要学车把式，先得从赶牛车、驴车开始。

当牛车、驴车赶得娴熟的时候，才有学习赶马车的资质。

在乡人中间，很多人赶了一辈子牛车和驴车，但赶不了马车，技术不够，水平不行，和马儿永远达不到默契的程度，不是他不选择马儿，是马儿尊贵的秉性他难以了解，拒绝让他驾驭。

那时候每个生产队里都有一架威风凛凛的马车。在孩童的眼里它高大排场，特别是套上马儿和骡子之后，骡马与木车组成了一个有序的整体时，更是壮观而威严。

车把式是用心而讲究的人，一驾马车，他会让生产队里派人把马车的车帮、车轩、车杆油漆成杏黄的底色，这种黄，夺人眼目，兆示吉祥，还要在这种杏黄色上加几道红色的杠杠作为装饰，或用红漆写上××大队第×生产队的字样，还有的在车帮上写一行简单的语录和流行口号，这样，被红色点缀的马车显得出类拔萃、分外醒目。

驾辕的肯定是一匹高大结实的红马儿，年轻、漂亮。光溜溜、细腻腻的毛儿在日光下闪着光芒，两圈儿黑黑的睫毛环绕着一对马眼，马眼如两片悠悠的湖水，孤傲、淡泊，还有几多忧郁。尽管车把式把它装扮得有别于其他大头牯，它的缰绳笼头和其他拉车做活使用的套在头上的夹板、套货、身上的绳索和马鞍等器物上都点缀有红的绿的黄的粉的绒毛儿，脖子下悬有一枚轻巧的铜铃儿，每有走动，铃铛便敲出清脆声响。

少时见到马车经过，总是远远地羡慕地看，一匹壮实的红马儿驾辕，三匹高大的骡马们拉套，钉了铁掌的马蹄儿骡蹄儿，嘚儿嘚儿地踏出短促有力的声响，在村巷或乡路上弹得好远，一架修长的马车，因装备起了马和骡子威风得不得了，车把式甩着长长的鞭子，哪里会朝头牯们身上打呀，那是炸在空中的响鞭，是炸给乡人听的，是甩给乡野看的，是一团儿浓浓的喜悦心情在鞭梢上的利落释放。

那些年马车辛苦，车把式辛苦，驾辕拉套的马儿骡儿尤其辛苦。

收麦子了，收割过的麦子捆成麦个子，在辽阔麦地里胖墩墩地站成一行，像乡村里矮胖的大嫂，等着车把式它们装上马车，拉回麦场。

通常是车把式在马车上，一捆挨一捆，摞着麦个子；二把式在麦田里掂了一把三股大木叉，插了麦个子朝车顶送麦个子。砌砖一般压着茬口朝马车四周扩展着，一层层宽起来，高起来，堆成一座麦子的山。

每加高一层，车辕便朝辕马的腰身重压一截，马儿腰部的皮绳也朝了腰际勒进一寸。少时的我，真担心那一堆麦山，会把辕马压倒。

辕马从容镇定地驾着车辕，它早已习惯了这种高压，腰背上的绳索每吃进一些，它的身体会有些微反应，两只短小结实的耳朵立一下，再立一下，肚皮的某一处毛皮抖动一下或用劲地喷一下响鼻，扑——扑——地，把许多草屑和蚊蝇冲出老远，也把许多压力和肚腹中的沉郁喷吐而出。

多年后品读臧克家的诗作《老马》，有深刻的触动，也有举一反三的思索。臧克家的诗作强调了老马的苦难和任劳任怨，对底层民众有浓浓的悲悯情怀。而当时我眼中的马儿全然看不出苦难意识，可能年轻的缘故吧，它的浑身透过光滑洁净的红毛儿扩散出勃勃生机和使不完的力气。马儿的眼睛永远平静如水，偶或流泻出沉郁的光波，它可能用这种平和与沉郁的状态应对着生活和命运吧。

马车装着山样的麦个子，从一块块麦田驶进麦场，一趟一趟的拉，承载过高麦个子的马车在有着缓坡和陡坡的村路上是极易倾斜或翻车的，这对车把式、二把式和驾辕的马儿，都是一次又一次的考验。

收秋时节，马车奔走在秋田和谷场之间，是拉玉米、高粱、豆子和采摘几遍之后的棉花杆子的。玉米秆子、高粱秆子、豆类蔓子和棉花秆子们，虽不及夏日麦捆子那么高耸，但堆在马车上的它们却沉沉甸甸，马车的两只胶轮常常在平整的秋田里碾过两行深深的辙印儿。

马儿很少去做繁杂的活什。麦收了，秋收了，平敞开阔的田野空空荡荡，一眼看得到远处的卧虎山吏村山塔儿山，透透迤迤呈黛青的颜色，天也高远得不成样子，蓝得让人如同走进梦里，把田野衬托得愈发地土黄，深深沉沉。土黄里游移着同样土黄的牛儿，那是在犁地，有时两头牛套在一起拉一把犁，有时牛与驴搭配着拉犁，犁地这样粗笨活计大都是由牛驴来完成的。大片大片的地犁得松软了，该仔细地耙两遍呢，而牛驴们又忙不过来，不得已才动用了马儿们，动用了骡子们。

看马儿们耙地，其实是在田野看一种艺术表演，马的性子急，不像牛那样沉稳缓慢拖泥带水，不像驴子那样没轻没重不识大体。马儿干练利落，生性快捷，通常两匹马儿拉一架耙或者干脆一匹马儿单独就拉一架耙，赶马踩耙者常常是生产队的车把式，或是熟悉马性的中年汉子，或是能驾驭了大头牯的资深老农。好的驾驭者是很少吆喝的。而鞭子，只是手中的一个不可或缺的道具，尤其对于马儿这样有性情颇自觉的智性大头牯。只要你双脚踏在长方形的木耙上，轻唤一声：驾——马儿就扬起脑袋撒开四蹄欢快地小跑起来，那一页木耙，在刚翻犁过的松软的土地上梳理，像一叶船儿在河面上颠簸、荡漾，随着土的波浪在起起伏伏。马儿的一对小而坚实的耳朵竖着，表达一些征服土地的决心，而那一条长而漂亮的马尾，在田野的风里也随了奔走着的节奏飘扬起来，棕黑色的马尾像一团儿春日的柳条儿在黄土地上兜起甩起，应和着那一丛在风中猎猎甩动着的鬃毛儿。

远远看鬃毛如一团儿火在马儿的脑袋上脖颈边燃烧着。

为了再添加些许威风，也为了心目中的那一份喜悦的炫耀，踩耙人在奋力踩耙兜耙的间隙，还要在空中炸一下响鞭，以迸发憋了许久的一腔子豪气。

马儿们干活就是这么快捷利落，决不躲奸做滑拖泥带水，一响半晌下来，能看到从马儿的腰际，肚腹以及浑圆臀部的细毛下面渗流出一片片湿汗，蒸腾起一缕缕热气。

马儿又是十分娇贵的头牯。

这样一身的热汗，歇歇儿时是断不可拉到十分阴凉的地方的，这样容易感冒；干完活计或中途小憩时口渴的马儿是不敢喂它生冷井水的，这样常常导致肚子疼，水要事先从井里挑出倒进水槽里，经日头晒过成为熟水才可以放心去饮。

在老庄稼人和车把式的眼里，好马儿的标准是长方形的脸面上，有一双有光泽的眼睛，眼窝里有精气神儿，机精的马儿从眼光里就透露出来了；马儿的脊背开阔平整，马儿的肚腹圆润开张，如一面砖墙，强、硬、结实，而四条腿则修长有力，显出整个身躯的高大和协调。

农业社里的时候，几乎各个生产队里都有先天长得有欠缺的马儿们进入不了"大头牯"的行列，很自然地它们就和驴儿牛们归为一类了。

曾多次细心地打量过它们，真是先天发育的不足，有脑袋大而脖子细小的；有脊背细窄而肚腹膨大的；有耳朵大却吊拉下来的；有腰角宽厚而胸肋短小的；有身躯矮小而四条腿细长的……这都是没有长成样子的先天不好的次马儿，这些次马儿在乡村里无法成为"大头牯"，更驾不了车辕，也拉不了车套的。它们和驴子们拴一个圈里，并同驴子们吃一槽草料，自然地同驴子们一样，做着田间琐碎的活计。

听车把式方子伯伯说，最好的马儿么，是额头大，眼窝大，眼眶突出的，脊背平直不说了，腹部也要大，马儿的大腿要结实，用现在的话说，是肌肉发达喽。

痴迷牲口的我少时有许多不解，整天泡在饲养场或坐在方子伯伯赶的马车上，喋喋不休地问他，方子伯伯，马的耳朵咋就长得短小呀？

方子伯伯摸摸我的小脑袋，爱抚地说，这娃，这么爱喜头牯，将来也想接伯伯的班当车把式的话，伯伯就细细告你，马儿的耳朵小肝脏就小，肝小的马儿聪明、精干，能听懂人对它说的话；这是其一；其二嘛，好马儿的鼻子都大，鼻子大肺就大，肺大呼吸量就大，能跑路，能走得快呀；其三嘛，好马儿的眼要大，眼大心就大，心大的马儿灵活，有胆量，也容易亲近人……

方子伯伯赶了一辈子马车，爱马，懂马，老死的时候，是老死在马号里的。那是他在野地里发现了一丛长得油绿的野苜蓿，年迈的他欣喜得老眼也发绿了，翻沟上坡把一大捆野苜蓿背到马号里，还没来得及切碎喂马呢，人就靠在木头槽子边老去了。

方子伯伯爱马儿，马儿对方子伯伯也有非同一般的感情。那些年，村里没收了社员的自留地，每个小队却给每个家户分了些"惜留地"，其实是换了名堂的自留地，只是比自留地的面积更小，路途更远，一般在公社干部很难发现的沟沟坡坡半山梁上。方子伯伯的"猪留地"在大老远的涧沟里，他利用赶大车之便，就忙里偷闲悄悄拉了辕马儿翻沟爬坡在那片地里劳作。大热天，日头火鳌子一样吊在头顶，疲劳极了的方子伯伯摇摇晃晃一头栽在地中央，他是上火了也中暑了。

枣红辕马发现主人倒在地当间，起先是静静等，以为主人歇歇儿呢，之后就细细观察，可能主人的姿势有异于往日的歇歇儿。马儿凭感觉便有了几份警觉，试着用长长的脑袋去拱方子伯伯的身体，一拱，不动，再拱，依然无知觉，马儿就有了焦急和茫然，这在小片地里转了几圈儿，就立在沟畔边，朝了空阔的涧沟和涧沟那边的村庄鸣叫……枣红马儿的鸣叫是深长的那种鸣叫，是殷切的鸣叫，它是在召唤来人呢！只可惜涧沟里仅有一崖一崖的石头，有混混黄黄的土崖和土崖上浓密的酸枣藤，它们听不懂马儿的啼唤，懒洋洋地在日头下打盹儿……

枣红马儿失望地转回来，在方子伯伯身边静立，片刻，它似乎意识到了什么，用长长的马头使劲拱着方子伯伯的身体，那是用力却又随劲儿的翻动，大日头下的土地，着火般地烤烫，枣红马儿一拱一翻把方子伯伯沉重的失去知觉的身子一直翻到地垅边一棵浓郁的柿子树下。柿树粗大，叶片繁茂，树下是一片宜人的荫凉。马儿依然在小片地里转着圈子，时而在地边朝了远处鸣叫。日头一点一点地朝西移去，马儿索性守在方子伯伯身边，把修长的脑袋探下去又伸出一条红红的舌头来，一下一下舔着方子伯伯的脸，舔一阵儿车转身子又用那条长长的尾巴，抚掠着方子伯伯的身体……枣红马儿在整整两三个时辰里就重复着这两个动作。

日头坐在西山顶上了，车把式方子伯伯睁开了眼睛。是昏迷的时间到了还是马儿的动作起到了作用？他一点点清醒过来恢复了意识。

他的第一个动作就是伸出手臂去抚摸待在身边的马儿,马儿自然感觉到了这一点,它让主人抚摸着,且兴奋地喷着响鼻,扑——扑——地,粗重又欢快。方子伯伯嗅到了浓浓的青草味儿、豆饼味儿、麻糁味儿,当然还有麦秸味儿,这混合在一起的气味儿对方子伯伯是无比亲切的,他也重重地打了一个喷嚏,以回应他的亲爱的马儿……

乡人看到,在傍晚的夕晖里,枣红色的辕马儿驮着车把式方子伯伯,缓缓地从地里走回村庄,方子伯伯是趴伏在马背上的,马蹄儿舒缓地敲击着村路,嘎——蹬——嘎——蹬——是此时村庄里动听的音乐。

枣红辕马儿解救方子伯伯的故事,是方子伯伯事后告诉村人的,他由此对辕马儿充满了感激。

这事儿有人信,有人不信。

我深深地相信。

马(下)

农业社里的时候,我村有一处配种站。

我村在方圆一带是有名的大村落,五千多口人,还有几个自然村也归属我们。设一处配种站,对一个大村落讲,是十分明智的。从物质层面讲,它可以增加村里的收入;从精神层面讲,它可以提升村子的声誉。十里八村的,每到牲口发性时节,村路上就有邻村的老汉或半大老汉们,牵了母牛母驴母马儿们,朝村南的配种站走去。年少而淘气的我们,感觉有了好戏可看,远远跟着,怀了一颗期待的心。配种站有庞大结实的公牛,我们叫牡牛,有身材高挑的公驴,最威风最漂亮的还数那匹公马儿。

公马儿身躯高大,四腿修长,那平直的脊背像我们小学校的操场,马的屁股饱满结实,发达的肌肉在腰背和胯腿间匀称地分布着。大额大眼大脑袋,额部宽广平坦,马脸上棱角分明。两只尖小结实的耳朵一抖一耸,像两片斜斩的竹板一样朝上耸立。短短的两耳周边是一丛蓬勃的鬃毛儿，红中泛黑，黑里透黄，洒脱地覆盖了半个脑袋……公马儿站立在场院里，土黄的院子里如同燃烧着一大团威武的喜庆。

公马儿的强壮和悍威让任何一个看到它的人都心生敬畏和钦佩。

公马儿是警觉的。

每有年轻的母马儿、母驴儿被人牵进场院，尚在马厩里的公马儿就停止了吃草，它感觉到了异性的光临。它先是愣怔一下，两只尖锐结实的马耳朵直立着抖动，下意识地刨几下前蹄，喷着响亮的鼻声，扑——扑——地把木槽里的草料溅得好远，整个马儿处在一阵莫名的躁动里。

公马儿是听到了异性的声响吗，是嗅到了异性的气味儿，还是潜意识里便有一种超前感觉吗？

场院里的母马儿或是母驴儿被安顿在那几根由结实的原木搭起来的被配种站李志汉叫作"收驹儿桩"的木桩里的时候，公马儿就被李老汉从号子里牵了出来。

公马儿的头高高地扬着，那一对大大的有几分沉郁色彩的马眼，却深深地看一眼此时拴在"收驹儿桩"里的母马儿，只一眼，公马儿便了然于心，它定定神韵，鸣叫一声，便在李老汉的陪同下，绕了场院散步。

母马儿是六七岁的母马儿，正当年轻，毛发光溜，身躯也均称适中。它此时被拴在横一杠竖两栏的"收驹儿桩"里面，安静地等待着公马儿的宠幸。一张颇有几分俏皮的马儿嘴，却张张翕翕，开合不止，那是发性季节里母畜们的突出表现。

李老汉个子矮小，两只手却出奇地粗大，他此时用阔大手掌拍着公马儿结实、瓷亮的臀部和腰胯，把责任和重托就拍给公马儿了。

公马儿善解人意，深知作为主人的李老汉的拍打是对它的鼓励，雄性荷尔蒙的催涌使它很快亢奋起来，而亢奋的标志，便是胯下的生殖器缓缓地伸出来吊下去，有二尺余长的样子，再硬硬地挺前去，与它的肚腹和地面均呈了平行状态。

"好家伙，又长又粗又硬又黑的，前头，还有一个黑疙瘩——"

便有初开眼界的娃子禁不住地感叹，惊惊咋咋，少见多怪的样子，引起了同伴的惊叹和随声附和。

此时李老汉大怒，面对噜一群娃子作驱赶状，且愤愤地骂道：混蛋，小小年纪不学好样样，看什么看，看什么看，回家看你爸你妈睡觉去——

一群娃子被李老汉骂得无趣，也着实害怕他身边的公马儿，便哄的一声尖叫着，作四散逃离状。我们哪舍得逃呀，只是四散了，在场院外土墙的四周寻找各自隐蔽躲藏的位置，把一颗一颗山药蛋一样的脑袋，安置在墙豁里，塞进墙缝里，唯露出两只黑黑的贼贼的眼窝，执拗地朝了场院看。

果然就有好景观。

李老汉只是吓唬吓唬我们，跑了躲了就算咧，不会动什么真格的，他怂恿着的公马儿却要去动真格的哩。

在场院里转了两圈儿后，李老汉审时度势，看看时机已成熟，便在公马儿屁股上用力一拍，走向了母马儿所站立的"收驹儿桩子"处。

公马儿马蹄儿踏出欢快和急切，场院的土地上硬硬地溅出一些欲望来。

急切归急切，公马儿却有自个儿的套路和步骤，它在接近母马儿身躯时，先喷一次响鼻，仿佛礼貌性地打个招呼儿，再深深地近距离地看一看母马儿的相貌，说也是，十里八村，母马母驴多了去啦，公马儿起码要做到心里有数的。

看过母马儿脸面，公马儿车转身躯，把自个儿一颗修长硕大的脑袋伸到母马儿尾部，它先是使劲地嗅着、嗅着，用气味来判断此母马儿非彼母马，用现在的话讲，增加公马儿的信息量。公马儿嗅的时候，母马儿安顺温柔一动不动，一对秀美的大眼睛水汪汪亮晶晶，它肯定在享受着公马儿此时的慰藉和大举措之前的小动作，母马儿便用它阴部的翻动和张翕来配合公马儿的亲近。

几年后似乎是一种命运的安排，中学毕业后大队干部因我家庭出身不好没推荐我上高中，却出人意料地要派十六岁的我到配种站，给年迈的李老汉打下手。那时听李老汉说，公马儿对它心仪的母马儿，不仅仅是用鼻子去嗅，还会用舌头去舔哩，就像公羊舔母羊那样，那个殷勤劲呀，把母畜的心尖尖都舔得痒痒难熬咧。

李老汉见公马儿的这一套前奏已做到了火候，沙沙哑哑的老嗓子便炸出一声命令——"上"。厣随着这一声底气饱满的苍老爆发，同时老汉一掌用力击打在公马儿屁股上，啪的一声，沉实响亮，声震场院。

用当时"文革"流行的话讲：这是催征的战鼓；是革命的春雷；是战斗的命令；是进军的号角。

公马儿朝天鸣叫了一声，那是雄性的欢快和表示征服的决心，激越人心的长鸣还没收尾，公马儿便在鸣叫中以迅雷不及掩耳之势高高地跃起前蹄来，修长高大的身躯瞬间腾在空中。又一下两条前腿跨在母马儿后背上，公马儿的前蹄似乎在空中划了一道优美快捷的弧线，又好像没有，它就那么遒劲而强悍的跨了上去。

身材矮小的李老汉，此时敏捷得如一只猴子，他一闪身跳到了母马儿的屁股后面，公马儿的后腿前面。一把抓住公马儿早已探伸而出硬邦邦挺向前面的粗黑家具，对准了母马儿的阴门，大呼一声"送——"公马儿身躯便以排山倒海之势朝前倾斜和推进。李老汉便随了公马儿推进的节奏，大喊着那个"送"字……

我们清晰地看到，随着公马儿每一次的奋力推进，随着李老汉呐喊助威的每一声呼叫，木栏之内的母马儿便张大了嘴巴，以承受这来之不易的刺激和冲撞……此时的我们也才清楚，那一横二竖的"收驹儿木桩"的巨大作用，不是那些结实原木的支撑和依靠，母驴母马哪里能受得住高大公马儿的用力迫击和身躯重压呢。

暴风骤雨和精彩节目总是短暂的。公马儿的前蹄重重落于地下后，高潮肯定就结束了，而母马儿的阴部却花朵一样欢悦地翻动着，呈着斑斓色彩和多个图案，之后便以淋漓尽致的一泡长尿给这一行动划了一个圆满的句号。我们却在母马儿尿水的激溅声中，从墙豁墙缝里抽出拔出自己的脑袋，每一颗土豆一样脑袋上的脸子，都挂着不知羞耻的憨笑，极满足的样子还有意外收获的侥幸。哈哈地张大嘴巴无所顾忌地大笑一气，还余兴未尽地交流着看法和观感，全然没顾忌李老汉的又一轮破口大骂。

"小仔蛋子呢，就不学个子好样样，将来就全出息成牤牛叫驴儿马子咧"……

在李老汉的骂声中我们嗷嗷叫着一哄而散了。

命运的魔棒鬼使神差地指挥着我，来到配种站当了李老汉的小学徒，其实是个干杂活儿的，和李老汉一块铡干草，给牲口们挑水，上圈，学着在槽子里拌个草料，麦秸草是掺多少麦麸多少豆饼多少麻糁……还有，在草料里要适量地放些粗盐，能促进牲口的食欲，也能增加这些雄性牲畜的力量。

闲暇的时候也拉着公马儿公驴公牛们在宽阔的场院里遛遛蹄子，晒晒太阳，吸吸圈外面的新鲜空气。

我最喜欢拉着公马儿溜蹄儿，公马儿听话，知道我是它们的小主人，言听计从的样子。我拉着公马儿也感觉威风，狐假虎威，自个儿的形象也好像提高了很多。当然，范围只能在场院里，公畜们是一律不敢拉到村巷田野里的。李老汉说，害怕闯下乱子呢。

公马儿也有不听话不顺人意的时候，那是我亲眼见到的配种现场。

作为给李老汉打下手的小跑腿的，每次配种收驹儿时，我都陪在李老汉身边，像小太监陪着王爷一样，时刻听从他的旨意，干些零碎杂活儿。

一如既往，这一次，小母马儿还被人栓拉到"收驹儿桩"子里面了。

公马儿却迟迟不出圈，情绪似乎异于往日，它有些烦躁，有些闹心，有些不听老汉的指令。多年后观看歌舞晚会，看到许多大腕儿们摆谱子耍牌子使性子，讨价还价而迟迟不肯出场，就让我想到当年那匹公马儿的骄矜和自大。

李老汉稍觉困惑；

我感到天大的奇怪。

李老汉还是把行为异样的公马儿拉到母马儿的身侧。

公马儿先深深地看了母马儿一眼，又有些迟疑地在母马儿臀部嗅了一嗅，这一嗅不打紧，当它确定了什么的时候，很气愤地扬起脑袋又很决绝地离开了母马儿，直朝着它的马厩走去。

我一片疑惑。

李老汉毕竟是这个行当里的老手，他突然间明白了什么，顿悟了什么。

四周的人依然同我一样觉得奇怪。

李老汉喃喃地说，小母马是公马儿的闺女哇，马不欺母，也不会欺女的，它一嗅就嗅出咧，公马儿灵性着呢。

那一幕，深深触动了我，使我对马儿们有别样的看法。

李老汉同母马儿主人商量，那就让叫驴上吧，明年生个马骡子也不错哩。

公马儿还闹过一次情绪，那是同一头年轻漂亮的小母驴儿交配之前。

如同以往，年轻俏皮的小母驴儿已被它的主人拉到"收驹儿桩"子里面了，我静静等着公马儿的上阵。

公马儿也深看过母驴的相貌，也嗅过母驴儿尾部，都没有异样反应，但公马儿就是不上阵，不过去交配。只固执地站在场院一侧。

我问李老汉，牙——，公马儿又咋哩，难道这头母驴儿也是它的闺女不成？"牙"是乡村里"爷"的转音，很古朴的发音了。

李老汉笑笑说，那倒不是，母驴肯定不是它闺女。

难道嫌人家是母驴儿么？好奇的我问个不停。

李老汉依旧笑笑说，也不是，母驴儿公马儿一样喜欢，给它换换口味，哪有不喜欢的道理。就像天天让你吃窝窝，换吃一顿抿圪斗，还不乐坏你个小仔儿。公马儿今儿个是不耐烦哩，就像农业社里让社员天天上工，天天农业学大寨一样，总有不耐烦的一天。公马儿有些累了，身体和心里都劳累喽。李老汉如此形象地打着比方，我自然明白了公马儿的闹情绪。

当执笔写这篇文章的时候，我忽然想到了"审美疲劳"一词，用在那时公马儿的身上，再合适不过了。

富有灵性的公马儿自然也有审美疲劳的深切感受。

怎么办，就让公马儿这么消极怠工么？

我想到了李志老汉土炕下的炕洞里藏着的一大包药物来，听他说，是不得已时同草料一同拌给牲口吃的，那是催情药，是这些雄性牲口的发情药。

难道此时的李老汉会让没情绪的公马儿服用么？

没有，李老汉没去拌药物的主意。

我看到李老汉轻轻地顺着公马儿的鬃毛，之后又牵了缰绳，在场院里溜达散开步了。

我赶紧跟在李老汉身后、公马儿的身侧，看李老汉如何解决这档子麻缠事儿。

盯着公马儿沉郁而此时有些疲惫的大眼睛，李老汉如同拉家常一样同公马儿说开了话——

哎，这年头，这世道，各有各的难处，各有各的委屈，可话说回来，咱就是干这档子营生的吗，咱就是吃人家这槽子草料的吗，老话儿说得好，在行伤行，离行想行，现时的话儿说得更好，是干一行爱一行。咱就得热爱咱这行当哩。你想想，村里有多少公马儿想干这一行，大队里就是不让它们干，干着急没球法儿，咋哩？革命工作分工不同嘛，那你说你想干啥哩，想干人家乔玉贵的营生？想干人家苗三星的营生？（乔、苗二人分别是我们大队的支部支书，大队革委会主任）。那可是公社里派来的干部，咱想都别想！再说了，你伤这行了，你不耐烦了，你腻玩了，把你下放到大田里，耕地犁地拉大车，大日头下农业学大寨，风里雨里遭不死你。拉大车吧，看那些驾辕的马儿费的是啥力气？你不服，不服让你喝一壶，干不完的营生上不完的坡，你试试，努不断你的二股筋……

李老汉谈心交流式的唠唠叨叨说一段落，人和公马儿刚好走了一圈儿。我看到公马儿默默地认真听讲的样子，脑袋上的一只左耳朵竖立起来，神经质地抖了几抖。

第二圈开始溜达了，李老汉照例拍打着公马儿的腰胯，极其亲切和蔼的样子，他接着说，咱就不提其他方面咧，单单说这吃喝吧，咱站里天天草草料料拌给你，豆饼麻糁喂着你，干草儿青草儿掺和着吃，每月还有二十斤黑豆哩，天爷，这吃喝比我老汉强多咧，我天天是红薯窝窝稀糊糊，一颗窝头一苗葱，一碗开水朝下冲，真是牲畜不如哩！你说，你还要咋哩，你还要啥待遇哩？你还想吃人家磨石子妈做的饭哩么，人家老太太可是给下乡工作队做饭的人，老婆婆做饭是一绝，人家又是大队干部挑选下给下乡干部做饭的，人家可是侍候当大官儿的。干面拉条子，四个盘子一壶酒，白面卷子加油卷儿，美死人哩，咱想也别想。天生吃草料的命……比上不足比下有余，你再看看生产队里的那些个头牯，哪一头不是皮包骨头的可怜样儿，白天累死累活，夜里也没好吃喝，人都吃糠咽菜哩，头牯们的麸皮越来越少咧，嚼来嚼去，就是一把干麦秸。把你下放到生产队，饿不断你的那二股筋……

说完这一段儿，就溜达了第二圈，我看到公马儿的另一只耳朵又抖了抖，公马儿也同我一样在认真地听么？

第三圈儿开始了，李老志不慌不忙地接了说：我李老汉没文化缺水平，更不会讲那些大道理，整天价抓了你们的家伙后就一门心思伺候你们，凭良心说，我李老汉对你们咋样，对你公马儿咋样？你想想看，哪个生产队里的饲养员不偷牲口饲料呀，多多少少都要贪污头牯们口粮哩！我老汉一人吃饱全家不饥，我贪污下有球的用处呀，我没儿没女没家庭，我把你们这些公马儿叫驴儿牤牛子当成我的儿女哩，当成我亲生的娃娃哩……多年了，我和你们处下的是多深的交情呀，你寻思，你寻思你今儿不想做你的活儿，不想干你的营生，你一个哑巴畜生你啥也不怕，我老汉可就交不了差了哇！你这可是砸我老汉的饭碗子吗？砸了我的饭碗子，对谁有好处？哦，我背了铺盖卷滚蛋咧，大队再派一个新手来，能像我这么对待你们厚道？哼，看打不断你的那二股筋……

我留意听了，李老汉的每一段末尾都用一个"二股筋"，至今我也不明白"二股筋"的具体所指，我想，他可能泛指，泛指头牯们皮肉筋骨的意思吧。

今日细细想来，李老汉看似随意的三段话却有着三层含意，第一层有敬业爱业的深意，第二层有切身利益的关联，第三层有人际关系的利害。人长得猥琐矮小的李老汉，肚子里却藏着大智慧。

说完这段话，第三圈儿也就溜完了，公马儿的两只耳朵此时坚挺竖立着，如两把坚硬的匕首直指蓝天。

此时的公马儿朝天鸣叫了一阵，在宣泄着胸中的郁闷，沉郁的眼光被欲望覆盖了，它似乎彻底明白了李老汉的话，领悟了老人家的良苦用心。喷一个响鼻，胯下便伸探出粗硬的家具，朝着发情中年轻漂亮的小母驴儿去了……步蹄儿坚定而踏实。

公马儿第三次闹情绪是在一个春日的前响，记得场院四周的杨树上叶片脆亮，在春风中翻飞出碧绿和纱白的颜色。

邻村拉来的，是一匹身材矮小的母马儿。

母马儿已被拴到"收驹儿桩子"里许久了，也不见公马儿的任何动静。

"牙——，公马儿这回又咋哩？"

我问李老汉。

李老汉苍老的小眼窝里含着一泡酸泪，他拿衣袖揩揩，去看看母马儿，去看看公马儿。

这回他老皮老肉的核桃脸上，挤出一缕笑来——嘀嘀，嫌母马儿丑咧！

我惊讶，公马儿还有嫌母马儿丑的时候？转头去深看，可不是，这母马儿也太不讲究了，就像村里不讲究的懒婆娘一样，头不梳，脸不洗，头发上挂着一串虮，胸脯凹，后背锅，一脸麻子加嘴豁。这母马儿，毛发不红不黑灰乎乎一片，并且有一片毛少一片皮的，脏兮兮贴在腰腹上，眼睛被眼屎糊着，睁不大的样子，同样黑污的脸面下边不知是鼻涕还是口水，还是发情了而口鼻一起淌一些不干不净的黏稠的液体……

公马儿傲慢地站立在那里，对母马儿似乎不屑一顾。

母马儿自作多情地努力把糊有眼屎的眼睛睁大一些，一厢情愿地眨一眼公马儿，再眨一眼，又仿佛传递着一些信息：我很丑，可是我很温柔……

公马儿矜持依旧，傲慢依然，喷一喷响鼻作为回答：那个地方都是一样的，咱眉眉眼眼上见高低!

这就形成了僵局。

僵局就这样僵持着。

解决这样的僵局有两种途径，其一，让邂逅的母马儿主人先拉回村去，把母马儿洗洗涮涮顺顺毛发收拾利索改日再来；其二呢，公马儿看不上母马儿不一定叫驴子看不上，权且就让公驴儿上吧，怀个骡子也不错。

可是，不行，母马主人从三十里地外的河里庄来的，跑一趟不容易，一次顶一次，收不上驹儿回去没工分可挣，再者，村里就是让母马儿怀马驹儿的，不是怀骡驹儿，这是小队干部定好的事，他一个跑趟的无法无力更无权更改大事情，怎么办？

公马儿要捍卫自己的马格和尊严哩，要不是我牵着缰绳儿，它早就返回到马厩了。

万事儿难不倒李老汉。

我实在没想到，李老汉会来那一手儿，会有那一招儿。

李老汉让丑母马儿的主人快快地拉走了母马儿，其实并未拉走，而是躲在了场院一侧，公马儿完全看不到的地方。

此时李老汉亲自牵来一匹十分漂亮的母马儿进了场院，变戏法一般，我也深觉得奇怪。其实不是变戏法，发情季节里邻村的母畜们络绎不绝地远道而来，见场院忙乎，许多主家们就牵了母畜在场院外的树荫下拉呱家常。李老汉适时出去，就选择了一匹漂亮合适的进来。

李老汉牵拉着的母马儿委实漂亮，身段妖娆，毛发柔美，是那种天生丽质的马中尤物，像时下风姿绰约体态风骚的女明星一样，让男人让公马儿都眼前一亮。

公马儿的审美是有层次的，这使得它区别于公驴又唤作叫驴的。叫驴们在这种事体上不加选择，只需揭开尾巴是母的就行。故而人们把那些性欲强烈又不加抑制，和任何女人都可以上的男人唤作叫驴，而不会叫它们公马儿或仔马子，把它们唤作公马儿就抬高了那些流氓，同时也侮辱了我们的公马儿。

这一点上就充分显示了公马儿的智性和叫驴的畜性，同样是牲口，它们差别咋就这么大呢？

就在漂亮母马儿被牵进"收驹儿桩子"，公马儿也情动于衷跃跃欲试的关键时刻，李老汉颠着琐碎的步子快捷地从他住的屋子的土炕上拿了件什么东西出来，走近公马儿，给马头上套了件叫"蒙头"的红布，套上这件粗粗厚厚的头套子，公马儿什么也看不清了，一切听任着李老汉的安排。我后来才知道那叫"蒙眼"，又叫"捂眼"，特殊情况下，才给公马儿使用的。

蒙了眼罩头罩的公马儿这回被李老汉牵了缰绳，在场院的另一侧去遛跶，而这边出现了李老汉导演好的偷梁换柱的一幕闹剧，被当作道具的漂亮母马儿快快被人拉走，而方才自惭形秽的丑母马儿又回到了"收驹儿桩"里。

公马儿哪知人类的奸诈和欺骗，一个小小的手段和一面小小的蒙套就把它套在其中蒙在其中了，它不知道它信任无比的主人和它在玩什么有趣的游戏，早已亢奋了的情绪被李老汉掌控着，一步一步走向"收驹儿桩子"，把因为美而重新涌动的青春的岩浆，淋漓尽致，喷发给它认为漂亮俊俏的母马儿……

邋遢的丑母马儿是闹剧中最大的受益者。

在没有脱开公马儿的头罩之前，是务必要把丑母马儿快快拉走，远远离开场院的。这便是盗亦有道，欺骗也必须有欺骗的规矩。

智者千虑必有一失，这样的闹剧搞得多了，李老汉自然娴熟得如同他老人家解裤带撒泡尿一样。再娴熟的动作也有洒到裤腿上的时候。那次就出现了致命的失误。那是公马儿蒙了眼罩子刚刚和另一匹丑母马儿配种完了，而李老汉和母马儿的主人拉呱一个什么话题十分投机的时候，他下意识里就给公马儿卸下了眼罩，这时候丑母马儿还没来得及离开"收驹桩子"，灵性极好的公马儿第一眼就看到了方才自己激情澎湃相交配的原来是一匹丑陋不堪的母马儿，只愣怔了一下，便明白了一切，它可能会回想到多日以来的头套眼罩的把戏是一个彻头彻尾的大骗局……

士可杀不可辱的道理，许多人不懂也没有那样的节操，我们的公马儿懂得并且也具有！此时愤怒的它一声长嘶前蹄高高腾起，抓缰绳的李老汉被甩到了场院的一角，公马儿依然愤怒地长鸣着，像一团儿燃烧的火，它跃出了场院，直朝了村外的田野燃烧而去……

第二天大队里派了二十几个小伙子，才从三十里外的卧虎山的东坡上找回了公马儿。

从那以后李老汉再不敢给公马儿套眼罩了。

在鲁迅文学院高研班学习的时候，我把这段有关公马儿的真实经历讲给了新疆作家北野先生，他听后大惊，他说他一位书法家朋友也经历类似的事件，只是那匹知晓上当受骗的公马儿跳出配种站后一直嘶叫着朝一面百丈高的悬崖跑去，它义无反顾，悲壮惨烈地跨跃了下去……它用生命守护了作为一匹气节公马儿的最后尊严。

这回该我大惊，我想，西部的公马儿比内陆的可能更烈性火爆一些吧。

骡子

在乡村牲畜里，骡子的身份是非常尴尬的。

骡子尴尬的聚焦点大约有二。

其一，骡子是马儿和驴儿杂交的产物。

公马儿和母驴儿产下的叫驴骡子；叫驴儿和母马儿产下的叫马骡子。

驴骡子的身上，驴儿的基因和生理特征就明显一些；马骡子的身上，马儿的基因和特征就明显一些。驴骡子耳朵要长一些，尾巴稍短稍秃一些；马骡子的耳朵要短一些而尾巴要粗长一些，尾毛相对的粗长一些。

这一切，都明显地随了母体。

其二，作为杂交产物的骡子，无论公与母，都是不可以生育的，尽管在发情的季节它们也有明显或不大明显的生理反应，但是生产队的饲养员或是车把式，总是操心着不让它们有交配的行为发生。

公骡子有反应归有反应，本身却不行，胯里压根就伸探不出那一根属于真正雄性的家具，它顶多是情绪表现得比平日兴奋一些，躁动一些，条件允许的话，就主动地朝母马儿母驴儿包括母骡儿身边凑一凑，哼哼唧唧叫着，拿了一张嘴子去啃母畜们的肩脊，去噌母畜们的脸面，往往引来一片躁动喧哗或踢踢咬咬互相不甚愉快。我们长大成人后才知道，乡村里为什么把没有性能力的男人叫作骡子，嗯，别看那家伙高高大大的，他不行，骡子一条咯！

母骡子发情就得留意了，万一有了空隙和公马儿叫驴儿交配成功，怀不上驹子还好说，一旦怀上个怪胎，是不可能生产下来的，往往胎死在腹中，母骡子也得搭上性命。

《齐民要术》中曾有一段有关"骡子"的介绍："赢。驴覆马生赢。则淮常以马覆驴，所生骡者形容壮大，弥复胜马。然必选七八岁草驴，骨目正大者。母长则受驹，父大则子壮。草骡子产，产无不死。养草骡长须防，勿令杂群也。"这段文字的大意为，赢，公驴配母马生赢。但在淮河流域一带，常用公马配母驴所生的驹子称作骡。它体格壮大，比马还强有力。但是，一定要选七八岁的母驴交配，要眼大，骨架大，外形好的个体。母驴体躯长，便容易怀孕，不难产；公马体格高大，配出的后代也大。母骡不怀孕分娩，即使个别能怀孕分娩的，也会因难产死掉。它本身就不具备产驹儿的功能。养母骡要经常提防操心，不让它同公马公驴混群。

只可惜贾思勰老先生没举到我们黄土高原骡子的例子，其品性，与他所说到的并无大异。只是个别叫法不同罢了。

遗传基因决定了母骡子根本产不下驹子的。

骡子们要生生不息，要繁衍后代，历史和命运的职责就又落在公马儿叫驴儿母马儿母驴儿身上咧。

这是骡子无法更改也无法逃脱的命运轮回。

这种命运多少带有一些悲剧意识。

在社会意义上讲，骡子又具有许多优势，它少了生育的诸多繁杂劳累，便可以一门心思用在了劳作上。那些年，骡子是农业社最主要的也是最优秀的劳动力，因为是马儿和驴儿的杂交品，它十分成功地继承了马儿的力气和驴子的皮实，也十分成功地剔除了马儿的娇贵和驴子的拖沓。

这一点十分重要，它使骡子在牲口里面，在所谓的"大头牲"里面，有十分重要的位置和不可或缺的社会角色。

小时候，我们常常看到这样的情形，生产队里的大车要去镇子上拉化肥，拉套的骡马们都拉了出来，二车把式正在准备着给头牲上驾的一切程序，如顺理着拉绳，分别着夹板，整理着马鞍，收拾着套货（套垫）。车把式和饲养员却在静静等候着那匹惯于驾车辕的枣红儿马儿，我们习惯性地称它为"辕马儿"。

辕马儿此时正害着肚子疼。

那是凌晨饲养员最后一轮拌料时发现的。

辕马儿不好好吃草料，在圈里不安宁地蹬着蹄腿，而肚腹内侧，不时地有一小片皮毛在痉挛。

饲养员判断是肚子疼，便检点着自己，是让马儿喝凉了水，还是吃了皮了的麦秸草……

兽医站在镇子上，牲口们的小病小恙，大多是饲养员给调理调理，或者让患病牲口干脆歇息一两天。

辕马儿一时半会儿无法好起来，车把式和二把式就临时换一匹骡子来驾车掌辕。

马儿们经常容易肚子疼的毛病，在骡子身上是很少遇到的。

每遇到辕马儿小病小恙肚子疼时，那一匹我们唤作"锅锅"的土黄骡子就责无旁贷地驾起了车辕。

骡子耐实，骡子皮实……

每每赶着由土黄骡子当了辕骡的大车去往田野去往镇子上的村路上，车把式方子伯伯总这么自言自语，一面心疼着正被疾病煎熬着的他心爱的辕马儿，一面又着实为骡子的皮实高兴。

那年秋天生产队里用拖拉机深翻着土地，骡子马儿便放下其他运输活计，每两匹组成一对驾耙耙地。活计赶着活计，大头牲们在这样的季节和这样的形势下，便较往常辛苦了许多。

枣红辕马儿和土黄骡子"锅锅"组成一对拉着一页木耙,耙地者便是二把式唤作小眼儿的汉子,小眼儿平时跟着车把式方子伯伯打下手,不赶车时也作为一个使唤牲口的全劳力在地里干活儿。

小眼儿人年轻,性子急,因为是二把式牲口也熟悉他,对他的使唤和吆喝言听计从,看着大片大片已翻好而待细耙的土地,便有了紧迫感,鞭子在空中炸响着,小眼窝一圪唧一圪唧,双腿蹬在耙上,如同一个年轻渔夫站在小船上,面对眼前浑浑黄黄的土地的浪,只嫌那页耙飞得不够快,土黄骡子枣红马儿,见主人这般性急,也索性撒开后蹄,拉着耙,带着人,一股黄尘小跑起来……

收工的时候,马儿也好,骡子也罢,浑身腾着热汗,急急地朝饲养场里跑,它们渴极了,大日头下出了多少汗呀。

二把式小眼儿这时候犯了一个常识性错误,他不该急着让牲口去饮水,他需要拉着骡儿马儿在坡地草丛里吃一会青草的,吃多吃少无所谓,是借啃草儿的时机消消身上的汗。有经验的饲养员和车把式都知道,汗没干就让饮水喂料,牲口们会得气痨病的。

牲口们渴,小眼儿也渴,马和骡子在水槽里嗞嗞地大饮,小眼在水槽里舀了一瓢咕咚咚咚大喝。小眼听得见马儿骡子喝下的水流,通过口腔嗓子脖颈直接撞击胃部,震荡出的声音如打夯;骡马们听得见小眼儿的腹腔里像滚动着篮球……

一次两次不至于气痨的,可是那个下午,枣红辕马肚子又疼了,无法出工拉耙。

小眼让车把式方子伯伯臭骂了一通——

狗儿的呢,越活越回去了,眼窝再小也眨得着骡马身上流着的汗吧,直流汗呢,你就敢让头牯去饮水,不想要头牯的命咧,还是不要你小眼的命咧——,辕马肚子又疼开咧,辕马儿出了事,你十个小眼儿也赔不起!

小眼不服气,喃喃辩解道:人家骡子就没事儿,人家骡子就没事儿……

方子伯伯大怒:你放屁你,你放屁你,马儿能和骡子比么?马儿能和骡子比吗?!

这一点上，马儿确实比不了骡子。

小眼在后来的漫长的使用牲口的劳作中，也深深地体会到了这一点。

那些年，生产队里的马车要常常跑一些长途，比如冬天要到一二百里地外的西山里，给社员们拉煤，连去带回，少说也得三四天的时间。策马儿鞭骡儿走上一天，在骡马店里卸去鞍子，有的时候，马儿就不去地上打滚儿了，这便是患上筋劳的征兆；有的时候马儿打滚儿却不可能很快站立起来，这是患了骨劳的征兆；有时候站立起来却不去抖动皮毛，不抖去皮毛上的土屑儿，这是患上疲劳的征兆；有时候抖动皮毛却不去喷打响鼻，这是患上气劳的征兆；会喷响鼻而不去排尿的，这是患上血劳的征兆……

同马儿比起来，骡子很少出现以上的状况，同样的路程，同样的劳作，同样的草料，同样的圈厩，骡子就一天天承受下来，并且表现得安然无恙。

骡子喜欢安静，或者说在牲口的群体里，它们是最安静的一类。

常常在旷野里，在山坡上，在村巷胡同中，马儿耐不住寂寞了，或要抒发胸中的郁闷、愁苦或喜悦的时候，往往在劳作的间隙里，会仰起一长修长的脑袋，抖动着一头洒脱的马鬃，吼喊出动听的嘶鸣；驴子或许受到了感染，有了条件反射，或者在场院里拴的时辰长了，有了不耐烦，便仰起一张驴脸子，朝了乡村，朝了远处的沟沟坡坡，吼叫出属于驴类的信息释放；耕牛也常常不甘沉寂，它的吼叫可以算得上咆哮，往往带有爆发式的怒吼和宣泄式的奔放……

骡子却是安静的。它或是它们就那么默默地站立着，在同伴们声调不同的鸣叫中固守自我的静谧和安详。

骡子们没有郁闷要倾诉么，没有寂寞要排遣么，没有气恼要宣泄么，没有感悟要抒发么？它们也是一个一个的生命个体呀！可是，骡子会隐忍，骡子懂深沉，骡子守本分，既然基因的组合让它成为特质生命，那么隐忍和静默也算是特质的成分之一吧。

看着骡子们的那一对一对的大眼睛吧，眼睛里既有马儿的沉郁又有驴子的单纯；既有驴子的执拗又有马儿的灵性，目光里的隐忍和承受是命运赐予的，故而骡子永远有别于马儿和驴子。

骡子们还在潜意识里混浊地懂得自我约束，朦朦胧胧中有某些自律的觉悟，这得用事例来服众。

记忆中有一段时日，车把式方子伯伯在家治腿病，请假歇息了，二把式小眼哥，便顺理成章成了车把式。

小眼儿比我大十岁，我叫他小眼哥。

小眼哥有别于方子伯伯的是，每当干完活计，或卸下马车除去套货和马鞍夹板的时候，方子伯伯把头牯们往圈里赶，而小眼哥在可能的情况下把头牯们散在草地里，或收割庄禾的大田里，让它们吃野草。

小眼哥说，头牯们得吃夜草儿，更要吃野草儿哩，夜草肥头牯，夜草是死草；野草儿壮头牯，野草儿是活草儿。

有时候一大片田地里，就分散着生产队里的牛啊马啊驴啊骡子啊。

通常地，这片地的邻地或是地埝上下，就是长势良好的油绿的庄稼，如青绿的玉茭高粱糜子谷子，嫩嫩的苗儿叶儿比野草不知香了多少倍，也在强烈地诱惑着地里的头牯们。

头牯们在寻找着机会，只要主人不在身边，便要千方百计走向那一片青绿的诱惑。

首先是胆大包天的驴子，为了贪吃它敢冒天下之大不韪，率先跨进庄稼地里，慌乱地啃食着禾苗儿；

紧跟着是翻着白眼儿的黄牛儿，别看平时慢腾腾，这会腿脚麻利，也不甘落后地窜进庄稼地……

马儿起先犹豫着、矛盾着、纠结着，见驴们牛们通通都去偷吃禾苗了，也一个腾跃进入了庄稼地……

骡子见证着这一切，这一切似乎与骡子无关。

它们依然在草地里，埋着脑袋，寻找着可入口可进食的野草儿。

香甜可口的庄禾苗难道就不会吸引骡子么？那时候，小眼哥所使唤的土黄色的被唤作"锅锅"的骡子和另一匹黑灰色的叫作"乌嘴"的骡子，依旧在那片草地里，本分地啃食着野草儿……

这样的事例，小眼哥目击过多次，在它心里对大头牤骡子的敬畏已远远超越了枣红辕马儿。

还有一件与"锅锅"和"乌嘴"两匹骡子有关的大事，骡子自此成为乡人们彼此交流的美谈。

生产队里有一匹母马儿产下小马驹儿，产后的十余天里，母马儿与马驹儿是得和其他头牤分圈而居的，那是害怕其他头牤无意挤着压着踩着小马驹儿，也便于母马对驹子的喂奶和呵护。

一月过后，驹儿渐大，活蹦乱跳的样子。为了从小培养集体意识和在群体中的生活磨砺，饲养员便把母与子重新圈到了集体马厩里，母马儿挨着土黄骡子"锅锅"和黑灰骡子"乌嘴"。也可能是从两匹骡子性格实在宽容安稳的角度去考虑的，它们一般不会伤害小马驹子吧。

我们的村子点缀在坡坡沟沟的丘陵地带上，村东是绵延的卧虎山，山下是流淌的黄鹿泉，村南又是一道深深的涧沟，还有高高的南垴和连接虎山的土峁。复杂的地形便于野狼的生存和出没。小马驹儿不知什么时候被拾进了野狼的眼窝里。

那是一个冬日的深夜、饲养员在给牲口们拌过和添过第二遍草料而熟睡之后。两只狼，一只东山公狼，一只涧沟母狼，二狼联合起来逼近了圈有小马驹儿的马厩。

野狼是狡猾的，它们威慑于大牲口的厉害，并不敢冒险进入马厩，而是在吊着厚重草席的门外，作诱惑小马驹儿的委婉的叫。

那分明是小孩的声音，是顽童耍闹的声音，不高、不响，但小马驹儿听到了。

小马驹儿的好奇心受不了外面它以为同样是玩童的耍闹的声音，挤开了母马儿身体便朝门口走去。

哺乳期的母马在忙于吃草料，没有留意驹子的出溜；而仅靠母马儿的是"乌嘴"骡子，乌嘴骡子用它宽大厚实的身躯挡住了小马驹儿的外出。

一次、二次、三次，小马驹儿憨憨地还是想出圈，想看外面的稀奇，被乌嘴骡子狠狠地抵到了母马儿的身子下面。

圈里几匹大头牯们似乎意识到了什么，一时间都停止了吃草，竖立起耳朵，喷着响鼻，静静地留意着身子后面的圈门口。

骡马们对有可能伤害自己和小驹儿的野兽有着先天的警觉和敏感。

圈外的两只饿狼见引诱不成，便由公狼带头想悍然闯进马圈里，把小马驹儿赶出来或叼出来。

饿狼们孤注一掷了。

土黄骡子锅锅身躯高大，之所以被社员叫作锅锅，是因为腰脊部分本该凹下去的地方，它却高高地鼓起来，倒不至于像驼峰那么突兀，总是比一般牲口要高出来一些。锅锅骡子平时默默无闻，踏实地拉车，本分地干活儿，不显山不露水不调皮捣蛋，属于三好头牯的类型。因其身材高大，性格沉默，也没有任何一匹头牯敢挑事端欺负它。

土黄骡子锅锅的屁股正对着吊有草席的圈门口，头脸朝着设有木槽儿的圈里边。夜晚，牲口歇息和吃草料的时候，拴在木杠上的缰绳子要放得长一些，这便于牲口吃饱后的卧圈休息和在小范围中的走动。同时也给那个夜晚锅锅骡子暴蹄野狼提供了必需的条件。

首先是公狼把一只罪恶的狼脑袋探进了草席，它在观察小马驹儿所在的位置，再决定如何进到圈里如何朝小马驹儿下口，说也怪，自狼脑袋探进圈席的那一刻，骡马们的眼睛好像能看到身后，或许它们有一种感觉吧，几匹骡子马儿都异样地哼叫起来，尤其是首当其冲的锅锅骡子，紧张地竖着耳朵，甩着尾巴，面临大敌的样子。

野狼刚把身子挤进了草席，没想到就挨了锅锅骡子的重重一蹄，多亏了躲得及时，才没被踢到脑袋上，狼很快退了出去。

两只饿狼在马厩外面有所计谋，它们在沉默中交流着眼神，商议着对策，之后便统一了行动。

那是一着阴险和冒险的行径，公狼依然先钻进了草席，当然是从草席的右下角进入，千方百计吸引住锅锅的注意力以及提防锅锅的后蹄；母狼乘虚乘乱从草席左侧进入，直奔母马和马驹儿的位置，最好在混乱中把受惊的小马驹儿哄赶出圈外，这是它们认为最艰难的一点。

它们的意图是只要把小马驹哄出马厩，两只狼会威逼利诱一步一步把小马赶到村南的涧南沟里，再实施撕咬和吞吃事宜……

这次公狼没有像上次一样悄没声息地进圈，它是粗野蛮横地强行闯入的，它试图一个跳跃爬上锅锅骡子的脊背，撕咬抓扯，先把锅锅骡子制服。公狼轻看和低估了锅锅骡子，锅锅早有提防，且身躯高大，在公狼腾跃而起时，它也是弹起后身，甩开两蹄，朝公狼奋力踢去，公狼没能跃上锅锅脊背，公狼的嘴与爪却咬伤抓伤了锅锅的臀部，锅锅扬起的后腿还是把公狼甩到了圈外……

另一边的乌嘴骡子责无旁贷地对付那只偷袭的母狼。乌嘴骡子矮壮结实，只要发现草席的一端有动静，就啪啪地踢了后去，不给母狼半点偷袭的机会。

锅锅骡子一直处在奋蹄猛踢的紧张里……不知过了多久，骡子马儿的鸣叫声踢腾声喧闹声惊醒了饲养大员和饲养二员，二人提了马灯吵嚷着来到马厩时，两只野狼已被吓跑了。

天亮时，社员们发现，那张厚厚的草席早已掉在地上，被踢得被践踏得稀烂，土黄锅锅骡子的屁股一带被野狼撕咬抓扯得血肉模糊，惨不忍睹，而脊背上也有多处淌血的伤口……

那只小马驹全好无损，天亮后在场院里跑着耍着，已然忘记了夜晚的惊险和生命攸关。

上午时分，有社员们惊讶地发现，在涧南沟里的一处地坡下，有只野狼的尸体横陈着，进了细看，公狼脑袋上有一个破洞，脑袋下面有一摊血迹，那会儿血迹已经凝固了。

大伙便推测出，这是夜里袭击小马驹儿的两只野狼中的一只，被锅锅骡子或是乌嘴踢破了脑袋，逃离时死在涧沟坡里的。

这之后因了生计所迫我离开故乡漂泊在外地，几年后回家探亲时偶然问起过这两匹骡子。三叔淡淡地说，那匹土黄锅锅骡子被野狼撕咬伤了后，得了类似破伤风那样的病，在公社兽医站治了两年也没治好，第三个年头便死了。把车把式小眼心疼得睡了三天三夜。乌嘴骡子是老死的，有三十多岁吧，是骡子中的高寿者。那年月日子艰涩，家家户户粮不够吃，就有个别社员主张把老死的乌嘴骡子杀了分肉吃，也可以见了荤腥解解馋。小眼听说后拿上一把杀猪刀要和那几个人拼命，说谁想吃骡子肉我就先放谁的血！小眼的一对小眼窝被气愤烧得血红，没人敢提杀骡子的事了。

给生产队干了一辈子农活儿的乌嘴骡子被小眼等人抬到南垅上，择了一处，挖了深坑埋葬了。

谁料到有我们生产队的近邻第十二生产队里的几个小伙子，在埋了乌嘴骡子的当天深夜拿了钢锨刀子之类的器具，悄然刨开了那个土坑，把乌嘴骡子的尸体就地肢解了，把能剔的肉尽量剥离开来，把心、肝、肺一同拿回去，把骨头皮毛内脏依旧埋在坑里。

说也怪，吃了乌嘴骡子肉的那几户人家，全家老小上吐下泻，腹痛难忍，还有七八个人住进了公社医院。

这事儿传的大伙儿都知道了。有人说，骡子肉轻易是吃不得的，特别像乌嘴这样劳作一生的老骡子，肉就更不可以吃了。

车把式小眼对了十二小队的方向翻着白眼骂道：胆大包天，敢吃咱乌嘴骡子的肉，活的腻烦了，作了孽就得受报应哇！

三叔告诉我，事后有人说，埋乌嘴骡子前，小眼就多了个心眼留了一手，他把一种农药一点一点洒在乌嘴尸体上、皮毛里，并试图让它们渗进去……这样，一来防止土中的虫子蛙咬尸体，二来也防贼人的盗尸剔肉……

小眼儿在几条村巷里愤愤地嚷：

贼胆包天，敢吃咱的乌嘴骡子，那可是神骡子哩，吃一口骡子肉，死你们全家！

驴子

驴子是乡村里最普通最多见的牲口。

农忙时节，田土里晃悠最多的，除了农业社里的社员，就是农业社里的驴子。

开春了，犁地耙地，拉犁拉耙的主角断然少不了驴子；犁地吧，主角是老牛；而耙地的活计，几乎成了驴子的专利。

麦苗在返青的日子里，经过一冬的板结，地里有了一层硬土壳和大大小小的土疙瘩，要破土甲，要疏松麦地透气保墒，也要把阻碍麦苗生长的土疙瘩碾碎，就使用石磙子把麦地磙两遍，再用耱子把地耱两遍，拉石磙子拉耱，用牛吧，老牛身子重，蹄子沉，极容易踩坏麦苗，况且速度又太慢；三五天的活计它也得拖个十天八天的误了好季节；用骡子马儿吧，春里太忙，大头牯大牲口忙着跑运输，把城里的化肥拉回村里，把饲养场的粪堆们拉到地里，还有，把返还粮从公社里拉到生产队里……

拉磙子拉柳条耱子，就非驴子莫属了。

收割麦子的时候，骡子马儿无疑要驾大车往麦场拉麦个子，那可是大车能畅通的大块麦田，小块麦田，坡地麦子，还有涧南沟里，南垅上，西条埝和丢溜溜叉里，都是大车无法进入的麦地，怎么办？还用说吗，年年都是驴儿驾平车拉麦个子哩。

驾驴车的叫闷骨碌蛋儿，简称闷蛋，是车把式方子伯的大儿子。在生产队里，他是较为固定的使用驴子的人。整个收麦季节，是他驾着驴平车拉回了几十亩地的麦个子。

闷蛋儿不单单使唤某一头驴，生产队里的十几条驴子他都喜欢使用，时日长了，驴子们也都认人，听从他的使唤，能听懂他的任何一个口令。

麦子收割后，有一部分平整的肥地，还得抓紧时令赶种小日月玉茭，往往是套种的形式。这活计又落在了驴子的身上，特别是套种，是在其他已长起半人一人高的庄禾间再种玉茭子，或者人工点种，这就必需使用驴子。

骡子马儿性子急，速度快，不适宜干这活计，牛的身子太笨，块头又大，对其他庄禾免不了有挤踩和伤害，驴子性情比骡子马儿缓慢从容，而身材又比牛的伶俐小巧，正适合在庄稼行间拉犁套种。

秋风送爽的时节，大田里一下子就空旷了，玉茭高粱豆子们早已收获回去，把一片一片的土地坦荡地铺陈在山上山下。犁过耙过的地，又该种麦子哩，你看着吧，一架又一架古朴木耧的耧杆里面，套着的必定是一条又一条灰色的驴子，驴子是秋日田野里拉耧播种的主劳力。

力气小的驴子，二驴合拉一耧；力气大的驴子，一驴承包一耧，驴在前顺从卖力地拉，耧在驴后顺从地机械地跟；人在耧后随了节奏地摇，天上的一颗老太阳把驴儿把木耧把农夫的影子在土地上拖得老长老长。

想想看，哪个生产队里没有一两百亩小麦地呀，就那么七八条十余条驴子，要不知倦怠地拉着木耧，把一两百亩土地，用小小的驴蹄子丈量个遍。

年少的我曾经问过摇耧间歇的闷蛋，我说，闷蛋哥呀，咋不让那些马儿呀骡子呀牛呀来拉耧种麦呢，这样就把驴们使唤地努坏咧。

闷蛋深看我一眼，觉得我问了他一个有水平的话题，也就带有几分认真地回答我：

马和骡子性格急，拉起木耧来跑得快，麦籽从耧眼里下不及，种下的麦粒就稀了；老牛走得又太慢，一摇二晃的，麦籽从耧眼里下得快，种下的麦粒又太稠了，只有驴儿不快不慢，摇耧人也摇得平稳，麦粒下的均称出的不稀不稠哇！

闷蛋说着，眼里对他使唤着的驴子充满了爱抚。

冬里，乡村相对清闲一些。清闲不了的，是我村的四类分子和生产队里的驴子们。

冬闲时分，村里总要勒令一些四类分子们把社员的家户茅粪掏了，担到生产队的麦地里。我们生产队里的四类分子共二人，我爷爷和我大爷。那会儿，他们都是七十多岁的人了，哪里能担得动一担茅粪？队长开了恩，毛驴车拉茅粪吧。

这样，我的爷爷大爷每人各赶一辆由平车和水桶改装成的茅粪车，驾着一头驴子，拉了一冬天茅粪。其他生产队见这样也不错，年迈的四类分子和冬天的驴子都能派上用场，频频效仿，一时间，我们村里二十几个生产队里的八十多个上了年纪的四类分子就驾着八十多辆茅粪车，赶着八十多头驴子往来于家户的茅房和生产队的麦田之间。

冬日家户的院落和深深长长的村巷胡同里，到处飘荡着老汉们的气短和咳嗽、驴子的啼唤，还有臭烘烘的茅粪气味儿。

许多马儿呀骡儿呀这样的大头牯不屑于干的、而牛们又不适合干的活计，全得靠驴子们去完成。

吃再多的苦，受再多的累，驴子们却注定进入不了"大头牯"的行列里。

这种约定俗成的理念，在农业文明的时代里已成为一代代乡人达成的共识，它绝对不是物种歧视和类别歧视，很多因素是由驴子本身的生理和能力而决定的。

一头身材高大四肢匀称力量大于同类的成年或年轻驴子，有可能在一段较短的时间里，被车把式看中，成为辕马儿前面拉套的三匹头牯中的一员，那通常是因为拉套的大头牯中的某一匹马儿生病了，或者是一匹骡子在特殊状况下，另有它干。这头年轻的驴子才作为替补者临时顶替一下，就像如今各类球队中的替补队员一样，很难成为主力的。一旦骡子扭了蹄脖儿，或者马儿肚子疼了，必须得套一头驴子填充的话，方子伯伯或是小眼哥，也会把那头驴子套在拉套位置的左侧或右侧，绝对不会放在中间的，中间是那匹土黄锅锅骡子的较固定的位置。

这样，赶着套有一头驴子的马车，方子伯伯和小眼哥心是虚虚的，生怕被邻近生产队的同行和留意牲口的熟人碰见了打趣和嘲笑。

嗨——，你看看，第三生产队里光景过成啥样了，连大头牯都没有咧，还得一条驴子拉套充数咧！

那样，车把式方子伯伯的一张长条脸会红一阵白一阵，而二把式小眼哥则会把嘲笑者狠狠地剜一眼，吆喝一声头牯们埋了脑袋匆匆走过去……

乡人的这种固定的看法，取决于驴子的本身，再高大的驴子，也比一匹普通的马儿普通的骡子看上去要单薄，驴子的腰身要相对狭窄，不如骡子马儿那么宽厚，腿啊蹄啊也随之柔和纤细，不像骡子马儿那么刚劲结实、遒劲力度，故而无论拉车跑路或是干其他农活儿，驴子的力气也相对小一些，耐久力也不如骡子马儿，这是驴子进入不了大头牯行列的直接原因。

驴子的皮毛大都是灰黑色，肚腹上有一部分毛儿泛白，青白和浅白的颜色，这样的泽色在乡人的眼里普通得接近于暗淡，被窘迫的日子弄得心绪阴沉黯然的乡人们，再天天和这种颜色的牲口打交道，心理上往往淤结无形的愁闷。

骡子马儿们则不然，枣红的色泽，土黄的色泽，还有在土黄和与枣红之间的过渡色泽。枣红使人联想到火、红火、日子红红火火，土黄使人联想到大片土地上的大片麦子，那可是殷实的光景呀！这样的颜色使乡人感觉踏实，同时心里扑腾着过好日子过好光景的欲望，那可是火苗一样的欲望哩。

皮毛的颜色难道也是驴子进入不了"大头牲"行列的原因吗？

当然不是。多年来，曾在乡村里、集市上、骡马大会上，细细留意和观察过驴子，我是颇为喜欢驴子皮毛这种颜色的。它凡俗，却有凡俗的魅力，它普通，却普通的有道理，就如同我们普通老百姓一年四季还不是一直穿着普普通通蓝灰的衣服吗？灰蓝的衣物是永远都不会过时的衣服，永远都不会褪色遭淘汰的颜色，又有着一种恒久的生命力，无论在实用中，无论在美学上。

驴子皮毛的色泽是一种不事张扬而求内敛的色泽，它最接近于生活的本真，它朴实本色得如同我们平民的日子。这种颜色懂得蕴含，在不显山不露水中就把传统的中庸之道渗透进皮毛里，表现在色泽中，叫作大美无形可也。

在浑浑黄黄单单调调的黄土峁上行走，拐一个弯，你忽然在地垅边，在一棵山杏树下，看见了一头驴子，它正悠闲地吃着草儿，看见了你，长长的耳朵扇两下抖一抖，算是打过了招呼，继续啃它的草儿。在黄土为背景的山峁的衬托下，驴子的灰青的色泽亲切温和，有一种走上前去认真抚摸的冲动，像抚摸女子的柔顺的头发；再看驴子的眼睛，这是一对多么专注多么纯情的眼睛啊！像羊的眼睛一样善良和无辜。它如同村南的涧南沟里雨后存下来的两泓潭水，就那么静静悄悄地汪泊着一点点心思……

在乡村里，你可能对驴子的叫声不会陌生吧，那可是地地道道乡村的歌手。驴子的叫不像马儿的嘶鸣那么壮怀激烈那么豪情奔放，驴子的叫声却悠扬婉转质朴抒情了许多，听驴子鸣叫，就如同走山路，有高有低，有时上一道土坡有时翻一条沟涧，还在山峁上转一道大弯……它首先是真情的抒发，活儿干得累了，草儿吃得烦了，一条驴子在山沟里过于寂寞了，或者看见沟畔那边的同类了，便伸开长长的脖颈张开大大的嘴巴，露出白白的牙齿和猩红的牙床，就来一通抑扬顿挫的鸣叫。驴子的叫声委婉却具有穿透力，它可以穿越碧绿的高粱地玉菱地，绕过高大浑黄的土崩飞过深深的涧沟飘到另一个村庄里，把朱村或杜村的驴子们挑逗得也接二连三叫起来。

对于驴子的叫唤，我一直以为那里一种特殊的表达，从这一点说起，驴子的身上绝对有着诗人的气质。

在牲口里面，驴子是最为平易最具有亲和力和使用力最易驾驭的种类。

乡村里，集镇上，我们常常可以看到一个年迈的老者或半大的准老汉，赶着一架平车儿，车里铺着垫子坐着老伴儿和孙子，那驾着平车的牲口十有八九是一头驴子。驴子听话，性格再绵软的老汉，也能驾驭了。我们很少看到平车上套着一匹高大威猛的马儿或高大骡子的。马儿性子烈，火气大，非车把式方子伯伯小眼哥之类是难以驾驭的。骡马们天生是拉大车的。这似乎是上天的安排，这是骡马的荣耀也是它们的宿命，毛驴车，毛驴车，这已经成了一个符号。小小平车注定是给驴子们准备的，这是驴子的本分也是驴子的使命。

驴子的亲和力还表现在驴子的不世故，它绝对不会驴眼看人低。有事例为证。

十六岁的那年，我们几个就被剥夺了上学的权利，上高中推荐没我们的份儿。一头扑进我的乡村我的田野里，说是小青年，其实还是少年一个。细细高高的豆芽身材，顶一颗发育不良的山药蛋般的小脑袋。那天干活是跟在犁地的牲口后面，朝犁沟里抓粪。歇息的时候，好奇心的驱使，使我从闷蛋哥手中接过鞭子，我也要学犁地呢！闷蛋哥是使唤牲口的行家，他眯缝着眼，笑儿笑儿地说，学吧，学吧，早学早好，牛尾巴驴尾巴都是同样得摸。

我随即扶了犁，学了大人的样子，吆喝了口令，驾——后——驭——嘚——手中也象征性地挥动着鞭子，驴儿居然听话的迈开了蹄子，让我在黄土地上开垦了崭新的第一犁。

带着这样的喜悦和小小的成就感，我又跑到方子伯伯停犁的红枣马儿边，也试图掌犁驱马儿，因为那次全生产队所有的牲口都集中犁地。

方子伯伯摇着蒲扇大的手掌，连连说道，可不敢，可不敢，小娃娃家赶马儿，马儿一下就张咧，马儿张咧，那真害怕咧！

"张了"就是疯跑的意思，不受约束的意思，肆意奔跑纵情冲撞的意思，我哪里还敢接近那匹高高大大英俊漂亮的枣红马儿呀！

我又讪讪地走到小眼哥使唤的土黄骡子锅锅跟前，同样征求小眼哥的意见。小眼哥倒没有为难我，把鞭子递到我手上，说试试吧，看看骡子听不听话，可不敢真打骡子呀！我有些惧怕地扶起土黄骡子拉的那把犁，对着高大的骡子屁股喊道：驾——

这就是人类对牲口的命令，歇够了，准备重新干活儿呢，牲口理应听从这样的指令。这是天经地义合乎情理的事情，就如同社员们听到生产队长的一声干活儿喽——的指令一样，立刻行动起来才是本分啊！

土黄骡子锅锅无动于衷。对我的吆喝和口令充耳不闻，一条很漂亮的尾巴左右摆动着，扇打驱赶着周围的蚊蝇。

驾——！我加大了吼喊的力度；

骡子依然不理不睬；

……

我想起了手中的鞭子，何不在它身后炸一个响鞭，以示提醒和警告，还有督促的意思。

没承想鞭子还没收拢回来，骡子的两只后蹄猛地飞扬起来，啪——啪——地踢到了绳索和木犁犁身上，吓得我丢了犁把落荒而逃。

……

嗯嗯，要使唤骡子，再过十年吧。骡子嫌你还是个娃娃家……小眼哥淡淡地说着，脸上浮起一丝宽容的笑来。

原来，骡子也看不起未成年人呢。

不仅仅是这样，骡子们这些大头牯连老汉老婆婆姑娘媳妇家一样看不起呢。他们哪敢靠近骡马呀。

驴子不会这样。

驴子是牲口里面的草根阶层。

那些年乡村还没电磨，磨面是家庭里一项重要活计，这重要活计家庭的主要劳力却是不屑于干的，磨面的活儿落在家庭里的老汉婆子娃娃妇女们身上。

通常是男人家把驴子拉进磨道里，套好磨杆系好绳索，就下地去了。剩下婆子和娃娃们开始了大半天漫长的开磨。

无论是老太婆一声苍老无力的"驾——"还是娃子们一声稚嫩尖亮的"驾——"对驴子都是起作用的，蒙了眼睛或不蒙眼睛的驴子就开始了永远无尽头的拉磨转圈儿。它低着头，耷拉着双耳，柔顺听话地迈开四只小巧结实的蹄子，把坚硬的磨道地面踩踏得嘚嘚有声。

驴子似乎知道这是一项不同于田野里的劳作，故而磨道里的它少了在田野里的许多麻烦或叫毛病，比如：抖动皮毛；比如喷个响鼻；比如无缘由地啼唤；比如放一串儿草屁……就连撒尿拉粪蛋也略显的少于往常。

驴子收敛着自己，也似乎约束着自己，就那么安分守己规规矩矩也相对干干净净地拉大半天或一整天磨的……

试想，换了骡子，换了马儿拉磨行吗？行动缓慢的老牛，在磨道里扭扭搭搭拖拖拉拉一天的活儿这得干三天才行，况且，一身牛虻牛虱蚊蝇绕身的老牛也不适合干这档讲究的活计，一天下来它起码得在磨道里放三泡长尿拉两堆牛粪的。想一想那两堆硕大的牛粪，热腾腾蒸发着一团儿一团儿的热气，还不把婆子娃娃熏得晕死过去吗？还不把新磨下的雪白的面粉熏成草绿颜色吗？

驴子对乡村和土地的奉献是无所不有的。

一次小伙伴叫银虎的胖小子不知在哪拾了两句儿歌，扬了脑袋在地里大声诵唱：

奸驴儿懒牛勤骡子，

骗了的马儿背驮子。

……

这荒诞儿歌恰巧被喜欢驴子的闷蛋听见了，照着银虎的脸蛋上就吐了一口，骂道：

喷——小子蛋子，敢骂驴子哩，你懂什么驴子，驴子比你爹还强哩！

银虎旳爸是我们大队的革委会主任哩。

牛

闲暇的时候，最喜欢看牛们反刍的样子。

一片场院的墙根下面，有着杨树柳树的阴凉里，就那么拴着一头或数头牛们，它们选取一个舒坦的姿势卧着，悠闲自在，与世无争。嘴巴却动着，牙齿却磨着，很投入很沉醉地嚼出许多白沫来，那是牛们在反刍。

牛们有这样的本事，农活忙碌了，时间仓促了，为了多占有一些草料，便大嚼大咽草率而粗糙地吞下去，等到空闲下来或干活间隙的时候，再把胃部的存储调动出来，一点一点细腻而回味地咀嚼。常常可以看到这样的情形，咀嚼着的牛儿嘴巴慢慢地停止了翕动，两只硕大的牛眼瞪一下，直视着某一处，整个卧着的身躯似乎在抽搐一下，在用着劲儿，就看到牛儿伸长了的脖颈里面，有一团儿东西缓缓地朝上面蠕动，蠕动着，就滑到嘴里了，那是胃里库存的一团原始的草料，又该慢慢地切碎咬断磨细唎。

牛儿喜欢这样的咀嚼，从这一点，可看出在牛们笨重沉实的身躯里面，有一颗多么细腻的心，认真，谨慎，一丝不苟。对于任何入口的草料，苜蓿类的青草儿也罢，隔年的陈草麦秸也好，都必须经过它一条长舌的翻卷和上下两排牙齿的切割。

长我三岁的伙伴西娃爱牛如命，在农业社里劳动的几十年里他几乎始终与牛为伴。到了土地责任制之后，别人家都养着驴呀马呀，西娃却单单养了两头牛，骨子里喜欢，这是没有办法的事。

少年西娃曾煞有其事地对我说，盛娃，你听过那句话么，是说牲口粪便的，叫作"骡马粪蛋儿外面光，不知道里面活遭殃"知道是啥意思么？

我说不知道，好像是说骡马粪蛋儿不好哩。

西娃说那是肯定的，别看那些圆圆的好像铁蛋子一样的骡马粪蛋儿外表光滑好看，你掰开一颗看看里面，粗粗糙糙柴柴棒棒，哪里像牛粪那样，外面细，里面也细，在所有的牲口粪便里，只有牛粪最精细，最密实……

西娃的观察是非常细致的。牛的粪便确实要比驴呀马呀骡子们的粪便质量高得多，从根本上讲这缘于牛们对草料的细腻咀嚼和反刍。在后来参加的无数次"出圈"劳作中，我深深地体会到了这一点。

出驴圈、骡马们的圈，要相对轻松些。由于粪便的粗糙，含柴草量大，堆积起来，尽管还要适量地垫一层一层的土，还是疏松了许多。出圈的工具用钢锨就不合适，要用三股刨子或三股叉子，抡圆了刨子或是叉子，让它们那三根细长尖锐的钢齿深深插进粪中，再用力一撬，就是一大堆骡马粪；出牛圈就不同了，牛粪细密，牛粪一大堆一大堆的，与垫进的绵土混合起来，牛的沉重身躯通过坚实的蹄子一踩踏一挤压，土与粪就成了密密实实的一个整体。出圈时的那个费劲儿啊，就如同我们今天要砸开水泥路面一样，得用镢头刨，用钢钎撬，用大锤砸哩。

西娃说，牛粪比骡马粪质量强多啦，同样的一锨牛粪一锨骡马粪，埋在两棵玉茭根下，上牛粪的这棵就可劲儿地长，上骡马粪的那棵长不长还说不准哩……

还有，盛娃，你吃过牛肉么，我在我舅舅家吃过，那味道，真是香到姥姥家了，吃过牛肉我才知道，天底下啥肉都不如牛肉好吃，马肉驴肉骡子肉能比得了么，天上地下的差别哩，再说，吃了马肉驴肉骡子肉人会肚子疼的，会生病的……牛肉为啥会好吃哇，就是牛们吃草料细致，还不停地咀嚼……

西娃的每句话都是牛的优点，都是从使用角度考虑的，他从牛的吃草料延伸到牛们粪便的使用价值，从牛的反刍深化到牛肉的无与伦比，又从粪便和吃肉这两个极端，把骡马们进行了必要的否定。

我和西娃的看法不同，我喜欢看牛们静卧反刍的姿势，我总觉得是牛们借用反刍这一形式，来进行实际意义上的思索，牛是乡村的思想者和哲学家，牛们往往在沉默的劳作和静默的进食反刍中，思索牲口和土地的关系，思索牲口和农民的关系。

思来想去的牛们最终还是服从了宿命，认可了命运，无论关系怎样的多元交织和复杂烦琐，牛们都是土地上的劳动者，它们是人的奴仆，而人又是土地的奴仆。老黄牛的毛色和土地的色泽的吻合绝对不是某一种巧合和偶然，冥冥之中有神灵在作着无形的安排。

牛们又是悲情型的思想者，在相当长的历史时期和农耕岁月里，它们常常是土地和乡人们的殉道品。

一头上了年纪的牛，犁不动田地，拉不动车子，干不动乡村里任何活计时，就面临着被转卖或被屠宰的结局。

被宰杀之前，老牛心里是明白的，尽管老眼昏花，但一汪一汪的泪水还是冲去了紧糊的眼屎；尽管嗓子老化，沙哑的吼叫还是吼出作为一头老牛的晚景凄凉和归宿的悲惨。最终肉被人们分食去了，五脏下水送到了镇上的食堂，动弹一生的粗细牛骨称斤称两卖到了收购站，而早有外地的臭皮匠人嗅到了血腥气味来到村里，架有简陋的熟皮设施，开始熟皮、割条、拧绳、圈套货，把使用过的脏水流得满胡同臭烘烘招惹蚊蝇。

一张熟好的牛皮被分割无数皮条，然后拧成牲口们驾车拉犁拖耙拉磨使用的粗粗细细的牛皮绳子，这种绳子结实、耐用、是乡村工具中不可或缺的重要一款。

具有悲剧意味儿的是，小牛儿们自调教得会干农活儿那日起，每天都要套上或系上这些用先辈的皮子拧成的绳索，干各种沉重繁杂的活计，一直到年迈吃不动草料的那一天。

同骡子马儿和驴子比起来，牛是最稳重最深沉的牲口，稳重了，就显得拖沓和缓慢，这就是一个事物的两个方面。

也正基于此，牛们就少了马儿的张扬和驴子的浮躁。

西娃对我说过，牛的脖颈下的歧胡长的长了，这种牛是长寿牛，活的年份大；牛眼睛和头角长得近的，这种牛走得快，眼睛越大的牛走得越快；撒尿射到前蹄的牛走得快；好的牛，脖骨又长又大，屁股又长又宽，尾巴上毛少骨头多的是好牛；眼窝凹的牛，喜欢乱跳，鼻子松的牛，难牵引；眼睫毛乱长的，喜欢用角顶人；尾巴拖到地上的，力量小；脑袋上肉厚的牛，力量小；耳壳上毛多的，怕冷怕热。上好的牛呵，牛腱子宽大，牛蹄子要竖着，牛腰骨要密实，腕关节宽大，牛肋骨要张开，屁股上的肌肉要突起，牛蹄子向两边岔开，还八字步一样哩。

  沉稳和拖沓的性格特质使得牛们渐渐有了柔韧顽强坚韧执拗的元素嵌入，这非常适用于黄土地上慢节奏的劳作，悠长、旷达、缓慢、一点一点地推进，这使得许多并不太着急但却十分耗费力气的活计，就理所当然地落在牛们的身上了。

  牛的缓慢拖沓是相对的。

  大多的时辰里牛会审时度势，看环境看情形是缓慢还是加快自己的那几瓣坚实的蹄子。

  西娃曾给我讲过他老爹儿时的事情。

  那会儿的乡村还是单干，我村的村民们除了极富和极贫的家户之外，大多是三十亩地两头牛。老婆娃娃热炕头的原始自然小农经济自给自足的光景。西娃爹那会儿还是八九岁的小娃娃。上自家地干活儿时老爹就领上他。老爹爱他，上下地就让他骑在牛背上。

  平时，牛儿上地下地走在路上，免不了要低头啃吃路边的青草儿，要仰头勾吃地埝儿上的树叶儿，笨重的腰身自然要一会儿前倾，一会儿后仰。西娃爹只要一骑在牛背上，牛儿立刻听话了，不去啃青草儿不去吃树叶儿，专心致志一门心思去走路，且走得稳稳当当，尽量保持着腰部的平衡。

  只有第一次是西娃爷把西娃爹抱上牛背的。快到地里时，牛在前边，西娃爷爷在十几方远的后边，他惊讶地看到，牛在一处低低的地垅下停住了，地垅与牛背仅有尺余高，西娃爹会毫不费劲儿从牛背下到地垅上的。

  西娃爹下到地垅上后，牛才走进地里。

  这一幕让西娃爷爷好生惊奇，这不会是个偶然吧？

  回家的时候，西娃爷爷有意地走在后边，牛儿驮着西娃爹一路缓缓走回来，在大门口，让他好奇的一幕又出现了，门楼下大门两侧各有一方砖台，那牛就紧挨着一方砖台，让背上的西娃爹先下到砖台，再下到地上……

天天如此。

西娃爷爷才知道不声不响默默无闻的黄牛原来有着这样细密的心思和灵性，对黄牛就多了几分看法。

牛也有急促匆忙的时候。

那天中午，犁地犁到地当间的黄牛停止了拉犁，出人意料的大吼几声，西娃爷爷看到牛儿是冲着西天吼叫的。那会儿的西天阴了，有形状奇怪的乌云一团儿一团儿挤压。

西娃爷爷想想，也快到午饭时辰，牛儿大概也乏了饿了，就卸了犁套，顺便把儿子也就是西娃爹放在牛背上。

牛掉转头来就往跑回，很急促很匆忙的样子……西娃爷爷注意到，牛儿一面尽量快跑着，一边还掌控着节奏，尽量使脊背上的孩子不要受到颠簸……牛儿紧跑慢跑进了胡同时，铜钱大的雨点就落了起来，等驮着西娃爹回到家里时，核桃大的冰雹疙瘩便啪——啪——地砸到院子里，房顶上的瓦片砸破了，院子里树杈的枝枝叶叶砸掉一地，整整一袋烟的工夫，土院白花花的冷子蛋蛋铺了一地。

西娃的爷爷哪里能跑过牛儿啊，落起冷雹时，他刚跑到村边，就在一家户的门楼下避了这怕人的冷子，心里担忧着他的儿子，他的牛儿冰雹停了慌忙回到家里，才知牛儿驮着儿子赶在冰雹前回来了。

在牛圈里，老汉深情地抚着他的黄牛，一遍一遍地摸，顺着牛儿的毛，拿小铁刷子刷了牛背刷牛腹，牛儿舒服用一长串草屁来回应他。当晚，老汉还拿出珍贵的黄豆儿黑豆儿犒劳了他的牛儿……

多年之后西娃的老爹和西娃成了生产队里的一老一少饲养员，父子俩悉心照护着生产队里半个光景的大小头牪们。这是生产队里的安排，也是他们和牲口之间的缘分。

那年深冬的一个早晨，队里派八九个老汉们去那糖麦田，八九头牛们从圈里出来后，老汉们仍没看见西娃父子，以为拌草料熬了夜早晨要补觉的，就没多想，便赶了牛们往地里走，谁曾想八九头牛们根本不肯迈出场院一步，但都朝了一个方向哞——哞——吼叫，一声接了一声，急切又殷勤。

众老汉感觉蹊跷，看着牛们面对的方向，正是西娃父子歇住的那孔土窑，几个人就掀开厚重的草帘儿，拨开简陋的木门，哎——，一浓浓的干炭炝味儿扑鼻而来，再看墙边的土炉子，蓝火苗儿黄火苗儿旺旺地舔着冬日土窑。原来父子二人煤气中毒了。众老汉七手八脚把父子二人抬出来，晾在场院里，父子俩才慢慢恢复过来……

说也怪，牛们见终日饲养他们的一老一少有了知觉，这才在众老汉的驱赶下走向了麦田……

是牛们救了西娃父子。

让大伙奇怪的是，牛们是在它们的牛圈里过的夜，被老汉们牵出来是在饲养场的场院里呀，怎么就知道父子饲养员煤气中毒呢？

这成了乡村里一道未解之谜。

牛们诚恳踏实，任劳任怨，沉稳中透露着慵懒。牛们都也有极为暴烈的一面，这也是西娃告我的事情。

生产队里有一头母牛产了小牛犊儿，小牛犊高大硕壮，遗憾的是有一只前蹄先天跛瘸，一走一拐，脑袋也随着一上一下颠动。在乡村，在农业学大寨时期的生产队里，这样有残疾的牛，叫废牛，或叫"费"牛，只能浪费草料，驾不了车拉不了犁转不了磨子耙不了地。遇到这种情况，生产队里采取的措施也够残酷的，或生下几天后背着母牛把残废的小牛儿扔到沟里，或喂上一二年后杀肉吃。

母牛似乎有所警觉，凡人不让接触它的牛犊儿，只要到了小牛犊身边，母牛就毫不客气地用牛角去顶。即使对西娃父子也存有戒心，喂草拌料时母牛瞪大着眼睛，盯着他们的一举一动，唯恐对小牛图谋不轨。

小牛犊也听话，早早知晓了自己的腿蹄不利落，就紧紧依偎在母牛身边，要么在胯下吃奶，要么在母牛一侧，接受母亲对它皮毛一遍又一遍的舔舐顺溜。

看着这一幕幕舐犊之情，更是威慑于母牛那一对粗壮壮锋利的尖角，众人就放弃了置小牛儿于沟涧的打算，他们采用了第二个方案，把牛犊好生喂养起来，喂大了喂壮了再说。

小牛犊渐大起来，断了奶水开始吃开了草料，母牛也度过了哺乳期，开始离开牛犊下田劳作了。大伙发现，只要一收了工，卸下套绳，母牛顾不了吃路边的小草儿，而是一溜小跑着朝饲养场里赶，它是急着要见它的小牛犊呢。尽管小犊子长的又高又壮了，小犊子能不壮么，它不像其他小犊儿活蹦乱跳的样子，吃饱喝足的它静静待在圈里，静静地长着肉膘儿，静静等着母牛的归来。

离饲养场还有半里路，母牛就殷切吼唤了，也加快了跑着的步子，母牛快跑时是典型的外八字步型，后两只蹄子尤为明显，带动得整个丰满结实的胯部大幅度地扭动着。牛们快跑和费劲儿上坡，干活儿时，最容易拉出粪便来，边跑边拉着，啪——啪——地弹出声响来，那是两堆或三堆造型优美质地细腻敦敦实实的牛粪堆儿，它们蒸腾着缕缕热气，热气里含有草料的气息，麦秸的气息，田野的气息还有老牛身上的浓郁气息……母牛顾不得这许多气味儿的张扬，急切而欢快地跑回圈里，第一眼要看到它心爱的时刻都在惦记牵挂着的牛犊儿。

其实牛犊早已听到了母牛的吼哞，它跛着前蹄，颠着头颅，在牛栏口接迎它的母亲……

西娃说，每次母子相会都是那样的情形，母牛的脸，母牛的嘴在牛犊脸上碰着、磨蹭着，之后母牛就探出长而柔韧的舌头来，给牛犊舔毛儿……

牛犊大限的日子来到了，那是它一岁半大的时候。

那是公社领导来我们大队检查秋播工作，而现场会就定在我们生产队里。长得高大肥壮的牛犊儿，就成了公社、大队和小队领导们口中的美食了。

队长是叫了村里的一个杀猪把式屠宰的牛犊，西娃父子为了禁忌，求队长把屠宰场地选在远离饲养场的打麦场边。

怎样宰杀的牛犊儿，西娃没给我说，他也不忍去看那个场景，西娃只讲了母牛快两天了没见牛犊的状态，母牛像疯了一样，不吃草料，站立不安，吼叫不停，最后索性跑出牛圈，在秋日的原野上四处寻找。

打麦场毕竟没有多远，也是母牛熟悉的地场，它可能是寻着牛犊的气味儿找到了那里，那里，场边土地上，还有不曾收拾干净的血迹，有人的脚印牛犊的蹄印和些许可疑的残留。母牛即可意识到了什么，它停下了脚步，使劲地嗅着，一对大大的牛眼里，立时蓄满了泪水，它对着涧沟对着村落，愤怒而绝望地吼叫了几声，在一处大大的岩石表层，母牛发现了正展开晾晒着的牛犊的皮子，那是一大块斜立着的石头，紧贴其上的皮子在日光下似乎还冒出一缕一缕的热气……在撕心裂肺的一声怒吼下，母牛憋足了浑身的力气朝了石头冲去，撞去——

母牛撞死在岩石下面，石头上面，是它牛犊的皮子……

说到这里的时候西娃泪流满面泣不成声，那时候他正啃吃着一条棉花秆烧烤后的胡萝卜，泪水把一脸一嘴的黑污涂得乱七八糟，他狠狠地把半截胡萝卜扔到了涧沟里。

久久无语的我忽然从西娃的讲述里，想到多年前读过的一篇短文，抑或小小说，作者与作品名字都不记得了，其中的情节却铭记于心。

春耕的大忙季节，也是牲口们发情的季节。一头未被骟割干净的公牛儿也萌动了春心，上工来到地头它忽然看见了邻近生产队里干活儿的一头漂亮年轻的小母牛儿，小公牛儿连跳三个地垅跑过三条地畛，奋不顾身地扑到母牛身后，一个腾挪跨越，两条前腿就搭在了母牛身上……可是，公牛儿毕竟是被阉割过的，没割干净也去了大势，它无法也不可能进入母牛的身体，小母牛倒乖巧伶俐地等待一个无果的结局。

巨大的失落和前所未有的羞辱感让公牛无地自容，他怒吼一声，朝对面的土崖一头撞去，公牛死了，他的两只长长的牛角却深深插进了土崖里。

青年时期，曾读过且背诵过老诗人康白情的以牛为载体的《草儿》，那是写南方四川的水牛的，其实对北方的耕牛也同样有概括性。对其中老牛的"翻白眼儿"当时阅读是颇感好奇，觉得作者对生活的观察如此细腻。牛儿确实是会翻白眼儿的，劳作得累了，主人催促得紧了，牛儿心里自然不满，它又不敢把这种不满体现在劳作的抵触上，那会挨皮鞭的，便用翻白眼来宣泄自己反抗的情绪，看牛儿那么大的眼睛一眨又一眨翻着白眼仁儿，像个生气的小姑娘一样，实在有趣极了。

极朴实的诗句，却富于象征意蕴，诗是这样写的——

草儿在前，

鞭儿在后，
那喘吁吁的耕牛，
正担着犁鸢，
抬着白眼，
带水拖泥，
在那里一咚二咚地走着。

呼——呼——
牛吔，你不要叹气，
快犁，快犁，
我把草儿给你，

呼——呼——
牛吔，快犁快犁，
你还要叹气，
我把鞭儿抽你，

牛呵！
人呵！
草儿在前，
鞭儿在后，

这固然是一幅人和牛劳动状态的图画，抒发的是人生深沉感叹，牛和人都在诱惑和鞭策下艰难地度日，牛被人驱赶着，而人呢，被命运驱赶着……

在巨大的命运掌控之下，人和牛又有什么区别呢？

牛儿是有命运感的。我这样认为。

少年十食

上

不怕人笑话，在我的少年时代，整天整天总是有饥饿的感觉。

十五岁之前，没有耻辱感，不懂得含蓄和遮掩，也少有人为的一些规范，放学了好不容易熬到最后一节课的铃声响过，窄窄的一条瘦肚子早已干瘪，肚皮贴着后脊梁，身子骨勉强顶着一颗同样干瘪的乡村娃娃的军用水壶一样的脑袋，连同脑袋上一张蜡黄的脸。两只眼窝却不安分地眨动，贼贼地搜寻着可吃可嚼可吞咽的东西。

拐过弯道，走进村巷，就见邻家高大的杏树，树冠伞一样托举空中，不免有斜仄的旁枝从墙头伸探过来，伸探在巷子的空里。

尽管杏叶碧绿，尽管杏子青绿，贼亮起来的眼窝很快就辨识出圆圆的藏于叶片背后的一枚枚青杏，杏子已有了铜圆般大小，躲躲闪闪点缀在枝叶当间。

诱人的青杏儿躲不过少年手里的砖头瓦头。是的，那些年，乡村土路上的砖头瓦片包括大小石头特别多，随手一捡就是三块五片的。饥饿、贪心和占有的欲望使少年挑了一块半头砖，奋力一抛——砖块连一弧形都没有划出，就重重地撞进杏叶丛中，狠劲地碰击着伸出墙外的斜斜的枝条——

扑——丢—丢丢——

绿色的杏叶在空里天雨散花般飘荡的时候，青青的杏子绿色冰雹一样被砸落下来，十颗、八颗、二三十颗……

从抛投砖块到捡拾落杏儿，这中间的时间极为快速，少年要赶在杏树主人从呵咤到跑出大门外面的这个时间段里，拾起所有的地上的收获然后兔子一样飞跑到远处无人的角落里。

村巷偏僻的角落很多，随处都有废弃的土园，择一处坐下来，觉得很安全了，杏树主人不可能找得到了，便舒缓一下，放松一下因了疾跑因了紧张而咚咚狂跳的心。

从衣袋里掏出杏子来，是那种带着杏叶儿和小枝儿的杏子。青幽幽的，散发出初夏的好闻气息，捋去叶片，噌噌地吃起来了……

青杏肯定酸，肯定涩，这酸酸涩涩里却有一股清新的香，是那种清爽的鲜活的味道。

少年的牙齿是不惧怕酸涩的，啃一口酸得叫人掉泪让人面孔扭曲的杏子，现在想起来牙齿就倒了，两三天都不能好好吃饭了。那会儿却没有因酸涩而难受的感觉。牙齿如同锋利的刀片，把青涩的杏子一片片切割，咀嚼，咕咚就吞咽了。饥饿的肠胃因填充了新的内容，一时间欢快地蠕动起来，运作起来，少年的肚子因为有了这样的运作也舒坦了几许……

相同的情形还有初秋季节的那些日子。

初秋的风，改变了庄禾的容颜，也给饥饿少年送来了福音。

未成熟的桃子和挂满枝头的枣子，成了这一个时段里少年眼中和心中最大的诱惑。

那些年，农业社里还没有大面积的桃园和枣园，这里是说我们河东那一带，零星的桃树和枣树，还归私人所拥有。

挂了果的桃树枣树是有人照看的。当少年佯装着玩耍三两个一伙接近桃树、枣树的时候，在不远处的庄稼地，一人多高的玉茭地高粱地或半人多高的糜子地谷子地里，便有了机警的眼窝朝这里扫瞄。

少年也积累了反扫瞄的经验，为证实桃树枣树四周有无照看者的身影，在距离枣树四五丈远的地方，弯下腰来，捡一土疙瘩，随意地玩耍般地朝了枣树投去。这是投石问路，这是试探性地击打，也是虚张声势先弄出一些声响。

果然，浓密庄稼地里就爆发出愤怒的呵咤：

嗨——，小仔蛋子，小捣事鬼，好样儿不学，把你家日的砸什么砸？砸什么砸？滚得远远的。

吆喝声极不友好，甚至恶狠狠的，好像少年的那一土疙瘩砸向了他家的儿子，好像在他端着吃饭的老海碗里抛洒了牛粪。

理亏的少年悻悻然逃离而去。

不甘和报复的心理，当然还有折磨人的饥饿，嘴馋一起驱使着少年，寻找机会，狠狠地摘下他家的桃子，弄下他家的枣子！

机会总是留给有心人和执着者，整天操心偷吃桃子枣子的饥饿少年，机会多多。

终于，在一个阴雨绵绵的傍晚或月黑风高的夜里，少年出动了。

出动之前是有所观察的，观察到这家主人确实走了亲戚，或是家里来了亲戚，总之他不会在这样一个落雨或漆黑的时辰里去照看他的桃树，去惦记他的枣树。

少年却惦记着。

不怕贼偷，就怕贼惦记呵。少年的惦记终于落到了实处。

动作敏捷的，或者鬼鬼祟祟的，少年轻捷的身子神鬼不觉地溜到了桃树底下，溜到了枣树底下。

不能用砖块抛砸，不能用杆子括打，那样会弄出怕人的声响，少年不想掩耳盗铃。

年少的我身轻如猴，四肢细长，仅三把两把就上到了低矮的桃树树杈上。双脚紧蹬树杈，左手紧握枝条，空出的右手可采摘到半个树冠的桃子，一五、一十、十五、二十……顺着树身，轻轻丢于树下。

桃子已有三四十颗了。轻轻一甩手就跳了下来，接着攀上了高大的枣树。枣树皮子粗糙，老枣树皮子像村南翟老汉的老脸，满是皱褶，错综复杂，少年上枣树得分外小心，怕蹭破毕竟还柔嫩的皮肤。

枣子长得繁茂，密集，一颗一颗地采摘，少年没那份耐心，想到树主人的恶声恶气，便涌来一缕仇恨，探出手去，把挂满枣果的枝条奋力折断，或用腿蹬断，树下便有了可喜的收获。

下了树的少年会脱下上衣，那是宽宽大大的粗布衣衫，束紧两只袖头，就是两条布袋，铺展的衣襟衣背，是一大布包，绿绿的桃子青青的枣子们，悉数被装进去了。

亢奋的少年在那一刻里会走进濛濛雨雾或消失在浓郁的暮色里，虽光了膀子，虽瘦骨嶙峋，他会像野猫一样，叼了他的猎物亮着两只绿眼，疾跑到村里早已破败的旧庙里或是废弃的羊圈里，只要避雨就行，只要遮风就行。少年铺展开他的收获物，出一口长气，暮色或雨雾中始大嚼大咽。

桃子没熟时，表皮长一层绒毛，白白的，细细的，长长的，人称毛桃、毛桃，少年因饥饿之故，因紧张之故，顾不及去洗去揩净那一层绒毛儿，胡乱在裤腿上蹭一把，便咔咔喳喳啃起来，咬起来，嚼起来，桃子尽管没成熟，毕竟脆了许多，甜了许多，咬一口，嚼一阵，汁汁液液，溢满口腔，直吃到肚子发胀，饱嗝连连。

也恶心过，也吐过酸水，那是因为绒毛吃得太多，胃里难以容纳。

青枣儿也一样让少年贪吃，带着雨水，大大小小一颗也不放过，狼吞虎咽的样子，吃一阵毛桃，再吃青枣儿，换换口味儿，新鲜无比。木疙瘩枣吃得相对少一些，遇到脆枣儿，便没命地吃，吃得有时连核儿都咽下肚去，吃得两个嘴角泛着青青白白的泡沫儿，就那样，还吃。

吃足了，吃撑了，然后跑到小河边，用水掬着河水，咕咕咚咚猛灌一气。

人常说，吃枣儿喝凉水，肚子里驴儿打滚。还说，吃枣喝凉水，屁眼里抡大锤。那是肚子里翻腾，屁眼里拉稀，呼呼之声如抡大锤一般响动。

秋天的柿子也没躲过少年饥饿的眼。

我们那地方属于丘陵地带，山坡地埝上，常有柿子树的点缀，有成片成林的，也有三棵两棵的。柿子熟透到秋末，少年哪里能等到，青柿子却涩巴得能封住口，能把舌头沾在牙齿上。少年有少年的办法，无人的时候，把核桃大的小柿子采摘下来，采摘一堆，依然用上衣包裹了，悄悄地提到生产队的麦场里。麦场里，堆放几座夏日扎起的麦秸垛，跑到麦秸旮旯里，找准一个位置，在麦秸垛下面掏一个深深的麦秸洞，把小柿子们悉数放进去，随后又把麦秸一把一把塞进去，塞得平平整整，不留任何一点痕迹。当然，少年有个小心眼，这是得留一个记号的，以便几天之后自个好来这里掏挖小柿子的。

三五天之后，少年一人悄悄溜到麦秸垛旮旯里，按记号找到准确位置，急切地一把一把地拽出洞里的麦秸，呀，你看吧，原来青青的小柿子，全变了颜色，全都给捂软了，一颗一颗地捏出来，一颗一颗地吃，少年舍不得褪去柿子皮，去什么皮呀，柿皮也是软软的，甜甜的，一整颗扔到嘴里，一咬，再咬，三咬，那种甜呀，是激动人心的甜，是充饥又解馋的甜。吃完这一洞小柿子，少年的肚子鼓起来了，小柿子的甜让他有了陶醉，他真的醉了，苍黄寡瘦的脸子带着少有的一缕笑，在麦秸旮旯里睡着了。

也有几次少年扑了个空，自个前几日掏好的麦秸洞，埋好的小柿子，做好的小记号，几天后来了一掏，柿子居然让人全部吃完掏光了，满心的希望和强烈的期待一旦落空，少年愤怒地骂一句很成熟的土话，然后就哭了，很委屈地掉几颗晶莹的泪儿。

中

那些年月饥饿是绝对而饱和却是相对的。

换言之吃饱是一时的而吃不饱却是经常的。

少年还不会去思索饥饿的深层原因，但少年知道麦收之后生产队每人只能分到八十斤麦鱼子，秋收后只能分到二百斤玉米穗子。撞进少年眼帘的，是爷爷弯曲如弓的脊背，是奶奶苍老愁苦的面容，是父亲沉默如铁的表情，是母亲永远流淌的汗水……少年没有理由要求在家里吃饱，少年就把饥饿的目光投放在悠长的村巷和辽阔的田野里。

青杏毛桃木疙瘩枣儿们已不能满足少年渐次膨胀的胃口。饥肠开始向往园子里的菜蔬和田野里的瓜类。

白萝卜、红萝卜、紫皮萝卜已经成了少年的首选。

偷偷地溜到菜地边，挂一只筐子，装作割草拔草的样子，一对不安分的眼窝四处瞟去，眼珠儿玻璃球一样欢快滑动，找一处低矮的地垅，野兔一样蹦下去，野猫一样伏下身子，生怕被远处干活儿的社员们发现。左手拽着筐子，右手狠劲地拔萝卜的上摆，三条、五条、八条、十条……短短的几分钟像漫长的十年，汗水从脑袋上流到脖子里，又从脊背上流到屁股沟子里。心慌、气喘，好像空气都凝固了，筐子里有了八条、十条的时候，便把腰肢猫起来，提了筐子直朝就近的高粱地或玉茭地里跑，到了那里，即使被人发现有人追赶，好躲好藏便于逃跑。无人发现呢，就坐在高高的玉茭地里，放心地美美地享用筐里的萝卜。

红萝卜最好，白萝卜和紫皮萝卜（水萝卜）也行，白萝卜粗粗壮壮一条，手里捏着，凉凉的感觉，表皮的泥土用手一捋，或用衣袖一揩，萝卜身子白成姑娘的大腿。少年先不从大腿开吃，少年先吃萝卜头上绿绿的叶子，萝卜叶子阔大、肥厚，咬一口，绿汁绿液就滋润了干渴的嘴巴，嚼着叶子，少年每每想到驴吃野草的情状，白白的牙齿把绿草切割得噌噌有声，驴子是何等的幸福，此时少年也享受着驴子的幸福！他把筐里萝卜的所有叶子都拽下来，吹一口气，吹跑叶片上的土粒，就细细地咀嚼着。生萝卜叶子有一股土腥气，还有一股涩巴味道，越嚼越觉得有一股苦苦的甜，有一股涩涩的香，五六片，七八片子吃下去，解渴，解乏，跳荡的心也平复下来。

接着便是大口大口地啃吃萝卜，凉凉的、甜甜的，还有一股微辣的，这诸多滋味在口腔里充溢并弥漫。少年并不把萝卜嚼碎才下咽的，不，他只嚼个大概，还留着许多的疙疙瘩瘩不去切碎，他要那种萝卜块子从口腔下咽的沉重有力的感觉，他要那种萝卜块子夯击胃部填充胃部的异样的愉快，这种愉快里还有一种微痛，但微痛使愉快更强烈了……少年能一口气吃三条或五条萝卜，这是白萝卜；能一口气吃十几条红萝卜，咔嚓——咔嚓——真的享受到了驴子吞咽的快乐。

饱了，这就是饱了！少年站起身时有些吃力，肚子此时正高高地鼓起，里面疙里疙瘩像装满了砖头、石头，明显觉得有一种饱胀的疼痛。

白天的饱胀确实很短暂，洒两泡尿肚子就快速地瘪了。这种瘪在漫长的夜晚就显得分外难熬。

腹腔里是那种空洞的空，干瘪的瘪，胃部在干干地空洞地磨动着，磨得少年好生难受。

看到窗外的月，少年就想到火烧，圆圆的焦黄的饼子呀，咋就悬挂在空里了，口水憨水从嘴角欢快地拉下来，洇湿了脑袋下的枕头；看到白白的亮亮的星子，少年就想到了大米饭，炒得油油的亮亮的米饭，咋就散落在天上了？肚子里咕咕噜噜响动起来，像饿猫儿的爪子在里头挖挠。

少年不可能再睡下去，少年得出动了，得出去"害人"去了，不害不行呀，肚子瘪成这个样子，肚子响成这个样子。

披衣下炕，开家门开院门，少年依然得收敛脚步，不敢弄出半点声响。一旦钻进夜色，便撒开两条细腿，朝了生产队里的菜园方向，跑！

菜园子在南沟。那会儿园子里已挂了果，有长长的黄瓜，有圆圆的茄子，还有辣椒、豆角茴子白之类菜蔬，既已结果，就有人照看，护园人是前文提到的翟老汉，翟老汉苍老，满脸皱褶，但翟老汉精气神好，像村里又老又厉害的一条狗，追赶起偷菜的人来，又跑又叫不像狗像啥？

因了饥饿，少年知难而进，冒险钻进黑幽的菜园里。菜园东西两侧是高大土崖，南北两边是人工筑起的高大土墙，在北墙下端，沿了墙根寻到一处小洞，是水渠流进园子的小洞，墙洞窄细，除了水能流进去，也仅有野猫儿可以钻进。少年瘦小，盘了细小身骨，缩头缩脑一阵，居然就从那里钻进菜园了。

菜园子扩散着蔬菜的好闻气息，湿气蒸腾的气息，青绿植物的气息，还有，隐隐约约的灌了茅粪的气息，这诸多气息味汇合在一起，形成了菜园气息。少年被浓郁的菜园气息挟裹着蹲了身子在菜蔬间悄然移动。

悄然移动是为了寻找黄瓜藤，能吃到黄瓜是此时少年最美的心愿。

可是，移了一畦又一畦，仍不见黄瓜踪影，岂不知黄瓜在园子中心种着，少年移动的位置，仍属于菜园边缘地带。

边缘地带栽着一株株的茄子，半人高的茄子秆上吊着少年脑袋一样大小的茄子。

怎么办？再往园子中心移动，就有可能吃到清脆可口的黄瓜了，也有可能被翟老汉逮个正着，揍个半死。吃瓜不成搭上半条性命，如果不走了，就此悄悄蹲下，只有吃生茄子的份了。

饥饿又一次攻上心头，少年妥协了，坐下来，拽过身边的一颗硕大茄子，一口就啃下去。

首次吃生茄子，带有试探的意思，连皮带瓤啃了一大口，感到馕馕的，如同吃了一口棉花，茄子毕竟不是棉花，虽说，绵绵的，虽说馕馕的，但有水分，有属于蔬菜的属性，有微甜的味道。

多年之后少年成了青年，当第一次啃吃面包的时候，忽地就想到第一次吞吃生茄子的情状，想一想，果真很像，无论形状，无论感觉。

两只生茄子啃过肚子就不慌了，少年不想就生茄子吃饱，那样太亏太有些对不起肚皮，脆生甜爽的黄瓜就在不大遥远处，只要冒些风险就可以吃得到的。

夜风沙沙地响动，摇曳着满园菜蔬。翟老汉在风吹草动里会提一盏马灯四周查看，他查看得毫无规律，沿园子边缘走着，忽然插到园子当中了，又从当中忽南忽北地转悠穿插，这种混乱走向像他老脸上的皱纹一样，随意而恣肆。

少年战战兢兢伏地而卧，多亏了蓝色衣裤与菜地同色，侥幸三次五次未被抓获。

少年清晰记得那次与另一唤作北娃的少年夜入菜园险些被逮的遭遇，虽未被逮，却比逮了还要遭殃。好多年后成了中年人的少年每每想起，依然喟叹良多。

夜色深沉。绿色菜园也深沉成了一片绿色诱惑。

少年与少年北娃，依然从北墙下端的水洞子里狗一样爬进的。

那次果真吃到了黄瓜，三条五条的，就那么从藤蔓上一拽下来，就塞进嘴里了……比起馕馕的茄子，脆生生黄瓜不知要美吃多少倍，少年吃着，居然生发出愉快的哼哼，有些忘乎所以的小样儿。

北娃年长少年三岁，颇有些生活经验，吃了黄瓜，还不忘给家里捎带两颗苘子白，少年受到启发，也捎带两颗苘子白。这东西少年曾生吃过多次，一层一层的，一卷一卷的，一片一片地掰了叶子也脆生生的，就是味道寡淡，但完全可以充饥。

北娃说，你懂球，苘子白炒菜香哑了，和玉菱面煮糊糊也好吃的合不住嘴哩！

少年与北娃一人掰两颗苘子白，猫着腰朝了北墙走。哪料到翟老汉从北墙朝园地心里走，他忽然就发现了两个惹害菜园的小贼偷，大喝一声：

我把你家日的小贼娃，还不快给老子站住了——

一声断喝吓破少年苦胆，本能地回头朝了南边跑，翟老汉在身后紧追不舍，八辈子老先人牌位子哗啦啦响骂得一声高一声。

少年腿脚毕竟利落，惊兔一样快跑到南墙根了，手里的两颗苘子白还舍不得扔，少年问北娃，苘子白咋办？

北娃有经验，边跑边大喊，苘子白扔过墙，咱跳墙过去再拾捡。

啪——啪——；啪——啪——

四颗苘子白在夜空里划一道菜色弧线，飞过了高高的土墙。少年和北娃靠了身姿敏捷靠了助跑的惯性靠了被人追赶的紧张害怕慌不择路居然也一跃爬上了高大土墙……现在想来简直不可思议，那已远远超过了少年的弹跳和飞跃的能力，可见在极度恐惧中人也是可以创造奇迹的。

话说北娃先于少年翻过墙头的，来不及在墙头逗留就翻身下去了，就像日后电视上见过的双人跳水，一先一后错个一秒两秒钟吧。

少年与北娃根本不熟悉南墙下面的地形，谁知道距墙根三尺远是一大一小两个蓄大粪的大土坑，土坑呈长方形却仅有二尺深，这个季节里土坑里面蓄满了浓浓稠稠绿得发紫臭得发酵的人粪尿。大坑边上是小坑，小坑略比大坑小。

率先跳下的北娃毫无防备就啪——地掉落在大粪坑里，稍迟一秒的少年就落在大坑与小坑之间的土棱上。

北娃以惊天动地之声用身躯砸向大粪坑，他已完完全全成了一个稠乎乎的屎尿人，少年落在地楞上，却享受了如同掉落粪坑一样的优厚待遇，因为北娃的砸落引发了浓浓的大粪的激溅，有稠有稀，有黄有绿，真正是劈头盖脸扑面而来，首当其冲的少年还未能反应过来，已被恶臭的大粪所涂抹，从头到脸，从胸到背，真个是淋漓尽致。事后才感觉到，扑到身上的除了浓厚的秽物外还有大大小小寸把长的茅蛆儿，大的蛆条连身子带尾巴快二寸长了，它们仿佛也受了惊吓，急切地寻找归宿，便争先恐后地朝了少年的耳朵、鼻孔甚至嘴巴里执着地爬，钻，游移。

粪坑里的北娃要严重得多，他先是毫无防备地跌掉到粪坑里，挣扎着站立起来后脚下又踩到了什么，一滑一趔趄，又一次倒在粪坑里，听得见受惊的绿头苍蝇们成群地愤怒地腾空而起，大粪浸洇透了的北娃发出了救命——呼喊。

少年顾不及身上众多蛆条的蠕动，义字当头，拿手抹了抹被大粪弄糊了的双眼，伸手把北娃奋力从粪坑里拽上来……

少年还是害怕翟老汉从园子里追出来，而北娃抹开被浓稠的大粪紧贴住的嘴巴，开口却说，让少年弯下腰来去捡拾方才抛过来的茴子白，如果没有掉进大粪坑的话。

二人气喘吁吁离开菜园老远，寻到一处水渠冲了又冲洗了又洗，时辰已过了大半夜。

整整一个季节少年身上都充斥着浓臭的再三发酵的大粪味，自卑使少年远离了众人，孤单地游动在乡村田野里，偶尔和北娃相遇，交谈一些有关偷吃的话题，施使一些偷吃的行径……

正是那个季节少年在北娃引导下，第一次偷吃到了洋柿子，也就是现在的西红柿，那可是开天辟地第一次，在少年的偷吃史上具有了划时代的意义，之后又偷吃了西瓜甜瓜菜瓜这些在乡村里属于上乘的瓜果菜类，至于刨吃红薯、土豆、落花生已成了司空见惯的事情。

少年还喜欢钻进初秋的玉菱地,那时节玉菱棒子刚怀了娃娃,把棒子娃娃一条一条掰下来,剥去皮子,玉米粒儿嫩嫩的像乡村小女娃刚刚长出的白牙,一排一排整整齐齐等着少年去啃去咬。少年便不客气,探过尖尖的嘴巴,露出长短不齐的门牙,并不去啃去咬,一排门牙像一排耙子,对了嫩玉菱自上而下一耙,玉米粒儿便噼噼啪啪破在少年的嘴里了,白白的浆液就流在喉管里,舌头上,耙完一条,少年集中地大咽一口,咕咚一下,狠狠砸到胃里,少年感到了新鲜的青涩的甜,像久违的奶汁儿。

下

乡村田野里的瓜果蔬菜以及可生吃的庄禾野草几乎被乡村少年锋利的牙齿啃食嚼吃遍了。少年的身骨依然瘦弱如初,干瘪的肚皮上是肋骨兀显的胸腔,其上是细长的脖颈,细长脖颈勉勉强强地吃力地顶一颗毫不起眼的多边形脑袋。

仅有的寡淡素食是不够的,少年的成长急需富有营养的油星和尽可能吃到的荤食。

要说没沾过荤星是不公允的。少年更小的时候,其实还是儿童吧,乡村的张姓儿童整天右手握一小铁锨,左手提一小铁桶,小铁锨是用来刨屎壳郎窝的,小铁桶装满了水是用来灌屎壳郎窝的。乡村的废园子里,背人巷的墙根下,人们便后常常容易招来屎壳郎,这黑黑的生灵便从一堆大便下奋力掏窝儿打洞儿,弄出一堆堆湿湿的新新的绵土来。

张姓儿童的手脚是勤勉的。早早的,太阳刚出来不久,提了铁锨提了水桶来到土园里,土园里荒草萋萋,张姓儿童一眼能从草丛里看到屎壳郎刨出的新土,先用小锨刨,后用水桶灌,屎壳郎,黑得闪亮的屎壳郎成了张姓儿童的猎物,一个早上下来,挖出或灌出十个八个甚或十几个屎壳郎是常有的事。

屎壳郎大约分三类,第一类叫作"官儿"的,身材雄奇,头上壳子上长有匀称的三只针尖,中间大两边小,像个当官的样子,故而叫"官儿",认为它是雄性的,公的;另一种头壳上没有尖子,身子也敦敦实实,叫作"闷墩",认为它是雌性的,母的,第三种身骨较小,相貌丑陋,让人一看顿生厌恶,便叫它们为"婆婆子"。通常,张姓儿童是不大理会"婆婆子"的,即使掏出来,灌出来,也用小铣铲子,扔到很远的地方。

接下来是把十几只屎壳郎放在小桶里,张姓儿童忙着在废园里找干柴火,找上年的干荒草,弄来一堆儿,用火柴点燃,看火焰噼噼啪啪燃起来,就把小铁桶颠倒一抖,十几只黑东西就掉进火焰里,空气中立时荡起一股股肉焦的味道……

估计烧熟的时候,张姓儿童会用铁锨拍灭火焰,弄出一只只黑东西,掰去脑袋,剥去壳子,屎壳郎全身只有腰脊上方有一撮红丝肉,那是奇异的香,热气冒着,轻轻地用指甲或细柴棒挑了一点一点送进口中……

乡村的屎壳郎呵,张姓儿童从三四岁记事起,一直吃到十多岁。从张姓儿童长成张姓少年。

成了少年的张姓娃子多少懂得了一点自尊和自爱,已不再屑于和一群光屁股憨娃去掏去灌屎壳郎了。少年怕失身份怕掉分子,少年有了人格丢不起那个人了哇。

个头细高的张姓少年有了同个头一样大起来的心思,有了开阔的乡村视野和一个少年的超人胆略。

少年在田野里游荡的时候,很偶然很惊讶地看到一条长蛇在草丛里笨拙地蠕动,蛇的肚腹上端粗壮地暴起了一段,而蛇的嘴里还有一截兔子的后腿没完全吞咽进去。

哦呀!少年见过吞老鼠的蛇吞麻雀的蛇以及吞鸟蛋的蛇。第一次见过吞野兔的蛇,真让少年吃惊不小。处于一种本能和好斗的心理,他下意识地掂起草丛边的一根木棍,追赶着去打击打蛇头、蛇身、蛇尾,粗长的草蛇其时爬动很慢,缘由是刚刚吞进一只野兔,只在它的脑袋部位击打了几下,蛇就被打晕了,腹内的野兔可能也已经窒息。少年出于好奇拿出小刀,三下五下割开蛇腹,那只刚被吞进的野兔沾腻腻地现了原形。

早听人们说过蛇肉能吃的，如今少年眼前不仅有一条长蛇还有一只野兔，饥饿少年那会儿想也没多想，就地拾了一些干柴软草燃起一堆火来，把长蛇及兔子一起扔进火里……

柴火旺旺地燃起来，少年看见晕死过去的长蛇居然剧烈地扭动了一阵身躯，终因火势太旺，原本就负有棍伤，扭动一阵就任由大火焚烧了……少年手里的木棍用来不断地翻转兔子，并时时挑起长蛇身段，让火苗均称地舔其肉身，被挑起的蛇身滋滋地被烧烤出一层油来，这层油又引发了火苗的烧烤，吱吱啦啦的声响不绝于耳……约莫有一节课光景或者半个小时吧，此时田野里荡出了奇异的烤肉香，蛇肉先熟于野兔肉，野兔仍在经受着烤灼的时候，少年就大着胆儿借助于小刀的切割，一小段一小段吃开了蛇肉……蛇肉真的很香，很鲜，除了有些土腥气之外。少年上下嘴唇油光发亮，一边咀嚼一边想，如果此时有些盐，有些醋，再弄些花椒面儿，或手头有一头大蒜，就那美炸了！美哑了！可惜没有。没有也行，有肉就行，有烧好的蛇肉兔肉就知足吧。量他公社书记也不会天天有肉吃吧。粗长的一条草蛇，除了脑袋，除了尾巴，除了皮子，除了肚子里黑黑的一些弄不清楚的玩意儿，少年把属于肉的东西全吃光了。吃光了蛇肉，又开吃兔肉，吃兔肉少年下手了，腹腔那里切开一道缝，手探进去一用劲儿就把兔子掰成两半儿，一团热气蒸腾一下，又把好闻的肉香味扩散一下。少年看到天空里有鹞子在徘徊了。手指尖尖地摘下心肝来，是野兔小小的心肝，感谢柴火的烤灼，隔了一层肉身把心呀肝呀肺子呀都蒸熟了。一把塞进嘴里去，是不同于蛇肉的另一种香味。

野兔肉全是红丝肉，一条一条的，可惜那会儿火大了烧焦了整个下腹的肉，使得少年忍痛放弃，背上的肉却好吃无比，除了有一些草腥气外。

那是少年记事以来最幸福的一天，也是吃饱之后肚子里比较舒服和平稳的一次，以往的菜呀草呀瓜呀果呀吃饱了吃撑了，肚子里往往轰轰烈烈咕咕咚咚，要么上面打嗝儿下边放屁，各种声响不绝如缕。这次不同，肚子里静静的，少年听得见自己的两扇胃在十分亲切地磨合着，运作着，运作得少年分外舒坦。

有了吃草蛇以及被草蛇吞进肚子里的野兔子的经历，少年的胆子倏忽间就大了，这似乎成了一个标志，又粗又长的草蛇都可以吃得，还有什么不可以吃，还有什么不敢吃呢?!

当然，也有比较优雅的事情，不要把少年想象得那么草莽和生猛。

用弹弓打麻雀，用筛子扣野鸽儿，说起来是很文明很得体也很优雅的行为了。

少年自小就有瞄准头的习惯，与伙伴一块扔砖头，看谁的砖块能扔到远处房厦上的烟筒里，少年扔三个总有两个能准确地进了小小的黑洞儿；乡村临街的茅房上有时总倒扣着一枚尿盆，少年们拉开距离，看谁掷出的石块能把尿盆击打得叮当响，少年往往击中尿盆，要么砸得开裂，要么击打得落下墙头。多年之后少年成了青年成了中年，曾经入选过学校中文系的篮球队，位置是前锋的位置，因为他投篮很准，这不能不追溯到他儿时的玩耍。玩弹弓也一样，把身子隐蔽起来，瞄准树枝上的麻雀儿呀，野鸟呀，屏住气，缓缓地拉开皮条，让树上的落鸟儿和眼前的弹弓弓杈还有手头的弹丸成了一个直线，瞄着，瞄着，猛然一放，弹丸如同长了眼睛，飞速砸往树枝上的小鸟儿，惊恐的小鸟猝不及防，扑腾一下翅膀，飞落几根羽毛儿，身子就落于树下了……

打鸟儿是玩一个过程，少年的目的在于吃肉，小鸟儿身子瘦小，远不够少年啃吃，少年就把心思动在了打谷场上。

农事松快的时候，打谷场上一片静寂，少年悄悄来到这里，在长有小草儿的谷场上设一圈套，把一架柳条筛子倒扣了，边缘支撑一根细细木棍儿，里边洒一些玉米粒儿高粱米儿，以此来诱惑野鸽子。筛子一角或那根支撑棍儿上系一根细绳儿，细绳儿一直拉到少年藏身偷窥的地方。就有那么三五只野鸽子远远看着筛子下的食物，落下来，落在筛子附近的场地上，左顾右盼，见谷场并无劳作的农人，会有一两只胆儿大的鸽子试探着接近了筛子并在周围转悠，警惕地看了四周，确信无人无危险时，小东西就抵御不了诱惑，走进了那个圈套里，快快地啄食……少年此时是绝对地聚精会神，一对焦急的小眼睛紧盯了远处的筛子和筛子下的野鸽，当确使野鸽走进了筛子当中时，少年手中的绳子果决地一拽，一拉，远处顶着筛子的小棍就敏感地倒了，筛子便快速地扣住了两只野鸽子……

　　见筛子下面有了收获，有了肥嘟嘟的野鸽子，少年的兴奋不亚于过年，不亚于烧烤野兔儿，不亚于偷吃黄瓜茄子西红柿杏子桃子和枣子……一张苍黄的小脸儿上，会袭来激动的潮红，飞跑过去，俯下身子，双膝跪地，极小心地将一只手伸进筛下，去捉拿野鸽儿。野鸽咕咕惊叫，跳着躲避不怀好意的手，急了便去啄手心手背，倒霉的鸽呀，哪能躲开急切而粗暴的少年的手？只两三抓，就被提了出来，拽了出来，手指在鸽子小脑袋上只一弹，鸽子便晕死过去，便再去捉拿另一只……

　　在场地上就地和泥，土和水早已备好，匆匆和好泥再用泥巴把晕死的鸽子涂个严严实实，谷场里有的是柴火，硬柴是树枝，软柴是麦秸，软柴引火硬柴烧火，裹了鸽子的泥巴放在火堆里，烧着，沤着，泥皮干透并烧出一些微红的时候，里面的鸽子便熟了。

　　少年如是烧出两只来，坐于熄灭的火堆边，扒泥，除灰，灰子是柴火灰，还有是鸽子被烧成粉状的毛，磕一磕，吹一吹，少年撕开便吃，剔除了尚有鸟粪的肚儿和肝边的一条小苦胆，少年悉数吃了，面对腹腔里那一团儿细细的鸽肠子，少年毫不犹豫一口就吃进嘴里，少年没觉得牙碜，体会到的是一种绵香。

　　野鸽儿的骨骼也是细细的，被少年的门牙和后牙们咬得支离破碎，骨头里的那点油星，被一条细而执着的舌头吮出来吸进去，骨的残渣终舍不得吐掉，在舌头的上下翻卷中就吞咽下去了……

　　这样急切地吃掉一只，再去从容而完整地吃掉另一只，少年就完全沉浸在一种吃的愉快和贪的投入中了，许久许久，意犹未尽的样子，舍不得离去。

　　还是得离去的。少年起身走出谷场，边舔着唇，边下到幽深的涧沟里，那里有一泓雨后留下的坑水，平时放牧的人过来过去会饮饮山羊饮饮绵羊，也会洗洗山羊洗洗绵羊，少年拨开水面暧昧的漂浮物，双手掬了一捧一捧，大灌一气，觉得肚子里已有一些充盈，这才上到谷场，在谷垛上掬一个软洞，塞进身子美美地睡一个好觉。

野鸽子毕竟不会常常扣到的。

有时下了圈套，顶上了筛子，筛下洒了豆粒，整整一前响一后响熬过，野鸽子也不会走近筛子一步。而少年的肚子已经饿得挺不住了，身子冒着虚汗，心也慌得不得了，眼睛还迷糊地看不清东西。怅怅然走到沟里或坡上，找一片鲜嫩的草儿，挑嫩叶儿捋下，一口一口朝嘴里嚼着，吞咽着，一排牙齿把嫩草儿切得噌噌发响，他又一次体会到了当一头驴子的快乐。渐渐的，觉得肚子里有了一些内容，暂时不大心慌了，不大冒虚汗，眼窝也能看清眼前的东西了。

只要驴儿能吃的，少年就能吃。

在沟坡里或地垅边，少年这样想.

天无绝人之路，仅有青草还是不够的。夏天的雷阵雨，给庄稼带来了润泽，也给少年带来了食物。

少年发觉，大雨中或大雨后，伴了雨点会飘落许多昆虫，大大的，张牙舞爪的，村人叫作龙圪蚤、龙跳蚤，一只龙圪蚤，铜钱般大小，呈了紫红的颜色，几条细腿长长的，尖嘴有须，又叫天牛的。这些天牛不知怎么就被风雨刮进了人家的院落，还有村巷里和打谷场上。一只只一群群在一片陌生的土地上爬行着。

屎壳郎都能烧了吃呢，难道龙圪蚤就不能？少年一旦动了脑筋，继之就是行动。

那时候少年正饥肠辘辘，后背早已紧贴了前胸，而空荡荡的如同他此时在的打谷场一样的肠胃里，也正有无数只饿虫子在爬在抓在挖挠。

少年也自然想到以前还是孩童时一把火烧吃过蚂蚱、蝈蝈、蜗牛、蟋蟀、蜻蜓、蛄蝼虫，这些东西有地上爬的，有天上飞的，有草上落的、有土里钻的，逮住了一把火烧过，身上除了翅膀呀、前腿后腿呀、脑袋呀不能吃的除外，全是可以入口下肚的。

别看这些虫子们外表丑陋，身子里还是有一些嫩香的肉的。受到以往启发的少年在雨中把场院里的龙圪蚤收拢在了一起，那些挣扎动弹不甚老实的家伙们，少年就用场院的一把大扫帚拍——拍——拍狠拍几家伙，立刻折胳膊断腿动弹不了。

一大堆，估摸着有三四十只或五六十只也不止！

少年大喜过望，弄来一团柴草，点燃了，将整整一大簸箕的龙圪蚤洒在柴草上，马上便有噼噼啪啪的响爆开来、炸开来，苍蓝色烟雾里升腾起一缕缕焦煳的刺鼻气味儿……那是天牛的外壳翅膀被烧着了、烧焦了……少年掌握着火候，觉得内面烧熟的时候，舀了土坑里的一盆水噗——地浇灭了火，伸出两只细长的手指，一只一只拈了，像扒烧山药蛋一样，扒着细细吃来。

少年的嘴唇上，满涂了黑黑的乌迹。

肚子饱了的时候，往往就有一些较高的奢望，少年寡淡的口里，需要一些强烈味道的刺激。

酒。无数次，少年想到了这个字眼。

少年曾偷喝过爷爷的酒，那是家里无人的时候，他踩了凳子，在土炕的木柜里偶尔发现了酒瓶的，拧开盖子，抿了一口，辣辣地流出泪，却有了空前的快感，再抿一口，味道浓浓的让人快慰，小脸也被烧得通红，接连偷喝了数次。后来，木柜的酒瓶不见了，不知爷爷藏到了何处。

那几口小酒儿却让少年回味无穷以至于产生美的联想。可悲的是少年这样的年纪家人是禁止喝酒的，这是没办法的事情。

少年不止一次听人说过，田垴地埝上跑动的身躯肥大的黑蚂蚁黄蚂蚁们，它们长长的身躯分为三段，一段为头部，一段是腰部，另一段是尾部，尾部饱满肥硕，里面装的都是浓浓的酒液酒汁呀。

村人的话，何况是村里中老年人的话，少年是信以为真的，起码，那里面不会装着毒药、农药、1059吧。

吃过蛇肉的张姓少年无所畏惧，何况是对酒味的向往，异常强烈的向往啊。

天气晴好的日子或是雨后变晴的时候，地垴地埝上总忙碌着许许多多的黄蚂蚁、黑蚂蚁，身躯硕大的尾部丰满，一只只爬来窜去，从少年的眼前穿过。

少年蹲下身子，探出手去，一抓就是一个，一提就是一只，蚂蚁大而厉害，弯过脖颈探过脑袋，张开大大的嘴壳亮开坚硬的嘴钳，夹少年的手指，钳少年的指甲，发疼发痒，少年笑一笑不去理会，笑这小东西也有自卫的一面。随即捏住丰肥的尾部，对了自己的嘴巴，使劲一捏，吱——的一声，尾巴里的白白的、黄黄的汁液们全给挤射到嘴里，嗯，少年略一品味，辣，涩，腥，倒也有一种酒的味道……

被挤过尾巴的蚂蚁，倒也还活着，少年便放放生了它，去捉另一只……

整整半前晌，或整个一后晌，少年就这样挤过了数百只蚂蚁，嘴巴里，充盈了辣、酸、涩、腥、苦的滋味……

少年常常被这种滋味弄得脑袋发晕。少年以为那就是醉了。

多年后少年成了青年成了中年，一直弄不懂大蚂蚁的尾部到底是些什么东西，是尿液么，是储存的体液么？还是蚂蚁的蛋白质，没有去深深探究。但张姓少年当年一直认为那就是好的酒水哩。

冬天来临的时候，乡野里一派萧条，绿色彻底地消退了，标志着一个更为饥饿的时段的来临。

乡村里了无生机，人人面露菜色，连墙角的狗，也少皮没毛无力地走着，有可能扑——嗵——一下就倒地下了，狗也是被饿死的。

少年的个子长得细细高高，宛若一株冬天的杨树，这样的个头需要一定的食量去填充，否则杨树难以粗壮起来。

少年却整日处在饥饿中，苍黄的田野已不可能寻觅到一丁点可食用的东西，无奈中少年找到同样也属于少年的北娃，大几岁的北娃毕竟有一些生活阅历，同北娃一起可以思谋一些冬日的吃事。

那时候北娃已病逝了老母，老父也咳嗽气短整天卧在炕上等北娃去待弄吃食。

少年的到来正好成了北娃共同寻食的道友，北娃与少年商量说，听说外地人有杀吃老鼠的习惯，外地人能吃，咱本地人就不能吃？

少年颇觉有几分道理，吃过草蛇的少年早已具备了过人胆识，开口便说道，你想，会喘气的东西，就能烧了吃就能煮了吃，不会喘气的东西呢，只要牲口能吃，咱就能吃，何况老鼠属于会喘气的东西，和猪呀羊呀呀猫呀一样样的，咋就不能吃？

少年和北娃就从繁杂的吃事里悟出一些些学问。

当晚少年和北娃就找出几架老鼠夹子，分别设在北娃家的东房北房好几处，撑起来，放一点诱饵，静静等候收猎的消息。

未到夜半时分，几处夹子分别有了响动，先是鼠夹会拢的短促声响啪——，再是老鼠惊悸的尖叫吱——吱——吱——，少年与北娃大喜，二人的期待没有落空，点灯细看，嗬！分别夹住了三只大灰鼠，每只少说也有二斤多。北娃胆儿大，用拇指和食指在那颗尖尖的鼠头上用劲儿一捏，嘎喳——一下，鼠头就给捏碎了，北娃取下鼠来，用小刀在老鼠屁股处开一小口，一拉一拽，一张鼠皮就生生剥下来，再开膛破肚，拽出肠肠肚肚，一整块鼠肉就等着下锅开煮。

张娃少年在北娃少年那里学了很多，如同后来两人一起煮蛇肉、煮鸡肉、煮猫肉、煮狗肉、煮蛤蟆肉一样，开一锅水，扔一把花椒，快熟的时候再扔一把大颗子盐，捞到碗里再倒一点醋，嗯，成了，不用筷子夹，不用刀子切，用两只手撕着、拽着，往嘴里塞就是了。三只老鼠，少年一只，北娃一只，北娃老爹一只，老老少少，吃得有滋有味儿，老鼠吃完了，三人还美美地喝了一锅鼠肉汤……

老鼠毕竟有限，少年和北娃的胆子再大，也断然不敢把捕鼠夹子设在大队书记的家里，不敢把夹子放在大队部里，不敢设在生产队的库房里。不敢呀，少年胆儿再大，看吓不破你的苦胆。

每条巷子里，都分布有一两个粪堆或垃圾堆，是垃圾堆里的一团团物什，让少年的眼睛敏感起来，机警起来。走前去，辨认，哦，是两只被人扔弃了的死鸡。

少年提起死鸡一闻，并没闻出太大的异味儿，四下里一瞅，胡同里并无闲杂人员的注意，就匆匆提了，提到北娃的院子里。

北娃问清了死鸡来历，也提了细细一嗅，二嗅，三嗅，说有一点儿怪味但没有臭味儿，不妨一杀，一煮，一吃？

接着是拔鸡毛，观察裸鸡儿的浑身上下。

鸡是两只还不算太瘦的鸡，张姓少年和北娃少年判断鸡不是老死的但肯定是病死的，要么是吃了什么药后弄死的，鸡主家不敢贸然去吃犹豫许久后才弃到胡同的粪堆上。

少年自然有心眼儿，先宰杀，后掏净鸡腔里的肠肠肚肚五脏六腑，破例用净水一洗二洗，就果决开煮。

除了盐，除了花椒，北娃还在锅里扔了两根大葱和三条辣椒。

张姓少年和北娃少年啃鸡肉时心里多少犯一些嘀咕。

原本只想着吃一只试试，等过个一天半后晌看有无啥事，再吃另一只也不迟的，等吃完一只，又忍不住撕吃另一只的两条腿，三拽两撕，另一只也完了，还各自喝了三碗鸡汤。

少年心里忐忑着，真怕那鸡儿是中毒而自个又吃了它们，岂不也中了毒？

两人后怕地一想，方觉肚里有了反应，有了翻腾和调动的声响闷闷地在肚子里运作，便分别排出了一串又一串痛快响屁，啪啪噼噼啪啪，如同乡下过年的鞭炮。

说也怪，肚子翻滚过后，就平平展展舒舒服服没事儿了，二人相视一笑，二笑，真个虚惊一场。同时，拣死鸡吃死鸡的胆儿又大了几分。

这样，在无数个冬日闲暇里，少年和北娃便分头在村子的胡同里转悠，寻找着每个胡同里久积的垃圾，寻找着垃圾堆里扔弃的死鸡儿……

死鸡病鸡吃多了，有时也会犯恶心，也呕吐，在北娃家的院子里吐过，也在村巷村路上吐过，少年呕吐的声音嘹亮尖锐，哦——哦——，哇——哇——地，少年吐时北娃给他捶，北娃吐时少年给他捶背，少年的拳头往往抡得狠一些，圆一些，再重重地落到后背上，这样每一拳捣下去，随着咚——地一响，嗓眼里便有一团儿秽物被震荡而出，呕出来，啪——啪——地掉在地上。

是的，呕吐是难受的，嘴里吐着，眼里流着泪，鼻孔里还藕断丝连悬吊着鼻涕，样子悲惨而可怜，可是，少年觉得即使这样，也比挨饿好受，挨饿的那种痛苦和难受少年怕狠了，怕深了，要让少年选择，宁愿吃垃圾堆里的死鸡忍受呕吐的痛苦，也不愿意肚子空空忍受饥饿。

少年自有少年的选择。

当然，也有正大光明堂堂正正地去吃去喝的时候。那便是乡邻乡里左邻右舍有红白喜事少年给人家力所能及去帮忙的时候。

扒葱扒蒜扫院子抬水倒炉灰、搬桌子、搬椅子、搬凳子、洗碗、洗盘子、洗筷子……这诸多不起眼但绝对不可或缺的活计，往往是乡村老汉、乡村婆姨和乡村娃子们去做去干的，少年靠这一天里的诚实劳动挣得一顿或两顿丰盛的饭菜，那可是有荤有素有稠有稀有汤有酒的席面，少年在乡村的席面上懂得了吃喝的规矩学会了乡村的礼数。

这样的劳动和这样的场合参加得多了，少年便渐渐地长成了小青年，动作和行为便依照乡村的年轻人，脑袋里不仅仅装着有关吃的事宜，还装着小青年探求生活的思考和往后做人的打算……

骑车子咏叹调

上

我是二十岁的时候才学会骑自行车的。

对于一米七五的身高且貌像老面（貌像苍老与年龄不符）的我来说，确实会得有些迟了。

我的同龄人们无论男女，一个个早在少年时代十二三岁就已经会骑车子了，有的个子矮小坐不到座儿上，左脚蹬在这边的车踏上，右腿便从车梁下掏进去，右脚勾着另一个车踏，小小的屁股因了身子扭曲而歪歪地撅着，右腿的吃力蹬踏使那两瓣小屁股欢快地扭动，人和车子都处于倾斜状态，一边倒的车子却裹挟着一个虾米一样的小人儿，呼呼地在村巷里和场院上疾跑着，这让我惊讶又羡慕，常常呆呆地停下脚步，呆呆地望着远去的小人儿，远去的破车子。

后来才知道，那叫"跨车子"。

我对会"跨车子"的小人儿也心生敬畏。

我自愧不如啊。少年的我细细高高，如同一棵豆芽菜，连跨车子都不会，不是徒有身高么。

一个人细细思谋，过滤一下家族成员：爷爷，那些年已上了七十岁，不会骑车子，可能连自行车都没有摸过。他年轻时，自行车是稀有的，等村里有了车子时，人已年迈，失去了驾驭车子的雄心；奶奶，旧时代的小脚妇女，那个年代的小脚女人是没有会骑车子的；父亲，早年间的大学毕业生，一直在外地当中学教员，他不会骑车子一是缘于生性胆小，根本原因是自尊心强，自己买不起自行车，也低不下架子借朋友和同事的车子学骑；我母亲年轻时身材修长灵巧，也属于很有力气，很能干活的女性，不知什么原因也不会骑车子。我曾了解过她们那个年龄段的人，也有个别妇女会骑的。农业社里农活儿很忙，一年四季上工下工劳作不断，收工回来还要赶着缝衣做饭，对学骑车子就少了兴趣没了精力；小爸力气小个子小又天生的胆量小，不会骑车子纯粹是自身原因；我大姑小我妈七八岁，理应会骑的，可能因为敏感多心，就不愿借人家的。在我的印象里，她像我的父亲母亲爷爷小爸一样，常常是步履匆匆的，迈着快疾而利落的腿脚，穿越在乡村的大小胡同和田地场院之间。

不知是生来的功能还是上苍的眷顾，我家上上下下凡不会骑车子的人，都有特好的腿脚功夫。不敢说是神行太保，但比起一般人来要快捷许多。

从我记事儿起，印象最深的是爷爷的两条腿两只脚，爷爷常年是两种颜色的衣衫：春夏是白色的粗布上衣黑粗布裤子，秋冬是黑色的粗布衣服，鞋子当然四季都是黑色的布鞋。从村巷往田地里走去，爷爷的双脚如同两把乡村的镰刀，急匆匆收割着紧促的日月。他对田地的吃苦和用心是其他农家汉子无法相比的。听老人们说，单干的时候，从家里朝地里的路程也几乎是小跑着奔去的，他不愿意把大好的时光晃悠在漫长的村路上。朝地里挑茅粪那样苦累脏的活计，别家的汉子一上午也就顶多三趟六桶而已，爷爷因了腿脚的麻利动作的快速一上午就能挑六趟十二桶，两大木桶浓稠的茅粪，一百斤的样子，瘦小而结实的爷爷挑在肩上，平稳沉实，双腿双脚快快移动时茅粪担子也随了身体的节拍而稳当地晃动；爷爷的双脚是呈外八字形的，尤其是绑了裤腿挑担快走时，外八字的双脚如同张开的一把剪刀，在乡村的土路上剪裁着永远也干不完的活路。

爷爷走路快疾同他急躁而暴烈的性格有关。大晌午从地里收工回家，洗罢手坐在厅里的方桌边时，奶奶必须及时把煮好调好的干面端到他面前，他呼呼噜噜风卷残云吃两碗面条再喝一碗面汤后，顶多吸两锅子旱烟，又去上工了；如果回到家里才看到奶奶她们和面擀面时，火气一下就顶上脑门，铜锣一样的亮嗓子就当当地敲响，骂做饭的人不能及时把饭做好误了他的下地干活儿……每每这时奶奶或是妈妈婶子们静悄悄一声不吭，带了愧疚的表情加快了做饭的动作。

　　常常地，去往田地的村路上，乡村的一伙儿老汉们就无意中相随着了，说着田地里的事情拉呱一些生计的零碎，脚步常常就缓慢下来。爷爷有时也在其中，随话答话说笑几句也是常有的事儿。爷爷却受不了老汉们滞涩的步子和悠闲的情状，他尽量让自己的脚步慢一些，以随着老哥儿们几个的节奏，表现出一副合群的样子，忍一忍，再忍一忍，可是不行，他见不得缓慢，不愿意和慢性子的人相处，更不想把大好的光阴磨蹭在村路上。他便迈开外八字的步子，噜噜噜噜走了前去，把众老汉远远甩在后面了。

　　这样性子急躁脾气暴躁而又不轻易对别人开口的爷爷，在他那个自行车作为稀有物的年代是绝对不会借人家车子学骑并借用的，不会！山村的庄户老汉以种庄稼为本分，闲暇了赶集逢会走亲戚是全凭两只脚板去丈量山路长短的。

　　父亲走路的快疾也是出了名儿的。

　　从小就在临汾的三完小读书，之后又上了临汾一中的初中、高中。每到周末，年幼的父亲要步行回到二十五里外的家乡，来回五十里，这是每星期要走的路儿，近十年的中小学时光使他饱尝了艰辛的滋味也练就了他的一副铁一样的脚板，直到考取了山西大学，才结束了每周五十里的"走读"岁月。

　　不知是常年走路的缘故还是生就的"天足"，父亲的脚板扁平阔大，鞋店里很难买下适合的鞋子，强买下一双三天两天就被脚掌撑得鱼嘴一样裂开口子，所以，结婚前一直穿奶奶做的布鞋，而婚后则一直是母亲给他做鞋。家做的鞋结实耐穿，适合宽大的脚掌脚面，还有一个特点是底子很厚耐磨，对于一个不会骑车而善于步行的人来说，鞋底的厚重是必需的。

分配到蒲县中学教书之后，父亲一年也只有寒暑两个假期回家，汽车到了临汾城后，无论天有多晚，他都要赶夜路回去，怕住店花钱嘛！不同于当年上学时的赶路的是，他有了较沉重的行李，换季的衣物和给爷爷奶奶买一些蒲县的土特产，梨儿核桃糕点之类，这样两个重重的皮包用一条毛巾系起来，一前一后搭在肩上，他依然快疾地走，累了，肩膀麻了，也一定坚持走到沿路的某一个村子边上才会放路边小歇一会儿，自己使着心劲，不到村边不能休息，如周家庄过去孟家庄，孟家庄过去是靳家庄，再兴村、杜村、县底……记得某一个腊月天的深夜父亲背着包裹回来时，厚厚的棉衣已被汗水湿透，那可是西北风呼啸的冬夜！

以后的日子里，临蒲公路一直时通时阻，路况不好时，父亲从蒲城坐车到黑龙关，从黑龙关步行到土门，再从土门搭车坐到临汾城里，中间那段六十里弯曲绵延的山路是父亲宽阔的脚掌走过来的。我在蒲县当代教的第一年麦假，路又不通车了，我与父亲坐车到黑龙关之后，在刘家沟煤矿住了一夜，一清早起来，冒着浓浓的晨雾，也冒着一个小小的风险，我们决定走一次小路，攀爬一次鲜有人走的小山路，即从刘家沟山半山坡钻进山沟，沿河沟进入岔口河，再从土门西涧北的岔口河口出来，计约四十里山路，比原山路近了二十里。烈日当头，炎热无比，一条似路非路时有时无的所谓山路，常常被掩在一大片山野灌木里，我们每人手拿一条山木棍子，先得把藤条野草拔拉到一边，才能小心着迈动。身子下面的沟涧里，奔腾着野马一样的黄色山洪，污浊的洪流卷着顽石树木野猫死兔朝下游的岔口河冲击而去，而沟畔上的父子俩则顺了河岸艰难行走，口渴了，则蹲下身子，在石头坑的积水里，双水掬起，一捧一捧地喝……十七岁的我，还是能走能跑的小年轻，可我走不过四十岁的父亲，渐渐地，我脚步迟缓地拉后面了，父亲走一截便停下等我，或伸手拉我上陡坡绕岩石……漫长的五六个小时后，我们终于走出了岔口河，来到东涧北的公路口。

那次跋涉，我真佩服了父亲的脚功，我想大约是凭借了这样的腿脚功夫，父亲是不屑于骑自行车的吧。

同父亲的腿脚走功比较，母亲还要更胜一筹。父亲虽说行走快速，却承袭了爷爷外八字的遗传，速度快却不勉拖带些泥土，常常是裤腿鞋子上要沾些路上的浮尘脏物，自然显出一些吃力；母亲自年轻时就苗条利落，身骨轻巧，一米六三的个子最轻时仅八十斤重，最多时也九十斤出头。据说她少女时最喜欢上树爬树，乡村再高大粗壮的树木她片刻就噌噌上到树梢了，如同一只轻巧灵敏的毛猴儿。

　　农业社里时，父亲在外地工作，家里就是母亲操持着光景，还要天天下地干活儿，割麦摘花挑粪担水样样活计都拿得下来，活儿干得又快又好。母亲虽瘦，却有好饭量，和小伙子饭量差不多，浑身便有使不完的劲儿且不要说轻装走路儿了，那真是利利落落，快疾如风。我们还年少时，每遇姥姥家有事，母亲左手提着花儿馒，右臂抱着年幼的弟弟或妹妹步行十多里山路到姥姥家，山路上再多的趟土，再多的泥巴，母亲的鞋上裤腿上总是干干净净一尘不染。

　　多年后全家住在临汾市内，再遇到姥姥家有事情，而我和弟弟又一时忙碌找不到汽车时，六十多岁的母亲依旧从城市步行到姥姥家，那可是三四十里路程呢，母亲从心里一点也不惧怕，走路，步行，对母亲来说从来都不是负担，是与生俱来的一种能力，在走路的过程中，母亲能体会到一种回忆与想象的愉悦感吧。

　　可惜的是，九九年的冬日，母亲晨起给父亲打奶时，被一个骑车飞奔的女学生撞倒了，右腿严重骨折，治疗出院后，落下了小腿部残疾，走路有些跛了，这无疑严重地影响了母亲之后的生活，当然包括走路在内。我就非常奇怪和疑惑，一辈子不会骑车子也很少坐车子的母亲，可以说和自行车无任何缘分年纪大了却要遭受自行车的碰撞，伤到了直接影响走动的腿部，这是何因又是何果？！

　　完全是遗传基因的作用吧，我承袭了父亲走路的耐力和柔韧，也全盘接受了母亲走路的快捷与利落，这两大先天优势使我不仅善于走路喜欢走路热爱走路，也具有快速走路的能力。据母亲说，小时到姥姥家时，母亲抱着一岁的妹妹，而六岁的我跟在她身边一直步行十五里山路；九岁那年夏天母亲病了，我一人到姥姥家请姥姥去了，这我记得很清楚，一条窄窄的小土路，两边是茂密的庄稼地，有玉茭、高梁，中间还要翻河里沟和南乔沟，风吹庄禾哗啦啦，我怕呀，几乎一路小跑去了姥姥家，姥姥家无人，她一早从姨姨家去了我家，走岔了。九岁的我又一气跑回来……现在想一下，一个虚岁九岁的娃娃，一上午来回要走三十里山路，胆儿大且莫说，那得能跑动才行，那会儿就在练就着我的走路功夫呢。

后来成了城关学校教工篮球队队长，蒲县一中教工篮球队队员，教育学院中文系篮球队队员，除了爱好篮球，掌握了一点技巧外，主要是腿脚麻利，抢断快速，能跑善跑的特质在起着作用吧。当然这是后话。

还是返回到多年前的有关学骑车子话题吧。

还能因了我家几代人有着快速走路的特点，年少的我就永远不要学骑车子了？

我的三爸，小姑，他们同样生活在一个大家庭里，他们居然就会骑车子，为什么？

我曾细细想过，这是人的性格使然，要强的，不服人的个性，使他们在那个自行车奇缺的年代，厚着脸皮，赔着笑脸，蹭一会儿，借一会儿，见缝插针，千方百计学会了骑车。

年少的我想，难道我也要像爷爷父亲他们一样，因内心深处的那一层脆弱的自尊，那一抹只有自己知道的懦弱，就一辈子不骑车子一辈子用双腿快快走路么？

再快的腿脚，能快过轮子飞转的自行车？

快快远去的自行车把一个步行者抛在其后，是代表了现代文明的交通工具，把一个落伍者抛在时代后面了。

年少的我那会儿就这样朦胧且懵懂地想着，学车儿的欲望忽地充满小小胸腔。

机会来了，是邻居会计家来了骑车子的亲戚，亲戚吃饭呢，会计的小儿子就趁了机会推车出院，在附近的小场院里学开了跨车儿。

场院边的我，眼馋地看小家伙跨了一圈儿又一圈儿，小家伙个头矮，起先跨车时，我给他在后面一直稳着车座儿，没有功劳有苦劳，我的苦劳感动了他，终于，学跨累了的他，慷慨地让我学骑两圈儿。

第一圈儿几乎是推着走的，脚踩在脚踏儿上，一用劲儿，车子便倾斜着欲倒；第二圈儿我勇敢了一些，掌握了一些平衡，踩在脚踏上居然能行驶一截儿了。转圈儿时毕竟还紧张，一紧张，车身倾斜，啪——踏——连人带车，倒在场地上……

恰这时会计的女人叫孩娃儿吃饭来到场边，正好看到这一幕，一张胖乎乎的脸盘倏忽间便阴下来，对了他的孩娃儿，指桑骂槐道：

你个小仔儿脸皮可真厚呀，一下的功夫就把人家客人的车子骑到这儿啦，占便宜也不能这么占吧，把车子摔坏算怎么回事儿，是你赔呀还是我赔呀，再说了稀活了光景能给人家赔得起吗？咋就不长一点点人脑子呀……

那时我已有十三四岁，被这一骂脸臊得没处搁，赶快扶起车子快快地离开了场院。

骂话句句如刺，深深刺疼了我的心。

从那会儿起我暗暗发誓再不蹭别人车子借别人车子学骑了，除非将来自己有了钱先买车子再学骑，敏感的心再承受不起别人哪怕一点点的嫌弃和责怪。

中

二十世纪七十年代中后期，我已经成了身高一米七五的大小伙子，也已经离开故乡到百里之遥的蒲县城关学校当了一名代理教员，先后在李家坡、郑家塬、红旗小学、荆坡学校、蒲县二中、蒲县一中任语文教师。由于环境和身份发生的变化，借用同事的车子学骑一下仅仅是一句话的事情了，同事中毕竟车子很多嘛，对于我高高的个子近二十岁的年纪却连个自行车也不会骑，已经成了私下里大家的一个笑谈，把我不会骑车子的缘由归结为：家庭困难，一时还买不起车子；固执的性格和要强的自尊又不愿借别人的车子；家教过于严格，使得小小年纪成了一个古人一样的做派；性格奇怪，不愿学车子也学不会骑车子……众人猜测云云，我都一笑了之。其实，我心里又有一种想法，这个想法只有我心里清楚，不可说给任何人的。

从七五年到七八年的整整四年代教时光，我遭遇了许多因不会骑车子而带来的尴尬事情，今日想来，仍觉不好意思。

七六年正月里，刚开学吧，那会儿我在城关红旗小学代教，在全联校的一次大会上，联合校长师光荣在布置一次任务时，点名要我第二天一大早骑上他的车子通知河西村的两个教师到联校报名去。师校长布置任务时是前一天的晚上，他以为我会骑车子，按理说第二天一大早骑车子跑十几里地也不算什么事，我那么年轻跑腿儿捎个信是再正常不过了……校长说过后我就听到下面有人在窃笑，哈哈，行健不会骑车子他明早怎么去通知呀……声音很低，我还是捎进了耳朵，听那话音有好笑、嘲弄、看笑话的意思，我装作没听见，第二天起了个大早，洗把脸后一口气跑到了河西村，找到了那两个老师的家，并和他俩一块来到了联校，我们比其他人早到了整整半小时。我就是要做给那个看我笑话儿的人，不会骑车子怎么了？不是照样儿叫来了人！

在荆坡学校教书时，那是一个夏天的下午，县城里一爱好文学的杨姓女孩儿专门找到我，谈文学谈电影儿，眼看一下午过去了，天色渐黑，女孩准备回家时，学校校长推来他的自行车，让我送女孩儿回去，荆坡虽在城边，离女孩儿家也有三四里地。校长这一举动很得体也很细心，一是表示了领导对下属的关怀；二是让我和女孩有进一步接触的机会。多好！可是，不争气的我却不会骑车子，一个绝好的对女孩献殷勤的机会无法把握住了。看着杨姓女孩儿明亮多情且期盼的目光，我尴尬之极又难堪之极，心有余而力不足的我涨红着脸子，喏喏地嘀咕着自己不会骑车子，干脆步行送女孩儿回去……

女孩惊讶地看着我，觉得这么大个子的年轻人居然不会骑车子，未免太迂腐，太刻板，太不可思议了吧。

在荆坡学校，我教一个中学班的语文，城郊的学生大多年龄稍大，有十五六岁了，个子也一个个杨树一样可劲儿地往高里长，大他们三四岁的我，和学生们相处很好，学生们均来自荆坡大队的五六个自然村，如天家庄、闫家庄、石墩村和十里铺。学生们全会骑车子，来到学校上水灶，下午天黑前才回去，一排高高低低的自行车就存在教室一侧的场地上，没有课时我要学车子的话，真是信手推来方便极了……可是，我决定还暂时不学自行车，我以为时间还不到，这个缘故，只有自己心里明白。

那是七七、七八的年份，祸国殃民的四害已被清除，社会政治社会文化面临着大的颠覆和变革，不时地听人们私下里传说，学校招生要实行考试了，各行业招干部也一样要通过考试。那时我已当了三四年的代理教师，要知道教师这个行当里民办和代教是低人几等的，代教就是个临时工的角色呀。要改变命运，就必须通过考试，我没有其他的任何门路，一缕朦胧的希望向我招手，我感觉到了召唤的力量……要么考学，要么考试转正，二者必居其一之后，再学骑自行车吧，一个连泥饭碗都没端上的小代教有什么脸面骑车子呀?!

这是我当时真实的想法，想法一旦确定，就异常地执着或叫固执了。

其实考学、转正和骑车子之间不存在任何相悖和矛盾的地方，但我就是这么一个认死理的人。

那些年学校里倡导教师家访，冬日吃过晚饭，天就快黑了，我踏着暮色，从荆坡到石堆村，到闫家庄，到十里铺，一个来回二十里地，叩开每一户学生的家门，迎来的是家长们诧异惊喜的目光，因为我夜色里徒步而来，故而深深感动着家长……

父亲对我不会骑车子的迂腐样子深深忧虑，我说，为人性僻眈佳句，不转正时不学车！周恩来在抗战时期留一蓬大胡子，抗战不胜利不刮胡子呢，我这算什么！父亲见我态度果决，心情复杂地不再劝说什么，七八年我刚二十虚岁，那时已不算小了，有好心而热情的老师已在父亲面前给我提说某个姑娘，如甲姑娘与我同岁，在某个学校也当着代教，乙姑娘就在她的本村当着民办云云，见我这般固执死板，他能不忧心忡忡么。

七八年深冬，蒲县教育界同全国一样，破天荒第一次在全县四百多名合格的民办代教中招考十三名公办教师，考中了就立刻转正为国家干部，吃商品粮，月薪三十四块五，顶一个中师毕业生呢，但又无须上那三年师范。

这无异于天上掉馅饼。

可是抢这十三块馅饼的居然有四百多号人哪。

结果出来之后，我居然名列榜首，教育局新贴的列有十三名单与考分的红榜，如隆冬一团火，在十字街头燃烧着，烤热了我久以期盼的心。二十岁年轻的心就此活泛起来。

等办好一切手续，就进入腊月二十了，马上就要放年假，我想，大年前一定要学会骑自行车。

腊月二十三放的年假，回到老家临汾故乡时，已经二十五了。第二天，我借了三爸家的一辆半新半旧自行车，在南沟的打麦场里正式学起，记得三爸在车后给我稳了一圈儿后，我自己就开始能蹬能骑了，一米七五的个子，一偏腿就能骑上，只是两手把车把抓得太紧，左右拐弯时两臂死死用力去扭动，下坡时捏闸也很机械，前面有了行人和车辆时更为紧张。虽说一上午，学会了骑自行车，可是车技水平多年来仅仅是那一上午的水平，没有明显的长进。

学会骑车的第二天，我就骑车上县底赶集，去时一路下坡，紧捏车闸还是害怕撞车碰人，远远的，看到车前的半坡里行走着一伙姑娘媳妇家，她们是并排走着图了说话方便呢，还在坡上的我就慌了神儿，双手僵硬地把着手把，便朝土坡中间的行人大喊几声——

"快让开——"

"快快让开——"

弄得大伙莫名其妙，回头看时，还有几丈远呢，嘴快的姑娘家便不客气地说，骑个破车子瞎嚷嚷什么，大老远的就让让开，你以为你是皇上的车辇么？神经病啊！

尽管如此，前面有人时我还是万分紧张，无论下坡还是平路，大老远就高喊：

快让开——

快快让开——

制造了好多紧张气氛，其实是我的不自信和心理紧张，有时骑车下坡怕碰到前面的人时，干脆一扭车子把，连人带车碰到路边的土墙地垅上，常常弄得车子把歪歪的，我也倒地沾了一身一脸的脏土。

只要不碰到别人就好，我在心里安慰自己。

整个腊月正月里，我的故乡翟村和县底一带的人们流传着一个歇后语：

张行健骑车子——快快让开。

那时候我已经到了蒲县中学任初中语文教师，前一年我一边代教一边在文科复习班听课，无论同学无论老师知道我固执古板不会骑自行车，就像知道蒲县中学看门房的老汉是一个驼背一样，人人清楚，个个明白。忽然间，就有人看到我骑上车子了，或上街或穿行在学校的林荫道上，眼尖的学生娃儿就叫唤一声，快看，张老师骑上车子啦，自然引得许多人看稀奇一样看远处的我骑车子，人们的表情无异于看到天外来客。

文科复习班一高姓漂亮女生在后来同我一个办公室办公时，因为非常熟悉了，才对我说，她们文科班的女生看我就好像看一个古人一样，我和她们，和其他人，就不是一个时代的，一个古时候的人，忽然骑着车子出现在他们面前，不惊讶才怪呢。

虽说会骑车子了，家里因了困难还是在近期买不起车子，这不要紧，同事、朋友、同学、学生们中间车子太多太多了，大小事情，长短距离，借用时间，我心里有一个排队，平均下来，一个月轮不到一次，这就好办了。

可能因为骑车太晚，会骑之后的几年时间里似乎有一种恶补心理，要把多年造成的骑车空白统统填充上，又如同一个晚婚的汉子有空儿就爬在媳妇身上永不满足一样，反正那几年我是有事便骑车，不论路长短。

记得一个同事结婚时，蒲县中学离他家有60里地，十几个同事借了一辆吉普车坐不下几个人，坐班车又得死等那个点儿，大多人只好等班车了。我没那个耐性，推了一辆车子骑上便风驰电掣，直朝山村弹去。那是一个大冬天，路是柏油路，只是一直在河滩里延伸着，西北风顺河滩打着呼啸，吹到脸上刀割一般，我埋了脑袋只顾骑，把骑车过程当作愉悦享受的过程……两个多小时，我到了朋友家，等班车的同事们还没到呢！

大冬天骑六十里地，上一桩礼，来回一百二十里，这在当时也成了蒲县中学师生的谈资。

让我至今难以忘怀的，仍是一九八三年夏天我骑自行车从蒲县到临汾参加省教育学院招生考试的"壮举"。

那是省教育学院在新时期刚刚恢复招考的第二年，第一年即八二年还是中文班，到八三年已经成为中文系了。这是只考语文、政治、史地的一次全省统一招考，因为不考数学，对我来说是这一生都难得的机会。

晋南考点就设在临汾师范，运城和临汾的考生必须在考前一天赶到临汾市。

天公不作美，山区蒲县多日来暴雨如注，整个河滩里浊浪排空，山呼海啸。昕水河道一涨再涨，河水居然好几次漫上了东关的水泥大桥，百货公司涌进一米多高的洪水，把脸盆茶缸袜子裤子冲得满大街都是。

我家居住的是蒲县中学教师宿舍的两孔砖窑洞，窑洞也从窑顶的砖灰缝隙里渗水了，起先是一条一条的，随后是一道一道的，先是从砖墙上朝下爬，之后是从窑顶朝下掉，记得父亲母亲动用了盆盆罐罐外加一页一页的塑料布子，家里家外充盈了下雨接水的各种声响。

最可怕的消息是，从蒲县到临汾的公路被暴雨冲坏了，等雨停了以后才可以修路通车。

那几天，我一直盼着忽然有一阵大风刮来，刮跑满天乌云，刮来亮丽的太阳，不误我乘车到临汾考试一事。可是，老天专门与我作对，暴风雨外加连阴雨，一直不停点儿直到考前一天还是雨脚如麻未断绝。

之前我去过好几趟长途车站，汽车在半月十天不会开的。

怎么办？

天可以误我，我却不可以误我了，误了这个村，就没有这个店啦。在说服了父母朋友之后，我做出一个大胆的决定：

骑自行车下临汾！无论暴雨有多急，山风有多猛，道路有多险，一颗参考的心，坚不可摧。

这是无奈之举，但也有好几天的思谋，我借了朋友父亲的邮电局的绿色坚实耐用的自行车，披一身雨衣，带一支钢笔，上路了。

自行车如一支绿色的箭，载着我，劈风斩雨，射向茫茫雨雾中。

三十年前的所谓山区公路，是崎岖又窄小的沙土路，洪水一冲，坑坑洼洼，多处路面出现断裂，每遇这等路况，我得扛着车子从圩边绕行，就这样，我骑一段车子，车子又骑我一段。暴雨时紧时松，因穿着塑料雨衣汗水也欢快地排出来，与雨水汇合着在周身涌动。我当时的信念是，车轮每转动一圈儿，就离临汾近一圈儿，我每迈动一步，就离目的地近一步。

过了黑龙关，推车七里坡，两边是陡峭石崖。崖壁的条条缝隙里，以及缝隙长出的无数松树柏树杂木灌木的根须上，都源头一般喷射着或滴答着水柱，千丝万条不绝如缕……推至半坡，我已累得大口喘气，甚至吐着舌头，像被人追急的野狗。看到路边一块干净的白岩石，我真想放下车子，在干净平整的岩石上坐一会歇一会儿，在犹犹豫豫迟疑片刻之后我还是从容地走了过去，哎，不歇了，慢慢上吧，此时就把自行车当作自己的拐杖吧，这样我两手拄着车把走过去了那块洁净的岩石……走过十余步或七八步远吧，身后便传来惊天动地的坍塌的轰轰响——

哦——没待我回头看呢，我的脚下已滚来大大小小的石头和流沙，再回头看时，是高高的石崖整体塌了下来，把我刚走过的沙土路，把路边的那块白石头，整个地覆盖了！

啊！我大惊失色，那山堆一样的泥石流把整个路面给堵住了，如果前一分钟我在那块白石上休息的话，这会儿连人带车全给压住了，那泥土中巨大的石头，会把我砸成肉饼，会把自行车砸得扭曲的。

风雨中的我，哇哇哇——大叫几声，那是惊怕之后的歇斯底里的大叫，又是带有几份侥幸的狂叫，肆无忌惮的大叫声被山风暴雨一起挟裹着，一串石头一样滚落到长长的坡下了。

七里坡，七里坡，日你丈母娘的西葫芦脚！

骑上车子我没命地狂蹬着，歪歪扭扭爬着坡，骂了一句顶脏的话。

上到山顶时，雨忽然停了，四周都是白茫茫一片雾幕，身边的深沟里，乳白的雾霾在沟沿，在我的脚边涌动着流荡着，极具诱惑力，那一刻，我真想骑着车子朝那雾幕碾去，在浓浓的云雾之上腾云驾雾。我知道，幻觉是美好的，美好到了极致就是悲剧的产生。我紧紧把握着车头，不让它有一点点自由主义倾向。

夜幕降临的时候，远远看到了临汾城，那里灯火点点，一片城市入夜的气象。自行车平稳地载着我，下土门过田村，跨越汾河大桥，向心向往之的临汾市驶去，尽管途中多次双脚插进淤泥，塑料凉鞋的带子也断了一条；尽管衣服湿了又干干了又湿；我还是在城郊的水渠里洗了脸，洗了头，洗了胳膊、小腿、大腿，最后认真洗了一遍自行车，我们要干干净净很有尊严地进入临汾城，迎接我的又一次至关重要的人生考试。

一九八三年六月，在临汾考区我以第一名的成绩考入山西省教育学院中文系，教育学院的经历改变了我的命运。而那辆绿色的自行车对于我功莫大焉！

下

一九八六年七月，我回到临汾市教育局工作之后，才真正拥有自己的第一辆自行车的。

那辆车子是永久牌的，跟了我将近二十年的漫长时段，其间的悲悲喜喜，容后文再叙。第一辆车之后，先后还有六辆车子陪伴伺候过我。如果说第一辆车子是原配妻子大太太的话，后面的六辆则是一个一个的小妾了。

先说原配第一辆车子吧，也真巧，那是我结婚前订婚后，未婚妻送我的礼物，新崭崭，黑乌乌，亮锃锃一辆名牌自行车。对于它的喜欢，如同未婚妻一般情有独钟呵护有加的。

那时我一人在临汾，自然过着单身生活，工作之余要上街要访友要娱乐看电影看晚会等，一刻也离不开它作为忠实的坐骑。星期天回老家村里或者平时同学家有什么红红白白的事情，我也是蹬着它一股风去，一股风回。更为重要的是，车子和我的工作有着直接的关联。

我办了一份《平阳教育报》，起先是小报，后来成了对开报，一月一期，版面详细，各有侧重。这就忙了我一人，要跑各个中小学约稿、采写，要发动各文学社的活动和举办相关征文，还要骑车跑乡镇，当时临汾市（尧都区）除了河底、枕头、西头三乡是坐吉普车去的，其余的全是骑自行车下乡，可以说这辆永久牌车子跟上我后，轮子碾过了临汾市的山山水水了。

记得那次从县底中学回来，已是深夜，怕机关大门十二点时关闭，我发疯地骑着，车子驶进五一西路时，这条路上一片漆黑，是停电了还是其他缘故，我只顾蹬着车子，不料蹦——地一下猛烈地撞到某个物件上，车人分离，我倒在街道一边，眼镜也不知飞到了哪里，我顾不上自己身体的酸麻，赶紧起来看被撞的人车（我以为撞了人车）连连说道："路太黑了，一点也看不清，对不起师傅，对不起师傅。"待我到了物件跟前，半天才辨出原来是一只高高的塑料垃圾桶，受伤的我还对它客气歉意了半天，我愤怒地骂一句"操你老妈"，扶起摔在一边的车子，却无论如何摸不到眼镜了，我就这样瞎驴推瞎马，好不容易回到了教育局机关。

这辆车子因为天天有任务，时时要载重，几年下来就零件松动车身破旧了。尽管我常常擦拭，精心呵护，尽量不让日头暴晒，不让风吹雨淋，但它还是无可奈何地破旧并且身躯一点点残缺不全了。

首先是那颗锃亮的铃铛让人卸走了，当初的铃铛多么清脆悦耳呀，拐个弯儿或前面有了人与车，叮零零一阵脆响，脆生生，麻酥酥，响到人的脑子仁里面，听了浑身上下一阵舒服。现在车头上光光秃秃，像一匹马儿让人剪了耳朵；再是那根撑子不知何时断掉了，没了撑子的自行车要停下时，先得事先寻找一面能停靠的墙或是一棵可以依靠的树。远远的还在车子上，就得看停车子的地方，周边有无墙壁有无树木，哪怕是一棵半大的树，像看到救星一般，直推了车子朝小树走去，常弄得迎接我的主人十分惊异，热着一张笑脸准备欢迎我呢，却见我直朝了一棵杨树或是一棵桐树走去，待我将车子靠在上面，才明白过来，不免哈哈一笑。

三是护链板子在不断地坏掉，再找修车铺里接上，再掉，再接上，等又一次掉了，就失去修理的耐性，索性不去按了。没有护链板的车子像一头少皮没毛的驴，很是丑陋，并且扑尘土扬泥巴，弄得链子上满是脏物，人的裤腿上也不干净。

下一项是该车链子常出问题了，因车龄过长，因护链板子丢失，因不能及时擦泥上油，链条子便常常断裂，或因过于干涩咬合在一起生发出不和谐的声音，常常在关键时候脱链，骑车上到半坡里，脱链了；有顺路把朋友捎带一段路吧，朋友刚在后座坐稳了，脱链了；刚从粮店买了一袋面两壶油上了车子要骑呢，脱链了；下班回家骑到半路里，暴雨下来了，正准备快快蹬一阵子呢，脱链了……让人尴尬又恼火。

第五是脚蹬子又叫脚踏子不断地坏掉或脱落，往往只脱落一只，留一根光光的亮亮的车轴儿，也懒得去按它，就凑合着蹬吧骑吧，有时候不经意地踏上光轴儿鞋底儿被滑了一家伙，人和车子就短暂地失控，或歪歪扭扭欲倒没倒，或一不留神儿就连人带车扑倒地上。

第六是前后车闸常常失灵，出于惰性心理，一只车闸失灵后还有另一只能用，便不去修理，还是一如既往凑合着骑，前面出现紧急情况了，便赶紧捏闸，要快速下车被车子前行的惯性催得蹬蹬蹬小跑几步方可停下。

那次从师大幼儿园接了儿子回家，小家伙坐在车子大梁前搭的小座儿上，正是下班时分，街上人来车往，下一道水泥路的长慢坡时，我自然骑得快了一些，下到半坡时，没料到前车闸忽然落下卡死，而后车闸却失去功效，巨大的惯性和冲击力使整个车子朝前栽去，我意识到大势不妙时却只能大喊一声啊——喊声还在空中飘荡的时候，我已被车子甩到了三四米远的地方，慌忙去看儿子，见儿子却款款地立于我的面前，原来车子带着儿子在空中转了一圈儿，下落时儿子从车梁小座上滑落下来，头朝上双脚落地，没有任何碰撞，其实是车子带着他在空中翻了一个三百六十度的大跟头，车子都飞到了街道的另一边……儿子吓得小脸煞白，双腿却稳稳地站立着。真是不幸中的万幸，儿子完好无损，我的小腿部位大腿部位的几处皮肉之伤就算不得什么了……自那次有惊无险的事情之后，我重视了对这辆车子的修护，及时地换零件，修车闸，修链条，换脚踏子……具有新车子的作用和功能。

但它毕竟是一辆旧车子了，它享受到的常常就是旧车子的待遇。

好几次和朋友在外面喝了酒，毫无节制的我往往喝得摇摇晃晃，无力骑车回去，朋友扶我坐车打的时，还得考虑我骑到饭店外面的这辆破车子，这就很使朋友们麻烦，照护着我回了家，还得把车子也一并推回来。好几次朋友不耐烦了，送我回家时，顺便把那辆车子靠在广场中心的大鼓楼底下，就那么随意一靠一扔，等到了第二天朋友去到鼓楼一看，车子还照旧在那里靠着，灰眉土眼的，像一个晚景凄凉的老汉蜷缩在鼓楼下的一角。

也是因为喝酒和酒后的疏忽，这辆车子"丢了"几次，喝酒前骑到了喝酒地方，等喝完之后就忘骑车子这码事儿，居然搭朋友的小车儿或是打个的就回家了，等到酒醒后，才发觉车子忘往回骑了。带着侥幸心情前去寻找，车子依然在饭店前面不起眼的一角靠着，或者因碍事儿被人推到更偏僻的地方了。

这么三番五次过来，我发现了这辆车子的忠贞不渝和从一而终，它实在太老了，如一只十分苍老却又十分恋家恋主人的狗一样，不能丢它又不能赶它，只好把它养起来，让它休闲起来。我把这辆车子闲置在一个地下室里，几年后因了潮湿而锈迹斑斑时，不得不送给一个收破烂的老头儿。

第二辆车子其实和第一辆车子是姐妹关系，我和妻子订婚时她送给我那辆车子时，同时又给自己买了一辆小型号的永久牌车子，没骑多长时间这种带横梁的车子便不时兴了，她又买了一辆性别意识更强的更小巧的女式自行车，她原先的那辆自然就淘汰给了我。骑着这辆车子，我常常想到恩格斯，恩格斯老人家第一夫人去世之后，又续娶了第一夫人的妹妹当他的夫人，那我现在骑的这辆车子就是第一辆车子的妹妹呀，是一个道理哎。

这样胡乱思想着，这辆小永久就骑了三四年，小永久保持着大永久的品质，坚硬，耐用，浑身黑黑的颜色不引人注目也不亢不卑。

还是引起了贼人的注意或叫觊觎吧，中午吃饭时停放在地下室的楼道里，饭后便不见了，无疑是被偷儿弄跑了。

我心一阵惆怅……

在城里，车子是一刻也少不得的，一天没得骑，可以，三天五天没有，就知道行走的艰辛和交通的不方便了，总不能事事打的趟趟坐公交吧！为了不误事，为了办事的快捷，还是快快地买了一辆新车。

这是我的第三辆车子，新崭崭的，为了不惹人注目，我选择了灰色的外表，但它依然透露着新车子的光彩，像一个素颜的新娘子依然有迷人的风采一样。

这样就让我很累，心里也累，得时时操心，上街办一件小事情还得找一个存车处，实在没有存车地方，便在某个小门面前锁住，给店主一块或两块钱，让人家在经营生意的时候也捎带看一下车子。有的店主嫌麻烦不乐意挣那一两块钱，我就得推着车子一家一家试探过问。

尽管如此上心地呵护和看管，这辆买下不到一年的新车子还是丢失了，像不安分的新娘子悄悄跟人私奔一样。那是我在整理另一处地下室里的杂物时，新车子就在离地下室几米远的楼道里锁着，只一会儿工夫我出来倒垃圾呢，就发现车子不见了，那可真是不翼而飞哪！

我无奈地苦笑着，下意识地摸摸脑袋，如同被人给戴了一顶绿帽子一样，尴尬而气恼。

有得就有失，有失便也有得。第四辆车子出现在我的面前时，仿佛是上苍对我的某种小小补偿。

那是在我的地下室防护门前停靠着一辆半新的却质地很好的蓝色车子，锁着，是随意停放的那种，每次要开地下室的防护门时，我都要把它移开，锁门之后又再原位置放好，十天半月过去了，无人问津。动了些小心思的我便抽时间问了单元的十几户二十户人家，是不是把车子遗忘这里了，回答都是摇头，我又征求了小区物业老亢的意见，身材高大性格豪放的老亢哈哈一笑，笑我的书生气太浓也太过认真，他顺手拿了把钳子跟我来到地下室门前，三下五除二卸掉了车锁，说，在街上配个锁子，还是辆好车子，能骑几年哩！

果真是辆好车子，当配上锁子，擦拭干净时，如同新车子一般，轻巧、结实，在油路上，轮子不蹬自转。

得来全不费功夫，得来也无花票子，心情因了重新拥有了车子而愉悦清爽起来，那一段正写中篇小说《捞河汉》，小说写等顺风顺雨，风起水生，写一天时间，傍晚骑车在大街上逛一圈儿，感觉委实太美，那篇小说也很快就发表在《中国作家》上。

可惜好景不长，也就一年半的时光，这第四辆车子又丢了，这次全怨我的粗心。

文友在五一西路一家川菜馆请喝酒，去时我犹豫了一下，是骑车还是打的？因为是有好远路程的，心下迟疑。身边的车子像是一头温顺的小毛驴儿，它在无声地期待我，骑吧，骑车儿去吧。我顺从了车子意愿，骑到了五一西路的川菜馆门前，就停在那里了。

席散酒罢已快十点，我已喝了六七两白酒，便自作主张请朋友在斜对面的茶楼品茶，这一品就到了下夜一点，其间暴雨大作，电闪雷鸣，等风停雨歇送走朋友之后，川菜馆早已关门打烊。我那辆已经培养起深厚感情的车子也已被那场暴风雨冲得不见踪影了。

不是自己的，终于要失去，难道这哲理必定要应验在我和自行车的关系之中么。

我一片憾然。

第五辆车子是在旧车市场上购买的二手货，或者是三手货也说不准。买新车子太操心，旧车子可能要好一些。带着这种心理购买了小巧的二手车。记得人家要一百，我硬讨价还价到了八十元成交。买回来才知道上当了，那是一辆质量低劣十分破旧的车子，被旧车市场的老板在外面涂了一层黑漆，貌似是半新，实则很破旧，骑了不到一周时间，所有零件都有了问题，几乎骑一次就得到修车摊上修理一次，烦死人了，真是便宜没好货啊。这就像花了便宜的价钱买了第五位小妾，这小妾却黄脸霜腮，病病恹恹，不但不能给你生一儿半女，还得天天看病花钱，踢踏你的光景……但它毕竟是一辆车子，是车子就得履行车子的职责，担负车子的义务。它哪里坏了我修哪里，几乎配遍了所有的零件，从前后内胎外胎，到前后车链，从两只脚踏到一把车锁，从车前筐篓到车后车撑，几乎换了一个遍，但它依然病病歪歪，走什么路都摇摇晃晃，叮叮当当，零零碎碎乱响一气……

表姐家的外甥小田，一次喝酒时见我骑着这等破车，叹道：舅呀，你大小是个人物哩，咋就骑这等货色，这不是给你们文学人才的脸上抹黑么，赶明儿个我给你推辆好车骑骑吧！我嘿嘿一笑，也以为小田这么一说而已，后来一想，小田在公安机关上班，他那个地方有好多从贼人手里收来的大小车辆，从摩托车、电动车到各式各样的自行车……他随手推一辆给我，也极有可能。这样想时手机响了，正是小田来电，他说他已派手下人给我推了辆车子过来，要我在大门口接一下。

小田送来的是一辆崭新的赛克牌自行车，蓝色的底色点缀了白色的图案，这哪会是公安收获来的赃物，分明是这孩子给我专门买的，也罢，诚心可鉴，孝心可鉴，我就放弃那个旧车子，骑上这辆赏心悦目的新车吧。

小田给我买的这辆赛克牌成了我的第六辆车子了。

我骑上新车子的消息在朋友圈里一石激起千层浪，有几个画家朋友甚至为此而邀我喝酒庆祝。可能多年骑旧车子惯了，忽然有了崭新的车子，大家一时还反应不过来，就像一个破皮烂片的糟老头儿，某天早上穿上身笔挺的西服，让大伙好不惊讶。

这辆新车子我小心翼翼地骑着它，除上班下班外，还要去开大小会议，赴各种文事活动，跑印刷厂看杂志校稿，到打字行送小说草本，观看各种书画展览，参加作家作品研讨，喜赴生日婚姻庆典，悲送前辈友人火化……从城南普国神州大韩金井，到城北冷库屯里吴村洪堡，从城东城隍大阳官雀尧陵，到城西刘村金殿龙祠仙洞沟……车轮痕迹遍布平阳县内大街小巷以及周边的东西南北。

这第六辆车子如同第六任小妾，秀外慧中，任劳任怨，忠贞不贰地伴随着我，伺候着我，任由我骑跨驾驭，随时使唤，它都顺从老实，从不推诿伤病。真的，三四年来虽走南闯北，它都零件完好，从没有修理过一次，只要骑上它，便虎虎生风一路顺畅。

这第六辆车子伴我到了二〇一二年深秋，一次到某宾馆开会，将车子存到车棚里，会议结束后在一排排一列列车子队伍里，就唯独找不见属于我的那一辆，一遍一遍地找，还是没有。看车的老头也急了，他说，不可能丢啊，我一直在棚子里呢，是不是有人推错了？老头的话倒提醒了我，可是每辆车子都有一把专有钥匙，难道我的车子会被别的车钥匙打开？

带着疑惑我掏出了车钥匙，在几辆和我的车子差不多颜色都同一型号的车子车锁上插进，转动，再插进，再转动，啊！居然就把一辆打开了，我不知是惊是喜是羞是愧，自己的钥匙居然打开了别人的车子，这是什么行径哪！

老头却很平静，或说很淡然，他说，很可能有人拿他的钥匙打开了你那辆车子，人家早骑回去啦，你就骑上这辆吧，这和交换差不多，谁也不吃亏。

我说，这车子确实不是我的，万一有人来推怎么办，我骑走了不是偷了人家么？

老头说，那你再等一会，看有人过来推没有……一直等了一个多小时天已大黑了，仍然没有人来，老头说骑上回吧，人家肯定骑上你的车子啦，这辆虽旧些，但比没有强，凑合着骑吧。

我哭笑不得骑上了这辆陌生的显然比我那辆要旧得多的车子。

我不知道，这辆车算是我的第六辆，还是第七辆。哎，世界上啥事儿都会有。我又把车子喻为小妾了，难道如妾一样的车子，在人们骑得腻歪之后，也想明着暗着交换一下，换换口味儿么？真可笑。

这辆被交换来的小妾一样的车子，我至今依然骑着，用着，依然陪着走南到北，穿大街过胡同。

近年来人们渐渐地不大骑自行车了，一是自行车有被大量批发使用的电动车所取代的趋势，电动车更快速更便捷，更出效率，大姑娘小媳妇们骑着它，长裙飘飘，飞驶而过，有的骑着，边听音乐边打手机，行路，工作，休闲几不误；不少当了爷爷的半大老汉们也骑着，早早聚到小学门口等着接孙子；村里年轻人，中年人也早已骑上了电动车，进城方便啊，或打工或做个小买卖，村路上处处是电动车的影子，噌噌噌，箭一样无声无息从你身边飞过，有时会吓人一跳；二是以步行代车子从锻炼身体的角度出发，骑车人也确实渐渐少了，许多退休的人，生活一下悠闲起来，不必急着上班，无须赶着开会，更无人对自己发号施令了，还骑什么车子呀，再说年纪也渐大，散步吧，走走吧，车子也就闲置起来了；第三个原因是私家小车越来越普及，一家一部甚至两部三部，开辆小轿车，排场，气派，方便，时尚，风雨无阻，骑自行车便成了昨日之事……还有第四个原因，当然我是在文艺圈子里观察体会到的，那就是一种虚荣心的使然，不知什么时候，骑车子在不少人的心目中，不体面，不时尚，甚至有些下作丢人被人瞧不起的事情了，朋友们聚会，你开小车，他打的，来也体面，去也洒脱，如中间有一两个骑自行车来的，大家心里会有些"那个"，自个儿的脸子也有些发烧……虚荣心和装门面的心理的作怪，弄得好多人打肿脸充胖子，咬着牙打的去赴会，我多次观察到一个画家朋友，应他的朋友之邀去聚会，从城北步行到城南，算来七八里路程，又舍不得打的，便走得风尘仆仆，汗水涔涔，这又是何苦呢。

  似乎只有开小车坐小车才是一种范儿，才有一种派儿，而骑自行车则丢了这派儿，失去这范儿了。

  几年前师大一朋友请我喝酒，因有事儿我骑车子晚去了一会，到了酒楼后，朋友给他的七八个朋友介绍说，这位就是著名作家、市文联副主席张老师，那几个我不认识的人齐刷刷站起来表示礼节和欢迎，我心头一热坐在早给我留下的主位上。心里想纠正什么又觉得不好纠正。我的单位原来在前临汾市，现在叫尧都区文联，当时任职副主席，说市文联副主席，当时没错，可是后来我从尧都文联调到市文联了，在市文联文学科工作，是个科级干部，以前的朋友们还称我张主席，这是因为我还担任临汾市作家协会副主席，这样一来二去，概念有些模糊，不少人以为我就是文联副主席了，我曾经纠正过几回，见大家这样概念模糊地叫着，也再懒得见人就纠正。这次聚会没料到那几个初识的人把官职看得高于一切，酒后居然说出了："张主席作为处级领导就代表了我们这一桌的最高水平"这样的话，弄得我无所适从，后悔自己刚来时没有趁早解释清楚，及时纠正一下，才弄得我心里好不是滋味儿,我赶紧说,我仅是个市作协副主席,那不是个什么官儿的……那会儿大家都喝得高了,吵吵嚷嚷早已听不进去,因为这个虚假的官职,他们每人先从我敬酒,一轮又一轮……

很晚了聚会结束,他们大都开着车而来,开着车而去,好几人要开车送我回家,我想到自己那辆在饭店大门一侧停放的车子,连连摇头谢绝,推说家就在附近,走几步便到,等全部送走大家,才偷儿一般骑了自己的破车子顶了暮色回家……

是官本位意识愈加浓烈了,是人们的价值观念彻底改变了,还是……一辆小小自行车,折射了多少世态人心,多少喜怒哀乐。

在城市骑自行车多好啊,方便、自由、闲适、快捷、悠然自得;环保、清爽、健体、益心,相对安全;质朴、低调、踏实、安稳,接连地气;骑车子吧,骑自行车吧,我会一直骑下去的。

前一段市作家协会换届选举,我担任新一届主席,不少朋友庆贺喝酒时,还是嫌我骑着个自行车参加。我笑着说,以后聚会谁骑车子来,罚谁多喝几杯,今儿先从我开罚,言罢一口气喝下六杯焖倒驴。

岳阳五章

石壁河

多么非同凡响的名字,你是从坚硬的石壁上穿越而过,还是源于太岳山上一层层坚硬的石壁?

远远的,从大路的这边看到你,忽然就失却了打探和追问的勇气,看到你清澈的水波,看到你柔美的身姿,干涩的心,滑一下,湿一下,如同被一场春水润泽。幽静的你没有一点喧哗和彰显,就从山弯那面的土黄里悄然地涌流而来,带着几分淡定,几分娇羞和几分柔韧,这不正是山里的俏姑娘所具有的性情么?双眼格外地清晰起来,肯定是刚刚让这一河清水洗过了,眼里的天,比往日湛蓝了几许,眼里的黄土塬,浑浑黄黄居然成了笼罩石壁河的大背景。此时朝了小河一步一步走去,怀了恁多的柔情和爱怜。

双手探进柔波里,享受被抚摸的感觉,先微微的凉,继而是一种温热,像这个暮春季节的天气。河水把温情藏在自己的河心里,无论春秋,无论冬夏,穿越这漫漫黄土和累累沙砾,她流向哪里,把一片温润,一片柔情和一片浓绿带到了哪里。然后,静静倾听润泽过的庄稼们此起彼伏的对话,让河里的水草和两岸的柳枝招摇。

很担心,这柔弱的一股细流会被太岳大山气势逼人的浑黄和旱塬无所不在的干渴所吞没，担心你会像河西走廊西端的月牙泉，会被肆虐的沙尘蛮横地蹂躏和一点一点侵占。

一阵春风拂来，是那种裹挟着丛林气息的绿色之风，我从风里嗅到了松柏的异香和杨柳的芬芳，听到了浓密叶片们哗哗啦啦的鼓掌，风也掠去了我心底的那缕忧虑，只要浓绿一点点在山岳里扩展，河流就会涓涓流淌。

望着石壁河，深情注视着这一汪细流，感动就注满了心胸。再不想问你从哪里来，又向何处去，你分明用你纤细柔弱的身段和昼夜的涌动，来守望着一大片土塬，守望古老的岳阳。巍峨的大山能读懂河流，渐次泛绿的高原也渐次地理解并知道呵护你了。这样，你就成了这片土地上的一道不为人留意却异常美丽的风景，任地老天荒，却千载不涸，任风尘变幻，却潺潺涌动。这是对土地的忠诚，还是对大山的承诺？

知道金条贵重的人，就会比对金条还要千万倍地珍惜你，珍惜这条默默的河流。

你不息的奔涌和绵延跌宕是这片土地和土地上派生出的历史的福音。

你依然悄无声息地流淌着，流过石壁，流过黄土，流过古老的岁月和喧嚣的尘世；

山民的日子也是悄无声息地流淌着，并和你纠缠在一起，流进岁月的永恒里。

石壁河，从我的心头趟过……

张家大院

走进张家大院的时候，心，还是被莫名的期待，被一种别样的情绪提起来，悬起来。

尽管，他张非我张，此张非彼张。但，共同的张姓图腾，共同的盖天图形，共同的远古始祖，把张姓人的心，纠结在一起了。

回头看一眼作家张石山先生,他对我微微一笑,微微点头,会意的,只有本家才有的那种笑容。

不妨先来一点寻根溯源吧。

张王李赵遍地刘。我们常说这样的话,是因为这几个姓氏分布太广遍地皆是了,而张姓在社会上又有非同寻常的大影响。

"张"字的本义是弓上弦,有开弓之意,可见与弓箭有直接关联。"张"字又指设置机关网罗捕捉鸟兽鱼虫,如纲举目张。

作为一个古老的姓氏,它源于远古的传说时代。张姓始祖名"挥",他应是黄帝的儿子,又是远古社会里一个伟大的发明家,他首先发明的弓箭和网罟,这在原始社会的石器时代,无疑是一项重要创举。先民使用新的生产工具,猎取走兽,捕鱼捉虾,又减少猛兽对自身的伤害。他所在的部落世代就以生产弓箭与网罟为业,挥的后裔便以"张"作为自己的姓氏。

在这种寻根中,特别强调的是劳动,是创造性的劳动。

我们走进张家大院的时候,但见这座古朴大气依山而建的民居,以它特有的敦厚姿态屹立在石壁村里,屹立在太岳山脉这一段浑浑黄黄的土塬上。

是那种气派的、团聚的、富于明清特色的砖木结构的大门楼,门匾上书"张宅"二字,倒也遒劲刚健。我猜想这定是多年之后,当地决计把这座宅院作为一处旅游景点的时候,委托书家书写了这牌匾悬挂上去的。当年张宅的主人张庆澜先生悬于门楼上的,说不定是"耕读传家"这一款。他首先是一位深爱儒文化教育和熏染的乡村鸿儒,对农耕与读书,他有着深深的依恋,当然也有着属于他的一腔干一番大事业的鸿愿。这种鸿愿是立足了乡土的,或者说,是以乡土为基座而一步步朝外走出朝外扩张的。

在乡村,在我们北方无论平原或山区的大大小小的乡村里,从镶嵌有"耕读传家""积贤惠德""宁静致远""四季康乐""雅韵逸风""和气致祥""载福留吉"等字样的匾额的高高低低的门楼下,一代一代,走出过多少乡村知识分子和乡村文化人,对乡村父老,对养育自己的土地,对倾洒心血的家园,对土地上相伴自己长大的富于灵性的牛驴马骡们，对那些颇富个性又固守村落的石磨石碾石碓石槽们，对那些亲切的自远古悠然而来的链枷榔头木犁木耙木铣木耧木风车们注满了无与伦比的感恩和亲情，对一秋一夏、一草一木、一稻一禾充满了别样情恋和执着的追想，这种情绪是复杂的但绝对真诚的，对农耕文明的脉脉温情的虔诚心理是不容置疑的。

他们中的一部分大都固守着自己的宅院与土地，满足于小农经济的风调雨顺和太平日子的小小滋润，亦耕亦读，终老于家园，然后在自家的坟地里矗立一块墓碑，其上镌刻着自己的大名和简约生平；他们中的另一部分，以土地家业为基础，到省府或京城去经商成为后来誉满全国的晋商，或者捐个一官半职从此步入仕途，滚雪球一样壮大自己的家园做大自己的事业……

张庆澜应该属于后者。

他是延续了祖上数代人的业绩且发扬光大，终于在他手上发迹成了这一带首富。

这座规模恢宏的宅院始建于明末，到了清末年这一带出现了兵灾荒灾，老百姓外出逃生，张庆澜的祖上面对大片大片的荒地，觉得一个不可多得的机遇来了，于是买地领荒，一时间有两万余亩地被张家拥有，以土地为依托，以农耕为基础的张家，风物长宜放开眼量，在县城以及其他地方开钱局设店铺，生意渐渐做大，张家自此发达。

张家大院的格局显然是王家大院一个小小的缩影，相同的是以山而建，不同的是后窑前房，除上下两进大院还有多处独立小院，过厅宽敞，进深三间，前后各一间作廊，檐下柱头，梁间花斗，花拱三铺作，梁架四椽式，木雕砖雕，精致美观，本土民居，明清格调，风格拙朴，规整统一，整个建筑让人觉得厚重实在，就像这里的山民一样质朴厚道。

岁月的风雨在驳蚀着张家大院的一砖一瓦，政治的风暴也曾一度吞噬张家的几代传人，曾达到人生辉煌顶点的张庆澜先生虽深居于太岳深山自家辛勤创业的这一深宅大院里，终没能躲过血雨腥风的利爪的揪打，一代乡绅张庆澜先生同他贤惠的夫人便惨死于已经遥远了的凄风苦雨中……

土地和宅院都被一一瓜分，张家后人也作了鸟兽之散，一个经几代人辛勤创建起来的大家业自此颓败下去。

尽管风雨沧桑，岁月沉浮，尽管人去宅空，物是人非，张家大院却以它的牢固和品格屹立在太岳大山的黄土高坡上，它向人们诉说着在这路径曲幽，信息闭塞的大山里，一砖一瓦一椽一木的来之不易；它也向人们展示着一段农耕文化的优美，昭示着把农商仕有机结合起来的缜密又宏阔的创业治家之策略的英明。

张家大院是岳阳大山里的一部字典，在这部丰厚的典籍里，我们能查阅到的不仅仅是宏观的社会政治、社会经济和社会文化，还能细辨出微观的人生命运和人性喟叹，第一次翻阅它，我只是粗浅条的浏览和扫描，还得来日的仔细品读和回味。

离开张家大院的时候，作家张石山先生拍了拍我的肩膀，张老师把一些对历史的重新界定、思索和批判的意念拍给我了。

我这样认为。

白牡丹

一直不敢轻易写你，牡丹，吉祥富贵的牡丹。

何况还是素雅端庄，清新馥郁的白牡丹。

你的古老而浪漫一波又三折的美丽传说让人着迷，你的择巍峨山岳而居、选绵延丘陵而生的生命的柔韧让人感动。

你的选择是你审美境界的向度和升华。

这原本是太岳大山的南麓，凝重高耸的太岳山，主峰老爷顶有二千三百多米的海拔，是晋南山峰的最高处，从老爷顶向南，蜿蜒曲折起伏不断的山地丘陵就是岳阳古县山脉的腹地。白牡丹，玉艳妖冶的神牡丹，白牡丹，玉英临风的俏牡丹，白牡丹，流金溢芳的奇牡丹，你就选择这里！千百年前，这里曾是怎样的蛮荒与苍凉，曾是怎样的沉寂与落寞，曾是怎样的古朴与诗意呵！

这里，两山夹一河，南山陡峭，石崖耸危，北山坡缓，农田遍布，一条河，一条神奇幽静清流潺涌的河流，从两山之间悄然流过，这就是人见人爱的石壁河,这就是能清洗人心的石壁河,它源自山地的一大片丛林里,带着内敛和自信,由东而西,滋润着干渴的山地,滋润着山地上的庄禾。

这就是你,白牡丹和众姐妹的选择。你不愿在人群熙攘的平原安家,不想给原本就富庶的土地锦上添花,你甘愿飘落在这片人迹罕至的山地,改变山野和丘陵的苍凉,给浑浑黄黄空旷广袤的黄土地添一道娇媚雅洁的景致。

曾不止一次走近你,带着一颗敬羡的心,一腔爱慕的情,端详你的枝干,你的叶片,你的花瓣,你的花蕊。在你的枝干上,我发现了树的力量,苍虬,结实,顶一团浓绿,像一把硕大的绿色之伞,吸纳阳光,授受雨露,随时迎接山风的梳理,也承受着严寒冰雪的击打;你的叶片,是绿色的精灵,是山乡野地春的使者,对春的气息,你最敏感,对春的光临,你最浓烈,你用小小巧巧的每一片叶子,作为一枚枚激情的手掌,在风里,在雨里,为春的到来鼓掌。风中,你欢快地翻飞,雨中,你洁净地闪亮,无风无雨的日子里,你用心形的叶片,静静地倾诉对大山的一片情怀,对生活的一片衷肠;你的花瓣,集美之大成,是祥瑞的结晶,有人曾细细数过,12片双层花瓣,每一片都尽情舒展,12片又团聚相拥,那种白,是典雅之白,是富贵之白,是素净之白,是自信之白,是矜持之白,是大度之白,是清爽之白,是馨郁之白,是瑞丽之白,是雍容之白,是质朴之白,是大气之白……你的花蕊,是画龙点睛之蕊,是黄金映光之蕊,是春光聚焦之蕊,是诗眼诗心之蕊……

白牡丹,美丽的花中之魁,你不是传说中的仙子,你是阅历尘世沧桑,穿越了历史风云的山地一株凡俗的花卉,你如同这里的山地人家,质朴,厚道,热忱,执着,凡俗中自有非凡的魅力。

山民接纳你的同时,也成就了你;

你最懂得生活的厚爱和对山地的感恩;

年复一年,你用饱满的开放来抒发生活的感受,来诠释命运的蕴含;

年复一年,你用清洁的精神来感召草木百禾,来涤荡高原山川;

年复一年,你用清新的芬芳,来氤氲这多情的土地,来熏染美丽的家园。

白牡丹,深山里盛开的白牡丹。

白牡丹,人世间追求高远境界的白牡丹。

满坡连翘黄

一走进大山腹地,最能让你感知春意的,不是胭脂般的山桃花,素缎儿般的山杏花,是满山坡满山凹的金子般的连翘花。

在绵延起伏的太岳山上行走,春天的颜色是一派土黄,有大风卷来,天地间便变成了一片浑浑黄黄。这种浑黄你可能觉得博大,你可能感觉凝重,你可能由此生发黄土高原生生不息的历史演进和无比厚重的黄土文明。那只是理性的、硬性的思索,这种思索带有生涩的滋味。从感性而言,满目苍黄让人顿生苍凉乏味之感,那种空旷和色彩的单调肯定会有继之而来的审美疲劳,是的,山地的早春,或者说大山里的整个春季让人很难触摸到春的质感。

这话有些绝对了。

城里人的早春观念是停止放送暖气而楼房里不觉寒冷;是庭院里的冬青悄然地换了另一种颜色;是站在街头看道路两旁的杨树枝头有无那一簇嫩绿爆出……然后,怅怅的,有几分落寞的样子,折回到自己的家里,开始侍弄阳台上花盆里的那些高高低低花花绿绿的玩意儿,吊兰吊出几分情趣,兰草伸展出些许诗意,杜鹃花居然燃烧出一蓬蓬火团儿,映衬得君子兰也深绿了许多……这使得寡淡的脸子爬上了一层喜气,曾经落寞的心被眼前的花花草草激起了愉悦的涟漪。

盆景里的绿色不是春天,是对渴盼春天的那颗心的一种抚慰。尽管这种抚慰并不真诚。

春天需要到原野上去寻找,需要到大山里去感受,到我们的吕梁山,到我们的太岳山。

山脉地气对时令最为敏感,而山上的草木则是这敏感的触须。

乍暖还寒的风里,可能还夹裹着雨,还有零星的雪,如同一颗颗白白的盐粒,一同抽打在山坡上,飘落在尚无任何生机的灌木上。可是,灌木丛因了这场风的到来敏感起来,它们仿佛有了超前的嗅觉,嗅到了久久期待和盼望的气息。

这气息一点一点浓起来,在山腰里,在山坡里,在起伏的山坳里徘徊着,萦绕着,并且一点点侵占和扩张着。

经历整个严冬的乔木灌木和那些无名草丛们,在这种萦绕与侵占中渐渐起了变化,曾经深打了寒冬烙印的那一层表皮的乌迹与生硬,慢慢地就有了改观,乌迹在一点点退却着,淡化着,而生硬也渐变得柔了起来,白了起来,青了起来……

是连翘们第一批脱颖而出的,勇敢地在冷风里抽出小巧的卵形的叶片来,在山风里兀显一片顽强的嫩嫩的绿。

倒春寒成了春天的习性。

一而再,再而三地无以复加。

对人们来说,倒春寒带来的是心情的烦躁,身体的寒冷,狠狠地骂一两句,添加一件衣物也就过去了;对山坡里的草木们来说,倒春寒是出其不意的打击,甚或是无可防范的致命打击,刚刚准备爆出花蕾,刚刚筹备着绽放花朵的桃杏树梨树们,生生地被冻了回去,无情地给缩了回去,而已经绽放的花瓣无法再缩回去的,就成了悲壮的牺牲品和无辜的先驱,过早地枯萎了。

在倒春寒濒临的日子里,有了一些经验也学得几分精明的桃树杏树梨树们,学会了观望学会了等待,教训似乎也让它们知晓了枪打出头鸟的训言,等着,等到老天彻底晴暖的那一刻。

连翘们却义无反顾,管它风雨阴晴乍暖还寒,既然已经抽出鲜嫩的叶片,必然要去绽放金黄的花朵。

几乎是一夜之间,又好像仅仅一个时辰,连翘们相互低语着,通联着它们之间的信息,成群结伙的,三五成群的,悄无声息地就爆出了金黄耀眼的花朵,给春日的单调带来了靓丽,给山坡的沉寂带来了生机。

那是一种什么样的黄呵,橙黄、杏黄、橘黄?好像都不是,那是大片大片的金黄,那种鲜活,那种新颖,那种激越人心的黄呵!

曾一度把连翘花误认为迎春花了，不是的，连翘花就是连翘花。

不止一次坐在山坡里，坐在有着蓝天白云为背景，黄土高原为依托的开满连翘花的山坡里，大片大片的连翘花竞相开放，在春天的阳光下尽情舒展，我忽然想掉泪了，为了那一片迷人的，灼痛人心的金黄。

连翘花是太阳的使者，是春日传递太阳光芒接纳太阳光芒的欢乐天使，他们懂得和合的力量，根连着根枝子也互相交叉，像一群一群集结的人们把臂膀紧紧地连贯起来，迎接一个有风有雨更有明媚阳光的大好季节。

山风悠悠，山岚缭绕，山风水岚里裹挟着淡淡的却沁人心脾的馨香，那是连翘花的飘逸；

山岳横陈，山坡斜仄，山凹山沟里会有让你眼目一亮的色泽，那是连翘花生发的。

连翘花带来金黄色的时候，也带来一个崭新季节的真正开始；

连翘花带来金黄色的时候，也带来我的有些迟暮的心中的那一团重新燃烧的火；

金黄色的连翘花让人懂得，珍惜金子一般的春天和比金子更珍贵的人生与岁月。

此时，满山的连翘花在山坡里延宕着，在山风下起伏成了太岳大山里景致的壮观。

酸枣王

在乡村长大的人，具体到我们北方山区的乡村里，谁没有见过酸枣藤，谁没有扎过酸枣刺，谁没品尝过酸酸甜甜清清脆脆的野酸枣呢！

秋天到来的时候，高高的地垴上，危耸的土崖上，会自然生长一些高高低低粗粗细细的野酸枣藤，浓密的酸枣藤里，碧绿的酸枣叶片闪着油亮光泽，山风的翻动下，崖下人会看见一颗颗繁密的酸枣果，青青白白的色彩，饱饱满满的身腰，煞是喜人的小样儿。

若是攀了地垅地埝，大了胆子上到土崖土腰里，你得带几分小心和谨慎，怕脚下打滑，更怕身上被狂野生硬的酸枣针刺儿拽拉扎刺。各样灌木们如同动物们一样，都有自卫的本能，酸枣藤的自卫就仗了枝干枝条上新新旧旧的针刺，尽管你动作缓慢，分外当心，你伸出去采摘酸枣的手背，还是不免被狠狠地刺一下，扎一下，痒，疼，能让你掉出眼泪来。

这时节的酸枣儿，尽管有了个头儿，圆愣愣的，毕竟还青着，还嫩着，还生长着，还没到成熟的日子，吃起来肯定脆，也有足足的水分，但是寡寡的，淡淡的，不够甜，更不够酸，酸枣儿酸枣，就品那个酸酸甜甜的味道哩不是吗？

季节往深沉里走去，秋风一场赶着一场，中秋前后，你来到我们太岳山的山坡上，举头一看，呀！满崖面的酸枣们，红了脸面，也红了屁股，有通体红的，也有半红的，有熟透的那种泛了深红的色彩，也有刚被秋风染过的那种浅红。你要怕被藤刺针扎，就拿一长长的杆子朝了藤藤叶叶的繁茂处有分寸地括打，再括打，三括打，立时有红红的酸枣们下雨一般扑碌碌落下来，滚下来，像一地的珍珠一地的玛瑙。

捡一颗，扔进嘴里，轻轻一咬，汁满肉肥，又酸又甜，那种酸，是质朴的带有田野风情的地道的酸，那种甜，是大自然赐予的纯美的甜，这些酸酸甜甜带有大自然原始的味道，清爽醇厚，吃几颗，让人浑身的精神和内心里无比的愉悦。

多年了，对酸枣树的感性认识，就是一大蓬一大蓬的灌木丛，是随意生长在土峁崖畔的那一挂又一挂类似小枣树的野生物，是为了捍卫自己的果实和生存状态而生长出的又硬又尖的寸把长的针刺……还有，是在冬日里农人将酸枣刺砍伐下来，一捆捆弄回家来当柴烧，或者挑拣出其中的针刺保留完好而枝条修长的酸枣刺们，编作一扇扇柴门按在大门口，那就是最经济最实惠的院门了，柴门扎得紧，野狼钻不进，充当了农户人家最好的守护者。

来到古县城南端60余里地的店上村，见到的酸枣树王，把我以往对酸枣藤的认识进行了彻底颠覆。

好大一棵树；

居然是一棵酸枣树，

春阳暖暖地照在酸枣树身上，把它硕大的树冠的阴影投射下来，地下，便洒下一大片阴凉。

12米的冠围，1.3米的胸围，9米高的树身，有谁会相信这是一棵野生的酸枣树。

这是大自然的造化，

这是黄土高坡上的一株传奇。

千余年了，贫瘠的黄土高原干旱的黄土高原吸纳地气接受天雨终于滋养出了这一棵奇特的酸枣树，长成方圆几百里的酸枣王。

在我们记忆里，酸枣丛子一直归属于灌木队列，很难与乔木为伍，长得斜斜仄仄，高高低低，七股八叉，粗粗细细，酸枣藤倒也识趣，从来不会长在平坦的地里，不会占据惹人眼目的地盘，酸枣藤会选择高高的崖边，窄窄的地垅，或者干脆生根抽枝于荒坡野地的沟沟峁峁，梁梁畔畔，然后传宗接代，繁衍生长，一春一秋，长一身针刺，结满枝酸果。

眼前的这棵酸枣树，不仅仅升华为乔木，居然长成了挺拔的树王。

依然是这片浑黄的土地，依然是这条起伏的山脉。

成就酸枣树王的，不仅仅是苍天的眷顾，不仅仅是大地的青睐，其中重要的一环是酸枣树本身不间断的自我调节和自我抑扬，还有，对生的执着和同命运的抗争。

千百年了，酸枣树历经了多少狂风暴雨，冷霜冻雪，历经了多少亢旱沙砾，地动山摇？

轻轻抚摸酸枣王的树皮，如同抚摸一段遥远的岁月和鲜活着的历史，如同抚摸一面倾吐绿荫咏叹生命的旗帜。

只要旗帜在招展，就有一茬茬生命的绿在萌发。

我理解了在这片凡俗而古老的山地上，怎样就出现了战国名相蔺相如这样参天大树般的人物。

酸枣王依然不亢不卑地站立着，站成这片山岳的忠实守望者。

守望故土，守望岁月，守望不甘屈服的生命尊严。

西部四章

石头的歌吟

第一次面对贺兰山，如此真切，如此近距离地逼近传说中的大山，居然一句话都说不出来。

山体的石质以及它呈现出的色泽，是撼动人心的。真的不清楚构成这大山的是些什么石料，是花岗岩，是石灰岩，还是玄武岩？抑或是这些石料的混合体的组成。这种色泽给人的感觉是冷峻、凝重、硬朗、苍凉还有一种质感那就是无情，不知道那一刻怎么会有这诸多的视觉效果。这是相对于平时司空见惯的吕梁山太行山而言的，太行吕梁也巍峨峻峭，但没有它这般峥嵘冷峻，太行吕梁也凝重跌宕，却少有它这般雄浑苍凉，真的，当站立在著名的拜寺口双塔附近时，贺兰山的一侧就以它逼人的气势横亘在我面前。它几乎不草不生的光裸岩体犹如一场空前的大火刚刚焚烧过、烤炙过一般，周身，好像能感觉到它依然扩散的热量。

脚下，是令人眼花缭乱的滚石滩，大西北肆虐的风暴和日复一日的风沙，还有难得一遇的暴风雨，将这一处贺兰山的大小石头尽性掀起、揭起、冲起，卷扬与散落在这百里滩涂的地方，这里便聚集和收容了大如土丘小如鸡蛋的各类石头，或伫立或爬卧随意在旱滩里时刻准备着滚动。

滚石滩是风沙打磨下的战场。

沿了滚石滩前行，沿了周边由混合岩和花岗岩构成的呈了灰绿色和暗红色缓慢延展的山体，来到了渴望已久也羡慕已久的贺兰山岩画区。

山体几乎成了一色的花岗岩体，太阳下泛了一种结实的却麻白的色泽，西部的日头在一面面石坡上、石面上弹碰出噼噼啪啪的火星，这些坚硬而柔韧的岩石带着上万年的历史风尘和风沙雪雨，在孤寂与静默中，展示着它出神入化的独特符号，吟唱着它艰辛与欢快、悲凄与疑惑的歌声，这就是形成上万年的贺兰山岩画，是我们的先人最早凿刻在一面面岩石上的亦梦亦幻谜团千载的神秘符号。

这里，能算是曲折幽深的峡谷么，能说是人迹罕至的荒沟么？还真不是过于荒僻之地，沟涧并不如同想象中的那么崎岖难行，而两边的山地也并不奇崛嶙峋，并不悬崖陡壁。这其实是一片我们早期人类文明的遗址，他们曾经生活在这里，狩猎、放牧、耕种、祭祀、交配、繁衍……把他们在艰辛的劳作中，在一次次生死攸关的围追堵截捕获猎杀，在寂寥苍天下无垠草坡上的单调放牧中，在欲望驱动之下的交媾野合中，在一次次对太阳的崇拜中，对神灵的祈祷祭祀中，把他们自己的所经所历，所见所闻，所需所想，所欲所求，把原本单纯但却有了思考和认识的一腔心思，把欢乐、悲伤、困惑、痛苦、恐惧、敬畏等尚属于原始时期的诸多情绪，通过他们手中最简单不过最粗糙不过的石器工具，在石崖上，在石坡里，在大片的石头上，择一处光洁的石面，凿刻下他们的生存状态和满腹心结。

我想，当我们的第一个先民，不论他出于什么目的，或许压根就没有任何动机，只是在劳作之余的一种消遣吧，信手掂起身边的一柄石器，在石面上认真地雕刻下第一幅图案的时候，他并不知道他的漫不经心的随意为之，为他的同伴开了一个先河，同时，一种远古文化意蕴和艺术形态，便在这尖锐而响亮的击打声中开始了它的雏形。

用短暂的几个小时，匆忙地却是深情地打量着、凝视着还有仰望着一幅幅大小不一、形状各异的岩画，有惊讶、有感动、有震撼还有无可名状的激动和困惑。以一斑而窥视全豹，据说，在博大绵延，布满了险峻深谷悬崖峭壁的贺兰山区，内容丰富和千姿百态的石头岩画有广泛的分布。我们的先民不把图画刻在树木上，大地上或者兽皮上，而是选择了坚硬无比具有永恒特质的石头上，在坚硬的岩石上表达他们的心愿，抒发他们的玄想，难道他们也联想到了艺术应当恒久的道理么？这实在令人玩味。

来贺兰山观岩石画之前，曾不止一次看到过相关资料和报道。欧洲西班牙岩画和南美洲墨西哥巴西一带山区岩画，特别是巴西境内。佩德罗、莱奥波尔多的西坡，一片面积达一百多平方米的石山上，在怪石嶙峋的悬崖陡壁上，居然有许多奇幻多姿的壁画，有颇富力度的雕刻，有怪异的人像，神秘题词，有貌似牛头、猫和猩猩的动物形象和表现力很强的运载图和游艺图形，构图精巧奇妙，形象栩栩如生。还有许多天然石洞的石壁上，发现有一系列神秘莫测的雕刻绘画，象形符号古怪难辨，而雕工技艺却娴熟精湛。从大量的石刻来看，较多的是太阳形象，这正呼应了贺兰山岩画的多处凿刻的太阳神像。可以肯定地说当时的人们，起码是雕刻者是信奉太阳的，那里也可能是古人祭拜太阳的地方。

曾一度固执地把这一石刻和岩画之谜认定为外星人的所为，是外星人早在万多年前光临地球并在地球荒僻的山坡和无人的悬崖上，留下的印记，诸多的图像是外星人对地球印象的标记，也是他们（它们）先后呼应交流的图像。理由之一是许多的雕刻图像只有运用极锋利的金属工具才能完成，而几千年上万年以前尚无金属工具，而原始的石刀、石凿是力不能及的。

联想到欧洲斯堪的纳维亚的远古字母，南美洲的洞穴岩图和我国的贺兰山岩画，这是否说明了远在几千年上万年前欧、美、亚洲之间就有了文化层面上的联系？还是外星人先后光临了这三个大洲，并留下了只有他们才能读懂的符号图形或文字？

这是我多年来困惑地猜测，并且在潜意识里这样固执地认为。

当贺兰山岩画以它们各自的位置和状态真切地一一呈现在面前的时候，我彻底颠覆了以前自以为是的解读，冥冥中有一个声音自远古传来。贺兰山岩画，是贺兰山人毋庸置疑的作品，是他们把古代的象征和原始的生命状态随意结合的经典作品。

这里的岩画数量之密集，内容之宏富，形式之精彩，大约可集约式地代表贺兰山岩画的特质，就其文化韵味而言，它有一种遥远陌生却分外亲切的力量，可以说是远古民俗和文化最为灿烂和生动的一页。

我忽然想到了《周易》，想到了上古时代《易经》的创作，那是先民们在经历无数次的大挫折之后，以他们极其脆弱的生存能力，而对雷鸣电闪和汤汤洪水，面对虎啸猿啼和昼夜更替，面对雨后的亮丽彩虹和天边斑斓的云朵，他们迷茫而困惑，在随时可以碰到灭顶之灾的时候，生活逼迫着他们对那个混沌未知和恐惧的世界进行最初的却是那时深层次的思索，才总结出构成世界的最基本因素，天、地、水、火、风、雷、山泽，从草木枯荣到鸟兽繁衍，从日月交叠到寒暑交更。不是上古时代的每位先民都具有思考能力和创造水平的，在长期的劳动分工中，逐渐分离出一少部分人来，他们是当时的智者，当然巫师也是其中的一分子，他们暂时告别了狩猎与放牧，告别了开垦与耕作，去潜下心来，思索季节变换的规律和大自然的诸多奥秘，他们是一个群体，是最早的劳心者……

贺兰山岩画的凿刻者与《周易》的创作者有异曲同工之妙，他们是从劳作的群体里最早分离出来的，实践证明他们最具有创造能力，想象能力和凿刻能力的人。如同现今的美术家协会，把一批优秀的雕刻家分离出来一样。远古的母系社会，贺兰山人的统治者我想是较为开明的头人们，她们在生存的艰辛和岁月的迷茫中，潜意识里有了一种对开化的渴望，故而选拔和调集了这一批岩画的创作者，这些默默的顺从者和创造者，这些吃了许多悲苦拥有了丰富积累的无名氏，这些心中蕴藏了无限的创作冲动和表达激情的艺术先驱们，他们便用手中简陋且粗糙的石器工具，开始在石头上直接记录自身经历和所有遭际，让石头这个沉默坚硬却富于灵气的永恒载体来承载他们的悲辛和欢乐，希求与歌吟……

对太阳的崇拜与刻画的似乎是贺兰山岩画中的主旋律作品，是他们凿刻不衰的永恒命题。在诸多的岩画中，只要一涉及到太阳，便可以看到画面的开阔和格调的庄严，能捕捉到上万年前这个凿刻者的神圣情状和严谨态度。它是一种信仰和情绪的集约代表。在阴暗潮湿的洞穴里，在恐惧黑暗的长夜里，在冰雪肆虐的严冬里，在烟雨绵绵的秋季里，先民们忍受着没有太阳的熬煎，也深知太阳的温暖和光明，树木花草皆因为有了太阳才能浓郁蓬勃，太阳便成了他们的神灵和信仰，成了人类敬畏的对象和自然崇拜的对象。这是因为，石器时代那一轮神圣神明的太阳能给先民们温暖和光明。而到了青铜器时代，太阳则与农人的春种秋收紧密相关，定居与农牧，耕种与收割，太阳的运行决定着先民的生活节律。太阳成为万物赐予者和生命保护神，原始图腾意识上的太阳，便成了贺兰山岩画的一大主题。

可以想象，当我们的先民凿刻者在精心选择了一块岩石之后，当然，选择这块岩石可能需要巫师的测卜定夺和相关程序，在凿刻之前，先民得朝了清晨初升太阳的方向，跪拜有加而祈祷连连，之后才带着一颗朝圣的心，庄严虔诚地举起掂着石斧的手来，杵下第一凿。

狩猎题材占有岩画的相当数量，这些画面内容与先民们早期的生活紧密相关。是狩猎必有血腥，必有猎杀的场景和智慧的体现，生死存亡是艰辛的也是残酷的，是甲生命为了更好地生存而杀食乙生命，在残忍的较量中，分出了强弱，兀现了智慧，增加了经验，也有血的付出和一次次惨痛教训的代价。在长期狩猎生活中，人类一点点强大起来，聪慧起来，生命也因之健壮和柔韧。岩画将这一切具象地表现在一面面石头上，狩猎生活那些漫长冷峻的日子也有了石头一样坚硬和冷峻的质感。

游牧题材是紧随着狩猎题材的，它们之间有先后和交叉的关系，当狩猎到成群的野羊野驴野马而一时食用不完的时候，先民们便把它们圈养起来，圈养的过程也是渐渐驯服驯化的过程，等到日渐地多起来的牛羊马驴们失去了野性，而多了对人的依赖性的时候，一种崭新的生活替代了狩猎的日子，那就是放牧。

放牧较之于狩猎，显得诗意且轻松，故而放牧题材的岩画画面，无形中多了几许抒情格调，草地、牧群、天边的太阳、远处的群山、构成了岩画的写意对象……不知为什么，在多幅放牧题材的岩画里，我读出的不仅仅是放达的诗意，释怀的愉悦，还有另外的感觉和触动，那就是岩画中浓浓的沉郁情绪，忧郁甚或忧伤的调子，透过这种原始古朴的忧伤，多少传达出了先民心底压抑许久的渴盼，他们朴素的愿望和这种愿望一次次失落的无奈，只有在长满青草的长坡里，这种希望和失望的情绪才表达得如此饱满和淋漓尽致。可以把那种忧伤理解为一种无望，无望并非绝望，无望中的追求才更具悲壮的色彩。岩画因为具有了这样的特质才显其可贵的艺术价值。

男女相交媾的岩画表现得比想象中要大胆得多，还有极具象征意味的塔形建筑。这是性的启蒙和对性的崇拜风尚。在上古时代，先民对天父地母的理解也已形成，苍天和大地无疑是苍茫宇宙间最伟大最神圣的阴阳两极，天和地催生万物，孕育一切，远古人类敬畏天地其实是有性的因素在其中，是对生命最崇高的理解，对繁衍和发展的咏唱和渴望。在苍凉的原野大漠，在碧绿无垠的草原，在地老天荒的孤寂中，想象一下，一男一女，为了生的需要、繁衍的需要，于山石上、草丛里，尽情交合，释放最原始也最朴素的激情，母性袒露着丰腴的，青草茂盛的人类生命之源的河流与丘陵，无有拘束，热情奔放。那是怎样一些古朴生动的生活画卷。

有关祭祀场景的岩画表现也随处可见，这类画中离不开原始舞蹈和巫师的活动，对巫师的崇拜与迷信自上古时代开始，先民把与天地神灵的传导人都寄托在巫师身上，巫师成了神灵的神秘使者，也是上古时代的先知先觉。祭祀与巫师，形成了原始巫文化的基本元素，巫文化几乎笼罩了所有祭祀场所。祭祀题材的岩画作为民俗的展示，帮助我们进一步了解先民的生活状态和原始的文化状态，也形成了母系氏族民俗和文化温情和动人的篇章。

贺兰山岩画是先民的充满神圣和神奇的艺术创作，也可能是最早形成的具象和意象的符号，这些符号在形体表达和结构勾画上已类似于古老文字的元素了，它们已经可以表达先人的生活情状和传达先民的思想情感。在一幅幅生动拙朴的岩画前，凝视着这些圆形的笔画浑朴的图形，我仿佛倾听到了一首首遥远的声色浑朴的歌谣，歌声在茫茫苍穹下飞越，在这些石面上聚集和扩散。那绝对是原生态的歌吟，或苍莽粗犷，或细腻委婉，把人类的心智，把生存的艰涩，把浪漫的向往，把生命的情调统统唱进历史的宏阔中，唱进岁月的永恒里……

风雨嘉峪关

初夏的风，吹打着嘉峪关；

初夏的雨，淋打着嘉峪关。

来到嘉峪关的时候，夏日凉凉的风和细碎的雨，从苍莽旷阔的天边卷来，如同平时卷来的风沙一样。

嘉峪关人说，平时，这样的季节，小雨是有的，今年不一样哇，大雨小雨一场跟一场，能收一季好庄稼哩！嘉峪关市的大街小巷，也因了这殷勤的雨水，颇显得洁净清爽。

当一步步登临雄伟庄严的嘉峪关的时候，古关要隘的风，掀起了我的衣服，而雨水已淋湿了我的脸。

这太平年代的风雨毕竟属于和风细雨，夏风风人，夏雨雨人，作为一个远方游子，这风在梳理着我的思绪，这雨在一点点滋润着有些疲惫和干涸的心田。

是带着向往和钦敬的心情走近嘉峪关的。在往昔的岁月里嘉峪关是大西北长城和关隘的一个代言符号，在地理课本历史教科书和近现代许多边塞诗中，嘉峪关是和天高野阔联系在一起的，是和屯兵城堡联系在一起的，是和边关战事联系在一起的，也是和凄风苦雨甚或血雨腥风维系在一起的。

早在登关之前，我不止一次地见识了被岁月的风雨剥蚀得残缺的大西北土筑土夯的泥色长城，还有突兀于长城上的一墩墩烽火台。当行至被人们称为"万里长城第一墩"下的时候，伫立凝视，打量这墩土色的泥台，这被几百年的岁月风雨和频仍战事销蚀得苍老并因苍老而千孔百疮的高大墩台，仿佛又目击了苍蓝的狼烟和告急的烽火，倾听到远远近近的杂乱马蹄和车轮的滚动，远处的雨雾，好像是一团又一团告急的烟尘……

这是在嘉峪关南边的讨赖河北岸,高大的墩台原名叫讨赖河墩,地处讨赖河的尽头,因其为万里长城西陲的第一座墩台,故而人曰万里长城第一墩。史料载它是明嘉靖十九年(公元 1540 年)修筑,这座颇具规模的大墩担负着传递关南及祁连山诸口的军事信息。墩下是近百米的悬崖峭壁,墩台长宽约十五米之多,土墩残高七米余,乃黄土夯就。其下是讨赖河的拐弯处,其根基还日夜经受着河水的冲刷。当地人说,不到大土墩,不见嘉峪关。在晴朗的日子里,当晨曦初起,西部的第一缕霞光横抹天际的时候,青山与红日相映,古关与蓝天相衬,千岭万壑竞披盛装;而到了傍晚,西部的晚霞久久在天际弥留,把不远处的嘉峪雄关涂抹上橘红的色彩,亦悲亦雄亦壮……

这是如我等闲散游客的文人般多情感受,历史上的每一座墩台每一处烽火台在边关告急局势危情的时候,墩台周边的每一根神经均被绷紧,每一支警惕的箭羽都紧紧扣在弓上。

墩台,汉代称其燧或烽燧;唐宋叫作烽台;明朝称之为烟墩、墩台。墩台是明朝边关举火报警的建筑。古有"烽表主昼,燧火主夜"的说法,意即烽火台在白天沤烟以警示远方,而燧火在夜间燃烧以告之驻兵。记得王国维先生曾写过"明代沿九镇边界筑墩堡,置烽火,有寇盗来,日间举烟,夜里烧火,集结远近驻兵前来应战,如延袤一万里,防备之周,实为前代所未有。"笔者曾详细询一位嘉峪关的研究人员,粗略知道古代烽燧的作用和它所承载的艰巨任务:首先是以烽燧为小小据点,立足据点,眼观六路,瞭察敌情,传递消息;其次是保卫屯田,守护家园;其三为认真检验并尽力保护过经此关隘的使节商贾和客旅;其四是援助附近守区的防务。每一处烽燧都驻守士兵,或五六个七八个多则有三十余人,设有燧长负责。大西北长城段的烟墩大多用黄土、沙土石料土夯筑而成,也有个别烟墩烽燧裱砌砖石。当发觉异常和确定有敌情时,点燃早已备好的柴草且加之以硫黄、硝石来助燃,放烟时另有士兵助之以鸣炮以造成声势,让另一处烟墩的士兵看到听到再传给下一处。

想一想那是怎样一个警觉且忙而有序的场景,只有在那一刻,烽火墩台的高大和宽阔才能充分显示它的优势，发挥它的作用！明代军中规定，发觉敌兵百余人者，烽燧台守兵举放一烟一炮；发觉五百人左右，举放二烟二炮；千人以上者，举放三烟三炮；五千人以上，举放四烟四炮；万人以上者，举放五烟五炮。各烽火台紧急辗转传递着军情，告之于全军，当然最终也尽快地传达给军事指挥机关……

嘉峪关附近的墩台有两种，一是外路墩，设在长城以外，分大小墩台，为举放烟火报警之用；另一种内路墩，设在长城之内，大墩有台有坞，多为通风传递情报之用。我想，风沙飞卷，军情告急，从百里之外将消息传到嘉峪关和肃州卫，近关还有头墩山、三墩山、五墩山共十二座，大约每五里一墩，直达肃州军事指挥所。关东北的墩台从石关峡到肃州西山口一路有20余座，关南墩台则从讨赖河墩起沿讨赖河到冰沟口，沿祁连山诸口到卯来泉，出文殊山口经嘉峪关市文殊乡返回嘉峪关，形成一个大大的环形。当这一环形上百里漠地上狼烟与烽火一起燃起冒起的时候，嘉峪雄关将又面临着一场血雨腥风的鏖战和厮杀。

作为历代长城诸多雄关隘口中保留最为完整的嘉峪关，它是明代万里长城的西端起点，又是丝绸之路的必经之地。它位于嘉峪关市西嘉峪山西麓，关以山得名，市以关得名。雄关之南，是终年白雪皑皑的祁连山脉，雄美之北，是炎炎如铸铜色的大黑山，关居其中，险峻天成。在纷纷细雨和茫茫雾气中，目光所极，均是远山的大轮廓，起伏跌宕，绵延有致，看不到祁连山之白，也辨不清大黑山之黑，倒是嘉峪关内的构建错落有致，别开生面。整个大关由内城、翁城、外城、楼阁和附属建筑组成，城内有城，城外有壕，形成重城重关并守之势，在关下仰望，楼阁纵横，城堞林立，起伏参差，森严壁垒，在近处观看，雕梁画栋，色彩古朴，大气拙美，建筑精到。整体给人感觉层楼叠峰，飞檐凌空，居高凭险，巍峨雄壮。有诗云，磨砖砌就鱼鳞瓦，五彩装成碧玉楼。

距今730年漫长历史的嘉峪关始建于明洪武五年（公元1372年）间。在这片甘肃省河西走廊地势较狭窄的瓶口之地，如前所述是诸夷入贡的要道，是河西保障的襟喉。南边的祁连山，峰峦高耸，四时积雪，春夏消融，山水入河，以灌田亩，造福百姓，是河西走廊百万百姓的哺育之源。在嘉峪山和祁连山之间，嘉峪关雄居其中，险峻天成，屹立广漠，四周平沙，高屋建瓴。关内有九眼泉水，冬夏清洌，碧波不竭。对内，雄关依山傍水，地势平坦，便于从肃州增援兵力，运输物资，关防没有后顾之忧，对外，则居高临下，雄视四野，便于观察各路烽火，了解敌情，控制敌骑。是明朝征虏大将军冯胜下河西，率兵抵达玉门关外，又以军事家的雄略选择了嘉峪山西麓而筑关设防的。

从此，一座巍峨的边塞雄关屹立在大西北长城西端的起点，屹立在丝绸之路的必经之地。

从此，嘉峪雄关便担负起抗击外来入侵，控制强悍敌骑的重任；从那时起，从雄关燃起的狼烟烽火，是对将士们的血性鼓舞，是对入侵者的威言警告，当然，嘉峪关也见证着一次又一次的腥风血雨……

在嘉峪关，我走进了当年的军事指挥中心，游击将军府。这座建于城内北侧坐北向南的府院，宽阔又朴素。早年，府门南向开为红漆大门，门前曾有一座五彩牌楼的，门东西两边筑有两个大台，台两边建有高大的彩绘钟楼和鼓楼。作为两院房子的将军府，给人的感觉古朴素雅，庄严肃穆。

游击将军芮宁的蜡像就雕在将军府里，那是一组蜡像，有将军思忖战略、研究战术、对敌夷方分析的场景，也有将军日常生活起居较为逼真的展现，将军严谨的军事态度和简朴的生活要求令人肃然起敬。就是这位家在肃州的大将军，在明朝1506年任操把总指挥，1516年赴任嘉峪关游击将军。这年秋九月，漠地肃杀，寒雁鸣啼，西部吐鲁番速坛满速儿以万骑士兵攻破嘉峪关。芮宁将军率千户许钊、百户张玺、吴英、陈泰、王忠、刘威等将领，至黄草坎与入侵者奋力拼杀。自清早鏖战至暮色降临，由于敌众我寡，箭矢用尽，全军陷没，大将军芮宁也中流矢身亡……满速儿攻破肃州，大肆掠走牛、羊、人众而去。那时候，西风正烈、百草黄折，嘉峪关也陷入一片凄切的腥风血雨之中。

为军事而设防的嘉峪雄关，当时主要防御吐鲁番酋长的多年侵

扰。早在嘉峪关长城没修筑之前,吐鲁番曾多次攻破大关,掠扰肃州,进兵甘州,这里,有一系列入侵与抗击的文字记载:

明朝弘治八年(公元1495年),吐鲁番酋长阿黑麻甾其将牙兰守哈密,精兵不过四百强。甘肃巡抚许进,师臣刘宁谍知之,乃以三千骑破哈密,牙兰狼狈逃走。

明正德十六年(公元1522年)吐鲁番大掠嘉峪关附近诸郡。自嘉靖以后,吐鲁番侵扰益甚,嘉峪防范日急。

嘉靖三年(公元1524年)八月二十三日,吐鲁番速坛满速儿亲统率夷众二万余骑入嘉峪关至肃州境内,四散杀掠。九月初三日,又围甘州镇城,攻门凡三日不拔。之后又去往山丹洪水毕家堡,攻破城砦,杀掠人民,烧毁房屋以数万计。深入甘州,其四十多天,九月十九日,副总兵赵镇率本镇兵马战于张钦城,斩敌首三十四颗,敌人才稍有收敛受挫之感。

嘉靖七年(公元1528年)十二月,满速儿又令牙木兰率帖木哥土巴攻肃州。因雪天路滑,逾期未归,满速儿要杀他。牙木兰得知后,即拔帐二千,率老幼万人奔向肃州,投降明朝。明王朝安置其众于白城山,金塔寺驻牧。第二年,牙木兰移驻嘉峪关西木兰城。

……

以上为频仍战事。从上百场大小战事中,可看出嘉峪关的重要关隘的战略意义,雄关的名声是无数为镇守大关而英勇捐躯献身疆场的士兵英魂筑起来的,高高的门楼无不在展示着英烈的气节。

在嘉峪关下的一座石礅木架却是彩绘的牌坊的有关记载里,笔者了解到这么一段文字,是有关游击将军芮宁的女儿的。大将军芮宁和吐鲁番速坛满速儿交战阵亡,因有功勋,朝廷追封其为都督同知。芮宁的女儿芮氏嫁给了当时嘉峪关指挥师经。师经在一次护关战斗中又不幸阵亡。芮氏没有因悲伤气馁,而是教子习文练武,长子师瑾考中了武秀才,朝廷又让他继承父业,当了嘉峪关的指挥军官,师瑾忠于职守,带兵有方,曾打过不少胜仗。芮氏不但守节,且教子有方,朝廷封她为"太淑人",她死后,嘉峪关人给她立了一座高大牌坊,以示纪念和尊敬。

前赴后继和英勇柔韧，形成了嘉峪关人的精神和品质，这也是古老的雄关给人的精神昭示和气节魅力。

《嘉峪晴烟》是明代诗人戴弁的一组有关嘉峪关的诗歌，而之后的嘉峪晴烟更成为肃州八大景观之一，戴诗云：

　　烟笼嘉峪碧岩峣，影拂昆仑万里遥。
　　暖气常浮春不老，寒光欲散雪初消。
　　雨收远岫和云湿，风度疏林带雾飘。
　　最是晚来闲望处，夕阳天外锁山腰。

诗人的描绘并未夸张，他在逼真地写出了在晴空万里的瀚海戈壁上，嘉峪关城笼罩在弥漫的烟雾之中如梦似幻的迷人情景。

当地人曾热情地说给我一个故事，当年修建嘉峪关时，几万民夫，露天设灶，蓬蒿为柴。戈壁沙滩上成天整夜烟雾弥漫。在工程竣工之后的许多日子里，这些烟雾都风吹不散，雨打不断，越是晴朗天气，反而越浓郁显眼。某年，有一帮流寇从西边窜来，在距离嘉峪关十多里的地方发现关内烟雾缭绕，流寇头目登高远眺，狐疑多时，颇感事态蹊跷，迟疑再三，遂下令全部撤退。

部下问他，远方大关未见一点动静，也不曾发现一兵一卒，为何要撤退？

头目道，你等没有看见，嘉峪关方向有浓重的迷雾吗？这大晴的天气，怎有烟雾，显然有大军已在关内做饭，才有这般烟雾笼罩，我等贸然前往岂不以卵投石？

众帮匪一看，远处果然烟雾重重，随之溜之大吉了。

自此，嘉峪晴烟便传为美谈，也成了肃州一景，而戴先生的诗作，也赢得了更多人的喜爱。

关外的风，依然执拗地吹着，细雨仍在柔韧地洒落。泥色的嘉峪关的每一堵高墙，因了风雨的洇浸，换成了另一种深沉的颜色。

能看出，这时的嘉峪关是沉着轻松的，没有了战事的骚扰，远离了曾经的血雨腥风，当年的狼烟烽火早已被嘉峪晴烟的诗意景色所取代,而雄关大隘上所承载的,不再是昔日的将军和箭在弦上的士兵,而是慕名前来的远方游客,是采风的艺术家和深邃的学者。这是嘉峪关的历史荣耀和时代给予它的优厚待遇。

嘉峪关屹立在艳阳晴烟里,它成了西北边塞上的一座英雄和精神的伟岸象征。

嘉峪关屹立在岁月的风雨里,它又成就了一部建筑史和开发史,友谊史和发展史,在恢宏历史的长卷里,它显然已成为一个优美的符号。

忧郁的月牙泉

月牙泉静静地汪泊在鸣沙山下。

看到你了,碧绿的月牙泉;

走近你了,静美的月牙泉。

当绕过浑黄高大的鸣沙山,走过沙山下几棵浓绿的老沙柳,抬头一看,真不敢相信自己的眼睛,月牙泉,那一泓无与伦比的月牙泉就出现在了不远处。

是在沙窝里奋力跑向那一片诱人碧绿的,每一个脚步都插进疏松绵软的沙地里,带着从未有过的欣喜和期盼多年的愿望,一下扑到了月牙泉的岸边。我一下站住了,木桩一般愣在那里,电击一般。我是被月牙泉的美丽击中了,在那一刻里居然迈不动一步,早听说过月牙泉的娴静和优雅,高贵和自信,当整个泉水以她柔美的身姿呈了典型的月牙状态而沉静地汪泊在高大沙山下的时候,我居然从她的柔韧里看出了几分柔弱,从她的优美里读出了几许忧郁。心,被隐隐地触痛一下,是强烈的对比让我一时无法接受么?四周高大的山沙与中间那么一泊凹陷的水泉;山丘一色的浑黄与其中泉水的碧绿;周边戈壁沙滩的干旱与泉水碧波荡漾着的滋润;还有,风卷沙山的浮躁喧嚣与月牙泉的水波不惊;三危山的逼人气势与月牙泉的内敛汪泊……这种强悍与孱弱,阳刚与阴柔,荒漠与绿洲的鲜明对比,让人毫无准备无从招架地去面对的时候，只能表现出不解和困惑，只能胡杨树般地站立在这种反差巨大的对比面前，茫然无措，神情呆板。是月牙泉固守的那一份孤独和静美让我的心触痛么？是带着一颗好奇、探索、谦卑和敬畏的心，从千里之外的黄土高原来到这茫茫漠地沙滩戈壁来拜谒这一泓传说中的月牙泉的。之前曾有过许多的想象，脑海里勾勒着月牙泉的动人姿态和它周边的芦草与植被，大树与灌木，在它不远处的属于同一水系的姐妹泉或母亲河……没承想，月牙泉就这么一枝独秀，形只影单地点缀在漠漠沙地上，以她独有的明净和清冽，点缀成荒漠上美丽的眼睛。这是大漠的奇迹，是自然的造化，是人类的想象不可能企及的现实。月牙泉就这么孤独而自恋地汪泊在那里，泊成几千年大漠荒塬上的一段传奇。

　　这是在河西走廊的两端，在闻名遐迩的敦煌市南十余华里的同样著名的鸣沙山的巨大怀抱中。方才，我骑着骆驼缓慢而悠扬地爬上了鸣沙山的南端，从那个角度，能看见东西绵延的四十余里而南北宽达二十余里的鸣沙山的一部分，那是典型的一望无际的沙漠戈壁，天黄黄的茫茫，起伏有致延宕不绝，它属于三危山的一部分，索性横卧在三危山下的戈壁荒滩上。这个角度是看不到月牙泉的，这让当时的我遗憾非常，如果再朝鸣沙山的北山脊攀爬，是否居高临下，能目击到山下的月牙泉呢？或许，是因为泉水紧靠紧依着鸣沙山的山根，从而在山脊上是难以鸟瞰到她柔美身姿的。

　　这却让我大致了解了泉水所处的周边地貌和环境。

　　鸣沙山是沙漠中的特色之山，它不仅色分五种，且能生发出一种鸣响，那是人与沙地接触摩擦之后沙砾发出的奇特之声，有时候沙山本身也发出奇妙的音响。它绝对是一种纯自然的现象，是天地之间的奇响，是大自然赐给沙地的美妙乐章……只可惜，在那样一个晴朗的初夏日、在众多的旅行者间，在沉着高耸的骆驼背上，没能倾听到沙山之鸣，沙山似乎在刻意地给人们留些缺憾，让美妙的月牙泉给人们另外一种情感补偿。

　　曾在一位友人的文章里，读到这样有趣的文意，他说，鸣沙山和月牙泉是一对天造地设的恋人，作为伟岸丈夫的鸣沙山在用高大身躯和坚实的臂膀抵挡风沙,保护着月牙泉,而月牙泉则用她的柔美与忠贞永远地守望着鸣沙山。这是一个绝妙的比喻和艺术的联想。因为从地理的角度去看,鸣沙山的东西南山坡的底部,都紧连着月牙泉,几千年来把远处蛮横袭来的风沙统统遮挡在它的山脊之外,月牙泉才有了如此的柔美和优雅,才有了源头活水的丰盈和水面铜镜般的宁静。

作为沙漠之眼的月牙泉,她看到过多少尘世不平和边塞纷争;目击了丝绸之路上的多少来往商旅的艰辛身影,怀了各种梦想的旅人与战事在身的士兵,在漠漠荒原上,在无望的戈壁,即使绕再远的路途,也要千方百计来到月牙泉的身边,饱饮甘甜的泉水,洗一洗旅途的征尘,让他们干渴的战马,让他们负重的骆驼,在泉水的岸畔得到琼浆般的滋润与灌溉,得到可贵的休整和武装……

千百年来,在沙漠旅人的眼中,月牙泉是一片丰美的圣地,是身心栖息的家园,是令人神往的生命绿洲,她远远超越了一泓泉水的价值,她的昂贵更在于一种精神的层面上,她给人更多的,是精神的慰藉和安抚,是迷茫无望中的指引和希望,是思想处于苦恼干涸甚或崩溃时的精神的雨露和云层中透射出来的光芒。人的漫长一生如同在沙漠戈壁上的长途跋涉,干渴与无望犹如途中的风沙时时袭击着我们。哀莫大于心死,一颗心在跳荡着,在执着着,在寻找着,心中有一泓永不干涸的月牙泉,旅者的脚步就不会停下来。

在月牙泉边,我伫立着,静静地、深情地、仰慕地、爱恋地、久久地注视着她。

一首歌,穿越在鸣沙山的上空,悠悠地飘过来,在耳畔回旋——

> 就在天的那边,
> 很远,很远,有美丽的月牙泉,
> 它是天的镜子,
> 沙漠的眼,
> 星星沐浴的乐园。
> 看哪,看哪,月牙泉。
> 想啊,念啊,月牙泉。

  在想念中，
  岁月已过去二十余年。
  我的心里藏着忧郁无限，月牙泉是否依然，
  如今每个地方都在改变，它是否也换了容颜？

  这首歌以前曾听到过，也曾被它的深情和忧虑触动过，如今，它又一次从粗大的沙柳树梢上滑过来，一直穿越到我的心里。

  真的，我眼里的月牙泉不仅仅是优雅柔美的，我更多地看到了她的疲惫和忧郁，还有，那一缕一缕扩散着的忧伤。

  作为沙漠之眼，她肯定有倦怠的时候，且不论往昔岁月里的沧桑阅历，能有哪一个朝代的边塞厮杀与血腥征讨能逃离她明澈眼睛，但就自然处境而言，她无时无刻不在固守着自我的洁净，以无形的内力维持着矛盾又和谐的大自然的神奇。

  有地质学家曾说过，月牙泉底有潜流涌动，有源头活水，因而千百年来不曾干涸，其水流处于循环交潜状态，因而不曾腐坏。泉四周沙山高耸，山之形状也随了泉水形成月牙之状。奇特地形致使吹进这个环山洼里的风沙会自然上旋，把泉水四周的流沙又刮到四面山坡，正基于这种地形运动，使山沙和泉水保持着融洽又对立的生存状态，山以灵而故鸣，水以神而益秀。这种"神"我可以理解成月牙泉自身的不间断不停歇的调解的努力。她要协调与四周沙山的矛盾，她得应对随时袭来的风沙，尽管处于这么一个三面环山的地形，风沙的肆无忌惮和蛮横无情她领教了几千年；她曾经的清凉澄明，水波浩渺，久雨不溢，大旱不涸的水波淡定和细浪无声一次又一次遭遇了严酷挑战，在风沙侵袭亢旱骚扰的恶劣的大环境下，月牙泉着实地疲倦了，她的倦怠表现在曾经丰盈的身段令人可怕地消瘦了，瘦水微波嵌刻在荒漠上，是她的无奈和痛苦，她只会把痛苦深深埋进她的柔波里，而碧绿的水面上，浮出的是让人深深爱怜与悲悯的忧郁。

  络绎不绝的游客在攀爬鸣沙山的同时，是对沙山无礼的惊扰，受人驱赶而身驮游客的一队队骆驼的四蹄，是对沙山的践踏，而山脊侧坡的商家撞沙车，则是对沙山的凌辱。这一切，也势必会影响到月牙泉，更有好事的游客，在静谧的月夜徘徊在沙山之巅，游走在月牙泉畔，感受沙山的波浪和月牙泉的安详。岂不知毫无节制的打扰，本身是对山与泉的破坏，还有景点之内的数不胜数的仿古建筑人造豪华是对山泉的肆意造孽，灵性的山泉最需要歇息，需要恢复到当初原生态的幽静里。

月牙泉用渐次弱下来的一泓瘦水来抵御着现代人的矫情喧嚣和毫无节制的掠扰。

我这样认为。

还月牙泉和鸣沙山以原始的古朴宁静和自然形态的荒芜吧，任何人为的雕饰任何不速之客脚步的闯进，都无异于污染和破坏。

笔者听月牙泉管理处的工作人员说，面对可怕的水位下降，上峰已着手从疏勒河上游输送生态水达敦煌，还有，也曾引渡党河的水直接充盈月牙泉的，只是，党河的水盐分过高，经过充水的月牙泉全变为深浊的盐湖。这一工程即刻停止了。还是让上游疏勒河流域修建相关灌溉工程，让河水顺着古河道流至敦煌绿洲，慢慢渗入到月牙泉周边的草场与湿地，使月牙泉的地下水得到保护补充和调节……那人颇为自豪地说，这下就好啦，不用担心月牙泉干涸啦，为有源头活水来么，月牙泉依然是丰采的月牙泉！

但愿如此。

谁都愿月牙泉水波复漪涟，绿树泉边绕，谁都愿月牙泉风姿永绰约，胡杨翠沙地，谁都愿月牙泉明眸透清澈，水势可载舟，谁都愿月牙泉碧波含诗意，漠地共天籁……

可是，这一切毕竟是人力所为，人心所向，是人们理性的思路和感性的激情，面对愈来愈频繁的沙暴侵袭和沙化加速，面对宏观的水资源奇缺和冰川萎缩，面对微观的绿洲锐减和湿地蜕化，面对可怕的生态恶化和沙进人退……一颗心，被紧紧地揪着，非常害怕，由于人为的使然，让月牙泉失却自我修复的能力，久而久之，月牙泉蜕变作一泓人为水泉，成为千千万万见惯不怪的人造景观。同时又忧虑着大环境的恶化使得我们亲爱的敦煌城被风沙掩埋，同传说中美丽的楼兰一样，让后人在戈壁和荒漠中去寻觅当年的文明碎片……

看看不远处风沙中滚动着的骆驼刺，看看几株显然已经干枯了的枝条发硬的胡杨树，揪心的痛和深切的患如同风沙一样拍打着我的整个身心。

但愿我的忧患是杞人忧天。

可是，我看到此时幽静的月牙泉，正眨动着美丽柔弱却也幽怨忧伤的眼，她在忧郁什么呢？在这万里无云的苍天下，在这晴朗旷远的日子里……

漠地素描

汽车疲倦地行驶在浑黄的沙漠和无垠的戈壁间。

在大西北的旅程中，有三四天时间都是处于这样一种状态中。我想，那时候的汽车，像是游走在沙漠中的一只甲虫，缓慢，执着，有目标和方向。

车是沿着一条新修的油路前行的，前些年，没有油路，是漠地上一条极简易的沙石路，车子颠簸其上，如同一峰训练有素的骆驼在漠地行走，沉着，沉默，沉稳，它知道目的地的遥遥无期。

几年前曾驱车行走过一回荒漠，那是另一种别样的感受。

风沙在抚摸着车玻璃。

细碎的沙，被感觉不到的风兜起来，一股又一股地在车外抖着，舞着，飘着，如一匹抖动着的绸缎，生发出沙沙啦啦的轻响。

漠地无风三尺沙。那些连绵起伏的沙丘，那些平缓却有一定海拔高度的沙山，未必就是沙漠风暴的施虐堆积起来的，它们极有可能就是这细沙如面轻风拂掠的使然呢。

远处，似乎永远都是浑浑黄黄的沙丘，是风沙扫掠之后的沙梁；近外，是铺陈在车轮下面这一条过于简易和凑合的沙砾之路。松软而分散的沙砾们总是让不算沉重的车轮陷进沙窝里，轮胎吃力地碾动着这些既分离又相互堆积在一起的细小的家伙，带着橡胶皮轮和这些细碎沙土生硬摩擦和渐次磨合的特有音响，艰涩地行进在灰灰蒙蒙望不到尽头的沙漠里。

天与地皆因了充塞着大片黄沙因而显得空阔又茫然，心情，由好奇，专注，单一，疲劳，也因此漫上许多黄沙般沉重和无可名状的惆怅，且因了这惆怅而昏昏欲睡起来。

在高大豪华的大巴上，对漠地的探望不能说是鸟瞰俯视，但绝对是居高临下。飞入视野的大漠沙丘的起伏显得柔和而平缓，由于车速的加快沙漠给人的感觉是朝后撤退和一定幅度的倾斜，也因了车的移动，大漠给人的是几分虚幻，几分浪漫，几分游移不定，再极目远处，漠地居然有逶迤流动的沙漠浪涛。

有那么一处，或者说一片地域，沙地沙坡上布满了骆驼刺，球状，虚虚的样子，仿佛在风中滚动，这大约是这片沙地上唯一的植物了，六月的天气正应是蓬勃泛绿的时节，这些球状骆驼刺们却早早泛了秋日的枯黄，是沙子的浑黄熏染了它们，还是漠地的季节就造就它们这样？一棵一棵一团一团在风中摇着，晃着，却执拗地抓牢着沙地，它们的根，是一只又一只固执的手。

偶尔，在不远处的沙丘上，会有一棵小小的矮矮的树，那是前方忽然隆起的一个沙包，一棵孤孤单单的树立在那里，由于距离的原因，看不清树的准确颜色，也辨不清它们枝杈上有没有叶子，但见几条干干的枝丫朝空中伸着，颇像一个干渴的西部老汉，光裸着手臂，朝向苍天祈雨。

心下，一时阴沉下来，沉重起来，像漠地上的一块砾石，忽然捶在胸口。那株叫不上名字的干渴的树，那个祈雨的西北老汉，说不定在哪一次的沙尘暴里，它会被肆虐的沙石所掩埋，所折断。即使在这个风和日丽的天气里，那些有形和无形的流沙在对沙漠中仅存不多的弱小灌木草禾们，进行着悄无声息的掩埋……

早在小青年时代，曾对漠地有着不可名状的神往，特别是读了有关罗布泊的有关文章和神秘楼兰的史料，那份探寻猎奇的心就更加急切起来。也想象过神奇大漠的广袤奇观，它的高低差参的沙丘，连绵不绝的蔓延，一望无垠的起伏，还有，远处偶有驼队的出现和一忽闪就闪没在了沙海之中的神奇；白天里艳阳高照下黄沙的熠熠生辉和美轮美奂，沙漠腹地千万座巨石被大自然风蚀成古战船模样的奇观，那可真是座座相连气势恢宏……还有，戈壁荒滩的残酷的诱惑，满目浑黄，大地一色，飞沙走石，热浪推涌，狂风呼啸，荒漠孤台，满目苍凉险象环生……这一切都刺激着笔者，有机会就踏上沙漠之旅，最远的一次，要数埃及北部的撒哈拉大沙漠的一部分吧。这使笔者颇引以为傲的经历之一。

当然，这仅仅是有组织的旅行而并非实际意义上的探险，不是徒步跋涉百里茫茫荒漠的那种与沙漠的亲密接触。徒步穿越当然是感受深切的，那必需事先制定合理的线路和规划以及必须的步骤，需要判定方向的仪器，需要高强度的抗风帐篷，甚至需要高帮的防沙运动靴……还需有几个志同道合又体力充沛的哥们儿……

哎，再找机会吧。把握好这次西部感受的行程对沙漠戈壁的印象会有不同程度，不同角度的加深。

好一派大西北的壮阔大漠！

清早，太阳从神秘而遥远的大漠尽头地平线上腾地一下就跃上了空中，像一枚刚刚捞出油锅的煎饼，在一层油黄里还罩着几成儿红晕，那种黄与红的颜色是自然交融的，又是光鲜亮丽的，漫长的西域之夜好像刻意把它浸泡过清洗过，使它从东天刚一露脸儿就显现出麦黄杏儿一样动人的容颜。

苍天与大漠就因为这一枚麦黄杏子的悬挂而立时生动鲜活了起来。

东边天有几抹淡淡的云彩是最早被太阳染红染黄的，因了它们的色泽，远方的天愈发显得海青和瓦蓝了。海青与瓦蓝是因为和太阳的不同距离而有了层次的。

沙漠此时在这片土地上静静地铺陈，只有在这样无风无沙无任何响动的时候，在这个真正叫作静谧的时候，才能分清大漠和苍天的分割线或叫接吻线的，那是目所能及的远方，是沙丘和沙原连绵不断的绵延尽头，能看出那一片淡淡的晕黄和那一抹清晰的青蓝的衔接。这种衔接被中途捡拾进视野里的紫黑色的沙砾，泛白的沙丘和并不太多的沙红柳、胡杨和一丛丛骆驼刺所遮挡了。因了沙漠的一望无际和愈来愈升高的太阳的照耀，一大片处于静止状态的沙漠泛出了熠熠光辉，那是沙石对太阳光的一种反射，让人在片刻里产生某种虚幻甚至脑晕的感觉。是茫茫沙海上几个高高的沙丘和浑圆的沙山把人拉回到现实之中，偶尔能看到远方几座伫立着的巨石，那是一系列奇形怪状的石头，它们有嶙峋身躯，那是经过若干年风沙的磨砺和岁月的洗礼，千万年之前河谷里的巨石裸体露出地表之后，又经年累月被风沙吹打风化风蚀，才成为眼前这些奇怪无比的嶙峋瘦骨的模样。

自然的奇崛和大漠的壮阔让人沉默许久。

几年前曾写过有关沙漠戈壁的一首小诗，此时浮上脑海，真想对着漠地大声朗诵。

  好一派，好一派
  黄色的汪洋
  你让我走进荒古的畅想
  千年风沙凋零着寂寞
  岁月风蚀成边色苍凉
  举一块石砾
  我叩问历史
  曾经的绿洲为何演绎成这般模样
  大漠无语
  并非沉默的感伤
  裸露出的浩瀚
  是它一望无垠的悲壮
  大风执拗地弹奏胡琴
  一番古韵美妙成天地间动听乐章
  神奇的魅力
  一次次激越生命
  激越出游子内心的探求渴望
  听，远处有一串驼铃叮当
  它拽着我的心

在优美地脆响
它也放飞我思维的双翼
在这空旷里自由翱翔
紫的沙砾
黄的沙土
卷起远方的红柳胡杨
这缤纷的色彩
一起交织着
交织着向天际使劲伸张
……

  静静地行走在沙地上，只听到鞋底和沙砾在沙沙地摩擦。
  广袤无垠的茫茫沙漠因了我心底的一首吟唱，立时变得柔和温情明娟抚顺起来。
  漠地自然有温顺柔美的一面，比如眼下，轻风微拂，夏阳高悬，细沙如雨，天籁幽深，抬望眼起伏的沙丘光滑而平缓，看她起伏的弧度，流畅自然，线条明晰，一座又一座沙丘多像沙漠腹地上耸立起来的女性乳房。她们平缓柔美的腹胸宽阔坦荡，那道凹陷立地就形成了双乳之间优美绝伦的乳沟。还有，不远处的两片沙丘在轻风的作用下，居然惟妙惟肖成美妇人丰腴的臀部，迷人的轮廓浑然天成，叫人嘈叹不已。
  漠地自然不会是一马平川的，许许多多的沙山沙丘会点缀在漠地的胸腹上，当然，它们就不仅仅构成沙地的美乳和丰臀了，它们更多的是粗砺和奇崛。如果想长时间在沙地上行走，不可以由着性子抄近路的，不可以直越陡坡，要想法绕过去，直跨陡坡，往往会遇到流沙，对体力是极大的消耗。在避开背风而松软的沙地，尽量在迎风细沙和沙丘山脊上行走，迎风而受风蚀作用，时间长了，被击打得瓷实、硬实了，在上面行走，便有力气，背风面是风积形成的，松散，在其上落足，容易深陷。如果有驼队的话，踏着骆驼的蹄印走，是非常节省力气的。

这是在沙漠之旅中，积累到的一点常识。

忽地，在目所能及的沙丘坡斜里，看到了几个蠕动的小点，渐大，渐快，看清了，原来是三匹骆驼。

那是三只奔跑中的骆驼，两大一小，比平时我们见的骆驼要瘦小许多，但奔跑的速度却分外惊人。

是野骆驼，野骆驼。

在漠地，特别是近年里，见到野骆驼的概率是较小的，生态等许多的原因，野骆驼越来越少了。

看着跑向沙漠尽头的野骆驼，心，又被触动一下。

那三只野骆驼，是夫妻引了它们的孩子。在这荒漠里，它们吃什么东西呢？极目四野不见一棵绿草，不见一棵沙柳，难道它们专吃骆驼刺么？还有，它们在哪儿饮水，沙地上的水资源愈来愈少了，难道半月二十天会跑到月牙泉饮一次水么，何况月牙泉又被人工管理起来，野骆驼是无法走到泉边的。

无法想象野骆驼的生存，无法想象夫妻野骆驼是如何把它们的孩子养育长大的？

这时的野骆驼已撒开四蹄，跑到沙山的另一侧，无影无踪了。

长途跋涉，游牧漠地，它们奔跑的身姿，那象征着生命和不屈的骆峰，那未被驯服的狂野之美，无拘无束的生存方式，彻底地驯服了我的心。

眼前的漠地，已是遍布沙丘和沙砾之域了，在一处沙丘上，又发现了一棵弱弱小小类似树的东西，怎么不是树呢，它显然绽开了一团同样弱弱的带有一团儿微黄的嫩绿。

在这万千层叠的沙涛黄海里，在一年四季干涩之风的鼓荡下，满是触目惊心的萧瑟和肃杀，能发现一棵树，且是在这个春末夏初的季节里绽放绿色的小树，足以叫人惊喜和钦佩的了。

这棵树仅有两人多高，树身是那种干枯和瘦骨嶙峋的样子，可怕的是有一多半身子已被沙丘的流沙掩埋住了，剩下它的上身枝丫和披散下来的纤细的柳条，那柳条上是同样纤细嫩黄的柳叶儿。

那是一团儿生命的绿色。

树皮已经很有些斑驳陆离的样子，裸体露在沙漠之外的部分同沙漠呈了同一个颜色，胳膊粗细的树木在风沙里就那么偎偎地抖动着，佝偻而孤独的状态。

　　这是一棵沙柳树啊！

　　在这样的漠地，它能存活下来，已经是一个奇迹。当年，也许十多年前，也许二十几年前，肯定有一大片与它同龄的沙柳存活着，它们是同一茬沙柳，在它们不远的地方，有一小片泉水或小溪，在无声地滋养着它们……多年之后，水泊一点一点干涸了，同一茬的柳树们经不起风沙的吹打和干旱的折磨先后枯萎，只有这棵不起眼的小沙柳，顽强地挺立风沙之中，它在忆及当年润泽岁月的同时，就是对绿色未来的一种渴盼和向往，因了这点信念，它存活着。可以设想一下，小沙柳们在风中前倾着身子，任由狂沙的吹打，当沙浪将它们大半个身子淹没了的时候，依然抖动着枝条，做着最后的抗争。当枝条上的最后一片叶子被无情地卷走，又一阵流沙袭来，倏忽间就将这一片小小的沙柳淹没了，流沙的堆积愈来愈厚重……你想，多日之后，只有这棵沙柳顽强地又从流沙的堆积中露出了树梢，伸出了枝条，在漠漠沙黄里展示一丁点生命的绿色，它，又该是何等的幸运和幸福呢！

　　这一幕幕情景，是暗暗透露着巨大的生活悲剧意识和深切悲怆的生命情怀，它在启示着我们，引发着我们，进行死亡与存活，生命与永恒的哲学命题的沉思和拷问。

　　在沙坡头，我目睹了一个有趣却也感人的画面，一个美丽端庄的女青年，在沙坡中间一棵沙柳树下，久久地停留和注目，她甚至用手在轻轻抚摸，还有些许酸楚的成分在其中。最后，在同伴的一声声呼唤下，她摘下自己同样漂亮的纱巾，紧紧地系在小沙柳的树腰上……

　　女青年已经走远了，她还在回头看着系上她纱巾的沙柳树，那块色彩绚丽的纱巾在风中美妙地飘动着，那一片沙漠顿时有了色彩……

　　在沙坡头，在我们把攀爬沙山作为娱乐游戏的那片风沙堆积的大漠里，可喜地看到了当地农民艰辛创造的半隐蔽式草方格沙障固定流沙的壮举，那是用麦秸秆稻草秸作为原始材料的，把连绵不断的沙山织成了一张绿色大网，曾经肆虐无忍的沙粒沙尘被这张大网牢牢网住，有人工栽植的小树和绿草在慢慢地感染着浑浑黄黄的腾格里大漠。

沙坡头下是古老的黄河，泥色河水带着千年文明和历史沉淀在这里舒缓地流淌，岸边是船夫们从几十里上百里之外拉来的五色石头，河水冲刷着也打磨着这些美丽的小玩意，给沙山，给丘陵，给漂流黄河的游人们增添许多美好的点缀。

船夫的黄河号子忽然就从某一架羊皮筏子上炸起来，激溅着泥色的水花飞入游人的耳朵，高亢，响亮，粗犷，地道的原生态味道，一下把人拉回到几十年上百年之前，那吼喊的古老歌谣里蕴含着生计的艰辛和人类的生生死死，爱的渴望和爱的毁灭，黎民百姓如同沙粒一样渺小无助，命运的大风能把他们刮到荒滩也能把他们掀到河岸，同命运的抗争和对好日子的盼望成了歌谣的最大主题。

黄河水在一涌一涌地拍打着堤岸；

河岸两边尽是沙丘漠地；

河岸边有一丛丛一棵棵沙柳树在倾吐浓绿。

很为河边的树们感觉到幸运。

沙坡头是腾格里大沙漠南端紧逼黄河的大沙山，东西长几十公里，在黄河北岸堆积成了沙丘沙山和百米沙坎，曾经流沙纵横，风暴肆虐的地带，绿色的巨网正初步改变了昔日的模样，这是人们对漠地的挽救，也是对自己命运的挽救。

曾多次走过沙洼地，看到侥幸未被狂风拔去的一丛丛芦苇芨芨草和骆驼刺，还有不多的几棵点缀着的红柳和胡杨，再就是不知枯萎了多少年的还算粗壮的树身树根。可以想象到，几十年前，或几百年前，这一片一片沙洼地，曾是水草丰茂的湿地，或是一大片沙漠泉水，这里有多少粗壮的树木有成行成排的胡杨林，有招人喜爱的红柳树。在泉水不远的地方，是沙原上的一条并不开阔但可以安全行驶的沙路。驼队在这里停下来，一峰峰沉着高大的骆驼们踱到泉边饮水，摇曳得驼铃悠扬地脆响，这响声是漠地独特的音乐，它在清凉的胡杨林里，在优美的红柳树间缠绕着，飞越着。空中，有胡燕在呢喃，有沙漠之鹰在飞翔，泉水静静地躺在沙洼里，在沙丘的环抱下，恬静着涟漪，一道道波纹朝四周荡开去……它是浩瀚沙漠中的绿洲啊，更是骆驼一般的西域行者心中的圣地！

我在心中一百遍地盼望着，这绿洲的复活和重现。

时间在大漠上仿佛有一种静止凝固的感觉。尽管我在漠地不停地走动。

太阳已经悬在西部天空的底部了，那正是苍黄的苍穹和浩苍大漠的优美的切割线。

此时的太阳把它们涂抹得一片绚丽！

我知道，浩茫的沙漠将又要经历一个神秘的富于传奇色彩的夜晚……

黔地四章

贵州文缘

　　走进神奇的云贵高原，走进向往已久的美丽黔地，是我多年的一个心结。早在少年时代的地理课上，对遥远的云贵高原便充满了神秘。生活在黄土高原五十多年，土原的凝重与浑黄在塑造和雕琢本分厚道个性的同时，也在潜意识里播种下了"背叛"的种子，那就是逃离或暂离到土原外面去，领略更辽阔的天地和那些天地里异样的风采。

　　刚刚喜欢上文学并尝试着写作的时候，自然对全国的文学期刊十分留意，因山西有老刊物《火花》，便对《山花》和《雨花》好奇起来。从一个老作家的口里，知道了早在"文革"前全国的文学刊物有"三花"之说，那就是山西的《火花》，南京的《雨花》和贵州的《山花》。山西出煤，太原又是有名的钢铁城市，故而谓之火花，硬朗而热烈；南京是江南水乡，那里又有闻名遐迩的雨花石，文学刊物叫雨花，婉约而秀美；贵阳是云贵高原的一朵奇葩，那里山也奇峻，水也清丽，绽开的山花，清新美艳，还有那么一种狂野之气……在《山花》上发表作品，成了一个文学青年的心愿和梦想。

　　小说《乡场上》是新时期表现小人物生存状态，呼唤人性和人的尊严的发轫之作，作为文学青年，我是把何士光和贵州那片土地联系在一起阅读的。无论是《乡场上》还是《种苞谷的老人》，我是从作品中了解贵州的风土民情和地域文化的。贵州从那时起，就因了特色小说而深深走进一个小青年的意识里。

终于，深深的爱好和命运的选择，我也走上了文学之路，开始在省内外发表小说散文等，当先后发表了二十几个小说散文之后，我开始把目光盯在早已心仪的《山花》上。

记得当时寄给《山花》一个小说一个散文，主编何锐先生写来恳切的审稿意见，杨打铁编辑打来电话，谈了对散文的看法。那篇散文《北方的庄稼汉》，在《山花》一经发表，《散文选刊》便头题选载，又有几个刊物相继转载，让我兴奋之余也信心大增。那时候创作遇到一些苦恼和困惑，心中有阴云般的沉郁和压抑，《山花》以及热情真挚的编辑们如一缕春风，扫去我内心的阴霾，文学的天空一时澄明亮丽了许多。

从那时起相继在《山花》发表了《民办教师吟》《六月麦田》《夏夜》《一九八三年夏天》《国画达人》等中短篇小说和散文作品，《山花》成了我的又一个文学根据地。

二〇〇二年，我有幸被鲁迅文学院首届全国中青年作家高级研究所录取，和全国各省、市被推荐的四十几位一线作家们共同学习和研讨。来自贵州的优秀青年作家欧阳黔森、谢挺成了我的同窗好友，我们朝夕相处，推心置腹，在较繁忙的学习听课之余，谈生活、谈工作、谈黄土高原和云贵高原文化的差异和文化的碰撞，谈南北文学及风俗民情、作家气质的异同和文化交融。欧阳黔森和谢挺其实是两类不同类型和不同气度的作家。欧阳更偏重于关注当下，关注社会的外转型作家，而谢挺则更重视于对文本的思索和探讨，属于典型的内转型作家，但无论气质和风格如何不同，贵州文学的那种干预生活，介入灵魂的文学观念，那种弘扬人道主义探索人生价值的人文精神，在他们的作品里得到了优美的传承，同时，在他们的身上，还体现了严谨、自律、忧患、悲悯、批评和正义的知识分子情怀。正是这种共同的性情和文学的大认识，使我们往来密切也无所不谈，度过了鲁院那一段令人毕生难忘的文学岁月。

今年，二〇一二年，正是鲁院首届高研班毕业十周年，已任职贵州文联副主席、作家协会主席的欧阳决定把纪念活动放在贵州举办，又邀请了中国作家协会副主席著名作家叶辛等人参加，这样"全国著名作家采风团走进黔西南"活动就拉开了帷幕，我是带着与同学老友一聚，对云贵高原敬钦的心情踏上这片圣地的。

柔韧的扭动和延伸

远远看去，是一条明净的小溪，从从容容自山头蜿蜒着流下来；换一个角度瞭望，更像一条巨龙，从山根盘绕而上，苍龙不是腾飞的那种，不是跃动的那种，是沉静的自下而上缠绕缓行的模样儿。

二十四道拐；历史上名闻遐迩的二十四道拐。

当站在对面高高的山头，遥视那一片苍茫的山岚，二十四道拐，收入视野里的这一条弯道，就给我这种印象。

知道这二十四道拐的名字，对我来说是迟了一些。那还是二〇一一年山西省作家协会组织签约作家赴云南采风时，说到了那条举世闻名的滇缅公路，以及作为其延伸的滇黔公路时涉及的话题。那时候有向往而更多的是一种好奇，曾想象和勾勒这条险要而神奇的弯道的形状、地貌和它摄人心魄的魅力。现在，当二十四道拐在雨后初晴满山吐翠的日子里，展现出它柔韧的身段、清晰的本质的时候，我依然被弯道的气势所震惊，被弯道的扭动所震撼。

作家陶纯对这一带非常熟悉，他参与了好几部有关战争题材的电视剧的创作，熟知那一段历史，也清晰二十四道拐的来龙去脉。在他娓娓从容的介绍里，那段弥漫了狼烟烽火和峥嵘坎坷的日子，如同眼前黔西南的大山峻岭一般，绵延在眼前，起伏在情感的波涛里……

作为黔滇公路的必经之处，二十四道拐这条弯道修建于一九三五年。三五年，对于灾难深重的中华民族，那是一个怎样的年份，是生存还是灭亡，那个严峻的命题摆在每一个有良知的中国人面前。

早在洪武年间，在黔西南的晴隆县筑城的大幕拉开的那一刻，就注定了这个西南的制高点将不可避免地演绎出许许多多的历史悲喜剧。在这里生活着的晴隆人注定要在抗日战争那一段血与泪的拼杀中，创造出有形和无形的二十四道拐道一样的壮烈和壮举。

在局势愈来愈严峻的情况下，罪恶的日本鬼子封锁了长江运输线，截断了国民政府与华北、华东的联系。占领缅甸后大举进攻滇西，企图占领昆明，再对重庆实行战略大包围，实现他们所扬言的"三个月解决中国问题"，将广袤的神州大地变为他们占领整个东亚的战略大后方的狼子野心。

特别是中国远征军在滇缅战场上失利，进入中国西南的大通道惠通桥被迫炸毁，日军全面占领怒江西岸。要让盟军以及国际援助中国抗战的所有物资运送进来，只有重新打通新的运输线。

中国20万军民抢修滇缅公路正是源于这一战略决策。滇缅公路的打通，成了当时国际援华物资的唯一通道，而援华物资经过滇缅公路到达昆明却必须经过贵西南的晴隆滇黔线才能输送到前线和重庆。晴隆，距晴隆县城南郊一公里的这座山丘，成了必经之地，它同滇黔线为一体，成了中缅印战区交通的大动脉，它同样承担着国际援华物资运输的咽喉之重。

历史，将要在这个非常之处，留下它永不磨灭的印迹。

作为贵州作家的欧阳黔森，他热爱这片故土，更熟知这里的山水草木，他遥指着在不远处延伸扭动着的拐道，深情地说道——

这一处山地，位于晴隆县城南一公里处。早在明清时代，这里是蜿蜒的古驿道，关口建有"涌泉寺"，寺外设有茶亭，专供路人与商客小憩解乏。寺旁崖壁上，刻有许多诸如"甘泉胜迹""云陵山色""鸟道千重"和"且以饮人"的字迹，可见当时这条山路过客的频繁和人员的众多。

驿道艰难，到了那里人困马乏，不得不休息片刻，山路途中的茶亭也委实诱惑人们。可以想象，在形成二十四道拐道之前的山路是何等的狭窄险要和崎岖了。

"民国"24年（1935年），国民政府为打通这条云贵通道，决定修筑滇黔公路,修筑这一段最为艰险和艰难的关口拐道。

从山脚第一道拐与山顶第二十四道拐的直线距离有350米,垂直高度250米左右,坡的倾角为60度,虽坡陡弯急,却无惊恐之感。据说在修筑这条大拐道的时候,国民政府分发给民工一天的工资只能买到二斤苞谷和二两辣椒面,后来索性就发给每个人苞谷和辣椒面了,之后就以辣椒面计算整个工程量。据有关档案资料查阅,当时共开销辣椒面上万斗之多。

万斗辣椒面。

可看出当年动用了多少民工和劳动力呀!

汗水心血和同仇敌忾的顽强意志,贵州的百姓们依山而筑就了这条象征民族魂魄的二十四道弯道,凝聚起惊天地泣鬼神的人间奇迹。

24道拐这段公路对抗战胜利有着至关重要的决定意义。它不仅仅是公路建设史上的不朽神话,而从战争研究的角度看,如果说当时撤退的远征军被迫炸毁惠通桥,减缓日军侵略对重庆的威胁,那么这段路则成为抗战物资运输源源不断的重要中枢。

24道拐是抗战的生命线;

这条线是扭动而延伸的;

它扭动着柔韧顽强和抗争;

它延伸着尊严光复和向上。

双乳峰生命在这里丰盈

是带着强烈的向往前去贞丰县的。打一个好笑的比喻,其急切之情如同饿婴急切地想要吮吸母乳一样。

双乳峰,多么漂亮,圣洁、诗意、形象又诱惑人的名字。

汽车在喀斯特地貌的黔西南山间行驶,我们的心,也随着起伏的地形跌宕不已。是怀了拜谒和敬钦来到拥有神奇双乳峰的贞丰的。在此之前曾多次听人说起过,说到双乳峰的奇妙,说到她的丰满,说到她的形似和神似……当时只是空泛地感动大自然的鬼斧神工,感动上苍的惊人造化，对于优美的双乳峰，只是遥远的神往和虔诚的祝福。

还是很年轻的时候，应该说是文学青年的时代，那时候是把文学创作和对异性的渴望紧密地联系在一起的，青春的冲动和文学的热情是融为一体而互为促进。在一个暑假里，约了三五个文友徒步太行山，领略太行山的险要巍峨，只是一个冠冕堂皇的借口，其实，是有文友说，他发现了太行山深处的两处景观，一处是形象逼真的奶头山，另一处是与之遥相呼应的双柱峰。双柱峰顾名思义，是形同柱子样的两座山峰，一大一小。其实人们好奇它们，是它们形如男性阳具的模样，一高一矮，一粗一细，像兄弟俩，又像父子俩的东西，光坦裸露，笔直朝天，憨态可人！难怪当地老百姓称它们更直接，叫做日天柱，粗野倒也真实。当时我们看了，一起哈哈大笑，笑两根山柱的形态，无拘无束，大胆自然，粗野豪放，像山汉性起勃挺的那种，没有任何装饰，却也唤不起任何的庄严感和神圣感，仅仅是自然主义而已。双柱峰的对面，就是当时大伙要寻找要观看的奶头山。站立在双柱峰的峰脚下遥遥看去，但见对面耸立着几座山头，其山头的形状，形容成馒头山也行、窝头山也可，说成奶头山，委实有些牵强附会了，是人们为了对应对面的阳刚的二柱峰，而勉强给这些山头涂抹一些阴柔的色彩的。

自那会起，对山岳峰岔中的有关奶头山之类的说法，多少有了一些漠然和平淡。

黔西南的双乳峰彻底颠覆了以往所形成的看法，首次看到她是在一本大型的旅游画册中，她丰满、硕大、逼真、生动的山形，让人瞪大双眼，哑口无言。

那不是渲染加工过的艺术作品，是一种普通写实的旅游宣传照片，照片中的写实体双乳峰的柔姿和形态真正是天下奇景，是喀斯特地貌中峰林丛中的一处绝品，那时候，双乳峰丰盈的柔姿和自信的挺立，便深深地嵌进我的脑海里。

感谢贵州作家协会，感谢深入基层的采风活动，鬼使神差般让我同众作家朋友梦一样地游走在黔西南布依族、苗族自治州的土地上，感受这片土地的神奇和博大，同时，一步步逼近着让人魂牵梦绕着的双乳峰。

　　远远的，看见双乳峰了！尽管有之前照片的感观和相识，尽管有沿途自己的想象和友人的描述，在一片绿竹翠林的后面，双乳峰挺立在初夏迷人的背景里，湛蓝的天，洁白的云，自由飞翔的小鸟，一起为双乳峰的出现做着铺垫和映衬，大地母亲在这片石林耸立的喀斯特地质上袒露出自己的丰腴饱满，圆润秀丽的美丽双乳，我想这不仅仅是大自然的神奇造化，是我们亲爱的母亲钟爱这片土地，把满腔热情播洒在这片土地上的最具象的表现。我想，此时，我笨拙的笔无法描摹双乳峰的秀美和自信，博大和丰润，在她母性的纯洁庄严和肃穆亲切面前，我只有静默肃立和虔诚拜谒。

　　作家谢挺告我，这里是黔西南贞丰县者相镇，双乳峰的位置距黄果树景区有100公里。双乳峰峰顶海拔1265.8米，高出地面125米，占地有40公顷之多。地理学家曾有过考证，像这样生机勃勃的双乳山峰，在全国绝无仅有，其他国家也没有类似发现的，她是我们的峰林绝品，是这片土地的生命之源。黔西南州宣传部杨骏部长热情而博闻，在双乳峰对面的观峰亭里，杨部长遥视山峰娓娓说道：从这里望过去，双乳峰的质感像是20芳龄的年轻姑娘的双乳，柔韧、坚实、青涩；如果顺着公路走一华里去看，山峰像40岁年龄的双乳饱满、成熟、丰盈；如果再往前一华里遥遥望去，山峰居然像是60岁年龄的双乳，她依然秀美、协调、硕大，却有了某种沧桑的质感。我们现在是在初夏季节观看的，她充满了青春的蓬勃和生命的丰盈；如季节延伸到了秋季，她又有一种博大包容和祥和的感觉；冬季和早春呢，她给人一种内敛、含蓄和圣洁的质感，真是神秘神奇得很呢。

　　我们游走在双乳峰对面的公路上，与山峰遥遥相望，只见双乳峰那边，祥云舒卷，云环雾绕，清风吹过，双乳时隐时现，又有一道清新的阳光切割开云雾，把橙黄的光线投射在双乳峰身上，云雾与光亮便形成道道光际，山峰愈显得神秘神奇了几分。

　　哺云哺雾哺明月，养精养气养天地。

　　这是观峰亭边伫立着的石碑上的一副对联，它高度地概括和凝练了双乳峰的气质气概和精神作用。

是的，对联是站在大的境界、大的气度和大的思想上诠释双乳峰的，双乳峰的青春蓬勃，双乳峰的生命激情，双乳峰给予这片土地的生命活力和每一个拜谒者的人生滋润是无以言表、无须用更直截的词语表达出来的。

黔西南的风俗民情，这片土地上的特质文化以及由双乳峰所滋养下的男女们的生活观念，爱情态度，在一代又一代书写着这里优美的传奇。

从布依族浓烈古朴又神秘的"三月三"，到富于民族特色的传统节日"六月六"，从婚恋习俗情感含蓄的"浪哨"，到择偶订婚和结婚的一系列布依婚俗风习；从苗族"二月二"走亲，到"八月八"独具魅力的风情节；无不浓浓的渗透着双乳峰的甘甜乳汁，传承着古老文明的文脉，在当下，在多元文化的影响和现代文明一天天浸淫的大背景下，这古老习俗和特质文化更具有鲜活的生命质感和饱满的多元内容。

双乳峰，美丽优雅的双乳峰，已成为这片土地上母亲的符号和母亲的象征；

双乳峰，丰硕饱满的双乳峰，有她高耸的挺立就有青春的勃发和生命的张扬。

天籁之音何处觅

如歌的行板多美妙
那是南北盘江奔腾的旋律
苍茫的群山自逍遥
横卧在乌蒙山脉的深处
云贵高原盘江河畔
吊脚楼依偎小桥流水
谁家阿哥阿妹手捧木叶
吹一缕黔西南的烟雨情

山路弯弯伸向林中村舍
　　炊烟袅袅化秋霞飘云际
　　最是那一声亲切的乡音
　　召唤走失的心灵踏歌而行
　　走进黔西南这片神奇的土地
　　酒不醉人自醉
　　走进黔西南这片多情的山水
　　山美水美人更美

　　这是黔西南一位民歌手演唱的歌儿，这歌声一直伴着我，游走在那一片神奇的土地上。
　　其实，在去往马岭河大峡谷的路上，就听见沿途的山谷里，有这类似的歌唱，在途经北盘江大峡谷的那壮观的一段——北盘江大桥时，也听到了周边有动听的男女对唱，那可是天籁般的歌喉。
　　美女作家汪洋是贵州人氏，也经常来黔西南采风寻根，她说，那是布依族男女青年在浪哨呢，在谈恋爱呢。
　　真有情趣。
　　还是第一次听到"浪哨"一词，尽管在以后的两天里还确实看到了以"浪哨"为题材的歌舞表演，但当时的确被那种原生态的求爱歌声感动了。
　　那是北盘江沿岸布依族男女青年自由择偶、恋爱交友的独有的方式。用布依族的语言表达便是，男青年为"补冒"，女青年称为"买哨"，这种独特的恋爱方式便称之为浪哨。
　　浪哨这种活动多在农闲时节进行，怪不得这些日子能听到山野情歌和低吟浅唱，这是麦收之后大秋还未成熟的相对悠闲的日子，这些日子里这片土地上注定会播撒一些爱的种子，萌生一些蓬勃的感情的嫩芽。
　　当然，还有他们一些传统的民族节日，三月三、六月六、春节和每月有规律的赶集日，是都可以进行这种颇富浪漫的浪哨的。让人惊讶的是，布依族青年男女不论结婚与不结婚，只要双方相互看中，都可以自由选择浪哨对象的，二人同意之后，就可以离开人群，选择一处相对安静的地方，公开地或半公开地进行思想交流和感情交流。

布依族还是一个情感含蓄的民族，大多聚族而居住，社会结构相对封闭。平时，男女之间的交往相对要少一些，交往的场合也少一些，那么，浪哨，就成了打破这种封闭，沟通男女情感的最好形式。试想，在翠绿的竹林，在长满野藤的山坡，在宁静空旷的山谷，两人相距一米有余，或默默对视着，或用如诗的韵句相互盘问和探询，在如诗如歌的韵句里，充满了修辞中的比喻、排比、双关等手法，时而对白，时而放歌，时而浅唱低吟，互赠对方，迂回有序，从而达到相知相识，感情交流的目的。

浪哨的过程，是诗情画意的过程；

浪哨的形式，是一个民族尊重人性，文化进步的表现。

在马岭河峡谷的八音堂里，近距离观看了一场具有浓郁的苗寨和布依风情的文艺表演，倾听到了如天籁之音的八音坐唱。

南北盘江之间的布依族地区广泛流传着"八音"，是布依族世代相传的民间说唱艺术，常常活动于民族的节日、婚丧嫁娶，建房祝寿许多民俗场合，深受当地人的喜欢。何为八音？就是有八种乐器的伴奏与演唱，据说有笛子、萧筒、牛骨、马骨胡、葫芦琴、月琴、鼓、包包锣、小马锣、钗等乐器演奏而得名。八音从北宋时期进入民族区域，至今已千余年，到了元明时期，八音坐唱内容又加入了民俗、喜庆的内容，到了清代，八音以弹唱为主，还发展成为一种曲艺演唱的艺术形式。

眼前舞台上的八音坐唱内容名叫《胡喜与南祥》，这是坐唱的传统曲目，听人说也是布依八音坐唱里的经典曲目，它是表达丈夫胡喜与妻子南祥别离的对唱情形——

　　哥呀！成对鸟儿才搭窝，
　　成双鸭子才下河。
　　你就忍心离开我，
　　你就甘心丢下窝。

妹呀,鸟儿初搭窝,
窝没热来雨又落。
妹呀,官家规矩多,
我躲也躲不过。
望你照顾二公婆。
哥呀,阿哥你硬要走,
小妹我忍痛去送哥,
危险的地方小心过,
踩水过河稳落脚。
哥呀,绣花鞋子各一只,
银扣纽子各一颗。
木梳折断成两截,
今日分开来日合。

声情并茂,乐感动人,把小两口离别的复杂心情表达得淋漓尽致,古朴、流畅、优美、自然、深情、悦耳,真乃天籁之音。

黔西南宣传部部长杨骏先生曾做了较详细的介绍,他说,北盘江是布依族文化的发祥地,以"谷温"为代表的布依族古歌从人类的远古传唱到了现代文明的当下,仍古色古香、多姿多彩,有着惊人旺盛的生命力和传承性。它们有一系列有趣的"温",比如,在草丛树林中所唱的"温友",是表达男女相互爱慕的心仪,挥发热恋的情感,倾诉对幸福的渴望……在日常生活中唱的是"温事",所唱内容是有关吃穿住行、生养死亡的;在田园土地边唱的"温翁",要么描摹天地山川,咏叹自然物象,要么歌咏田间劳作,农夫辛勤;在礼宾仪式上唱的"温醪",是迎来送往的礼节,山茶水酒的来由,宾客祝福的心愿;在评论世事的场合唱的"温时",要么讴歌称颂,要么讽刺批评,还有,戏说逗乐;在少儿游戏时唱的"温勒",则唱日月星辰,鸟兽虫鱼,粮食水果,秋千弹弓;在呼唤亲情时唱的"温假",内容是羡慕亲人健在的幸福,感伤缺失亲情的苦恼,表达思亲绝望的伤感;在迷惘悲观时唱的"温悒",表达的是身处逆境的困惑,遭临厄运的凄迷，寻求解脱的呼唤；在撕心裂肺时唱的"温呆"，是哭叙亲情的恩德，叹息生命的无常，告慰先人的愿望；在念经礼俗上唱的"温摩"，则是还原传统礼仪的规范，演绎民族宗教的内涵，彰显地域文化的灵性……

内容丰富博大精深的歌咏文化，是这片土地上民间艺术中最具神秘性和传奇色彩的趣味盎然的本土文化精华，具有久远而深厚的文化底蕴和文化传承，她们是这里先民们祖辈相传的产物，其生命力的顽强和感染力的强大，唱响着一代又一代的本土人，人在哪里，歌咏便在哪里。

离开黔西南的日子里，那些动人心魄的天籁之音一直在我心底唱响。

疆地二章

在喀纳斯村听图瓦人吹楚儿

从高耸的观鱼亭走下来，一头一脸的汗水，早被喀纳斯清凉的山风揩去了，此时喀纳斯的风，是绿色的风，柔软的风，一如喀纳斯湖绿色的柔软的水一样。

我们行走在仙景般的童话里，草原、松林、毡房、小溪、山坡上草丛中一族族牛羊，还有骑马牧羊的哈萨克族或蒙古族的图瓦人。不，这哪是童话，是亚洲唯一的瑞士风光的喀纳斯，是神秘诱人的令多少人神往的喀纳斯。

踩着由木板铺就的草地小径，我们来到了诗情画意的喀纳斯村。这是图瓦人集居点之一，以放牧和狩猎为生，以擅长骑马、滑雪和射箭的蒙古族图瓦人居住地的小牧村，本身已成为喀纳斯多元景点的一个小小点缀。就像之后的白哈巴村、禾木村、贾登峪，还有纯景物的珍珠滩、禾木河、白湖、双湖、月亮湾一样，成为宏观的喀纳斯的美丽组成。

带着好奇心，一步步走近一顶又一顶小小的木屋，小木屋在草地上如同如一枚枚棋子，粗看有些随意，其实还是有序地排列成小小村落。

村庄的前面几步远就是草地，牛羊卧在木屋前后，沉静地吃草或反刍。小木屋是用松木原木垒砌成尖斜顶的，中间用木板隔开，下面住人待客，上面尖斜的空间放置一些用具和储存一些食物。用木板圈成木栅栏后，就成了一个相对独立的"家"了。

我们走进这一家，是比较宽敞的木屋。一个二十三四岁的高个儿小伙子迎接我们进了屋，屋子地板已铺好色彩鲜艳、图纹华丽的地毯。我们按照这里的风俗和规矩，是进门前把鞋子脱在屋外的。一进屋，便席地而坐，享受主人——也就是那个高个青年给我们端上来的奶酒和奶酪。

高个儿青年是刚从乌鲁木齐一家音乐学院毕业回来的，中学一直读的双语学校，汉语说的还比较流利。作为著名的喀纳斯旅游景点和颇具特色的图瓦人的样板木屋里，他演奏几曲民族音乐，讲解一些有关图瓦人的历史，也是小伙子当下一个不错的职业，特别是在这个气候适宜的美丽秋季。

毕竟是年轻人，毕竟接受的是当代音乐的教育，尽管手执马头琴，还是弹奏着大家耳熟的草原歌曲，只是在他手拿了一种叫"托布木尔"的仅有两根弦的弹拨乐器时，才弹出了真正属于他们图瓦人的传统歌谣。

图瓦人独有的乐器叫作"楚儿"，那可是一种举世无双的乐器。当年轻人从屋子上方一侧取出一根笛子样的物什，让大家细看时，才清楚地看到这是一根比拇指略粗一些，有二尺多长的草笛。它是用喀纳斯湖畔的蒲苇的主茎做就的。拿起楚儿，很轻，抚摸，质地却分外柔韧，它上下凿有三孔，有些像竹箫的样子。

年轻人此时一副很羞愧的模样，表示吹不了这个神奇的草笛，他请来他的大哥——个沉稳寡言的中年汉子进得木屋来。

中年汉子只向作家们点点头，一张寡淡的脸仅柔和了一瞬，便坐在木凳上，接过小弟手中的"楚儿"，试吹了几下，作为过门吧。

我想，不知道中年汉子在这几个月的时间里，一天要吹奏多少次他心爱的"楚儿"，他脸上的冷静还不至于是一种职业的使然吧，但愿是他的性情而已啊。

修长而轻巧的楚儿在他的手中是那种异常熟练的乖巧样子。我看到他的手指在楚儿上轻轻动弹着。楚儿并不是笛子，笛子仅生发出一种声音，轻巧的有些简陋的楚儿，却是复调的混声乐器，一只楚儿能吹奏出一个乐队的所表达的效果。

忽然，古朴、原始、低沉、悠然，还有少许忧郁情调的音乐，就从那支朴素的楚儿的细筒和洞眼里传出来……它原本就是一支湖畔采来的蒲苇茎秆么，几乎没有进行多大的加工，就形成了艺人手中的"楚儿"。这神奇的魔笛一般的茎秆，便被吹出了内容丰富、蕴含复杂的音乐。这音乐刚刚发出来，如同草地上马儿在悠闲地溜达；如同图瓦人在沉静中思索；如同喀纳斯的风，带着湖水的潮润，掠过山坡的草茎，越过肥硕的牛背，穿过图瓦老人黑红而沧桑的脸……

中年汉子的吹奏已毫无疑问地进入了角色，或者说已渐渐沉进自己的演奏里，那是一首《美丽的喀纳斯湖波浪》，接着便是他的保留节目《黑走马》了。

从楚儿朴素古朴的乐曲里，我听出了中年汉子，不，是现有的图瓦人执着寻根的韵味。

听人们说，图瓦人的来历之谜是喀纳斯的六个不解之谜之一。图瓦人历史悠久，是我国境内的古老民族，他们世代生活在哈巴河、库木河、喀纳斯湖肥美的草原上，以放牧狩猎为生。历史上长期与蒙古族相处，故而，图瓦人在宗教信仰和风俗习惯上受蒙古族影响很大，传统上被看作蒙古族的支系，故而叫蒙古图瓦人。

可是，楚儿吹出的音乐却有了迷惘和惆怅的味道。这证明图瓦人的来历还有其他说法。曾有学者认为，图瓦人的祖先是500年前从西伯利亚迁移来的，与现在的图瓦共和国同属一个民族……可是，图瓦人固执地认为，他们历史是和"禾木"这个名字有关联的，"禾木"之意是熊胸前的油，很久以前他们祖先来到这里，这里棕熊很多，猎杀棕熊后，把一块块熊油分给每一个牧人，故而这个地方就叫禾木了。

从楚儿多声部的吹奏里，我听出了图瓦人沿袭多年的古老习俗和多样性的图腾崇拜。

中年汉子已经完全走进他吹奏的意境里了，鼓起的嘴巴和抽动的脸皮表明他全身心的投入和被吹奏内容的感动。

那是图瓦人在欢度节日和庆祝宴会吧，那么欢快和轻松的音乐节拍，头戴礼帽的男子和身披彩巾的女子，一律穿着皮靴和毡靴，饮酒、歌唱、起舞。碧绿的草地上，律动着色彩的装饰，蓝、绿、红的镶边蒙古袍子，红黄绿的缎带腰带，一起在飘飞舞动……

音乐转为沉重和艰涩了，那分明是劳作的沉重和艰辛么。以山林为家以放牧狩猎为生，砍山上松树搭建木屋，剥厚重兽皮抵挡严寒，用原始炊具调制奶酒，在湖上捕鱼，佐以肉食……炊烟袅袅，生生不息……

音乐的韵律变得凝重庄严起来，哦，是表现场景宏阔的祭祀活动呢。图瓦人每年开春都要隆重的祭天，上山狩猎之前要祭山，下湖打捞要祭水，捕上鱼来要祭鱼，砍树之前要祭树，点火燃柴木之前要祭火……图瓦人的图腾崇拜也有别于他族，湖边的图瓦人以神湖作本族图腾，高山下的人就以神泉为图腾；旧时，图瓦人殁去有火葬、天葬、土葬三种葬法，现在都以土葬为主了，他们会在一大堆土里四周围上木头框作为棺木，死者端坐其中，如同胎儿坐于母体中的形状一样，寓意深远……

从楚儿不绝如缕的吹奏里，我听出了图瓦人的忧郁、困惑、阵痛和生命的柔韧。

中年汉子的脸上，忧郁和一缕可察觉的苦痛早已取代了以前的沉着与寡淡，他在想什么呢？他的思绪在山川湖泊和草原漠地上绵延不绝起伏跌宕吧……

当下，生活在喀纳斯一带的图瓦人已不足一千五了，有700人居住在喀纳斯湖畔的喀纳斯乡，其余人散布在贾登峪、白哈巴和禾木村、阿尔泰的深山老林里还有一部分固守着图瓦人古老的生活习俗和生存状态，与外界几乎没有沟通过着与世隔绝的日子。

图瓦人有自己的语言但没有文字，这是图瓦人的特质也是让他们不无担忧的一点。当年轻的图瓦人一旦外出就业，或上了大学闯荡世界，领略到远天远地的精彩的话，他们还能否秉承祖先的习性、风俗，包括语言在内的一切文化元素？

目前，这仅有的一千四百多人的图瓦人是不可以通婚的，是避免近亲和同族系的血脉婚姻，这在一定程度上构成了年轻人婚姻的困难，尤其是男性的图瓦人。

是的，美丽的喀纳斯的山川河流、湖光水色包括开阔的山坡草原，如同怀抱一样族拥了图瓦人，他们可以在这里以自己的固有方式生活与繁衍，可是，现代文明的猎猎罡风和多元文化的诸多因素在无时无刻地浸润着图瓦人，风化着图瓦人，是固守还是改变，这似乎是一个问题……

从小木屋走出来，我们朝白哈巴村走去，楚儿的动听的旋律仍在耳畔回响。

白哈巴之秋

走进白哈巴村的时候，是正午时分。

秋阳高悬。

北疆的太阳慷慨地照射着阿尔泰山，照射着阿尔泰山山脉下的河谷平地。

仰了一张发热的脸子朝远处望去，哈萨克斯坦的群山清晰可见，群山上的树林尽被秋阳漂染，泛出大片大片的橙黄、浓绿和黄中泛白的点缀来，山风使它们掠起波浪，一涌一涌地在山间起伏，连接着阿尔泰山上茂密的松树林，一直推涌绵延到眼前的白哈巴村里。

在之前从喀纳斯往这里走的某处山坡上，眼尖的同行者同时也是援疆办的王女士高声说道："看，远处有小木屋的那一片就是白哈巴——"

顺着她手指的方位，我们看到山坡下面的河谷地带，是一大片开阔的平地，平地上有高高的草垛，有低低的栅栏，有细小的溪流……最吸引人的是一座座小木屋，屋顶在秋阳下泛出的白亮，那白亮一簇一簇，一团一团，在大片大片的浓绿和橙黄甚者橘红里脱颖而出。我们知道，那是图瓦人居住的房屋，几乎全是用粗粗大大的原木搭建起来的，可是，屋顶为什么全泛出白亮呢，难道是没有剥皮的白桦树皮吗？我这样猜想。

色泽和光线是很奇妙的结合，在不同的时间，不同的方位，不同的角度里，在强烈光线的作用之下，物体本身便发放异于寻常的色泽来。

张石山先生早年来过新疆服兵役，他的博闻强记总是有超人的地方，当我们的目光一齐聚焦在那一簇令人神往的小小村落时，耳边便萦绕了张石山先生节奏明快独具特色的介绍……白哈巴村有中国西北第一村的美称，这样说，是从行政区划上钦定的，它处于我国版图最西北角哈巴河县，铁热克提乡的境内，东距喀纳斯湖仅有六十里地，而西边距哈萨克斯坦国的东锡勒克也就是二三里地，是名副其实的西北第一个村落。

二三里地外，就是邻国的小城镇了，我不由地再朝西北方向深看一阵儿，开玩笑说道，要在儿时，一弹弓就打出国啦！

我们一步步走近白哈巴。

走进白哈巴，就走进一个具有异国情调的小村落

白哈巴小村落的木屋，全呈了金字塔的形状，你注意到了没？

是身边的王保忠问我，这也是王保忠的最早的发现。

其实在喀纳斯村里，就见到了这种屋顶尖尖的小木屋，全是用粗壮的原木搭建起来的，这是蒙古族图瓦人搭建木屋的最显著的特征。常见的木屋往往有两层高，一层宽大、亮敞，无疑是人居住的，二层因为有金字形的尖顶，则相对窄小一点，放置一些家具、杂物，也有堆放牲口们过冬食用的干草。别具一格的木屋屋顶之所以尖拔高耸，坡度陡峭，完全是应对漫长冬季的厚重落雪的。这里的冬天，风高雪猛，陡峭的屋顶不至于使漫漫冬雪堆积其上。曾带着十分的好奇打探过一个图瓦青年，为何不把木屋屋顶搭建得平坦整齐，那样不更美观吗？图瓦青年听明白我的提问后，黑红的脸上布上了纯真的笑，他说，冬日雪大，屋顶平平，滑不下来，又一时无法消化，越积越多，越压越重，会压塌的——再者，下雨时，平屋顶也容易漏水。简单明

了,大凡人类屋舍的建造,首先是得适应气候和环境的,再从舒适实用的角度考虑,其方位格局与大小。其次便是从审美、风水甚或信仰的层面考虑其建造的风格和追求的样式……

白哈巴是纯朴的,无论屋身或是屋顶的木料,全是原生态的木质,许多松木粗糙的皮子也未曾修饰和加工,显示出图瓦人的质朴与本色,而屋顶高低不同的金字形状大多用白桦木和松木做就,在错落有致中昭示异国风韵和图瓦情调。

不仅仅是在白哈巴,就是在喀纳斯附近的贾登峪、海流滩、珍珠滩还有神奇的禾木村,扑入视野里的是遍地的木栅栏,不高,一米上下的样子,用的松木桦木的枝条,竖栽横搭,形成一方方圈地和院落。木屋和饲养牲畜的圈棚无疑都要用木栅栏围上的,那是一方方院落的标志和象征。在村落的外部、在屋舍、草垛和圈棚的周边,也有一处处相对宽阔的木栅栏围起来的草地,那些栅栏便起着地界的作用了。有了这个写意性的地界,沙尔塔甫汗家的牛是不会到阿木尔沙纳的草地去食草的;而阿木尔沙纳家的马也不会越过栅栏跳到沙尔塔甫汗家的院落去的……

除了一座座耸立着的木屋,一排排执着自信的木栅栏也是白哈巴村的一道景致。

有两条清澈的小溪流,从白哈巴村的两边悄无声息地流过,它们是从阿尔泰山起伏的山脉和茂密的松林下流出来的么,那清清的水流带着喀纳斯河的神秘,带着鸭泽湖的柔美,带着双湖、白湖的碧绿,带着额尔齐斯河的深蓝,就那么沉静舒缓地从白哈巴小村流过去了,不动声色,潺潺湲湲……

白哈巴是新疆阿勒泰地区图瓦人最为集中的一个村子,同远处的禾木村一样是保存最完整的图瓦人居住的村落。图瓦人浓郁的生活风情不仅仅从木屋的样式上表现出来,作为蒙古族一个古老的分支,他们的宗教信仰是原始拜物教——萨满教上体现得最为充分。他们祭天、祭树、祭火,这多样性的图腾崇拜,就使他们有别于其他民族。

小小的白哈巴村还居住着少量的哈萨克人,这从他们的有别于图瓦人尖顶木屋而是具有自己民族特质的圆形毡房可以看出。小毡房不多，点缀在距木屋有一段距离的小溪旁边或一片草地之上。曾带着好奇走进一处毡房，这是较为考究的毡房，上部是穹形，下面是圆柱形，是由红柳木纵横交错连接成的栅栏，栅栏外层是用芨芨草纺织成的墙篱围裹，其上盖一层毛毡。毡房内布局分住人和陈设两个部分，进到毡房，一眼可看到正上方往往有一张垫桌，桌上又置有木箱，木箱上则又叠放着一层层被褥。而正中铺有一条大花毡，白天是吃饭，接待客人的场所，晚上铺上被褥就成了客人们的床榻。进门的右上方是主人的铺位，左右两边放置着马具、炊具、猎具，还有其他一些食物……

尽管在一个小小村落里，哈萨克人的毡房和图瓦人的木屋还是有一段距离，他们和谐居住在一个村落里，认可着各自的异同，但固守和沿袭着各自的生活习俗，传统文化和心目中的信仰。

由于哈萨克仅有少数几家，还有驻扎着汉人为主的边防哨所，故而白哈巴整体上是一个扩散着浓郁的图瓦人风情的村落，村落的异域情调还在于它的西北面一河之隔便是哈萨克斯坦国。此时那条国界河的流淌声清晰可闻……

走进白哈巴，就走进一幅色彩绚丽的油画里

看，多像一幅油画。

是同行者鲁顺民的感叹。

他是看到眼前色彩斑斓的白哈巴时，先发出的赞美。鲁顺民是对美术有研究的人，尤喜油画和国画。几天前，省作协采风小组还在新疆昌吉州时，他就通过新疆翻译家哈依夏塔巴热克女士购买了天池汗王宫哈萨克文化博物馆某油画家的两幅油画作品。现在，大自然鲜活生动的油画铺陈在眼前时，我们的欣喜和激动是可想而知的。

首先是泛着金色光芒的白桦林，秋风使白桦树的叶子染得一片金黄和橘红。这很有意思，同一棵树上因为接受的阳光的角度和浓烈程度的不同，叶片们便呈现了三种不同的色泽，油绿、金黄与橙红，再有树身枝条的浅白颜色，每一棵白桦树都释放出一团儿颜色亮丽的耀眼光泽。它们融汇在苍翠欲滴的松树群落里，自然界最优美和最壮丽的色彩便在美丽的白哈巴交相辉映，蔚为大观。

白哈巴之秋是最悦人眼目的季节。

秋风是白哈巴美的使者，使者先把她的美交给了黄叶儿，除却万山的金黄和层林尽染不说，但看平坦开阔的草地上，那些细小的草叶和密密麻麻的草茎一齐吐露着迷人的黄色，这种黄色又是有层次的淡淡的黄、浅白的黄、混沌的晕黄、蛋黄样的金黄，还有枣红与金黄交融了的橘黄……这些树林，这些草地和这两条蓝色的河流，匠心独具地把村落装扮成一个童话世界。

放眼四周的山野，起伏有致绵延不绝的山林是天然森林公园。有新疆的针叶松、落叶松，有云杉、冷杉，它们是群山美丽的衣裳，在秋风中做着优雅的律动，这种律动连接着或者说带动着灌丛草甸、高山植被和石山植被，看得见村落北边阳坡和山间小盆地的丰美水草和绚丽的山花……王女士说，白哈巴一带真菌种类是非常丰富的，有珍贵的冬虫夏草、平盖灵芝、花杉灵芝，它们是白哈巴特有的生态环境下的产物，是喀纳斯后花园的珍品。

此时放眼望去，村落和村落四周的山岳，尽被红、黄、绿、褐诸多色彩浸染，显然成了大自然的调色板，远处又有阿尔泰山高大而雪白的山峰的背景色映衬，远山近景，形成浓墨重彩的油画。

这种画面常常是跃动的。

那是在村落某人家的婚礼上。

白哈巴图瓦人实行一夫一妻制，婚礼大都在秋日收获的季节举办。

结婚的头一天晚上，女方家要举行欢送女儿出嫁的宴会，亲朋和邻人全都带上贺礼前去赴宴。在白哈巴，一个家庭的婚礼就是全村人盛大节日，看吧，男男女女都穿上色彩艳丽的新衣，在村落一处开阔地段，唱歌跳舞，进行掰头羊等相关的角力活动游戏……走近细看，男女身上所穿的蓝袍、绿袍、红色的蒙古袍子都镶了金边，而红色、黄色、绿色的缎带常常又是腰带。有的男士头戴礼帽，而女人们披上彩色围巾，在马头琴和托布木尔乐器的弹奏下，翩翩起舞，草地上翻滚成一片彩色的漩涡……

夜晚我们住在白哈巴森林山庄，清新、寂静、凉爽是这里的特色。天色未亮，就和保忠、黄风，还有玄武几人早早起来欣赏白哈巴的晨色了。期待着东天的第一缕晨光，穿越神秘的森林缝隙涂抹在白哈巴诗意的村落里。

　　晨光的降临和炊烟的升起几乎是同一个时间，在袅袅的炊烟笼罩村落的当儿，壮丽的彩霞也洒遍了美丽的小村，尖尖的小木屋，圆圆的牧草堆，还有闪着白光的木栅栏。晨起的图瓦人一起网在霞光万丈里，朦胧诗意又富于活力。而夕阳晚照下的白哈巴更是动人无比。辽阔茫然的天幕下，移动着牧归的马匹、牛群，牧人在马背上的影子在晚照里拖得好长，炊烟从尖顶的木屋上升起，从草地上的某一处升起，融进金色晚霞里。白桦林，静静的牛群马匹，还有图瓦人脸部的轮廓，被夕照定格成层次分明的特写了。

　　走进白哈巴，就走进心域宁静的家园里

　　一条洁净的土路弯弯曲曲穿越白哈巴村。

　　在路边的木栅栏上，我静静坐着，享受着大自然赐予的这一派安静与祥和。

　　空气是清新的甜丝丝的，带着森林、阜地和河流中的独有的香馨，而草地上和草垛里生发出的和牛马畜类相关联的气息，则给人以生活的亲切感。原始森林里荡漾过来的古朴气息和山岳沟坡里的花草气味儿，是最原生态的大自然的恩赐，嗅过它们，有如置身在上百年前的岁月里甚至更为遥远。

　　有汨汨的流水声很深沉地传来，不是淌过村落的小河，是村子北边的遥遥相对的过境界河的减弱了的波涛声，那是哈巴河上游的涛声，它在提醒着我，这是在西北边地，是在我国最西北的第一个村落里。

　　一切都处在无声无息的静谧里，秋风掠过群山，对满山的松树桦林进行一遍又一遍的抚慰和关照，群山便生发出隐约的节制性的喧嚣，它又与天籁交汇着，形成这里似有却无的惯常音乐。辽阔的草地上，牧人则骑在高高的马背，他放牧养着一大群黑黑白白的羊，羊儿们如草地上的大团儿大团儿的云朵，漂移着，啃着草儿，听不见牧人的吆喝和羊的啼唤，他和它们也在身体力行地守护着这里的宁静。还有三五成群的牛，黄的牛、黑的牛，黑白相间的花牛，或勾了硕大的脑袋专注地吃草，或仰起头来朝远处看望，一律沉静着，若有所思的样子，像它们原本就沉稳踏实的性格一样。

偶尔有马儿牛儿和羊儿从我们身边走过，我能从它们的眼睛里读出从容和友善的内涵，对于人类，它们不是当作主人和统治者，而是平等的与它们相类似的物种……

白哈巴小河里的水是清澈的富于灵性的水，这样的水才能滋养出这样神圣的山岳和神奇的草木。这两条不甚起眼的小河儿，我想，她们和额尔齐斯河、喀纳斯河、喀纳斯湖，以及月亮湾、卧龙湾、五彩河、鸭泽湖、双湖、白湖以及禾木河等是一脉相承的水系，是神山蓄贮下的圣水，在滋养润泽着这片土地，这片土地也神奇得有了灵性。

图瓦人是有自己的宗教和信仰的，真正有信仰的人，所具备的特质之一便是心性的沉静。即使在他们欢庆节日载歌载舞的时候，在他们的大大小小，苍老或年轻的眸子里，流泻出的是清水般恬淡、幽静、沉着、从容，他们目光的内容和神情，与他们生存的这片土地、山岗、森林、河流、草原是多么和谐一致。

曾有位作家说，大自然的美好中，总有一种特殊的能量，是什么呀，是无言的大善，是潜在的道行，是安慰和教诲。我则感到是一种力量，信仰所激越出的崇高感，她平和了人的心气，抑制了欲望的蔓延，扼杀了罪恶的萌芽，增长了认真生活的勇气……他们心胸的朗洁和心态的平静，从他们大善与微笑的眸子里表达出来，就连白哈巴秋日的风，也让人感觉到是连接天与地广袤空间里的难以诠释的神秘信息，把上苍神圣的宗旨传达给这片土地和这片土地上踏实生活着的人们……

春雨东岳庙

春雨淋打着人们的脸。

当第一滴雨点飘落到脸上的时候,心,也随之颤抖一下,惊喜一下,在瞬间的冰凉过后,是一阵美妙和快慰。雨点就接二连三地袭来,噼噼啪啪带了声响,欢愉且殷勤的样子……无须揩拭,也无须撑开那把小伞,索性迎了雨点,朝柏山步去。

春雨淋打着满山的柏树。

仰了一张湿脸朝山上望去,看到的是云翳笼罩的天。天的情绪,是饱满浓郁的,雨丝就从那些沉郁里抽出来,一缕一缕,泛着些许光亮,箭一样射下来。山上的柏树,是具有诱惑力的,在接纳这些雨水的时候,也接纳一个季节的多情。

柏树们沉静地站立着,让春雨尽情地滋润和浇灌,它们如此乖巧和肃穆,显然是一种真实的姿态,用清新和虔敬迎接一年一度的东山盛会。柏山——因柏树的遍布且葱郁得来这个沉实质朴的名字,柏树自然成了东山的符号和东山主宰,柏树们宁愿成为东山的点缀和陪衬,成为东山绿色的诗意萦绕,成为东山那座雄浑庙宇的守护者和永远的陪伴者。

这方园近千亩的柏山松柏林,大都是侧柏和白皮松,环山生长,苍然天成,自创建东岳庙之日已蔚为壮观,翠绿自如。百岁以上的大树也比比皆是,相拥而生。在这个春雨潇潇的日子,松涛柏浪,全在春雨中作隐隐翻滚状,可以想象它们夏日森然墨黛幽深荫凉,秋日柏烈松香醇郁醉人，而冬日呢，定是雪烘翠秀肃穆圣洁。在养眼的绿色里，你可以透过雨帘看到数处洁白的闪烁，是白皮松质地漂白的皮子给柏山做出生动点缀。这些清一色的白皮松堪称柏树的好兄弟，以个性化的姿势和造型，帮助柏树们共同营造着柏山遮天蔽日的浓绿使命。苍皮龟裂的左扭柏和枝干挺拔的太尉庙扭柏连同修长高耸的华池宫古柏，这些堪称柏树中的领袖级别的古树们，带动着古树群落和满山遍野的大小松柏们，共同创造了一个葱郁雄伟的东山奇树的美丽神话。

有人说，柏山如诗似画的松涛柏海，成因于众多古树群落的天然下种和历代蒲子人的精心增植管护。我认为，古树有灵气，松柏通人性，是蒲地儿女对柏山一如既往的虔诚拜谒，也使得松柏们自我勉励奋发生长，才成就了这吕梁大山上蔚为壮观的绿色滚动。

千百年来柏树们守护者的，其实也是蒲子这方土地上的人们从肉体上拜谒从心灵里虔敬的柏山庙又叫东岳庙的。

此时的东岳庙矗立在春日的雨雾里，在满山翠绿的掩映下，显出异乎寻常的圣洁、神秘、高耸、巍峨。

乳白色浓稠的雨雾从高大山门的一侧朝后退去，显露出飞斛斗拱琉璃筒瓦的顶罩和造型别致的檐脊鸟兽。是山顶山风力量的驱使，才使得雾霾的逃离么？我想，不是，是龙一样蜿蜒而上的朝山人群的气息逼走了它们。

多年不曾看见的"四醮朝山"的人群朝山上奔去。以前，从老者的口中，听说过这一古老的独具特色的朝山仪式。相传东岳庙所供奉的主神东岳大帝有四个儿子，在大帝三月二十八寿辰这一天里，居住在四个方位的四子都前来庆贺祝寿，蒲地人把这一传说大胆创意地演绎为现实。随之划分为东、西、南、北四醮，每"醮"由若干自然村组成，大约有十二至十五个村落，每"醮"都供奉着"镇醮神"，庙会之日各醮都将供奉之神送往行宫的。

醮，原本是古代结婚时用酒祭神的活动，又指古时道士进行的祈神仪式。蒲地人把"醮"这种具有动感的词语场景化、区域化、名词化了，演义得具体生动，活色生香。我想，这是蒲子人的某种文化升华和文化谋略，把一个小小的祭酒仪式鲜活气派到了一种极致。

　　有组织有安排的朝山队伍的服饰，包括"四醮"者的衣服，是不尽相同的。蒲子人沿袭了古代的"五方"文化，人们以东、南、西、北、中五个大方位为基础，又以一年季节中的春、夏、长夏、秋、冬五季同五行中的木、火、金、水、土以及青、赤、白、黑、黄五色相配合，这样，春季为青色，东方又属于青，东方与春季就自然成为孕育万物之源，成为生命力勃发之地。日归于西，起明于东，神圣无比的"东"字就有了沉甸甸的分量和寓意深邃的标识。作为东山的柏山，以"东"为方位为前提，东岳庙让人联想到东岳泰山，泰山建岱庙，柏山修行宫，一脉相承，源流清晰，乃神之旨意，灵气之所在。

　　这样，便有了朝山者的青、赤、白、黑、黄五种色彩明快、对比鲜明的服饰，这多元色泽的服饰代表了不同方位不同季节不同质感，当然还有地位尊贵等皇权的色泽。当下，在神山欢庆的日子里，在络绎不绝的人流中，人们不大会对服饰进行过多的寻根探源，只觉得这些缤纷的色泽给隆重的庙会增添了喜庆，给色彩较单一的早春涂写了几抹靓丽。

　　高耸的山门下是水泄不通的人流，让人无暇顾及门侧分列的八字影壁，无暇注视壁面所镶嵌的琉璃青龙朱雀的优美造型，就连山门西侧的一对左雄右雌的蹲卧狮铸像也被人流遮挡。我们是被海浪一般的人流催涌进行宫大殿的宽敞庙院的，这是东岳庙中轴线的台基中央，尽管有如蚁人群，但它们的特色还是在春雨潇潇中彰显着；整个大院呈了规则的环形庙院，这很符合中国古建筑的基本特点；而高层游廊便于游客的居高俯瞰又可迂回徘徊；双层建筑使每一处都显得层次分明又非同凡响；品形戏台分为主戏台和小戏台，既有实用价值又起到对称的美观作用；三进五门的格局表现了多样化、变化性和神秘感，给人的视觉与感觉造成幽深肃然的效果。窑楼建筑是下窑上楼，这是从专业建筑的坚固与美观考虑的……此时，在门洞里，在游廊里，甚至在大小戏台都挤满了游客观众，一个个葵花一般高高托举起一张脸，瞪圆了眼窝儿，生怕漏掉了表演者每一项庄严的节目——还愿、求子、求药、担刀、献戏、献牲、送痂、祈福……而四醮朝山的祭祀仪式又是整个活动中的重中之重。

人群如雨点一般稠密，涌动和滚落在庙宇的每一个角落。

忽然便忆及三十多年前的那个春日，是"文革"后期的1975年，三月二十八前夕。那时我在蒲地南山一个叫李家坡的小山村，担任代理教员的时候。

早在之前的三四天，李家坡的一位年过七旬的老太太就为那一年的朝山活动悄然地做着准备。洗麦、晒麦、磨面、蒸着供献用的白花馍，还在为祭祀叫作"送痂"的一个仪式做着折断柳枝的吃力的活动……那会儿我从老太婆口中知道了昔日东岳庙这一古老流传下来的习俗，内容是为儿女们祈福禳灾，当然多为中老年妇女，如上一年家里有儿女或子孙出有痘疹，那么病愈之后，家中的母亲或是祖母在三月二十八之前用新芽柳枝扎上五色纸花儿，在庙会这一天，爬上柏山，敬献于东岳庙中的昌衍宫，每岁送一枝，一连送三年，李家小脚儿老太太，就是要去"送痂"呢。

李家老太太是给她的小孙子请假时悄悄告我朝山一事儿的，九岁的小孙子，跟上她，祖孙二人也是个互相照护。那是大破封资修的年代，老太太的行为是偷偷摸摸的行为，我难以想象一个七十多岁的小脚老太太和一个九岁孩童如何翻山越岭走几十里山路去艰难朝山的。那会儿因东岳庙山门紧锁，偷偷上去的人们是要从庙院四周坍塌的墙豁墙缝里爬进去钻进去的，祖孙二人是冒了怎样的风险，遭遇了怎样的坎坷，才完成这次漫长的心灵朝拜和虔诚祭祀的，是什么力量支撑着一老一少蠕动在弯曲的山路上，难道是当时粗暴的说法，所谓的封建迷信么？小孙子年幼无知出于好奇倒也罢了，经历了岁月沧桑和人生磨砺的老太太岂是迷信的力量所能驱使得了的，在老太太苍老心域里，有一处鲜活圣洁的泉水在涌动着力量，在滋生着信仰，在生长一片葱郁绿地……再陡峭山路和险恶的局势也不会阻挡一对寻求圣境的脚步，还是一对粽子般的三寸小脚哪……

就在那年的夏季，我和城关学校的几个教师第一次登上柏山，走进东岳庙。那会儿的庙宇是经历了"文革"浩劫之后的状况，残破、坍塌、凄清、冷落，只有荒草一丛丛从庙院的砖缝里肆意延伸，和昌衍宫的瓦棱上的苔藓们一起遥相呼应、诉说一段岁月的荒诞与无奈。忽然，在行宫大殿油漆剥落的木门一侧，留有一行粉笔写下的字迹，看了让我怦然心动又回味再三：我痛恨旧封建，但热爱劳动者的智慧，请爱惜这宝贵的文物和建筑吧。

这可是大破四旧的可怕年代，在民间、在草根底层，生发出的真诚却又辩证的声音，就那么一行不为人留意的粉笔字，刀刻石凿一样永远嵌进我的心里。对蒲子地，对这片土地上认真生活着的人们，由此而生出绵长的敬意和恒久的钦佩，同时，有一片碧绿的希冀，如同一棵细小的松柏，悄悄植进荒芜了的心地……

这片土地古老而鲜活，早在四千多年的上古时代，就已经被植入了难能可贵的人文精神和纯洁的情操，正因如此，上古著名的先贤和隐士之一的披衣子即蒲伊子便是这片土地和这片山林所孕育的精华。

是的，在乡野山林之间，圣尧伊放勋就觉察到隐藏着无数智者贤达，就如同乡野里奇绝山川一样，潜藏有一批奇绝人才。他们采山野之气，吮天籁之精，有着仙人一样的灵气和慧眼，这也是尧王拜访他们，结识他们，请教他们而有所长进开阔视野的缘由，从而选贤任能治国安邦，对圣尧放勋有百益而无一害。

同蒲伊子相比，其他三位隐者便显出各自缺憾和不足来：许由的怪诞与固执，善卷的封闭与淡漠，巢父的极端与倔强……蒲伊子是包容的、内敛的、智慧的、高远的，他深居山野，却胸怀天下，他心性高洁却持正守义，他独善其身，却托志山水，他顺遂自然却筑就独立人格，他抗击世俗却有另样自律……

我想象着圣尧天子伊放勋寻找并请教蒲伊子生动清晰的一幕——

伊放勋与仆者艰难地行走，仆者挥舞铜刀劈砍荆棘，伊放勋吃力地攀住身边荆条，面前，茂密的山林骤然稀落了许多。二人驻足，抬手擦去额际汗珠。

仆者欣喜地发现不远处有一圆木搭成的小屋，小屋前有位长发披肩者舞起硕大石片在劈柴。

仆者上前施礼问道："请问你是不是披衣高人？"

披发人微微一笑，朗声道，披衣蒲伊子是得道成仙之人，我只是他的近邻，他就在前边阳坡上呢。

一眼悬在山崖上的石窑出现在圣尧面前。

石窑前逼仄的院落被一块巨大的山石占去了很大一角，山石光滑细润，是一只巨大的可坐可卧的石几。

一缕夕阳从柏松浓密的缝隙间过滤下来，洒落在简陋的小院里。

披了一身夕阳的体形佝偻的老者，背负一捆干柴，缓缓走进院落，老者的身后，紧跟着一只年轻的黄鹿儿。

老者便是披衣子即蒲伊子。

蒲伊子凝神一看伊放勋，赶忙揖起双手：圣尧天子，何故竟亲临披衣陋居？

尧的仆者大惊，你真是神仙了，怎的就知晓这是天子？

蒲伊子笑而不答，只取出两只石碗，从石窑之侧抽出一根竹管，便有汩汩清水流进石碗，蒲伊子另取出一些松子之类山珍，连同石碗递给圣尧与仆者。

那只黄鹿乖巧地凑到竹管之下，饮起水来。

圣尧扶蒲伊子坐下，道，放勋在尘世，素闻高士大名，只因仰慕高士，今特来寻访，欲将天子之位让于高士的，放勋也好过两天闲云野鹤的日子，不过……竟未料到，高士年长于放勋，还求高士荐一位可接替放勋的人才……

尧仆者插话道，披衣高士，你久居深山，如何识得圣尧，而洞悉天下？

蒲伊子抖抖披在肩上的褐衣，笑着道，山高自有山相连，披衣也是天下人，岂有不知天下事之理？如若披衣再年轻些许，定会跟圣尧去干一番大业的！天子，披衣向你推荐一个人如何？

伊放勋目光一亮，有些激动和急切的模样，高士快快道来——

蒲伊子依旧不慌不忙，淡泊如初：披衣闻听历山之侧，有个叫虞舜的年轻人，是个颇有作为的贤人，一介草民，贤名远播深山……

这便是蒲伊老人向圣尧天子举荐虞舜的传说，这个优美传说的诞生地就是吕梁山深处的蒲子县。当然，县城名称来由之一，便和上古贤达蒲伊子有关。

圣尧拜谒蒲伊子是上古时代的一个经典时间，可以说，没有蒲伊，就没有其后大舜的皇皇业绩，没有蒲伊，就没有尧天舜日的太平盛世，在某种意义上讲，蒲伊子成就了伊放勋的盛世帝业，把尧舜盛名推到了一个辉煌极致。

蒲伊子不仅仅是伊放勋政治关键时期的师长和指点迷津者，他对大舜更有知遇之恩，蒲伊子居住的这片松柏苍郁之地，无疑成了二位圣贤所神往的精神依托，也是寄放灵魂汲取圣力的精神家园。

此时，在细雨迷蒙里，我仿佛听到了二十年前笔者所写的一首歌谣，可以说是穿越时空的一首有关蒲伊子和他同时期那一批隐者主题的歌谣——

归隐、归隐，隐者罩一层神秘纱巾；归隐、归隐，隐者无心于青心绿水；无以托志时独善其身，众人迷惑时洁身清心；远离嚣世浮尘，抛开浮躁拖累，抗击世俗是另样自律，顺遂天道是人文精神；

草也是理，石也是论，云也是道，风也是真，持正守义，惟吾德馨，心性高洁，蔑视流尘，世清世浊里难以定论；

山隐市隐抑或朝隐，独立人格铸就天地大美……归隐，归隐，真隐士不会在深山里酣睡……

一阵急骤雨点让我回归到置身的东岳庙里，回到满山遍野的苍松翠柏之中。我在尽量寻找着上古时代的蒲伊子和如今雄伟庄严的东岳庙的内在联系，甚至十分稚气地想象着，上古时代的圣尧是否在独具特色的柏山上拜访的蒲伊老人，以老人独具的慧眼是会选择这片风水宝地作为他的隐居之所的。

因为传说是具有多种可能性的，起码蒲伊子执着的双足会涉猎这片苍郁之地，既然他的慧眼能辨识百里之遥的历山耕者大舜具有治国平天下的雄才大略，也可以预测千年以后的这片神奇的柏山，会演绎一段东岳大帝神灵庇佑的动人传说，会神奇地耸立起历阅沧桑雄居千载的宫廷式建筑，它既是规模宽敞气势雄伟的有形庙宇，又是深深嵌入人心的无形家园。

在我们灵魂游离的时候，在我们情感困惑的时候，一颗心，在岁月的河流里漂泊的时候，会情不自禁地选择这一片高耸的绿地，一步一步攀登上来，走近这古朴典雅的建筑的艺术，走近这风光绮丽的山林美景，就走进了厚博的宗教文化的内涵。

作为一代枭雄的黄飞虎，在历史处于岌岌可危的关键时刻，他选择了代表先进的历史潮流，果断反戈，冲撞了暴虐的商纣王，在周文王周武王建立西周的革命运动中建立了不可磨灭的功勋。黄飞虎的名字是和德行天下，义重四方，南征北伐，功彪史册联系在一起的，黄飞虎三字成了一个英雄的符号。然而真正完成从"人"到"神"的豪华转变，是多年之后的民间行为，是从官方的封侯之后，才渐渐演变为老百姓的封神举措。

自古以来，中国民众内心沉淀着英雄情结，一旦被印证成为大英雄者，民俗文化的强大惯性必将催涌其到达"神"的地位。英雄黄飞虎一旦升华为东岳大帝，便有了至高无上的威信与权力，包括其后的一代代天子在内，国人的生死祸福尽在东岳帝的掌握之中。柏山东岳庙作为大帝的行宫，选择气势非凡的东山柏山，作为大帝行宫的选址，是冥冥之中上苍的安排，其实也是那个时候的历史选项。自此，柏山上耸立起的东岳庙便凝聚了以国教为主的多元文化，凝聚了游散于官方和民间的虔诚崇敬与圣洁的信仰。

柏山东岳庙所蕴含的思想是包容而多元的。

同全国著名的庙宇一样，东岳庙以包容的胸襟和开放的情怀使之佛道合一，而以我们根深蒂固的传统道文化为中心，地狱则典型地体现了佛、道、儒三教合一的主题。之前，曾有这样一种固执的说法，认为普天下的庙宇道观乃统治者从思想意识到行为规范上统治百姓、教化百姓、约束民众的一种手段和行为，是历朝历代统治者的良苦用心和施政谋略在民间的体现，这种说法武断而偏激。信仰是草根百姓的自由选择，是他们在漫长的生计打点和生活琢磨中一点点沉淀下来的思想支撑和精神慰藉，庙宇的设造使他们心目中的理想心愿和信仰有了一个真实可信可观可感的寄托之所在，这个所在耸立在树木葱郁的风水宝地，也深深植进他们的内心里。

柏山东岳庙所涵盖的艺术是丰富而迷人的。

千余年的风雨过后，千余年的沉淀之后，东岳庙能完好地保存有金、元、明、清、民国的诸多雕刻、泥塑、壁画、彩绘、墨迹、题记等无一不是我们这一方的文物艺术之珍品。

细雨中，怀了敬仰的心情，在水泄不通的人群里，好不容易挤到了行宫大殿之前，只见东岳大帝端坐行宫大殿的暖阁之中，大帝面颊红润，双目平视，坐姿庄严，神态肃穆。看暖阁顶端花卉溢彩，祥云呈瑞，而周边的悬塑流云、飞龙、人物，无不栩栩如生，欲腾欲飞，这绝对是雕刻泥塑和彩绘史上的绝妙一笔。古时的匠人和艺术家是怀了怎样虔敬之情来表达对心目中大帝的敬仰和爱戴！

把塑像的创作推向极致的是地狱系列塑像，针对帝王像与阎君像，针对判官像和鬼怪狱卒像，匠人发挥瑰丽的艺术想象，触动神奇的艺术感觉，生动地描绘了君、臣、僧、士、民的地狱生相图，鲜活地展示了不同程度的地狱冥刑图，通过形体语言和人物造型，传达出诚实守信、尊敬老者、恪守妇道、文明经商的理念，集约式体现了恶善有报的因果报应思想。这生动可感的教化图远胜过千万次的布道和说教，而这一切，是通过艺术的力量所表达出来并收到效果的。

柏山东岳庙所容纳的文化是恒久而鲜活的。

曾在"木兰花慢"前久久驻足。岁月的风尘已把这具石柱上的镌刻打磨得不甚清晰了，但这唯一的石刻文学作品的魅力却感染了不知多少文人墨客。这本是元代县尹邢叔亨的作品，深切表达他热爱和平，厌恶战争的爱国情怀，但它所产生的文物价值和文学价值是不可估量的。文友高海生曾以同样词牌和过"木兰花慢"，写得文辞优美，想象瑰丽，堪称"和"品之杰作，我想，这是另一种文学传承的力量吧。

能彰显东岳庙文化魅力的还要数它独具特色的各种楹联，那幅具有传奇意味的"伐吾山林吾无语，伤汝性命汝难逃"的名联，你想象不到那是柏山下两个村民做梦所得的，后经知事石映棨"沐手敬录"，它以神联约法保护了柏山千余亩的山林树木，短短一幅联，有了匪夷所思的威慑力，文字与文学的力量，有时候是难以估量的。

柏山东岳庙所传承和沿袭的民俗风情是最接地气的传统习俗。

除却前面提到的四醮朝山这一有特质有创意的民俗活动，在民间渐次形成的朝拜和信仰中，人们已经把东岳大帝作为禳灾御祸、赐福降祥的庇护神了，把有形的东岳庙当作无形的与神灵沟通，予以精神寄托这种纯精神活动的最佳场所。而各种各样的祭祀和庙会的一系列行动成为与神灵对话和沟通的平台。诸多的活动和朝山仪式如还愿、布施、求子、求药、献戏、献牲、祈福等习俗就形成了许多独有的民间文化习俗。

多年前我曾亲眼看见县城里一个常年捡垃圾拾破烂的老汉，在庙会期间，吃力地上得山来，把平时省吃俭用积攒下来的一摞人民币慷慨地捐献于行宫大殿里，连磕了几个响头长跪三拜，才恋恋不舍地离开大庙……我也不止一次在行宫大院的几座戏台前，见识了善男信女的争相献戏还愿，常常是四个戏台都已占满，而从不同的戏台上，传来蒲剧、眉胡、昆曲、土戏等不同唱腔……无论在大太阳之下，抑或如眼下这春雨纷飞的日子，台下观戏、听戏者均神情专注，早已进入跌宕起伏的剧情之中了……

有庙宇就有庙会，有庙会就可以派胜出传统习俗，一代一代，优美相传……

春雨仍在诗意地下着，条条缕缕，接天连地，滋润着遍山柏松，也滋润着圣境固守者的心扉。

苍郁人祖山

行走在人祖山起伏跌宕又蛇样扭动的山脊，身侧各样树木的枝条在不断撩拨挑逗着你，拂掠你的头发或拽拉你的衣角。我想，这是雄浑人祖山的多情触须对我们的亲昵抚摸，是古老的女娲和伏羲鲜活的魂灵在我们围边的萦绕和委托树木们的某种职责。

山风在清爽阳光里徐徐游动，在苍郁繁茂的树木间穿梭戏闹。山体和树木便生发出那种似有若无的隐隐律动的声响。

树木对春的到来是极为敏感的。尽管这是绵延不绝的吕梁山脉的一部分，是海拔1700多米的人祖山地。昼夜温差遏止和推迟了本该盛放的野花和葱绿的灌木们，迟来的春风还是让乔木和灌木的神经抽搐着刺激一下，亢奋一下，周身便涌动着活跃，皮子就柔柔地有了青色，枝条也婀娜地学会了舞蹈。不经意间，第一片叶子娇羞却欣喜地缀在枝头，或者，土坡上下、石头缝隙里，倏忽间便炸出几朵黄灿灿的野花儿，清爽而自信地在那一隅里开放……这下，山野就热闹起来。只待几场山风刮过，只消一场细雨落过，山腰山脊、阳坡背坡，就神奇地结满了绿色绒毯，就诗意地滚动着绿色梦幻。

仲春时节走进这神秘奇峻的大山，撞进眼里和触到身体的树木们彻底颠覆了我来之前的想象。人祖山几十里之外的黄河对岸是绵延不绝的黄土高原，与高原一脉相承的人祖大山也定会是浑浑黄黄鲜有草木。哪料想这几十年里山脊的各种树木们繁茂得有了自己的格调，长长短短的枝梢们俊逸嫚妙互相交叉，显出了亲切多情迎风低语；而那些簇拥着的叶子们碰撞着耳鬓厮磨着，翻卷成一条春天的溪流。首先应提到的是白皮松、油松和柏树。这些生长缓慢的家伙无论年纪大小身躯高矮，只要沉稳地杵在什么地方，就显露出坚硬、实在、质朴、与岁月抗衡的王者风范，或叫树中伟丈夫。在树木中，松柏堪称树中领袖，在人祖山，尤其如此。在林中小径穿过的时候，松柏浓烈的香气在空中弥漫，沁入心脾后，能强烈感觉出这是王者的圣洁之香；桦树、栎树和橡树们以各自的品质和数量长成人祖山树中的精英，同松柏相比，它们更柔韧更随和更能寻找到合适生长的土壤与环境，修长身躯和富有特质的枝丫，使它们个性彰显卓尔不群；三叶枫、五叶枫和豹榆、山榆树们，是人祖山树木中的多情女子，它们娇羞、含蓄、俏皮、美丽、风姿绰越，春来了，它们展示美丽的机会也到了。就那么美丽而古典地，在山坡里书写一道柔美的风景；山桃儿山杏儿外加连翘们则是大山上的交际花儿，它们性情活泼，热烈如火，春风赋予它们华丽的外衣，它们就用绚丽的色泽装点大山，咏唱春天，如雪的洁白，如梅的殷红，如秋菊的橙黄，因为它们的姹紫嫣红春日才显得别开生面；人祖山还有更多的杜李、青椴、红条、对节木、荀子木、黄栌、黄刺玫、野葡萄、五味子、金银花等，它们一起构成了高高低低乔木灌木的绿色阵营，一起铺陈着一大片碧绿的神话且朝周边扩张，枝杈交叉叶片相连的它们不分大小没有彼此，交织在一起蔓延着一座又一座山头，连接了一道又一道沟梁。

是带着虔敬的心，走上人祖大山的，让脚步放得轻一些、更轻一些，怕惊醒这古老大山的美好春梦，怕惊扰了我们上古人祖的古老魂灵。

坐下来，轻轻坐在长有鸡头参的茂密的蔓叶则，会顿然感到眼前的树叶藤叶们都簇拥着朝大山下翻滚而去，富有质感的阳光穿越在其中，生发出叮叮当当的金属般清脆声响，这一切，仿佛在迎合并不遥远处的那种雄浑壮烈激越人心的轰鸣，是母亲河不舍昼夜地悠然流过和在那条窄长峡谷的猛烈碰撞，水势迅猛，骤然收拢后的巨浪翻滚和咆哮似雷……人祖山是沉静的，它用意味深长的幽静来烘托母亲河的气度恢宏；而西侧的滔滔大河则用气舒神韵的意境和搏岸击石的态势来映衬人祖大山的神秘幽古和凝重巍峨。

悠远的母亲河紧依着神圣的人祖山，它是用深情厚谊在拥抱着这座雄性山岳；高高耸立的人祖山在紧挽着母亲河，它在用山石的臂膀和鬼斧神工的气势护卫着母亲河。在高山与大河之间，有怎样的一条纽带，把二者紧紧相连？

登上石柱一般陡峭矗立的高庙上，极目四望，但见群山高低错落，颠连起伏，绵延百里而不绝，人祖山独特的地质地貌和原始多样的植物群落，形成了它富有特质的自然风光，千余座大小山峰组合起来的人祖山体气势雄浑，浓荫匝地的绿浪又延伸到方圆一百多平方公里。西望壶口瀑布，东临昕水河谷，南接庖山，北达二郎山，作为黄土残塬丘陵区的孤山，大山呈了东西走向，山体是由砂岩和砂质页岩组成。大山东方，地势平缓，土层深厚，大山西侧，山势陡峭，岩石裸露。

我们是在执拗地朝了西边缓缓而行。

远眺西南方向，撞进眼睛里的，是山峰与巨石的各种造型，整整一面山崖，挺拔峻峭，壁立千仞，历经千万年岁月风雨的侵蚀雕琢，裸露于山体外表的砂岩奇形怪状，应有尽有，如山鹰山鸟，兽头人面,而更叫人称奇的是大小数百孔山洞就点缀在陡峭的崖壁之上,且沿着山势一直延伸到另一座悬崖侧,这些悬空而形成的大小岩洞,小者可以飞鸟筑巢,大者往往高大轩敞。面对这奇迹一般的天然石洞,不得不感叹大自然那把厉害的刻刀,岁月雕刻,风雨剥蚀!

行走在人祖山上,惊叹与惊奇往往被朝圣与拜谒的庄严情绪所代替,人祖,是上古女娲、伏羲的合称。遥远的上古时代,洪水连连,先民涂炭,女娲与伏羲兄妹二人得以幸存,从大河之侧艰难地选择了地势高峻的大山,以避水患,以繁衍生灵。女娲氏以黄土为料,或捏泥人变真人,或以草绳饱蘸黄泥汤甩而成人。兄妹的共同努力大见成效,人类自此得以繁衍生息,代代相传,二位先祖成婚和造人的这座大山便成了今天的人祖山。

女娲、伏羲成为造化人类的先祖;

人祖山,自然成为人类造化的原始大山和根据地。

史前的优美传说可以当作神话去品读回味,而面对黄河岸畔柿子滩大量的人力加工过的燧石,面对约一万年前古人类生活遗址和真真切切的十余处人类用火遗迹,面对上万件石制品、石磨盘、石磨棒、取火器、动物化石、蚌质穿孔饰品,还有古老的岩画女娲、伏羲……我们又做何感想?这是传说么?是神话么?这是支撑传说和神话大厦的坚实基座;是把握传说与神话这只美丽风筝在高空飞翔的那一根绳线;是最善于想象和夸张的小说家笔底的最可靠最原始的素材;是落笔如行云,书写尤天马的狂草书家最当初的最靠谱的字帖……

人祖山与大河的最初关联也可追溯到上古尧天舜日的时代,那是大禹治水的传说壮举。《淮南子》记载"龙门未辟、吕梁未凿,河出孟门之上,大益逆流、无有丘陵,高阜灭之"圣尧伊放勋令崇伯鲧治水,大鲧固执地用围绪之策而更酿了水患。虞舜姚重华又选大鲧之子禹子承父业,禹审时度势,以疏导之法而治了水患又大获成功,《汉书》有云"禹治水从冀州始,"《禹贡》有载"冀州既载壶口,治梁及歧……"意为大禹治水从冀州人祖山附近的壶口开始而后又延伸到其他地方,大禹在治水中,在附近大山中发现一山洞,受洞中仙人指点,并得了天书。方才得到治水法宝,降服水患。这里的大山就是人祖山无疑。

你能想象到一万年前的上古时代大河侧畔，洪水来临是一幅怎样的惊心动魄的图景么？

天空阴云密布，强烈的暴雨裹胁着浓厚的雨气穿过大河两岸，风中枯枝败叶漫天飞舞，雁雀惊慌哀鸣，巨虺青蛇匆忙从山洞爬出，急切地游向山丘，低洼地上的小动物们已预感到天难的降临，夺路而逃；野羊与恶豹并驾齐驱，黄鹿与猛虎结伴而行；在更为巨大的恐惧面前，野羊与黄鹿早已忘记了恶豹与猛虎的可怕，虎豹好像已顾不及羊肉鹿血的鲜美。

狂风呼啸而过，巨雷震天裂地。

暴雨滂沱而至，盆泼桶倒一般，闪电剑戟似的当空狂舞。

山洪肋裹着树木、山石顺流而下，声闻数十里。

暴雨，已使乾坤迷蒙混沌，天地不分汪洋一片。

大河已成为一条暴虐的黄龙，浊浪排空，连天接地，洪水的喧嚣撼动着远处的树木山石，河水一涨再涨，漫上高坡，浸入石窟，河两岸先民部落的简陋茅屋石舍在洪水中轰然不见了踪影。

不少人事先爬到高大的树上，眼看身下的洪水朝了自己涌涨而来；

水面上漂浮着数件蓑衣与葛袍，漂浮着兽皮和陶罐儿，蓑衣之下，偶尔传出孩娃们微弱的哭声，妇人的尖叫隐约在乱哄哄的水流里……

洪水滔天，浸岸没陵，百姓草民或为山中野猿，或为河中鱼鳖，且不知这洪水何日可退却，如何才可解救子民于洪患苦痛呢？

女娲氏蹲在大河对岸一处较高的石崖石窟里的窑口，面对滔滔洪水一筹莫展。

这从天而降的暴雨洪患冲走了部落多半房舍，折损了部落一半子民，侥幸存活着的一块挤在这孔深长的石窟里。

年轻的女娲氏在苦思冥想着，她要给她的部落子民寻一条活路呀。

她是刚刚接任部落首领的新一代的女娲，她不可以任由她的部落在这样的险恶环境里提心吊胆地存活下去了。

石窟后面，斜躺着上了年岁的刚刚卸任的老女娲。到了秋季，按照惯常习俗，她要献身祭神了。在石窟的最后面，排列着一直被部落人供奉着的，前几代女娲氏的一列列完整骨架。这是这一个部落女祖先的象征物啊。

女娲的祭祀献身是为了部落子民的繁衍和土地里庄禾的丰获。这几乎是每一个部落神圣的献身图腾，在献身被杀和为民祭神的活动中，神圣的气氛自始至终。

年轻女娲是经过千百次的思索千百次的寻访打探之后决定部落迁移的。这次迁徙与其说是一次大规模的搬家行为，不如说是一次革命性的生存选择，无数个部落首领女娲们率领着部落族人一路风餐露宿，筚路蓝缕，为寻找家园而披荆斩棘，九死不悔。

他们怀了执着的信念一直朝东山走去。在古人的意识里，东方属于青色，主管着生存，为春的象征，一年由春开始，东方就成了万物孕育之地。东是贵重而神圣的，东山（后来的人祖山）位于柿子滩的东北方向，树木繁茂，山势巍峨，有猎可狩、有田可垦、有畜可养、有土洞石窟可居、沟涧有溪、有水可饮，四季分明，适合生养，繁衍生息。

文化学者著名教授徐同先生说，逃生的古人类大都登上了千米以上的台地。以部落为依存的古人类群体为了求得生存，不止一次地往返于高山与平川之间，当年的柿子滩人曾登上了人祖山，生活在造化坪，水獭坪一带……

迁移到东山的女娲及部落先民们，生活环境的改变带来生活方式的改变，也是从狩猎到畜养的巨大改变。在大河岸畔，饮大河水，捕大河鱼，汹涌的大河既是他们恐惧之域又是他们的资源之所。来到陌生的东山之上，耳边少了大河的喧嚣，眼睛里却多了树木的葱郁，葱郁中，众多的野毛驴，野山羊，野兔子，梅花鹿先后成了他们捕获的猎物和渐渐圈养的家畜；在采不到野果，采不到野菜的时候，他们学会了开垦和耕种，在树木稀疏的山坡，在雨水丰沛的阳坡，当开垦和耕种过的山地里，长出第一株绿色禾苗的时候，先民苍老的或年轻的眼窝里，便溅出渴盼已久的绿色的喜悦，这种喜悦里包含了希望，标明了崭新的农耕生活包括种植和畜养生活的大帷幕的拉开……其实，当先民们的第一石斧朝山坡刨下去的时候，人祖山农耕文明的火星就在这用力一刨里激溅开来。

定居生活的相对安稳其实也促进了农耕和畜牧业的有力发展，而农耕业的发展使得人祖山的生计有了可靠保障。但是，疾病、早亡、部落族人体质的下降，人丁不繁，和其他诸如身体的畸形和智力减退，甚至呆痴傻哑儿的数量的增多使正常生活遇到了极大的困扰，也是妨碍生活脚步迈进的最大因素。

女娲们苦恼着；

伏羲们沉思着；

罪魁终于被找到了，就是令他们困惑多年又无奈多年的血缘维持的族内婚配。

新一代的女娲和伏羲以开阔的婚姻视野和果断决绝的婚姻手段，开始了最原始也最艰难的婚姻改革，他们把婚配目光投向了血缘之外的部落男女，从族内婚走向族外婚，从甲部落到乙部落，再发展到族外专偶婚；至此，以男性主体的家庭就此诞生，从原始部落到家族形成，从同姓异性氏宗族，再到成分复杂的民族的形成，女娲和伏羲的婚配改革走过了一条多么艰辛又漫长的路！

女娲伏羲的始创农耕和始创婚配就从人祖大山始。

我一直认为，我们的先民把目光投向浩瀚无垠的苍穹，并对其有了好奇与探寻欲望的时候，是生产力有了长足发展，物质生活有了一定保障的前提下，我们先人中的少数智者与大多数从事体力劳作的先人分列出来的，他们是那个时代的高知和精英。伏羲的英明就在于伏羲充分认识到他们的资源和价值，并且充分地利用他们的特长，这批精英是最早从人群中分离出来的，并且专心致志地从事他们所擅长的观测天象、八卦、历法的研究。他们是那个时代最早的劳心者，社会有了明确的分工则标志着文明又朝前迈进了一大步。

《易经》研究专家、著名企业家耿世文先生曾在他的专著中写道：几千年来，伏羲画卦已成定论，被世人接受，伏羲是一个名称，而不是指一个人。"羲"本指代太阳，通曦，还有顺着阳光的意思，神话中的御阳者叫羲和。《尧典》中有羲仲、羲叔、和仲与和叔，羲仲与羲叔都住在阳光投射点，和仲与和叔住在阳光反射点。故而，伏羲名号所含之意是一代一代立竿以定农时的观日者，也就是以品类万物而作八卦的部落酋长。

先天八卦产生于天文观测，一万年前，以人祖山为中心区域，部族众多，各个部落的酋长和精英人物，他们日复一日在自己的领地上不懈地观斗测日，以确定农时和四季。

久久伫立在柿子滩石崖前的女娲岩画前，看这幅历经岁月风化而依然清晰的上古岩画。有学者断言，女娲头顶的七个圆点，就是北斗七星，这是远古人类观天测斗的真实形象的写照！

人祖山周围分别建有七座北极庙，城内，北关外，房村里，高天山，五龙宫，西宫河和庖山顶。耿世文先生论断，在一座大山的四周有如此多的北极庙，足以说明远古时期人祖山的先民们对北极的崇拜，同时证明先祖在人祖山上观测天象，确定方位，划分四季，创立八卦的业绩。

神山、圣境、人祖山人执着的探求精神和适应大自然，了解大自然的超前智慧，是中华人祖的重要标志。

在冯彦山老师的引领下，我们沿着弯曲陡峭的山路上到了人祖山主峰高耸的伏羲岩上。

这是一处开阔又别致的山地，看四周，脚下云海林涛，头顶祥云舒卷，天蓝得让人想哭，树木翠绿得叫人心醉，许多叫不上名字的奇木怪树，在大山的四周可劲儿地生长，把山顶一方平台场地，围了个密密匝匝。人祖大山的许多七彩山鸡和罕见的古朴大鸟儿，在树林间悠忽飞过，划着无数道优美弧线。这倒让我想起以前看过的人祖山出土的陶凤头像，想到卦甲山伏羲岩画上人物头饰的三根鸟的羽毛，是伏羲氏族对鸟儿的崇拜图腾么，这与女娲部落的蛇图腾形成了交相辉映的图像交合。

"是的，到了夏秋两季，人祖大山里处处是大小的蛇类，甚至树上悬吊的也是"冯彦山老师这样画龙点睛地说了一句。作为一个知名教授，一个享誉平阳的学者，冯老师把他退休以后的日子就献给了人祖山的文化开发和文化研究。人祖山成了他晚年的生活家园和精神家园。

冯彦山先生的介绍如一把柔韧的梳子，给我梳理了人祖山的来龙去脉，远古今昔，运用工笔画的技法细细描绘了人祖山方圆一带的古老民俗风习，和祭祀文化的悠久历史传承沿革。凝重的人祖文化在他的描述里鲜嫩欲滴，活色生香！

人祖庙的系列建筑为伏羲殿、娲皇宫、地藏殿、寝宫基址、卧云石、伏羲岩刻。庙宇创建年代不详，据记载是明德年间重修之后历代修葺。

漫长岁月的风雨已使得庙宇们倾斜坍塌，残缺不全了。但在异常荒芜和杂草丛生中，我分明感受到了一种气息，古老、庄严、肃穆、神秘、神圣、神奇，还有，那就是一种鲜活……传承中所蕴含的能量！那可是一种圣人之气，王者之气哪。

一通碑约有三米，圆额龙首，额上有"重修包山伏羲皇帝正庙之记"碑文早已漫漶不清，一面面残墙断壁正在诉说着当年的烟火旺盛，朝拜者众多和曾经的一系列辉辉煌煌……

伏羲庙正殿为无梁殿，坐东朝西，存有三尊残破造像，虽残破，依稀能辨出精巧的造型和精妙的雕塑手法，还有被尘埃遮掩下的艳丽大气的色泽……残存有阁楼天宫三层，上层为三座门楼，三个神龛；二层泥塑较多，最下层左边是人祖传说结亲故事——伏羲女娲兄妹滚磨下山相会，寓意结合的泥塑造型；右边为飞线穿针寓意结合的泥塑，虽残缺损坏，依然可看出其栩栩如生来……

娲皇宫在伏羲殿背后，坐北朝南，砖券窑洞小殿分为两层，木隔扇分隔，宫内塑像均已损毁。在这特殊的山地位置，该庙宇已有可观规模了，又有考究的修造工艺，让人顿生敬畏之情，对庙宇的破败与毁损而顿生的苍凉之感和惋惜之情只是心中隐隐的一个痛。这个痛很快就被春天和煦的山风吹去了，要知道，人祖庙早已被人祖山文化旅游开发公司列入维修保护开发利用的总体规划里，气度非凡，独具慧眼的耿世文先生表示要重点修缮这处珍贵的文物古迹。

此时伏羲岩下传来叮当作响的击石声，修缮人祖庙的工人们正在凿石备料，铺展着通向这人祖山主峰的弯曲山路。

叮当的击石声清脆优美，回响在空旷的山谷丛林间，也一阵阵激动着我们的心扉，这平凡的劳动者的号子正践行着开发人祖山的每一步艰难进程，也一声声告慰着神圣的女娲伏羲以及创建这片家园的先民们。

行走在苍茫雄浑连绵叠嶂的人祖山，行走在开阔古朴蕴含丰厚的人祖山，我依然被这里浓郁的树木所感动；被大山葱茏的绿色所感动；被大山上几十万亩的森林所感动；被这里坚强结实品格高雅的白皮松、白桦、红桦、榛子、漆树、栾树、青榨、国槐、杜梨、黄栌、梅树所感动；被这里柔韧含蓄风情万种的三角枫、五角枫、野蔷薇、紫线菊、山楂树、山杏、山桃、山果子、樱桃、桑树、山杨、山柳、胡枝子、山石榴所感动；被这里颇富特质彰显个性的山杆、石杆、山定子、暴马丁香、杌子箱、胡颓子、文冠果、天南星、荆条、卫芽、南蛇藤、忍冬、沙棘、金银花所感动……

它们就这样各自拥有一个生长的姿态，拥有各自成长的空间，以人祖山为坚实的依托，生长着，苍郁着，茂密着，更替着，他们是人祖山忠实的护卫，又是人祖山的诗意营造；他们是人祖山艺术的触须，又是人祖山魂魄的萦绕……

由人祖大山的各样树木，我自然会想到具有浓郁的人祖山情怀的一个个精英来，耿世文、郑中午、徐同、冯彦山、李思义、阎金铸、王登明……当然，还有许多为人祖大山奔走呼吁者，为人祖山文化的研究焚膏继晷者，他们就像人祖大山许多挺立着的乔木一样，以树的品格和树的情操、以树的担当和树的职责、以树的葱郁和树的浓荫、以树的姿态和树的柔韧，用心灵守护着人祖大山，也用心灵守护着精神家园。

寻胜师家沟

一

师家沟是一条土沟的名字；
师家沟是一个村落的名字；
师家沟是一座民居的名字。

没能想到，随着岁月的过滤和时间的打磨。师家沟渐渐成为我们生活中的一个符号了。一个典型的晋南山区古代特色民居的符号，一个执着的晋商眷恋家园的浓郁情节的符号，一个具有厚重的文化内涵和崇高精神层面的特质符号。

沟是黄土高原上司空见惯的浅浅的土沟。在晋南山区，土垣和丘陵之间，常常会有这一道又一道沟壑的凹陷和连贯。

从较平坦的垣面下一道土坡，缓缓的，长长的，再拐几道弯子，便下到沟里了。

这道土沟和其他地方的土沟，并没有太大的区别，一色的黄绵土，浑厚凝重，浑浑黄黄连同从窑洞和房屋里走出来的老汉们的一张张脸，黄得地道，黄得本色。有高高低低的杂树，在沟底和沟坡里长着，很自信地挂几枝碧绿的或嫩黄的叶片，给一道土沟里点缀一些生动。土沟的许多斜面有少量的早年垦出的坡地，是沟里人家捎带着去耕去种的，长一些随了季节生长的庄稼，矮矮的稀疏的很随意的样子……

这道土沟，和其他地方的沟壑所不同的是，它距汾西县县城仅仅10华里地。沟里人家要逢集赶会逛逛县城的热闹，只消上了沟顶，朝西北方向步行半个时辰就到了。如今铺就的一条宽阔的油路，更是快捷方便。故而，师家沟的百姓，是不闭塞的，无论你在沟里碰见什么人，年轻人抑或老者，妇人们或者孩童们，一张张脸上，都沉静着表情，一副见多识广，经风雨见过世面的样子，不会为来访者好奇，不会为陌生人惊讶。近距离地接触县城，成了师家沟人的优越和优势，他们说白了是县城郊区的居民。

汾西县，这是一个享誉全省乃至全国的名字，不仅仅是因为它历史的悠久和文化底蕴的深厚；不仅仅因为它紧挨着南同蒲铁路，紧邻着大运高速公路和108国道；不仅仅因为它拥有着丰富无比的煤铁铝矾土还有石膏等矿产资源；不仅仅因为它是国家重点扶贫开发县；不仅仅因为它的旱作农业为主的山区农业县，沟坝坡地、残垣沟壑闻名全国的……汾西是因特定历史条件下的特殊事件被更多的人所知，这个拥有15万人口的山区县城是以人们的顽强、自信、执着得甚或执拗，聪明得近乎狡黠而出名的，穷山恶水使他们穷则思变，恶劣的生存环境锻造了他们的超人毅力和惊人的柔韧……同其他县城比起来，汾西人，更具有鲜明的个性和不屈不挠的追求精神。

汾西县是以县境位于汾河之西而得名的。清康熙八年《汾西县志》上曾有这样较为详细的记载：汾河绕其东，姑射峙其西。它东临霍州，北靠晋中灵石和吕梁的交口，南于洪洞、蒲县相接，西峙姑射山和隰县相连。

这是一条三面环山的土沟。

用地理专业性的话说，这条叫作师家沟的土沟地处临汾断块构造带中的山地和丘陵的汇合地带。在落后的封建社会和动乱岁月里，也因了它所处偏僻山谷的缘故，这大片的古老居民得以幸存了下来。

在土沟南端的最高处朝下看去，浑浑黄黄丘陵起伏千沟万壑的连绵山势中，忽然凹陷下去的土沟居然有了秀丽景色，奇迹，堪称奇迹的古老村落就点缀在土沟的一道朝阳土坡上。师家先辈们依山就势建造院落，便形成后来这样一大片具有独特文化内蕴和历史沉淀的古文化村落。

再细细留意，村落的南边，土沟沟底的路面或是狭小的地面，并不是司空见惯的黄土沟涧里那般干燥干旱，它们隐隐地泛着些许湿润的气息，原来，是有一条细弱的小河在悄无声息地蜿蜿蜒蜒地流淌，把一丝丝湿润和一丝丝智慧，也悄无声息地散发在这片村落和这条土沟里。……小河的品格是柔韧的，它就那么不事张扬却自信从容地流动着，去寻找不远处的对竹河，然后汇注着，共同奔向远处欢腾的汾河……

这道土沟，区别于其他沟壑的最显著的地方是拥有神秘的清代民居的伟岸建筑，随着日益兴盛的旅游产业的发展和人们寻古探幽情怀的日渐浓烈，师家沟便以自己的肃穆、古老、庄严、幽静、神奇、大气、质朴、本色，展示在愈来愈多的人们的面前……

二

好一片风水宝地！

在心里，笔者一次次惊叹。不正是么，村落在负阴抱阳的山坡，大大小小高高低低的房舍和窑洞们尽情展示在日光之下，西、北、东环山的三面，就如三道天然屏障，将大自然的风霜雪雨抵挡在山沟之外，而村南处于坡势低缓的地段正是小河流淌的地段儿，缓坡铺陈，起伏成趣，芳草萋萋，别有天地。

师家沟村山清水秀，龙虎二脉累累相连。这是师家家谱序中的一句话，自古至今，不要说大户人家名门望族，就是普通百姓平民之家，也要讲究地理环境和风水选址的。

左青龙，右白虎。东为青龙山，西为白虎山，东西二山相连接藏风聚气，得水为上。师家沟，正好聚气山环，龙脉集结，这是师家祖上的聪明选址，还是大自然的恩典赐予？

我想，天人合一，在这里得到了充分的体现。

多少次了，伫立在这座清代牌坊面前，端详它，凝望它，总觉得有一股清凉的肃穆之气，从它的周身扩散开来，而一股浓郁的敬重之情，便充盈了我的身心。

牌坊以高耸的姿态，以清一色石质坚固的身架，以优美和庄重的造型，矗立在师家大院的最前端。它既是师家大院的第一道牌楼，又是蕴含了师家多重文化的节孝牌坊。

从清咸丰七年矗立起来，牌坊这一矗立就是一百五十多年。

一百五十多年，漫长岁月的风霜雪雨在吹打着它，浸泅着它，风化着它，牌楼以高贵的品格，以耐久的毅力，以凌空的气势和慑人的气质坚挺地屹立着。

它是在守护着师家沟看得见的大大小小三十一座古老的院落么，还是在固守着师家沟看不见的多重文化：尚志、操守、单厚、耕读……

它像一位执着的哨兵，站在师家大院的最前端，矗立的形态是它固守"单厚"的状态，修长的身姿是它秉承妇道贞节操守的典范，而高耸的气势，庄严的肃穆则是对其特色文化的捍卫与把持……

少年时代，在晋南原野的乡村里，随处都可见到不同样式不同结构的牌坊牌楼。乡村门楼权且不去说它，大多牌坊属于贞节牌坊，节孝牌坊之类，高大雄奇，典雅拙朴，造型优美，各具特色，有砖木结构的，有木石结构的，也有一色的木质结构的，它们屹立在乡村的中心地段或干脆就在村落十字路口的四通八达处，让进出村子南来北往的人，抬头能仰视到它，低头可以感受到它，仰视到它的端庄威仪，感受到它的内敛魅力，更多的时候能在静寂里倾听到它，倾听到它默默的教诲和在沉默中言传身教的力量……

　　它是中华儒教的一处形象的体现者，它无时无刻不在昭示着人们，遵循怎样的伦理道德秉承怎样的传统文化，尤其告诫村落里的大姑娘小媳妇该怎样恪守妇道该如何三从四德……通过牌坊，我仿佛又在天籁里听到低沉的《女儿经》的沉吟……

　　　　女儿经，女儿经，
　　　　女儿经要女儿听。
　　　　习女德，要和平，
　　　　女儿第一是安贞。
　　　　父母面前要孝顺，
　　　　姊妹伙里莫相争。
　　　　父母教诲切休犟，
　　　　姊妹吃穿心要公。
　　　　东邻西舍少串门，
　　　　早晚行路须点灯。
　　　　油盐柴米当爱惜，
　　　　针线棉花莫看轻。
　　　　坐立行走须庄重，
　　　　时时常在家门中。
　　　　但有错处须认错，
　　　　纵有能耐莫夸能。
　　　　……

　　站立在牌坊面前，久违了的《劝世文》又一次在耳边萦绕——

　　　　父母恩情似海深，
　　　　人生莫忘父母恩。
　　　　生儿育女循环理，
　　　　世代相传自古今。

为人子女要孝顺，
不孝之人罪孽深。
贫家才能出孝子，
鸟兽尚知哺乳恩。
父子原是骨肉亲，
爹娘不敬敬何人？
养育之恩不图报，
望子成龙白费心。
……

男子休嫌妻貌丑，
妇人不怨夫家贫。
贫穷富贵皆由命，
夫妇相处要真诚。
刚柔相济两相安，
和气家中少祸端。
同甘共苦好度日，
清寒亦觉有温暖。
夫妻时光太短暂，
劝君珍惜前世缘。
夫妇如宾互尊敬，
连理和合好百年。
……

妇人口舌须提防，
枕边是非起祸殃。
姑嫂不和家必败，
公婆恼怒暗心伤。
做人姑娘要善良，
家丑不可对外扬。
姑嫂之间要礼让，
且莫小事争短长。

细察是非防口舌,
三从四德不可忘。
先圣先贤立妇道,
守口且莫把人伤。
……
兄弟本是同根生,
莫因小事起争论。
手足之情诚可贵,
万事皆念骨肉亲。
人生难得兄弟爱,
同心协力土变金。
谦让尊敬情意长,
天伦之乐喜洋洋。
为人当效融让梨,
桃园结义刘关张。
上山打虎亲兄弟,
历代相传美名扬。
……
朋友相交宜谨慎,
狐朋羽党莫相近。
休因酒肉为知己,
急难不扶反笑贫。
结交朋友言信实,
日久才能知人心。
患难之时相爱顾,
萍水相逢难知情。
锦上添花人人有,
雪中送炭世间无。
四海之内皆兄弟,
留心择友益无穷。

……
苦尽甘来是古训，
莫为偷闲误自身。
克勤克俭是美德，
懒惰嫖赌败家景。
为人当惜好光阴，
勤能补拙是例证。
信实待人人看重，
自欺欺人事无成。
求人吞象三寸剑，
勤俭节用莫求人。
家中虽有万贯财，
不知节俭等于零。
……

在封建社会的大文化背景之下，特别是儒教的仁义、忠恕和中庸，这些形成我国博大精深的传统文化的内容，已渐渐规范出一套如何入世出世待人接物的处事原则，可以说这些经过漫长岁月沉淀出的思想与文化的经典，能教诲和提醒人们寻找修身养性的途径，学会内敛自我，丰富自我，谦卑自我，也可以学会高瞻远瞩和达观人生。

对于年轻人，这是一笔丰厚而宝贵的人生智慧。拥有这一笔宝贵的知识、文化和思想的财富，才可能培养陶冶出具有达观向上的人生态度和谦逊忍让的人格魅力。

可是，可恶的政治风暴和极"左"的次粗暴地蹂躏着我们的传统文化，在糟践着我们的国学经典，在毁灭着我们的人文景观，在摧毁着有形和无形的所谓的封建的堡垒……

在这灭绝文明和灭绝人性的狂风暴雨里，一架架高大巍峨的牌坊被人为地毁灭了，一座座典雅庄严的庙宇被无理地打砸抢了……

几乎一夜之间，原野上的牌坊们在坍塌崩坏中痛苦地呻吟，连同人们心目中最后的一道底线也断裂而崩溃。

……

师家沟的这座仿木结构的石雕牌坊却奇迹般地保留了下来,就如同它身后的那一片鳞次栉比的山地民居一样,柔韧顽强地挺过了那些血雨腥风的日子。

这是牌坊的大幸,也是师家沟的幸事。

师家民居的这座牌坊,是特质的牌坊,并非因了它一色的坚固石质,并非因了它优美大气的造型,它之所以不同平原村落里那些普通平凡的牌坊,是因为它涵盖着师家的一段传奇家史,还因为它在沉寂中彰显着师家感恩于皇恩浩荡的浓郁情绪。

牌坊具有无限的诱惑力。

对于寻访师家沟的每一位来客,他的勤勉的脚步和一颗好奇的心,总是要被亭亭玉立的牌坊吸引过去的。

让敬仰的目光在师家沟的牌坊上久久地逗留吧。

石质牌坊外形四柱三门式,结实耐久的底座用一色的青石垒砌而成,岁月的风雨已把最底下的石条浸淫得斑驳风化了,坚硬的石头也难以抵抗岁月的柔韧。

这是师家沟标志性的建筑物;

我则把它看作师家沟的一个独特的符号。

牌坊又叫牌楼。古时,是为了表彰功勋、科第、德政、忠孝、节义等品行卓著者所建立的。

牌坊按照被立者的功能分为功德牌坊、贞节牌坊、科第牌坊,它是一种标志性,往往矗立于村镇入口与大街之上,作为空间段落的分隔之用。

师家沟的这座牌坊,同时也作为村落的入口标志,也就是师家沟的门户,是整个村落与外界联系的交汇点聚散处,是村民生活聚集的中心。遥想当年,想想这牌楼下面以及它的周边,该有何等的迎来送往,出出进进,远客近邻一片寒暄问候之声。

仰望牌坊正面,雕有"琴棋书画"四枚大字,彰显了师家的家学品位和所倡导的高雅性情,牌坊背面刻有香炉、书卷、竹筒、案几等物,这一应物体均与琴棋书画相对应,以示对其后人的教育、陶冶与期望。这种陶冶形式是固定性的，石雕一样的坚韧和恒久。

各间门楼形式相同，正楼突兀，楼下则是通道。

牌楼两侧是半人多高的石头须弥座，前后各坐有一对石狮，并有抱鼓石左右夹固门柱，既美观又实用。两侧均为角楼，雕刻精细入微……那是一百五十七年前石匠的精细雕刻，是师家主人的良苦用心，还是石匠本人的匠心独具？

在这些细节的打造上，在这些石质活计的讲究中，主人和匠人的心思是一致的。

上方单檐歇山顶，牌坊正脊上雕有一大象，背驮宝葫芦。大象石雕古时在民间的装饰中并不多见。"象"又可谐音"祥"，葫芦更是吉祥的象征。比如：福禄五福等皆由这宝葫芦而来，一对双头怪兽被剑刺插在屋脊之上，兽身有双翼，无须无角，双目怒视，朝天吼叫。这正是怪兽镇守，兽口朝天大开，威风八面。

其实，这夺人眼目的翼翅是有极高的审美风范和审美情趣的。高高在上，迎接八面来风，昭示着师家人的气质和胸襟，还有一种开放的意识。

石柱两侧，阳刻有楹联："圣德醍醐天宠渥，王言纶綍国恩多"横批是：天章光被，可以想象师家当年是何等的受宠何等荣耀。

楹联似乎是一个悬念，它的内容自然会吊起有心旅客的胃口，让人惊讶，让人惊叹，让人好奇，让人有所期待。

牌坊正楼的额枋上书有："敕赠儒林郎国学生师自省安人赵氏、张氏、儒林郎师五音安人刘氏之坊。"

师自省39岁时不幸染病身亡，年仅30岁的妻子赵氏和25岁的张氏并未再嫁，一直伺候公婆，养儿育女，并为丈夫守节至终。

师五音56岁时不幸染病，年仅40岁的妻子刘氏侍奉瘫痪在炕的80多岁的公婆，几十年如一日，同时养育儿女，辛苦异常，师五音的儿子师炳成官做盐运司知事时，将此情呈报皇上，于是咸丰皇上钦赐圣旨，建造了这一节孝牌坊……

从师家家谱看,师炳成的祖父去世,祖母将父亲师五音养大成人后,父亲去世,母亲刘氏守寡。到师炳成成为议事监运司知事的时候,应该说功成名就事业有成了,回想自己成长的每一步,想一想童年、青年的诸多人生经历,愈觉得自己的祖母和母亲含辛茹苦的艰难,她们的身心受到多少磨难和无言的痛苦,她们也有属于自己的青春岁月啊,可是,为了丈夫的事业,为了儿女的成长,为了心目中哪一团儿无形的向往,她们固守着一个大家族大奶奶少奶奶的做人原则,坚守着不可撼动的三从四德,让自己的青春在四壁的清寂和家族的秩序井然中悄然度过……

这一切,这深深的感恩情结,愈来愈深切地催涌着师炳成,他要将祖母和母亲的事迹呈报皇上,让老人家的妇道典范在家族中的一代一代女性中发扬光大……

皇恩浩荡,皇威无边。不久之后皇上敕准了。师炳成在师家沟的村口,在自家师家大院的最前端,在车水马龙的最显眼地方,建造了这一座独具特色也颇有内涵的高大挺拔的孝节牌坊。

牌坊表达了师家晚辈的感恩孝心;
牌坊凝聚了几代师家妇人的妇道典范;
牌坊承袭着师家来之不易的显贵;
牌坊标志着晋南儒商的品格;
牌坊彰显着皇恩的浩荡皇权的无所不在……
……
跨越牌坊,就跨越了一段历史;
走进牌坊,就走进了一个家族的创业传奇。

三

师家大院是优美和壮观的。
它绝对不同于丁村民居乔家大院王家大院和万荣的李家大院。

以上的诸多居民和大院是修建在平川上的，虽也建筑宏廊，气势非凡，院落套着院落，小门串通大门。近看远望，难以看出层次感来。

师家民居不同，它利用一道长长的沟坡，将建筑特点和地形地貌巧妙而科学地结合起来。

放眼看去，古色古香的大院群落依山就势，北高南低，三面环山，南边临河，避风向阳，风水宝地。看其布局，错落有致，鳞次栉比，观其形态，阶梯呈现，层次明朗。师家民居的建筑风格具有典型的北方和山西民居的特色，远观如同层峦叠嶂的一座小山城。近看又如同一座民居艺术的殿堂。院落，祠堂，学堂，茅房，楼门，屏门，园门，耳门，贯穿相连。形成了楼上之楼，院中之院房间套房间，大门连小门的奇异布局，且与整个山势自然衔接，交融一体。这气势宏伟的景致，无不充盈着本土山庄的阳刚之气，是山地建筑的经典，是耕读文明的窑居典范。

师家沟村落创建于清朝乾隆三十四年，即公元1769年，距今已二百四十七年的漫长岁月了。后经嘉庆，道光，咸丰几朝代，于同治年间扩建终止，其面积10多公顷，5万多平方米，含有大小院落31座，人们惊叹：窑洞文化精华，民居建筑魂宝，晋商文化又一村，民俗文化大村落。

面对这么一座二百多年的民居院落群，遥想当面对家大业大风光无限的师家族人，笔者和其他采风者一样，不能不好奇他们发家的缘由，不能不探寻他们家族创业的起源。

甲午年秋雨绵绵的日子里，在汾西县城的一家小小旅馆中，笔者与师家后人师师孟生促膝长谈，伴看屋外的漫漫秋雨，师先生的情绪显然被寻根的欲望所牵引，话语居然同秋雨一般连绵不绝，他给笔者透露了一个美好传奇式的师家意外发财之谜，这是我第一次听到的有关师家的往昔故事，我至今认为这仅仅是个民间的传说，而并非师家真正的创业发展史。

相传在乾隆年间，师家族人二世师长信去世后，三世兄弟四人为葬其父而慎重地新选坟地，在反复挑选之后请了一位南方来的风水先生，当时北方人对南方人有一种大不敬的称呼为南蛮子，这位风水先生自然被叫作南蛮先生。南蛮先生在师家沟村里上上下下前前后后反复观察走动之后，最终在村子的北面一个叫红南洼的地方，选择了一块风水宝地。南蛮先生征求师家四兄弟的意见，说道，红南洼背山雄厚，朝山光明，左有溪水长流，右有古塔侍立，实乃天地之造化之域矣。如果选此风水宝地安葬你们的老父，后代定会高官辈出，富贾成林。但是，红南洼这地场，山窄洼远，又有上下两穴，上穴可以富在三代，也就是第三代后发；下穴当辈即发，需要哪个穴地安葬你们的父亲，请各位慎重选择。

他们兄弟四人在一起商量了一阵，认为上穴可富在后代，间隔的未免太遥远了，而下穴当辈即富，立竿见影，咱们何不选择下穴呢？这样，他们选择了下穴安葬老父，这一年，是乾隆十三年。

排行老四的师法泽，买了本村一家的一块小宅基地建房造院，刚一动土就挖出了一大罐金银财宝来，这正验证了南蛮风水先生的下穴当辈即发说。俗话说得好，马不吃夜草不肥，人不得外财不富，师法泽的意外得财，不仅给营造豪宅大院凑足了早期的银两，还给师家后来的经商发家致富打下了必要的经济基础……

那么，埋在地下的财富又是怎么回事呢？师家沟难道在往昔里还有更殷实更富有的大户人家么？

传说是离奇的，不管你信与不信。

明末李自成率众残兵败将，从北京南逃，路过师家沟歇足休整准备着下一步的行动，谁料人马还立足未稳，吴三桂的清兵就紧追过来，风闻此消息的李自成便仓皇逃跑，为了减轻负担，把一部分银两就地埋藏起来，以图以后东山再起。

这个据说果真成了传说。

笔者后来在师家沟周边的村子里，从不少老者的口中也听到了这大同小异的传说。

作为师家后人的师孟生，对此也津津乐道，那毕竟是几辈子的事情，幸运也好，侥幸也罢，终归是一种荣耀，师家沟的家户多了去了，这幸运和侥幸的事情为何偏偏就落在师家祖上的头上，难道不是冥冥之中上苍的眷顾么。

在偶然与必然之中，我宁愿意相信必然。

后人及邻人包括邻村的人们如果不是出于心底深处隐隐约约暗藏着嫉妒的话，就是无端的猜测和杜撰了，当然，这里也不排除羡慕的因素在其中，或许是当时师家掌门人师法泽的一笔创业的基本财富的来源没能给人们说清楚，或者说原本就有什么不可示人的蹊跷的话，才引来人们的如此猜测和杜撰。

我想，不要去品评古人，就是当下之人，如果你要创业，你要干一番事情，你会对人们大肆宣讲你那些创业所需用的本钱的来历么？请记住，中国的百姓们是懂得含蓄的。

我宁愿意相信那是师家靠几代人辛勤劳作所积攒的一些殷实的家底，到了师法泽的手里，这些积攒足够丰盛和宽余了，故而，才迈出了艰辛创业的第一步。

这是一个智者的眼光和胆略；

并非一个南蛮阴阳先生的算卜和预兆；

并非一夜之间的诱人外财和一团儿鲜嫩夜草儿。

……

深思熟虑的师法泽盘算着如何动用这一笔祖上的积蓄，漫漫长夜里，穿越二百多年的时空，我们仿佛清晰地听见他把古铜水烟吸的呼噜噜作响，烟筒的那一团儿火红慢慢燃烧着师家沟又一个夜晚，那一团火红也点燃了师家家族就此走向兴旺发达的猎猎希望。

师家沟迎来一个非同寻常的崭新的黎明。

四

为商难，为商难

抛父撇母在堂前

回头看，离家园
昏昏如醉奔阳关
盼程途，马如鞭
路途只愁红日转
夜抵黄昏独宿店
上灯之前才加餐
才吃罢，就安眠
忽然一梦到家园
方才做个团圆梦
又被邻舍鸡叫唤
惊梦醒，叹几番
匆匆忙忙又上鞍
披星戴月穿云雾
登崖过岭又爬山
不避热，不畏寒
或是海北下江南
海北番语多鞑子
江南湖海有阿蛮
雪飘飘，雨绵绵
路途遭淋实可怜
浑身湿透真辛苦
谁知为商这么难
愁难买，卖又难
忱然不知两鬓斑
海角天涯去卖货
来往途程有万千
登水路，驾舟船
夜夜担惊不敢眠
数片板上飘家业
又怕板底透黄泉

财与命，并相连
终日奔走不得闲
南人不会骑骡马
北人不会驾舟船
这条路，又长延
不想过海下泽川
这条路，把心穿
叫人提起心恸酸
想家想得肝肠断
望家望得眼睛酸
正是雁飞不到处
果然人被名利穿
谢天地，保平安
重重得利回家转
回家不说千般差
原来只为吃喝穿
……

这是一段经商民谣；

这是清朝咸丰五年的经商民谣。民谣虽说清浅，虽说表象，它还是在一定程度上写出了经商求利的千难万险，写出了出门在外的甘苦备尝。

我不清楚这是不是当年的晋商者所感叹所咏怀，但它同样刻画出经商者当然包括晋商人的艰辛和不易。

临汾地区原是一个有着悠久商业传统的地区。

从"尧都平阳"那时起，就有了"日中为市，致天下之民，聚天下之货，交易而退，各得其所"的原始商贸活动，(《易·系辞下》)从春秋时期的晋国到三家分晋，以致秦汉以来，直到明清和现当代，临汾一直是河东地区的商贸中心。《史记·货殖列传》中曾记述，秦汉时期，平阳商人"西贾秦翟，北贾种代。"隋唐五代到宋金时期，平阳商业继续发展，商邑商镇越来越繁荣。元代，意大利的商人马可波罗曾在他的游记中这样描述过平阳："离开太原府，再西行七天，来到一个美丽的区域，这里有许多城市和要塞，商业、制造业兴旺发达。这一代的商人遍及全国各地，获得巨额的利润。到了这个区域，到达一个很重要的城市，叫平阳府，城内同样有着许多商人和手工艺人。"明代的平阳商人，正是在这样深厚的基础上崛起，并带动了晋商整体的发展，使之跃居全国十大商帮之首的，它们最大的历史机遇是朝廷实行"纳粮中盐"的开中法，即以运粮到边关换取盐的专卖权。晋人近水楼台得到先机，涌现了一大批盐商粮商。

盐商的兴起带动了平阳商帮的全面发展，此时的平阳商人商旅早已足迹遍布全国，重点在京师、河北、江南淮浙和西路的陕西、甘肃、宁夏一带，在北京创建的商人会馆已有12个。

平阳商帮的艰辛脚步终于走到了清代。

这时候，有一批在明代就经商致富的商人们很快进入了鼎盛时期，又影响了一批新兴商人发迹起家，同时也有一批地主和官僚的族人进入商界。

号称富可敌国的平阳"亢百万"、洪洞杜戍董家、苏堡刘家、马牧许家、襄汾中安平梁家、师庄尉家、赵康杨家、蒙亨毛家、都在清代前期康雍乾时期达到了鼎盛。襄汾南高刘家、北柴王家、洪洞万安刘家则兴起于清初，到康乾时期也已发家致富，成了气候。

洪洞草集刘家、襄汾丁村丁家都是由官入商的。

临汾下靳王家，汾西师家沟师家则由农入商。

话题终于转到了我们的师家。

师法泽拥有了一批祖上积攒下的资本之后，便有了一个宏大的计划和艰苦创业的雄心，他甚至暗暗地叮嘱自己，在师家他们这一辈子手上，一定要跻身于晋商的行列里，于是便实施了一系列的创业举措，放钱置地，经营典当，大开商铺，设立钱庄……师法泽要开启一条"儒贾结合"的发家之路。

师家从创业到发家，在很大程度上依托了当时康乾盛世的政治背景、经济背景和文化背景，康熙帝为了发展商业振兴国力，曾颁布了多项减赋条令，很大程度上减轻了商人的经商压力，而乾隆帝在登基之后还是国力强盛，经济发展也是欣欣向荣了。天高任鸟飞，大环境为师家的发迹营造了一个优越的条件。

中环境便是周边晋商的影响和连带。

平阳商人在长期以来形成的重商立业的人生观，以利制利的价值观和节俭勤奋、明理诚信，精于管理，勇于开拓的精神，是平阳商人渐渐形成的商业文化内涵，他们重商立业，济物利人的理念，儒与商的异木同心的认知，经商务必的以义制利的观念，是全体平阳商人的为人为商的原则，也成了师法泽渐渐树立起的观念。在这里，笔者要强调的是，平阳商人的文化素养要高过晋地的其他商人，他们多由耕读传家而进入商界，君子爱财，取之有道，是自小就灌输的思想，在浑厚悠远的地域文化的滋养下，平阳商人更文雅，更知性，更理性也更宽容，这是平阳商人根深蒂固的文化关联。而师家沟的师法泽，恰恰是这种文化陶冶出来的典型人物，他的身上也集中了平阳商人的儒雅，缜密，吃苦，节俭，豁达，敬业，恋家，善良，积德的优秀特质。

小环境便是师家家族的因素了

在后来的日子了，在师法泽含辛茹苦栉风沐雨的创业初见成效的情形下，他膝下的五个儿子也在他言传身教下勤奋好学，且一个个步入了仕途，成为师家创业的栋梁之村。据文化学者王玉富先生了解，师法泽的长子师登云，副贡生学位官居正五品；次子师自省，监生学位，官居六品；三子师凌云，武生学位；四子师馥云，增生学位，正八品官衔；五子师有云，增生学位，正七品。兄弟五人在父亲带领下，奋发图强，无论在本地还是在外地，无论在农业或是商业，均有了大的发展和改观，并逐步将商贸转向了金融，开始了典当、钱庄等相关产业。师族这时不仅收购了本村百分之八十以上的土地，而且扩展到周边村庄，如岭南、僧念、南庄、蔡家庄和县城附近的土地，土地面积达万亩之多了，租地吃租，县城附近的磁窑村有土地几百亩，就是师家家族的菜园，它不仅供给了师氏大家族的吃菜需求，还供给了整个汾西县城的吃菜需要，达到了生产与商贸的双赢。而师家沟村里，则建起了油房，醋房，豆腐房等家族生活作坊，还开办了第一个天顺当铺，主要接典本村和邻村土地，还在县城开设了杂货铺和声和盛钱庄。

师法泽的五子发迹后，为了光宗耀祖，声誉远播，把生意推向一个更高层次，这也是他们人生和思想的高层次的表现，小小的师家沟，并非他们拓展才能的地方；小小的师家沟，限制了他们的思维，师家沟只是他们立足的一个根据地，而他们事业的平台辽阔而长远。

兄弟五人在初见成效的基础上，分别立堂封号，"敦本堂""敦仁堂""敦厚堂""敦壤堂""敦礼堂"，这在师家历史上称为"新五门"时期，也是师家发展最兴旺的时期。

布衣暖，菜根香，诗书滋味长。

家业发达的师家依然注重着人们的文化价值和精神力量，注重着知识分子荣誉感和教育的教化作用。重视官商结合的社会效益和经济效益，认识到儒有高名，贾有厚利，而儒贾结合方为长久的发展之道——努力求学，获取知识，寻找途径，求取功名，这是师家族人、正面的发达之道。

另一方面，师族人也能与时俱进跟上社会和时代的步伐，尽管社会是复杂的社会，他们还是努力调整思维，及时更替思想，并千方百计通过各种途径，求取功名谋求发展。

当时正值清王朝官僚买官卖官明里暗里均有交易的时代。师家家族决不会自命清高而视而不见。这样的机会往往稍纵即逝，而一旦抓住在手里则拥有一个不可估量的前途。这前程不仅仅是个人的，它关乎着一个家族的利益和发展。

师家的另一个手段也通过捐钱买官来抓住各种机遇。在短短的十几年里，取得了监生、贡生、增生、廪生、武生议事国子监等功名21 人，取得奉政大人、知县、同知、儒林郎、修职郎、盐运知事、六品顶戴，千总官位 14 人，这些官位与人脉，这些社会力量和人才力量，为师族的兴旺发展起到了推波助澜的作用。

如果说让师家家业鼎盛发达起来的是师法泽的话，那么师家达到登峰造极的则是师鸣凤了。

师鸣凤是师法泽长孙，在师家六世排行老大。

道光十五年（1835年）师鸣凤捐官正八品，用银子先铺就了一条官场之路，到道光二十九年（1849年）又补缺湖南湘乡知县。咸丰三年，因军功受提拔官居正五品，一跃成为师门历史上最为显赫人物，在他二十多年的仕途生涯里，他为家族跻身晋商平阳帮的行列，起到了至关重要的作用。

师鸣凤自然成了师家家族一个重要的符号。是他乘机破浪，驾驭师家家族这艘大船驶向波涛汹涌的岁月大海。

那时候，依旧秉承耕读传家的祖训，但创业的胆识和家业的宏大已使师家进入晋商的长途贩运设号销售的商业活动还有典当钱庄的金融商帮中了，他们更信奉亦官亦商，以官护商，以商买官，官商结合的强强联手与经营理念。

这是大政治经济和文化背景的需要；

这是严酷的现实和残酷的成熟。

从耕读传家，农商合一的最初创业之道，到其后的儒贾结合，再到亦官亦商，官商相连的经营理念，师家走过了一条多么辉煌但又艰辛的路程呀。

从山西到陕西，再到两湖都是师家家族的商贸、金融、典庄一条主干线行。

师家108家的买卖字号，在这条沿途干线上就占了一大半。

笔者在与师家后人师孟生的专访中，师孟生不止一次的平静中又蕴含着自豪与骄傲地说道：师家有一支50多头骡子的驮队，常年不停地活动在师族商贸的旅途中，驮队到了哪里，脖子上悬吊的铜铃铛便清脆的作响，运输过程无论到了大城市还是歇脚在不大起眼的镇子里，你放心，都不用住别人家的客栈，因为沿途的旅线上都有师家自己的客栈。想一想，这是什么概念，如果在平阳府的市场上有了新的时尚的商品，那么当天师家沟的铺面里就一定有了，看看当年师家的商业信息和便捷快速的商品运输，就能想到师家的势力和师家沟的繁华程度了。

每年立秋之后，师家的驮队便转入了收账的工作。他们要在春节之前把每个字号店铺结算的利润银两收回大本营师家沟的村里，存入银库。

师家后人师孟生沉浸在家族祖上的荣耀和向往里，言已尽而意无穷。那是让每个人都钦佩和起敬意的家族，是平阳大户人家从耕读传家到儒商创业再到亦官亦商的一个成功典范。面对一个活色生香的典范，谁能不肃然起敬呢！

光绪八年的《汾西县志》里，师家家族收录《人物·选举篇》的有10余人，列入京都国子监的6人，官居县，州，盐运知事的7人。官商结合使师家的发展呈良性大循环，商业突飞猛进，官员层出不穷，低至从九品，高到六品顶戴，五品同知，官多官大，生意发达，店铺众多，从药铺，当铺，锦铺，杂货铺，到盐店，官盐店，钱庄已经遍布全国五省十八县，北抵太原、北京，南达洛阳、开封，西至西安、两湖湘乡；师家沟村内在原来的基础上又有了油坊、醋坊、酒坊、造纸坊等工业作坊，还在附近开有几座煤矿和两座磁窑，县城及县内大镇子也有师家的商号。汾西县周边的蒲县，霍州，灵石也有师家多年买下的万亩良田。师家这时期有声和胜、本和堂、四知堂、洪发堂、中兴号、同心公、魁盛号、敦让堂等钱庄，有天顺当，敦本堂典当，有复兴号、德盛号、长盛涌、三九益、献廷行四等多处商铺字号。

发迹之后的师家并没有停下他们继续发达和扩展的步伐，师法泽之孙师鸣凤从湖南省藏江县丞升任曾国藩、曾国荃兄弟家乡湘乡知县，与当时尚未发达的曾氏兄弟交往甚密。师鸣凤并不是一个随便交往的人，他早就看出了曾氏兄弟的潜质，感觉到他们日后的无量前程，并且为提携和推荐曾国荃步入仕途做了大量铺垫，花费了一番心血。

滴水之恩，涌泉相报，光绪初年，当了山西巡抚的曾国荃，对告老还乡到太原来访的师鸣凤大开中门，隆礼远迎，连日盛宴款待，极尽故人之谊。而时任两江总督不可一世的曾国藩，也寄来书信和重金以示谢意。

曾国荃曾亲书"大夫第"精匾一块，匾首题湘乡知县，保庆州同师鸣凤，落款题大学士，直隶总督兼山西巡抚曾。之后委派要员用八抬大轿送师鸣凤回乡，途径太谷、祁县、平遥、介休、灵石、霍州各州县官员出郊相送，好不气派。

坐在八抬大轿上的师鸣凤肯定是笑眯眯地看着眼前的一切，他的笑是和善的，是节制的，是矜持的，也是洞悉尘世历经沧桑之后的功成名就的谦和而会心的笑。

师鸣凤的笑意里容纳了一个典型的耕读传家儒商一体的厚道和睿智；

师鸣凤的笑意里潜藏了一个典型的亦官亦商，官商结合的成功者的自信和荣耀。

他把这种自信和荣耀都适度地掩饰了起来，儒家的温良恭俭让作为一种根深蒂固的文化一直在浸润着他，也一直在装饰着他。

八抬大轿抬着师鸣凤先生，也抬着一团儿至高无上的荣耀，抬着师家人的骄傲，抬着一个家族的政治地位，经济地位和文化地位，鸣锣开道地走进了师家沟，师家沟在迎来这一大团荣耀的时候，也迎来了他最为鼎盛的高峰时期。

在举行隆重的挂匾仪式的时候，平阳知府和方圆州县官员社会名流均前来庆贺，戏班子也大庆月余。

师家沟从此名声远播，一度成为达官仕宦文人学士和晋南商家不时光顾的"三晋第一村"了。

师家是平阳晋商的荣光，当然也是汾西县的荣耀。

还是让我们走进非同寻常的师家大院，感受师家民居的宏伟景致，重温当年的豪宅气息和浓郁的文化蕴含吧。

五

这是一座典型的山西民居与山地建筑风格的窑洞与院落的连环大院。

师家的院落，祠堂，学堂，楼门，屏门，园门贯穿相连，又因它们依山坡地势而建，因而形成了楼上楼，院中院，房套屋，门连门的奇异布局。

谁都不会相信，在这个远离城市，处于深山土沟的村落里，会有这样豪宅望族。

用厚重的大青砖盖起的窑洞为主体，再利用山势地形的高低落差，窑顶上建房，窑顶上登楼，层层叠叠着，在院落的中心轴线上分别设有正房、客厅、过厅、书房、绣楼、厢房对称两边大门口置门房以及工仆马厩等一应房舍，院落大门前巷道相连，而巷道里又有月洞门分隔着空间。

宅院的大门垂花门，窑洞的廊檐，门窗隔扇，遍布着精致的木雕、砖雕的精心装饰。据民俗学者王玉富先生撰文中所统计过的，门窗隔扇图案就有108种，有人说它代表了当时山西108个县，也有人说它是师家生意字号做了108家的象征，楼门及大院里的门额，门匾就有150多处，人们随时可看到各样门匾字样，他们不仅仅是一种文雅的装饰，他代表了一个家族的文化品位和生活品质，是儒家文化对一个家族的浸润和熏陶，对传统文化的传承，是在一些细节里表现出来的。

那时候，师家沟就有了硬化的村路，那是师家大院周围约两米的人行道，是用清一色石头铺就的，石板路的中间是低凹下去的，下雨的时候，雨水从凹陷的中间顺流而下，石板路的两边则干燥如初，各宅院的雨水又由通石板路的下水洞排至村外，村里便有了下雨半月不湿鞋的说法。

师家三十多座院落的精华是师家祖院。

由主院和主院周边的侧院组成的院落叫祖院。

师家祖院修建在山坡半腰处的一大片平地上，师245年前的乾隆（1769年）造成的，座西北，向东南，称作乾宅格局。

祖院是二进二层合院组成的，正房明三暗五，外插檐廊，中间的过厅把院落分成了后院和前院。后院左右各有厢房窑洞三孔，前院左侧厢房窑洞五孔，右侧厢房窑洞四孔，前院迎接宾客，后院是宅主人居住。而正房的窑顶上，又有砖木结构的瓦房组成了"赏月楼"院落。

"水月松风"是赏月楼正房中间的匾额，站在匾额之下方砖地之上，感觉到这里空间开阔，大有高瞻远瞩的气派。在中秋之夜或是平时月亮洁朗的夜里，师家人会在此处摆放太师靠椅一排，这是长辈儿坐着的，摆上条案长桌一排，桌案上放有水果月饼及其他吃食。师家人悠闲地坐下来，有下人伺候着，聊天赏月，更有学子秀才，对月赋诗，诵于长者，一首首诗或词，吟诵家族的鼎盛，歌颂日月的绵长，抒发学子的人生志向和远大目标。此情此景，一幅山中豪门大户人家且又是书香门第的怡人气象。

在祖院的同一高台上，东南，西南，西北还分别有三个院落，叫大夫第院，流芳院和竹苞院。

这三座院落，是艮宅走向的。

"大夫第"院落是单进二层的分院，正房窑洞两孔，左右各厢房窑洞三间，正房窑顶上建有二层窑洞三孔。

"大夫第"是之前提到过的山西巡抚曾国荃赠给宅主人师鸣凤的牌匾，特此作为一处大院的名称，是师家荣耀的象征和永久性的纪念，它昭示着后人们，师家曾经的辉煌和发达。

"竹苞"共有三进院落，第一进院子狭，作磨坊马厩之用，是师家家族养马的地方，第二进院子方正，宽敞明亮，是住人的；第三进院落隐蔽狭小，仅一间正房，整个院子东而靠山，隐匿于山坡中，在院墙和山势遮掩下，有很大的隐蔽性。

"竹苞"取名大门的匾额，匾额之周竹节缠绕"竹苞"二字，想来一是取自竹子的气节之意，另有一层可能此院也曾植过竹子，这是很有寓意也颇有诗意的名字。

师家后人师孟生曾说，老一辈人曾叫它仓库院。清朝末年，我们祖上的生意已遍布五省十八县了，字号之多，生意之盛，钱财满仓，免不了让马贼盗匪有些想法的。到了道光三十年（1850年）老祖上师炳成官场得意，生意又兴隆，就修建这座院子并加盖银库，雇了陕西省武功县武艺超人的保镖来保家护院，守护钱财。还在院中修设了地道暗门，和祖宅大院相通连接，如果有什么风吹草动，保镖和其他家人可以及时集合到银库，全家人也可以通过暗道疏散避难，确保安全。

"竹苞"大院的第二进院子，是平时少见的院子，三面都是二层窑洞院落，二层正房东面朝外开门，门上镶有"南山寿"的匾额，院门前行还有一道小矮门。"竹苞"院的第三进院子只有三间正窑，院子东侧有偏门，通向村子，偏门在地势低沉的地方，隐蔽一般不为人留意，这个小院与主院通过暗门相连，具有极强的隐秘性。

　　竹苞院多为砖卷拱门，开在石板路前，空间局促，墙体又高，更加表现出院落的幽静和神秘，给人戒备森严，神秘不可入内的感觉。院内还有六角古井，有一方古老的石磨，师家人也有叫磨坊院的。看看整个竹苞院，感觉它们的巷道，大门，院落共同组合成一个完整的联系空间，小院通大院，门内套着门，有空间纵深感，这是师家人的主要场所，是不甚明显的重中之重的大院儿。

　　"流芳"院也是约定俗成根据大门上的匾额起的名字。

　　我们走进"流芳"大院时，但见房舍破旧，书楼塌陷，秋草萋萋，满眼苍凉，唯有窑洞房舍的大格局大框架还在，还有遗留下来的雕饰题迹还在，在诉说着如梦人生，诉说着这里曾经有过的殷实而繁华的日子……

　　"流芳"大院也是由主院、侧院和配院组成的，主院正房两层，各有三间，上层崖山靠窑，二层依然盖在正房窑顶上，是传统的砖木结构，只有一个大门出入，因为主院师书楼，比起其他院落，要安宁许多。

　　"流芳"大院有古典园林的气势，窑上登楼，院中套院，出耳门登楼门，又过圆门入偏门，门套门，院连院。"流芳"匾额，古朴大方，素雅沉静，东侧匾的"水秀"与"流芳"意蕴通联，而侧门匾"松风"与书楼相呼应，正可谓松风伴我好读书，诗意盎然，韵味无穷。

六

　　把我们的眼光从师家沟移开，扫描到临汾地区内的其他山梁土沟里，进入我们视野的肯定是一排排昔日的土窑洞再就是现在的砖窑洞了,在汾西是这样,在吕梁山区的蒲县、隰县、大宁、乡宁、永和,也大都如此,东边太岳山余脉的霍州、安泽、古县以及浮山等地概莫能外。其实,整个山西无论雁北,晋中,吕梁及晋东南的长治,晋城,你游走在三晋大地上,山区或平川,你看到的首先是浑黄简陋的土窑洞,是笨拙古朴的砖券窑,或一行行排列,或三三五五点缀,即是到了二十一世纪的今天,当经济有了显著发展,百姓生活有了极大改善的条件下,沟上或是坡道里的土窑洞渐渐的废弃了,青砖垒起的窑洞也渐次地多起来,条件好些的人家,会在青色的砖窑上再起一层,便是窑上之屋了,这是普通百姓的一般住房,不包括近年发迹的乡村豪门的奢华住宅。

作为典型的黄土高原的山西,浑浑黄黄一望无际的黄土便是我们最美的资源,她在给我们提供五谷杂粮乔木灌木的同时,也会慷慨地赐予我们一方崖土,钻木取火,筑巢穴居,这样,可避风霜雨雪的家就有了能藏贮瓜果粮食的库房就有了……想一想,有一百万年之久了,我们的上古先人就在这种充满地气的环境里生存下来了,生活下来了,一代一代的……

你再想,一个中原汉子,当滔滔洪水淹没了自己家乡的时候,便挑了担子,引了儿女,背井离乡来到凝重苍凉的黄土高原上的时候,他心里清楚,这片黄土黄崖会接纳他,黄河水与黄土地有种天然的亲情,只要有一把力气,择一片崖面,最好向阳避风处,掏一眼两眼的土洞,便有了属于自己的"窝儿",就能安下家来,世世代代在这里生存,生活,繁衍生息着……

在临汾的平川地带,对一个地道辛勤的农家来讲,最大的愿望莫过于置一座方方正正的四合院儿,无论多么艰辛多么勤俭,无论用两辈或三辈人的全部积蓄和血汗,矗立起这一座四合院,也矗立起一家之主的自尊,可以体体面面地进出村落,风风光光地走在人前面……

这样的院落的意义就不仅仅是住人了,它有了更多的社会属性和文化含量。

这样相对殷实的家庭自然是从一砖一瓦一草一木起家的,他们永远过着节俭的日子,有了一点积蓄,便想方设法购置一块田亩,增添几匹骡马或牛驴，在有了条件的情况下，往往土地有了几十亩上百亩的时候，便雇了三两个长工，当然农忙时也会雇一伙短工的，把精力全部投入在操持土地的劳作中……他们常常会生育两三个儿子，闺女若干，悉心巴结儿子们，上学读书，将来在外面谋个差事，去过一种不同于他们父辈们的日子，为培养儿子，他们舍得投放大多积蓄甚至卖骡马卖土地……

儿子们若有出息，在外谋得了一份体面的差事，最荣耀的也不过是当了个一官半职的头衔儿，作为游子，他们不会忘记那座撒有泥色阳光的四合院，麦草味儿庄禾味儿将一直氤氲在他们往后的生活里，而那座生养他们见证他们成长的院落永远是他们乡愁的实体，是魂牵梦绕的根据地。

在我们的首都北京，当城市建设的推土机在铲平一条条小胡同和小街巷的时候，一座座承载着弥漫着几千年中国文化遗产的四合院已不复存在。能让我们深深感受古老旧都的风情和韵味的四合院渐渐被几十层高楼大厦覆盖和取代了，这是让人纠结和感叹的事情，再过几十年上百年，北京城里的年轻人还有四合院的概念么？一种古老的特质文化的渐渐消失都是伴着愈来愈多愈来愈高的城市大厦的矗立而同步进行着，这让人在莫名的亢奋之后会走进悲怆的境地，品味永远逝却的苦况和惆怅。

天、地、东、西、南、北，谓之六合，而东西南北，则叫四合，山西临汾无论平川无论山区，都是东西南北，用不同高低的房子围起来的四合院。

师家沟之所以有了最为鼎盛时期的建筑大格局，它当初或者在长达百年的断断续续的修建过程中，也是由一处处四合院组合起来的，之所以不同于平川地带的四合院是因为它的依山坡的地势而布局它的结构的。

临汾川地的四合院，几乎都是东西南北的房子，组合成一个相对独立也相对封闭的院落，北方自然是正房，两边有耳房，正房高大，而东西还有南边的房屋则相对低一些，起码比正房要低，这是风水和格局的要求。正房毫无疑问是住长辈儿和院宅主人的，东房是住儿子们的，西厢房则住着闺女们，而南房一般是放有农具的库房或是住有长工的屋子，也把骡子牛驴圈们，设在一排南房里。这样的院落，大院门庭上便刻有雕花，当然肯定有门楼了，门内有不可或缺的照壁，照壁上砖雕有"松竹梅""福禄寿"一类的图案，祝福着这个耕读传家的殷实家道的吉祥和文雅。

从土窑洞、四合院，再到修筑豪华富丽的庄园或民居群落，山西的百姓和有出息的晋商们，要走一条多么艰辛而心智的创业创家之路呀。

人活着，是要有质量的，仅仅有一处遮风挡雨的家还远远不够，从土窑洞、砖瓦房、四合院、二三层窑上院，到三进四进五进的深宅大院，这不仅仅是一份丰厚的家产家业，还是他们为实现个人修身齐家治国平天下的远大人生目标，一座宅院就是一团儿个体的浓郁的有特质性的地域文化。

有规模有品格的宅院民居群落首先体现的或张扬的是其文化内涵和文化意蕴。

无论师家沟的深山土沟较为偏远的地方还是运城万荣李家大院的城边平坦地界，出身农民的先祖大多白手起家，艰辛起步，早先的艰难时期，是和官员们没有任何染指的，其后当家殷实起来，或科举为官或捐钱当官，便有了以商贾兴，以官宦显，所建宅院多少都散发一些官家等级之气，但有一点，它们和本土的地域文化有着千丝万缕的联系，大院民居有着浓浓的乡情民风，是家园意识的一种充分体现。其次是民居大院的讲究的建筑艺术和匠心独具的格局形成了一种文化风格。

在师家沟的民居里，你在被它的层楼叠院叹服时，也为他们的砖雕、石雕、木雕而惊讶，它们异彩纷呈，形式多样，各种技法，运用圆熟，题材众多，内容丰沛，岁寒三友，四季花卉，麒麟送子，八仙过海，加官进禄，二十四孝……让人上一堂鲜活生动的传统文化大课堂。

还有就是民居大院的园林之美，能看到开阔的视野和良苦用心。作为人造的物境，远在山西黄土高原的深沟荒地里，但它们借鉴有首都皇家园林和南方苏杭园林的风格,景以精合,托物言情,达到心旷神怡的高品位高境界。

  在师家沟,在这片苍古迷人的民俗瑰宝面前,我们思绪良多,启迪良多……

槐根之吟

驻足于这一架硕大无朋又气宇轩昂的古老槐根面前，真正被一种气势震撼了，语言是多余的，表达惊叹与钦佩的唯一方式只能是静默，静默。

在静默中注视；

在静默中体悟；

在静默中倾听。

这深植于地下两千余年的汉槐巨根，这在黄土中延伸了二十多个世纪的树之先祖，你还氤氲着地气的温热吗？你还扩散着土地的香馨吗？在那么漫长的岁月里，寂寞中你固执地朝着大地的纵深里探索，像一个善于扩张极富占有欲的巨爪，把泥土，把泥土中的沙石紧紧地、紧紧地抓住，牢牢地握在那只巨大的网络里。每一条根须，都是一个勤勉的吮吸者和输送者，在给养地表槐身的同时，也在默默中苦壮着自己，雕塑着自己。

在深深的泥土里用岁月雕刻自己的这架巨根，也在向往着地表上的日子吗？明媚的阳光，轻柔的春风，浓郁的草木和艳丽的花朵，一年四季色彩不同的季节变换和黑黑白白的日夜交替，还有，在大地上奔跑着自由着的生命们，不然，你为什么要把自己的周身雕刻成如此这般生动活泼的图像：一条欲腾飞的长龙，一头深沉静走的大象，一匹嘶鸣着奔跑着的骏马，一只低首吃草儿的绵羊……还有，那分明是一尾跃起水面的大鱼……你向往蓝天的开阔浩瀚，故而便有龙身的形成；你钟情林木的茂密和神奇，便用这种情愫生长成大象，你在漆黑的地下多么神往一条坦途，那匹奔马便抒发了这种飞跑的心愿；山坡，青草，牧人，还有悠长的短笛，你寄情于一只温顺的绵羊，听着古老纯朴的牧歌儿，多想挨上一阵轻抚的带有溺爱意味的牧鞭呀！身边河流是你的意境遥远的追求么？其实，你每时每刻都在倾听它不舍昼夜的喧响，她的潮涨潮落，她的惊涛大浪，每每也牵动了你的心房，你受着她的滋润，你把根须朝了滋润里伸展，不就是潜意识里的羡慕么。可是，咫尺天涯，你毕竟无法触摸到汾河的水花，无法直接感受浪涛的激越人心的翻涌。那么，你便在自己的躯体上，刻下了一尾生动活泼的大鱼，它高高的跳起，似乎游离于水面，又好像在水中的一个别致的造型。

各种形象并非人们的主观联想和纯客观的品评。它们惟妙惟肖但绝对是神韵相似，是大写意的自然之笔。时间是巨匠和圣手。它造化出如此神奇的苍虬老根，并赋予它众多的意向图形，这完全是一种意蕴丰厚的图腾。在槐树的世界里，在根的阵容里，没有比这种图腾更为神奇，没有比这显而易见的根文化更为丰富，更为壮丽的了。

两千多年的历史，在这一架巨根的躯体上，忽然就浓缩了，浓缩得如此凝重，浓缩得如此具象。面对一方秦砖，面对一页汉瓦，人们会投去敬畏的目光，那是在敬畏着历史哟！朴拙厚重的秦砖和造型大气的汉瓦，它们带着那个朝代的大度和气势，在岁月的尘埃中，在时间的风雨里，它们见证了荣辱沉浮的历史，它们经历了盛衰强弱的沧桑，接纳着日月，迎送着阴晴。槐根却是在另一个世界里默默地感受着历史的，没有晨昏，没有喧啸，在难耐的静默中，把自己的情怀倾注于两个极端，这便是把根系深刺入地下，把头冠高扬于苍天，吐一树碧绿，缀一树金黄，织一树诗意，飘一树清香。那枝那叶，那花那香，是根的灵感，是根的情愫。世间还没有其他之物能像面前的这架巨根一样，用那么一种独特的方式去感悟着尘世，它如同上古时代的真隐士，也像目下颇具道行的高僧，在属于它的那个静谧的区域里，闭目而视，修炼着也历练着，接纳着也倾吐着，静憩着也观望着。漫漫黄土与漫漫尘世一样，有属于它们自己的变化，土浪同地上的水流一样，一刻不停地翻滚和起伏，涌动和组合。槐根处变不惊，感恩绵绵黄土的厚爱，倾听来自地心的謦音。

其实，槐根一直在与岁月做着无边无际的抗争。这是怎样的一种忍耐和柔韧，毅力与信念。难以想象到那种不见天日，尽其遥遥的孤独，那可是凄涩与漫长的大孤独。但是，她高擎着一面生命的旗帜，那是作为树身的旗杆和树冠的旗面，猎猎地，飘扬在日月之下，展示在凡俗之中。

两千多个年头过去了，古槐该在树身刻印下多少个丰满的年轮？或许，槐根苦心成就了的槐树早已不复存在，在岁月的风尘里枯成了一段陈旧的记忆。槐根却依然在泥土中粗粝硕壮着。并把她积蓄的情意在地表上冒出新的槐枝儿。春天就这样来临了。爱，又在一个春季里开始轮回。在槐根老母一般的滋养下，在槐根老父一般的呵护下，一代又一代的槐树们能营造一片绿荫，高擎一片蓝天的时候，苍老的槐根就业已完成了她的土层里使命。终于，她从两千余年的地下被"请"出来了，极虔诚的，极恭敬的，被请到这样的祭祖园里。槐根像一位善良的老者，慈祥地被人们供奉，被人们拜谒，甚或被人们审视。

此时的老槐之根并非寻常意义上的槐根了。她早游离于木株之本源的单义走向，在这座明初移民之根的特殊园子里，她的人文之根就有了极深广的历史意蕴和文化含量，让一方地域一个种族，都在追溯自己的来龙去脉，来重新书写太古之初以来的文字典籍。人祖之根便成了一个神秘意向，成了一个历史的符号，成了悠悠岁月里寻根情结的广义象征了。

在苍古的巨根前沉思，甲申夏日的纷纷细雨是人们思维的触须。

黄河流经的村落

晋陕大峡谷挟持着滚滚黄河,一路呼啸而来,到了乡宁地界的石鼻子村处,河面突然开阔了起来,河谷两岸的山崖土丘仿佛刻意地向后推移许多,留一片较宽阔的河面让人观瞻。

驻足在石鼻子村的土坡里,看得见不远处南山脊上老君庙的一角,再远处,便是沟通晋陕两地的黄河大桥。对面,宜川县的土岭彰显一些陕北高原的特质。没看见羊群,没见到牧羊老汉,更没听到悠悠凄美的信天游,收入眼底的尽是一派山豁丘陵浑浑黄黄,与眼前悠然流淌的黄河汇成了同一个色彩。

此时此地的黄河水呈现了母亲般宽厚的胸襟和无尽慈祥的秉性,从容淡定,平缓含蓄,河面上的每一道水波和每一处漩涡,好像母亲沧桑脸庞上浮起的一个个不经意的笑靥,她仿佛在上游的奔流跌宕中有所疲倦了,要做一段短暂的休整;好像又在为下游某险要处的急流冲刷作一个必要的铺陈。不急不躁,内敛平稳,悠然涌动、不事张扬。这便是黄河温柔平静的一面。

细细听来,河水里挥发出一种声响,浑厚、雄奇、神秘、奇妙。是水与水的碰撞么,是水与沙与泥与石的撞击么?似乎都不是。我觉得那是从河心里轰鸣出来的,为滔滔黄河水伴奏和送行的声响,它是从历史的深邃里迸溅而出的,千百年来或低沉或高亢地鸣响着,不绝如缕,并且淹没在浑黄的水流里。

我脚下的土塬属于吕梁大山西南端的山脉地带,与陕北一河之隔的这片村落，宁静得几近沉寂了。从塬面朝坡底一步步走下去，在荒草与杂树之间，地下时常横斜着旧时的半块砖头和厚重的一页瓦片。这在其他山区村落是极少有的事情。通常意义上的山村，大都是择了阳坡的某一处，当然是土质绵软却又柔韧的土崖，齐齐地斩杀下去，杀出崭新的崖面，便依了很有些斜坡度的崖面，掏出三孔五孔大小不同的窑洞来。日子殷实的人家，会在土窑洞的外表用砖砌出门脸来，或用少量的瓦在土窑洞的上方延伸出一片遮雨的窑檐。多数人家就保持着土窑土门脸的样子，顶多是把门窗的隔断砌得靠里一些，不至于让雨水轻易飘进。这样的村落里，无论坡上坡下你是很难寻找到一块砖头一块瓦片的，就连简易的门楼也大多由土坯垒就，外表涂抹一层厚厚的黄泥。这样，土黄的窑洞、土黄的门楼、土黄的场院里偶尔走动着肤色土黄的汉子，生活把这一切都融进了土塬一样的浑浑黄黄里了。

　　黄河岸边黄土峁上处处点缀着这样的村落。

　　乡宁枣岭乡石鼻子村却有些异样，脚下随处可见的老砖旧瓦在零星地讲述一些昔日的故事，并无言地引导你慢慢地朝坡下走去，长坡之下，才会有让你惊讶令你喟叹的景致和发现。

　　两只脚，并没有急于下坡，地势的缘由使你在坡上根本无法扫描坡下的全貌，双脚一前一后替换着，先步到全村高高凸起的石鼻处。

　　我不是风水先生，我却在这高兀的鼻子上感受到了一股气场，感受到一种风水的玄妙。依山傍河，所依吕梁厚重巍峨而西濒黄河宽阔绵长，依稀可见的老君庙以其道教灵光作着无形护佑，而对面山坡相连的山塬是石鼻的美好扶持。视野开阔，阳气盛旺，村子上下一派绿树掩映，日光照射下又云雾缭绕，实则山水氤氲神奇秀丽。

　　有了这样的情感底座，再循了长满青草儿的村路朝坡下步去，心里就觉得踏实了许多。

　　尽管有诗人王晓鹏和裴彩芳事先的介绍，尽管有作为本地人的他们对石鼻村落里杜家宅院有了较详尽的描述，当我看到第一进杜宅时，心，还是被震撼被揪紧了。

　　撞进眼帘的首先是高大的南端边墙，说是边墙，其实是房墙兼边墙的那种，只是年代久远，旧屋已坍塌，只留下了坚固的墙体。我仿佛一下子回到了童年，回到童年的记忆里，在我们临汾平川地带的村落里，大户人家的豪门大院四周院墙就是这样的。从一侧看去，高大、气派、庄严、别致，在气势上就让你肃然而起敬意。这是小时候跟奶奶走亲戚时，在邻村见到大宅院时的感觉，没想到这远逝的感觉今天被石鼻村杜家宅院这高大的墙壁召唤了回来，一时间感叹良多。

高大侧墙的上方，留有三个砖砌孔洞，中间为圆形，两边则是六边形，对称、美观。它们是昔日的窗户么？它们的作用首先是避免了高大砖墙的呆板单一，给一面墙体增添了美感和可视性；另一面解决了院里或是屋里的采光问题，形而上与形而下，在这一面墙体上得到了最初步的统一。从侧墙下走过，转到第一进院落的大门前，这里早已是荒草萋萋，杂树丛生了。大门前高高的拴马石依然在树丛间挺立着，看拴马石上方穿绳挽结的石眼处，被昔日的绳索摩擦得细了许多。遥想当年这大门口，该是怎样地客来客往热闹非凡。抬头只望一眼气派却又秀气的门楼，我感受到了一种久违了的气势，这种种的气势里有山的雄浑和水的秀丽，门楼的格局以及门楼上的砖雕木雕早已把二者融为一体了，远远地、它把这种大家气象传达给了人们。

是靠近黄河之水才得以有了"秀"的特色，还是这杜家在昔日走南闯北，受到南方如苏杭建筑格局及雕饰图样秀美俏丽的影响？这仅是我的一个小小猜测。看到大门遮檐下一排排图案秀美工艺精到的砖雕图饰，我自然就联想到了江南周庄的宅院，想到那些构思精妙，落刀细腻的木雕饰品来。北方黄土高原上的宅院建筑一向以大气、豪放、风格粗犷，格调凝重为主，如王家大院、乔家大院、晋南的丁村民居、古县的张家大院，汾西的师家沟民居等，它们大都有正厅、腰厅、厢房、观景楼、绣楼、牌坊、门楼、牌楼等，其整体结构规整严谨，而装饰则美观大方。看到眼前门楼上如此精妙细致的石刻砖雕，一种敬钦之情油然而生。我感叹三四百年前杜宅主人在大刀阔斧挥洒豪迈气概创立家业这部恢宏大书的同时，每每关注到这些不可或缺画龙点睛的细枝末节。受依山而建的地理位置的限制吧，门楼前的场地也仅有一小片，就这片场地上曾经叠印了杜宅几代主人的匆忙的创业足印呀，他们绝对是晋南吕梁山区较早的具有开放视野的晋商了，在明末清初的那些年代，深居大山的杜家人已经把煤炭营销的眼光投放在黄河上游的西部其他省份以及山东和华北及华东一些地区了。故而，在这片叠印的足迹里，不仅仅留有宽厚诚信的杜家主人的，还有能说会道精明机智的每一档生意的中介者以及粗犷坦率的西部汉子的。

跨进被砖石阻隔半截儿的大门，一个二重楼的四合院便彰显着晋南民居的格局和特色。在这里每一个院落都有其不同的中轴线，而每一个院落里又分别设有正房、客厅、偏房、过厅、书房、绣楼、门房等。因为依山而建，地形每每有别，故而每一座院落都相对独立，不像其他地方的宅院那样用巷道相连。我想，如果从大河对面的宜川遥看石鼻村的杜宅院落，肯定能看出它别出心裁的整体结构，那就是把平原地带的多进四合院落，巧妙地布置在丘陵山坡之上，造就一处山间民居的精妙奇观，整个六进院落伫立在大山坡上，又与山势浑然一体，村落景观气势雄伟，既洋溢着黄土高原的阳刚之气，挥洒着黄河岸畔的浪涛之力，又富于近河临水的娟秀内涵，抒发着水陆想通的开放情怀。

只可惜，院落里的大部分屋舍都已坍塌，仅剩一些坚固的墙壁和基座在回忆几百年的昌盛和一个大家族的热闹。一人多高的野草和叫不出名字的山树，见缝插针地遍布于院落的所有地带，自由到无拘无束，倒给这早已破败的宅院增添一些无以言说的凄美。

几进宅院走过，青砖包外，而石块砌内的一面面院墙和残留的少许灰色筒瓦覆盖且镶有正脊和垂脊的屋顶，其造型别致美观，大气大方，就连几处影壁的构造也极富地方特色。

最让我动心的还是每座门楼上方以及房角一侧的砖雕作品，是饰物更是艺术，它们分为单幅雕，组雕和连环雕，图案、花边、体裁多样，其中以花鸟图案、兽图案、变形图案为主，内容大约有一些神话故事和民间传说；飞禽走兽、花草树木有喜（喜鹊）禄（鹿）封（蜂）侯（猴子）"喜事连（莲花）年""龙凤呈祥""鹿鹤同春""王福（蝙蝠）捧寿""喜鹊闹梅""岁寒三友""春兰秋菊"等，雕工之精到令人称奇……在杜家的六七进宅院里，很难看到系列木雕作品了，不是没有，是历经数百年沧桑之后，被其中的几次大浩劫损坏了，以至今日难以寻觅到一块完整的圆雕和浮雕了。就是眼前的这一系列砖雕作品，我也担心在这片几乎无人看守和无任何保护措施的荒芜村落里，会在一夜之间被强人盗走，或在凄风苦雨的季节里悄无声息地随了风化已久的墙体倒塌下去，成了令人心碎的一堆残破瓦片。

真叫人担忧。

黄河水此时从容不迫地流淌着，它的含蓄和沉默真像一位黄土地上的中年汉子，它把满腹的心事和一腔的哀怨，都赋予了这不动声色的却也不舍昼夜的流淌中了。

下到最底层的这一进宅院院前场地时，场地的高度距黄河水面仅一丈有余，这是地道的黄河岸畔了，一侧，有十几蹬石台通往河水，石阶已被苔藓和草丛深深地遮掩了。当年，这是石鼻村人当然也是杜家大院的人们从这条石阶下河登船的唯一途径，也是外来洽谈煤炭生意的客商从远处乘船到此停泊登陆的地方。这里水域开阔，水流缓慢，是往来船只泊船的好地方，泊个五六十只甚至上百只木船，都有宽阔的水湾水域。

可以说，明末清初的杜宅主人是吕梁乡宁开采煤业的先驱者，也是把煤业生意做到以东西部为主并辐射全国的成功晋商之一，到最后一代主人杜斌先生，事业与家业已达到了旺盛的顶峰，客来船往，一派繁忙，小小的石鼻村和石鼻村里唯一的杜姓家族在生意人的口口相传里不经意中享誉了中国的内陆及西部，享誉到了全国各地。

杜斌先生是启用了出洋留学并以煤炭开采业为主攻学科的技术人员作为技术总监的，他在向家乡的吕梁大山开始挖掘和开采的时候，是遵循了科学的方式的，是带着感恩情怀和一腔爱意开采乡土的，这给后来的开采者早已提供了范本或曰楷模。

这就像杜家宅院的别致建筑一样，不管风雨沧桑几百年，尽管眼下败落残破，它雄奇的遗风，依然在昭示着人们，依然在彰显着个性。

杜家宅院的残破和杜家家族的败落我不清楚是否就像太岳大山上

的张家宅院那样，是被岁月的风雨所驳蚀，被时代变迁和畸形政治的风暴所吞噬的。曾经达到人生辉煌顶峰的杜斌先生虽几经商海沉浮与搏击，但终不可能躲过血雨腥风的时局变换，他的事业如同他好大的家业一样，也一点一点一年一年颓败下来，像眼下的杜宅一样凄凉而冷寂了，矿业、土地还有宅院先后被政治的鹰爪一一瓜分之后，杜家传人是否也做了鸟兽之散呢？

一场浩大的政治风暴带来的改朝换代，改变甚或毁灭了传统的社会结构的同时，也可怕地摧毁了传统文化包括了伦理文化中最为优美的全部内涵，这种内涵的精华是千百年来一点一点艰涩地积淀下来的，在她毁于一旦灭于一夕的时候，人们可怕地发现新的文化结构还远远未能构建起来，这就迷茫惶恐不知所措了，这样带来的是人群的分流，有的探索寻找，有的开拓发掘，有的完全弃之不顾，有的则干脆沉沦堕落或胡作非为……

眼前这苍凉而凄美的杜家院落，这破败而荒芜的一进进大宅，在哀怨而悲剧地表述着这一切。

见证荣辱兴衰的滚滚黄河却一路前去，她的低声沉吟抑或喧啸浩歌难道也是她最生动的抒发和最壮美的表达？

在吕梁大山的千迴百转中，在晋陕大峡谷的一路统领下，黄河，在这里挥发出了她的多重性能也展示了她的多元性格，神奇奥妙曲折多变的乾坤湾，平缓坦荡，浩浩荡荡的大宁芝麻滩，气浪滔天闷雷轰鸣的吉县壶口大瀑布，她浪赶浪，波追波这样一路奔驰下来，奔涌到乡宁地界这一相对平缓的地段，河水给人的感觉是经历了狂荡、暴唳、肆虐、桀骜不驯之后的成熟和疲累，深沉与老到。黄河的宽容，黄河的暴烈，黄河的壮美，黄河的彪悍，黄河的博大这多重品性在吕梁山根下表现得异彩纷呈，挥发得淋漓尽致，流淌到枣岭乡石鼻村落杜家宅院这一处时，黄河变得温柔了几许，也恬静了几分，有了许多母性的慈爱和包容。在我的眼里，这一段河流的神态似一个睿智的老者，更像一个深刻的哲人，她平静的流淌是她理性而平和的思索，她深思千年的历史沧桑与社会巨变，思索人类的奋争和生生不息的悲喜剧，……当然，黄河也思考她身边的这个富于文化特质的村落，村落的兴衰演变自然也让黄河困扰迷惑，她波涛下的一个个漩涡就是她漩起的一个个问号……黄河毕竟释然地远去了，她遗留下千千万万个这样的村落与古迹，她也就留下了一处处让人怀想的文化，让人追思的遗迹和让人凭吊的历史……

沉思着的黄河生发出沉郁的涛声一路南去了，甩开她流经的土塬和山丘、古镇与村落，滔滔不绝地涌动而去了，远处，河面更加宽阔起来，那是与天际衔接的地方吧，水天一色，大地苍茫。

大河长吟

多次行走在吕梁山西南端的起伏跌宕里,脚步匆忙地丈量着山峁山豁沟畔与河谷,一颗期待的心,还是盼望着,在某一处豁然开朗的地方,会猛然看到,一条大河、一条浑浑黄黄的大河,从容不迫地铺陈而来,悠然练达地涌动而去,平稳祥和、波澜不惊、宁静温婉、壮阔前行……这就是黄河。

她从世界屋脊起程,穿越重峦叠嶂,横跨河套平原,奔涌到草原拐角,直击深厚巍峨苍茫雄阔的黄土高原。她以柔韧和毅力、以激情和气概,如同一把巨大的犁铧,在高原犁出700多公里的大峡谷,此刻,她是从开阔河谷中舒展而来的,柔美温情,张弛有序……

阳光晴好的天气,在高处的山梁看去,穿行在晋陕大峡谷中的河流,扭动在一条又一条河湾里面。有清凉瑞气的氤氲,有两岸绿树的映衬,河面如同洒下一层碎金,在蜿蜒起伏中,金光点点,波光粼粼,给人一种高亢和眩晕的辉煌感觉……傍晚,西天的火烧云在尽情地燃烧着吕梁山,给河面射来一道道一片片诗意的橘红,这时候,晚霞殷勤地弥散开来,把西天、把山岳、把大河,切割成层次分明的三个段落,这样的景致转瞬即逝,河水带着晚霞的多情和暮色来临的暧昧,一头扎进夜行的寂寞和执着里……

如若走出沟口,所幸就逼近河岸边上,心,立刻被大河的风掀起来,扬起来,激越起来。不止一次遭际这样的时候,巨大的惊喜便如同倏然而至的河水让人猝不及防。先是一股浓郁的泥腥把人包裹,包裹得好亲热好香馨，那可是大河的气息呀，野性、原始、浓烈。那气息里，有黄河的鱼虾气味，有黄土人家的烟火气味儿，有北方田野里小麦玉茭高粱谷子和山药蛋的气味儿，还有一路带来的永和的红枣，隰县的黄梨、大宁的西瓜、吉县的苹果还有乡宁的杏子等水果混合着的香甜气味儿……

  河水逼近时，还能感觉到一股凉气，春日是那种凛冽的凉，夏日是那种清爽的凉，秋日是那种瑟缩的凉……这种种的凉扑面而来，让人清醒一下，冷静一下，甚或打一个寒战。

  河水逼近时，或者说一步一步走近河水的时候，会惊讶地发觉，那岸畔的水，居然是清澈的，看得见水下碎石的形状和颜色，有眼福的话，还可偶尔瞅见一尾鲤鱼的倏然跃动，完全颠覆了河水是泥浆，激溅是泥点的印象。掬起一捧来，能感受她的清新和湿润，还有水质的鲜活，完全没有流经了千里万里风尘仆仆的慵倦和疲惫。

  不能不感动于黄河的包容，得从她的从容舒缓谈起。

  且不说黄河的不择细流，以广博宏大的胸襟接纳了沿途的几十条河流和成千上万条溪流于一体，像一位慈爱祥和的母亲包容养育着儿女和晚辈，她的包容是内含与外延兼具并修的。站立在晋西南的任何一处山头上，鸟瞰莽莽苍苍依傍晋陕大峡谷的沟壑丘陵山峁坡梁，感觉到它们的绵延不绝，和浑然一体是有序可依有条可循的。而将这些大小山体有机交织起来、组合起来的，是大河这条滚动的黄线。是山野谨让着大河，还是大河依顺着山势，她如一条黄色的纽带把山们梁们串联起来了。当遭遇巍峨险峻坚硬无摧的山崖峭壁而无法穿越时，柔韧的河水会曲折迂回绕山而行，这样便冲击出一道道优美绝伦的河湾，那真是容律动与沉静，容雄浑与娴雅，容狂野与韵致，容粗粝与细微，容紧凑与悠然的自然之美与多元之美……

  每一湾河水像每一湾湖泊，铜镜一般反射着幽幽的古铜光泽，汪泊着一条河流不可或缺的沉静与蕴含。难道是大河经过长途的跋涉，有了困顿疲累之感，在吕梁山脚下宁静的山湾里作短暂的停顿整体以养精蓄锐么，难道是一路呼啸奔涌翻山越岭的大河，在逝进峡谷山湾之后，要刻意地审视晋陕边界的风光，分享两岸独特的风物民俗么？

我觉得，大河在这幽静的湾地和大山的收缩地带要进行必要的思索和反省，在深邃地思考漫长历史和漫长路径的时候，她在过滤和沉淀些什么呢？

河湾两岸的岩石草木在倾听着大河的心声，凝重的土色高原在领悟着大河意图。岸边的一群汉子们，顶着一张张泥色的脸，是黄黄的日头烤过的，是泥样的河风薰过的，他们要收获黄灿灿的玉茭，要收割和他们肤色一样的麦子。告别了父辈划船拉纤的日子，他们肩负着依然是比船夫和纤夫同样沉重的生计，种树植果，外出打工，坡地稼穑，垒墙造屋，顶门立户，养儿育女……艰辛的日月锻造了他们隐忍的性情，如大河岸畔的一枚青石，一抔土崖，一丛灌木，一株杜梨，他们感受着大河的静默，也一点一点融进大河的思索。

在河面开阔的地界，两岸山崖土丘面对汹涌而至的河水仿佛识趣地朝后推移，留一片空旷的沟涧任大河悠然流淌，任黄河人家安心地居住。是的，这几乎成了某种自然造化和上苍安排，但凡水流平缓河谷宽阔的湾地，不远处的山谷和土崖的横截面下，便山菇一样点缀着一簇簇黄河村落。厚道的大河，慷慨地腾倒出这些肥沃的河地和平缓的山坡，让她的子民去耕耘耙耱，去春种秋收。傍黑的时候，在壮丽的夕阳晚照里，会看到村落的上空，三五缕青青蓝蓝的炊烟朝了空中升腾和缭绕，抒发着黄河人家生活的柔韧和生生不息。

大河对岸的山地坡岭彰显些许陕北土原的本色与特质，在土黄和草绿里，偶尔会看到三五只七八只羊群，有白有黑、山羊绵羊，只是牧羊者未必是昔日的老汉，倒常常看得出是个青壮汉子或是中年婆姨，只是不会听到曾经悠然凄美的信天游了。拾进耳朵里的，是山风与河风的交融吹拂，是山石草木所生发的天籁，收入眼底里的，尽是一派山豁丘陵的深深黄黄，还有在深黄里不可小觑的那一抹新绿。那是近年来退耕还林后平添的绿色，花草树木在大河气息里努力营造着可人的生态。

是的，大河在这个时段里呈现了母亲的宽厚胸襟和无比慈祥的秉性，淡定从容、平缓含蓄。我看到河面上的每一道水波和每一处漩涡都是母亲沧桑脸庞上不经意浮起的一个个笑靥。在上游的奔流跌宕中她无疑疲惫了，必须在河湾里作一个短暂休整，也在为下游的某个险要处的急流冲刷作一个准备和铺陈。

内敛平稳，不急不躁，水势舒缓，波澜不惊，大河尽显温柔含蓄的一面。

坐在土峁上的一侧，用心去倾听黄河，能捕捉到河水里挥发出一种声响，浑圆、湿润、神秘、奇妙，感觉是从地心传上来，又遭遇河水的。不完全是水与水的撞击，水与沙与石的摩擦后，又从河心里轰鸣而出的。这为滔滔大河水伴奏和送行的音响，它是从历史的深邃里迸溅出来的，千百年来或低沉或高亢地鸣响着，有时也呜咽着，不绝如缕，如泣如诉，淹没在一波一波一涌一涌的水流里。

离河湾稍近或稍远的村落，大多宁静得近于沉寂，从塬面朝坡底走下去在荒草与杂树之间，隐约着一条似路非路的淡白，这条淡白便写意地引领着人，到了一个村落。

通常意义的山村，无非是择了阳坡的某一段，当然是土质绵软又柔韧的土崖，齐齐地斩杀下去，杀出一个斜坡崖面来，掏挖出三孔五孔十孔八孔高低大小不等的窑洞。光景殷实的人家，会在土窑洞的外表用砖砌出一个门脸来，或用少量的瓦在土窑洞的上方延伸出一片遮雨的窑檐。多数人家就保持着土窑土门脸的样子，顶多是把门窗的隔断砌得靠里一些，不至于让雨水轻易飘进。这样的村落坡上坡下很难寻找到一块砖头一块瓦片，就连简易的门楼也由土坯垒就，外表涂抹一层厚厚的黄泥。这样，土黄的窑洞、土黄的门楼、土黄的场院里走动着肤色土黄的汉子，远处的大河水把这一切都融进土塬一样的深深黄黄里了。

河湾里却有着不一样的村落。

同样是靠近河岸，却显得卓尔不群，气势非凡。

那是紧靠河岸的石鼻子村。

脚下随处可见的老砖旧瓦在零星地诉说一些昔日的辉煌故事。

在高兀的石鼻子上，能感受到一股气场，一种风水的玄妙，依山傍河，所依的吕梁山厚重巍峨，而西濒的大河水宽阔绵长，依稀可见的老君庙，以其道教灵光，作着无形护佑，而与山坡相连的山塬是石鼻的得力扶持。视野开阔，阳气盛旺，村子上下一派绿树掩映，日光照射下来，又云雾缠绕，山水氤氲神奇秀丽。

首先是一座庞大古老院落的南端院墙，只有在童年记忆里平川地带大户人家的豪门大院四周的院墙才是这样的，高大、气派、庄严、别致。气势上让人肃然起敬畏之情。

高大侧墙的上方留有三个砖砌孔洞，中间为圆形，两边则是六边形，对称、美观。它们是昔日的窗户吗？其作用首先是避免了高大砖墙的呆板单一，给一面墙体增添了美感和可视性；另一面解决了院里或屋里的采光难题，形而上与形而下，在这一面墙体上得到了初步统一。大厅前高高的拴马石依然在树丛间挺立着，拴马石上方穿绳挽结的石眼处，被昔日的绳索摩擦得细了许多。遥想当年这大门口，该是怎样的客来客往热闹非凡了。而气派又隽秀的门楼，容纳了山的雄浑和水的秀丽，门楼的格局以及门楼上的石雕砖雕木雕早已把二者融为一体了，远远的，就把大家气象传达给了人们。

是靠大河之水才得以有了逸秀的特色，还是这杜家在昔日走南闯北受到南方如苏杭建筑格局及雕饰图样秀美俏丽的影响？大门遮檐下一排排图案秀美工艺精到的砖雕图饰，自然联想到江南周庄的宅院，想到那些构思精妙，落刀细腻的木雕饰品来。北方黄土高原上的宅院建筑，一向以大气、豪放、风格粗犷、格调凝重为主，如王家大院、乔家大院、丁村民居、李家大院、张家大院、师家沟民居等，它们大多有正厅、腰厅、厢房、观景楼、绣楼、牌坊、门楼、牌楼等，其整体结构规整严谨、美观大方，而眼前门楼上如此精妙细致的石刻砖雕，让人产生一种敬钦之情，便感叹三四百年前杜宅主人在大刀阔斧挥洒豪迈气概创立家业这部恢宏大书的同时，每每关注到这些不可或缺画龙点睛的细枝末节。

受依山而建的地理位置的限制吧，大门前的场地并不宽敞，就是这片场地上曾经叠印了几代主人匆忙的创业脚印，他们绝对是晋南吕梁山区黄河沿岸具有开放视野的晋商了。在明末清初的那些年代，深居大山的他们却有黄河一样开阔的视野，已经把煤炭营销的目光投放在黄河上游的西部，其他省份以及山东、华北及华东一些地区了……

故而，在这片叠印的足迹里，还有能说会道精明机智的每一档生意的中介者以及粗犷坦率的西部汉子和谨慎圆滑的南方客商。

这是一处山间民居的精妙奇观。

气派别致的六进院落伫立在大山坡上，又与山势浑然一体，民居景观气势宏伟，既洋溢着黄土高原的阳刚之气，挥洒着大河岸畔的浪涛之力，又富于近河临水的娟秀内涵，抒发着水陆畅通的开放情怀。

在最底层的宅院场地，场地高度距黄河水面仅一丈有余，一侧，有十几蹬石台通往河水，此时石阶已被藓苔和草丝深深遮掩了。当年，这可是人们从这条石阶下河登船的唯一途径，也是外来洽谈煤炭生意的客商们从遥远的异地乘船到此停泊的地方。这里水域开阔，水流缓慢，是往来船只泊船的好地方，宽阔的水湾如母亲的臂膀，把上百条船只如儿女一般揽进怀里，护在胸前。

是宽容的大河，造就和繁华了这一方的地域文化。

尽管眼下败落残破，它雄奇的遗风依然在昭示着人们，依然在彰显着特质文化的个性。

大河流域的民居文化是被岁月的风雨驳蚀的，还是被时代变迁和转型政治的风暴吞噬的，许多气魄非凡才气卓越的贤达们历经了商海和宦海的升降沉浮与奋力搏击，却不可能躲过血雨腥风的时局变换，浩大的政治风暴带来改朝换代，改变或毁灭了传统文化包括了伦理文化中最为优美的内涵，这种内涵与精华是千百年来一点一滴艰涩地积淀下来的，在她毁于一旦灭于一夕的时候，人们可怕地发现新的文化结构还远远未能构建起来，这就迷茫惶恐不知所措了……在人群的分流中，有的打探寻找，有的沉潜发掘，有的弃之不顾，有的则干脆沉沦堕落或成为祸害大河文明的一条恶鲨。

黄河水此时从容不迫地流淌着，她的含蓄和沉默真像岸边的一位老者，把满腔心事和一腔哀怨都赋予了这不动声色却也隐忍耐久的流淌中了。

见证荣辱兴衰的大河一路远去，她的低吟浅唱或喧啸浩歌难道不是她最生动的抒发和最壮美的表达么！

不能不感动于黄河的神奇，得先从她的曲折多变说起。

在晋陕大峡谷的中段行走，最让人感到神奇的是鸟瞰和远眺大河的那种视觉冲击，是蜿蜒逶迤千回百转的生动，是游龙飞舞盘旋多姿的逼真，是山河相拥协调共存的造化，是阴阳合抱大地运行的奥妙。山谷的弯道和河湾的图形，形成写意的太极阴阳鱼，意味深长，奥妙无穷。

永和段的乾坤湾把大河的弯道书写出了自然传奇和河湾极致。

在大河义无反顾的遥远流程中，她冲越过多少湾道已经数不胜数了，或艰涩涌动或沉稳平缓或浩荡奔流或怒涛险浪，她历经过多少座山脉必定就穿越过多少道河湾，但像这样的群体湾道真让人难以想象——怎么就形成了一幅神奇神异的太极图了呢？是上苍的特意安排，还是大地的无意造化，抑或大河与山川的心领神会心照不宣？

从乾坤湾里的伏羲村到吉州东侧的人祖山，从河湾小岛的老牛坎到柿子滩石崖前的上古岩画，从阴阳相随的大弯道四周的古迹遗痕到其下人祖山周围的七座太极庙，大河流域的弯道不仅仅冲击出奇妙的山川河湾图，还孕育出古老的文化和神秘的传说。在吉州人祖山采风的日子里，面对围绕大山的北极庙，忽然会想到乾坤湾里的伏羲村。在遥远的上古时代，我们的先祖，我们的一代又一代的部落酋长，我们的在灰暗的暧昧中探寻自然规律的上古精英和伏羲们，在大河的弯道旁千百次地伫立遐想，遥视苍穹苦苦思索，是神奇的河湾给他启迪，是富于灵气的河水给他智慧，从此，他赤裸的大脚，踩遍了这片土地上的山岳河岸，踩踏过多少无人涉足的山林荒地，他或他们立志要观天象、察地形、定阴阳、画八卦，探寻宇宙之谜，揭开日月四季运行规律。

伏羲是一个名称，并不单指一个人，"羲"本指代太阳，通曦，还有顺着阳光的意思。伏羲名号所含之意是一代一代立竿以定农时的观日者，也就是以品类万物而作八卦的部落酋长。

我们的先民把目光投向浩瀚无垠的苍穹，并对其有了好奇与探求欲望的时候，是生产力有了长足发展，捕鱼捉虾有了一定技艺，物质生活有了一定保障的前提下，先人中的少数智者与大多数从事体力劳作的先人中分列开来，专心致志地从事他们所擅长的观测天象、八卦、历法的研究，他们是那个时代最早的劳心者。伏羲的英明就在于伏羲能最先认识到他们的资源和价值，并充分地利用他们的特长，这标志着远古文明又朝前迈进了一大步。

先天八卦产生于天文观测。一万年前，以人祖山为中心区域，当然也涵盖了晋陕大峡谷大河流域的曲折迂回的河湾和地形复杂的山地，各个部落的酋长和精英的专业人物们，日复一日地在河湾地带和代表性的山地上，不懈地观斗测日，以确定农时和四季。

因而，在晋西南的大河岸畔以及相关村落，处处有伏羲测日的传说，有伏羲女娲兄妹成婚且繁衍后代的演义流传，有他们教民结网从事渔猎畜牧的生动故事的代代流传。

伏羲氏在创立阴阳五行理念之后，道教确立了代表东南西北四个方位的天尊，谓之青龙、白虎、朱雀、玄武，神奇的是在我们的河湾周边地带都找到了对应的地域地名。当年伏羲等远古先人们所发明和使用的绳纹陶、网纹陶，都有遗物和遗痕，那个深深点缀在河湾深处从不被世人留意的伏羲村，在安详沉静地占据在黄河河湾的一个角落里，伴和着大河的阵阵涛声，一缕缕炊烟的袅袅升腾，在诉说着一个古老神话的真实，在执着延续着远古文化的烟火……

曾久久端详过柿子滩石崖前的女娲岩画，看这幅历经岁月风化而依然清晰的上古岩画。有学者论断，女娲头顶的七个圆点，就是北斗七星，这是远古人类观天测斗的真实写照。

从乾坤湾河道上的精美小岛，到柿子滩石崖上的特色岩画，从河湾小岛上老百姓口口相传的女娲娘娘炼石补天的优美石头，到柿子滩岩画上的丰富蕴涵，无不表达着母亲河的神奇博大，也抒发着这条大河和远古人类及黄土文明源远流长的内在联系。从大河在晋西南这一段特殊流域里，我们看到新石器时代和夏商西周东周时期的多处遗址，还有古渡关口和古旧村落的旧貌遗风，神奇的大河在遗留下这样无数村落与古迹时，也留下了一处处让人怀想的古老文化，留下了让人追思的遗迹和让人凭吊的历史……

大河，仅就晋西南晋陕大峡谷这一曲折多变的段落而言，她孕育的文明是悠久而具有影响力的文明，在人类早期的历法、天文、婚配、制陶、农耕、畜养等方面，是人类文明的先行者，她的悠远和神秘也带来她的变异和沉重，这是我们绕不过的大弯道，是令人深刻反省反思的一道命题。

大河还在裹挟和左右文明的轨迹与河道么？

还记得那首随了大河渐渐远逝的歌谣么：

　　你晓得——
　　天下黄河几十几道弯？
　　几十几道弯上，
　　几十几只船儿？
　　几十几只船上，
　　几十几根竿儿？
　　几十几道弯上，
　　几十几个艄公，
　　来把船儿扳。

　　我晓得——
　　天下黄河九十九道弯，
　　九十九道弯上，
　　九十九只船，
　　九十九只船上，
　　九十九根竿儿，
　　九十九道弯上，
　　九十九个艄公，
　　来把船儿扳。

不能不感动于黄河的威严，得先从她的巨大落差写起。

在吕梁大山的千回百转中，在晋陕大峡谷一路统领下，黄河，在这时挥发了她的多重性能也展示了她的多元性格。神奇奥妙曲折多变的乾坤湾，平缓坦荡，浩渺波涌的芝麻滩，气浪滔天闷雷轰鸣的吉县壶口大瀑布，她一路浪赶浪波追波奔驰下来，河水给人的感觉是经历了狂放、暴戾、肆虐、桀骜不驯之后的成熟和疲累，深沉与老到。大河的宽容，大河的暴烈，大河的壮美，大河的彪悍，大河的豁达，大河的博大，这多重品性在晋西南段落表现得异彩纷呈，挥发得淋漓尽致。

在视觉上最让人瞠目结舌，在感觉上也最激越人心的，自然是壶口瀑布了。

可能是一种心理作用，在距离壶口还有十余里的地方，耳边，似乎就隐约着闷雷般的轰鸣，是天边传递过来的，是地心生发出来的，也是心底里莫名滋生的……很奇怪的，几十次、上百次了，几乎都有这种感觉，临河情更切，心底先起浪。

是夹持大河的晋陕大峡谷从物理学的声学角度聚拢了大河涛声继而再集约式地扩散爆发吧，每次都是未见浪涛面，先闻大涛声。

无论多少次来到大壶口的跟前，都会被惊呆被震惊，波涛如同大暴雨前的空中乌云一样，层层积累，前推后涌，争先恐后，万马奔腾，其惊天动地的磅礴气势，力撼身边吕梁，气吞对岸宜川。

大河是卷着千里朔风来的，原本平缓的河床一旦进入吉州的龙王辿一带，河谷有了高低突兀的悬殊，迅猛的水势骤然收拢，突跌倾泻入落差巨大的石槽里。你难以想象，由300多米的河床紧急缩小为50余米，又疯狂蹿进一道仅30米宽的石槽，顷刻之间，大河显露出威严雄壮的一面，巨浪翻跃，如雷喧啸，拍岸击石，挟雷裹电，腾空飞起，俯冲直下，雷霆万钧之势所向披靡，在声势浩大的轰鸣声响里，前呼后拥着跌进深渊……

那是40余米深的石槽，跌落成壮观雄奇的瀑布，其形其势犹如从壶嘴里倾倒一般，人们形象地唤作壶口。

跌进石槽的波涛奋力撞击着四周石壁，又激溅出数十米高的水花，而一头栽进槽底的水头又被巨大的落差形成的惯性反弹上来，这样，汹涌的浪涛在一狭小的天地里，搏击撕扯，排列组合，时而冲天而上，时而呼啸直下，震耳欲聋的水势的怒吼不亚于苍天霹雳。远胜过巨龙的挣扎，浪涛在悬崖岩岸的凸凹顿挫里，大开大合，吞吐万象，貌似无序的混沌里又富于节奏的变化。黄色巨澜跌落，深潭狂涛飞腾，在稍纵即逝里神韵飞动，在千变万化中壮怀激烈。白雾笼罩壶口上空的时候，绮丽神奇的彩虹赫然跃上空中，壶口，便有了她美丽无比的层次感。

曾有人形象地比喻说，当壮阔的大河，猛然收作缩成一束洪流而冲下河床深槽时，那是天上的吴刚在向地上的魔壶中倾倒浊酒。而飞逝的瀑布上绣着浪花波涛，那显然是织女的绸缎在罡风里从银河垂落。

这是诗人眼中的壶口，在笔下的诗意表达。

毫无疑问，壶口是雄壮的、粗犷的、炽烈的、狂放的、自信的、阳刚的、深厚的、勇猛的、豪迈的，任何语言和词汇都难以表达她的蕴涵和姿态，难以诉说那七色彩虹所绽放的大河精魂和绚烂的生命意蕴。

此时，站立在奔腾不息的壶口浪涛一侧，我却读出了大河的纠结和痛苦。

多少年来，我们赋了大河包括壶口的外在载体过于沉重了，诸如"龙的精神、雄狮的觉醒、不屈不挠的民族意志的体现、自强不息、奋发图强的力量象征、巨龙飞腾和炎黄子孙的图腾……"云云。我不否认面对汹涌的大河和奔腾的壶口每人都有不同的理解和意象性的升华，不否认在不同的历史阶段和非常时期赋予大河和壶口厚重有加的政治意义和政治使命。我的意思是但愿这种理解和认识不要过于功利化、生硬化和机械化，不要让负载着沉重的历史沉疴和文化承担的大河再一如既往地沉重下去。同世界上同样著名的江河一样，孕育一方文明和塑造一个民族的性格是每一条大河职责甚或是她的义务，何况是一条源远流长的母亲河。她从巴颜喀拉山脉北麓的冰峰雪山中发源而出，从远古流到今日，从高原盆地的清澈透明，向着遥远的蔚蓝色海洋，带着遒劲的青藏高原的粗粝之风，依傍大漠，容纳千川，穿越万岭，掠过黄土高原的苍凉混沌，一路朝前奔去，在内蒙古托克托河口，遭遇绵延的吕梁，转身南下，气势汹涌地犁开浑厚腼腆的黄土，呼啸而下，与浑黄苍莽的黄土高原缠绕于一体。大河与土原的有机交融，才成就了这一方颇富特质的黄土文明。大河是需要调节和整合的，这种调节是依靠大河本身的力量去完成的，而整合则往往要外来之力和客体条件……这个条件在晋陕大峡谷的吉县龙王辿一带遇到了。大河等来了能帮助她大起大落粉碎之后又迅速聚拢的壶口地段。对于深邃悠长的大河，巨大的地势落差无异于一次惊心动魄的摔打冶炼浴火重生，是气度恢宏的重新组合，是境界高远的脱胎换骨，是底蕴深厚的动感的自我审视，是山崩地袭的反思反省——在历经呼啸山摇，惊神泣鬼，千钧锻造，暴虐撕扯，掀腾跌落，天鼓轰鸣、地火喷射之后，大河气舒神畅柔顺娴静了。

我想，大河壶口的巨浪摔碎，是大河在试图改变自己的格局，她把痛苦的自我批判和历史反思交于前所未有的喧嚣与摔打，交于悲壮的放任不羁的自我毁灭和自我重生中，与其说这是一次冒险的牺牲之旅，不如说是有跌落就有升华的灵魂救赎……

大河难道不需要反思和批判么，反思一个民族的苦难与缺失，批判在漫长的旅程中和悠久岁月里一次又一次的泛滥与祸患，她在拷问自己为什么在艰难孕育和缔造文明的同时，也曾肆虐地毁灭着文明……

大河的威严在于她的敢于自我毁灭之后奋力重生。

在大河岸畔，在依然铺天盖地飞流直下的壶口岩石边上，很自然地想起了大禹治水的远古传说，想起女娲氏如何率领部落族人，如何告别暴戾无常的大河岸边，奔赴东侧的人祖大山……

大河毕竟是睿智的，她知道罩在头顶的七彩光环是虚幻的一瞬也是虚荣的粉饰，尽管光彩夺目，亮丽神奇。大河必须抛弃这彩虹的绚烂，带着粉碎与新生的一河浑黄，一河希望和一河蕴涵，越过河津，在古老的风陵渡急转东去，向着开阔的入海口壮丽地奔流。

汾河岸畔有翠竹

金秋时节，站立在汾河岸边，满眼大团儿大团儿的翠绿依然秉承着暮春和炎夏的品质，在河岸两旁延展和滚动，带着河水泥腥和花卉馨香的风，从一眼望不到尽头的碧绿里吹来，拂着河面，掠着树梢，哗哗啦啦就掀起人的衣角，抓弄人的头发……远处是拔地而起鳞次栉比的楼群，近前是从容舒缓悠然流淌的汾河，置身于这个美丽季节和这个季节包裹之下的美丽景色之中，让人果真有了心旷神怡周身爽朗的感觉。

沿河岸洁净的石阶处蹲下身去，探下手去，就触到温润的河水了，水是绵软的那种，颇富亲和力的那种，河水在手心手背上浸泡与摩擦着，如同母亲在抚摸着儿女，在同儿女亲切无声地交流，在这宁静的河湾与岸畔，在这绿色尽染的生态湿地上，这种交流是润物细无声的，这种情感互动又是推心置腹不带有任何情绪阻隔的……

在河岸一侧，欣喜地发现了一丛青竹，一片迷人的生命之色，久久地，久久地站立在竹林里面，站立在青竹之侧，带着敬仰、带着钦佩、带着深深的迷恋，注目这翠竹，注目这条母亲河……

这曾是一条充满狂傲的野性之河。

她从管涔大山汩汩涌出之后，犹如一条野马由北朝南驰骋在三晋土地上，卷起沙石，冲走黄土，一路呼啸而来，在进入临汾地段的三百多里河道上，虽坦荡平缓水面宽阔，遇到洪水雨季也常常冲毁堤坝，淹没庄禾，掀翻渡船，甚或汹涌进岸西的村庄，给村舍给人畜带来灾难的灌溉……暴涨的洪水像一头头四处乱撞的饿狮,吼声连天,广阔的汾河滩汪洋一片,上百亩土地无奈地毁于水中,村庄房舍连带着塌陷在河泥里……失去家园与土地的农夫,在河岸边大放悲声,骂天骂地骂这可怕可恶的河水……

这曾是一条充满情趣与野趣的性情之河。

如果站在东边的卧虎山或是西边的姑射山上俯视下去,汾河真像一条飘动跳跃的白色玉带,游动在墨绿色的草丛绿原和乡野中。走近那时的河岸,细细观看,主河道两边形成了许多沙滩沼泽,草甸水洼。再看洪水冲刷之后的沙滩,平整松软,一望无垠,细沙在阳光下闪烁着细碎的光斑,而那些数不清的小小水洼水坑水畦里,则跳动游弋着小鱼小虾、大青蛙。滩涂中还有许许多多的草甸、湿地、芦苇荡。带着好奇与猎奇心理你跨步走了进去,定会被许多叫不上名字的野草缠住腿脚的,你能辨出的是蒲草和芦苇,你辨别不出的尚有几十种上百种水草。这些水生类的大小高低的植物们,一丛丛一团团一片片,连接起来,形成滩涂里绿色长城。秋季到来的时候,各种草籽都已成熟,各种草花在秋风里飘荡,有勤勉而大胆的农人会钻进滩涂草丛里,将成熟的蒲草茎秆一捆一捆地割回去,让自家的女人编蒲扇、织蒲席、打蒲团。芦苇呢,又是牲口上好的饲料,这不掏钱的饲料正好让半大的老汉割了背回家里,喂养自家的牛呀驴呀,黑黑红红的骡子呀。

汾河水滋养了花草树木,汾河水形成了草甸绿原,而绿原草丛又繁殖生息着各类候鸟儿,野鸡野鸭就不用说了,但那大颧鸟和丹顶鹤的名贵之鸟就在这里成群结队,借丰茂草丛安巢穴,择良木而栖居。那些灰白色的羽毛儿,细细长长的双腿,昂扬青天的长脖子小脑袋,它们以有水源的地方为生活范围,以小鱼小虾小昆虫为食,稍有惊吓,便扑棱朝远处飞去,这便是神秘的大颧鸟;那些羽毛泛白,身略粗壮,脑袋顶着红色倩丽顶子的鸟儿,成双成对在河水里戏游,时而飞上空中,生发出悦耳动听的啼唤,这是美丽的丹顶鹤。更多的则是大伙熟悉的野鸡野鸭喜鹊乌鸦鹞子之类。

野鸭这东西是群居生息的,它不像大颧鸟和丹顶鹤是季节生息,初夏来到汾河岸，秋末飞往他乡，野鸭们如同柔韧顽强的本土人，执着在这方水土里，那些个头大的是公野鸭，羽毛呈墨绿和紫蓝，羽毛为褐色且个头较小的为母野鸭，它们成群地跟在公野鸭之后，或水面悠然游动，或潜入水中捉小鱼小虾，野鸡们则在岸畔的草丛里寻食，也在灌木的枝杈上栖落休闲，它们或羽毛呈朴素的灰色、或整整齐齐斑斑斓斓惹人目光。附近村落的娃子们是不肯休闲的，草丛里寻鸟窝掏野鸡蛋是他们最大的乐趣，在惊吓起野鸡鸭的时候，也炸起一串童稚的欢笑……

这曾是一条给人们带来富庶带来丰的殷实之河；

早些年的滩涂上，渐渐枯萎和退化的草甸上，河岸边勤勉的农人，在这些算不得土地的滩涂上开垦种植，作有当无，运气好了便能收获少许，种有大豆、黑豆、小半豆，以补贴食用，更是喂养牲口的优等饲料。滩涂的泥沙大都是山涧平川和不少村落里由夏日暴雨冲刷流失之后沉淀在这里的，无数森林山岭里的腐蚀质养分中的有机养料形成这里的优质土壤。滩涂中的庄禾，长势便出人意料地繁茂。

农人的选择是聪慧的，沙滩地首选是花生，平坦且松软的沙滩地，大面积种植花生，花生的根须便在松软的沙土里扎根长须，沙上地面上却是油绿的一大片，广种花生的沙滩地把许多个河岸村庄连接起来，不同村庄的人们有了同一个生产与劳作的心得与话题。

无疑，花生这种油料经济作物润泽了苦焦的村民，增加了不少的收入。

种植稻秧在汾河岸畔已有了半个世纪的历史，可能受到南方的影响吧，农民们有计划有组织地开垦滩涂，扩大面积，在乍暖还寒的日子里破去薄冰，开挖水田，育种秧苗，在金秋来临的季节里，满河滩稻浪翻滚，稻穗飘香；

时光流逝了二十年后，临汾人又在汾河岸边的水塘里栽种莲藕，种过玉米麦子高粱大豆栽过红薯、植过西瓜的一双双粗糙的大手们从河泥中挖出胖娃娃胳膊一样的莲藕，那种喜悦之情溢于言表。一村栽植成功，相连村落效仿，千亩滩涂河塘，莲蓬如伞撑开，洁白或火红的莲花在汾河岸边燃放，是北国是南国，令人一时无法分辨。

河塘可以植莲为何不能开塘围水筑成鱼池呢；用我们母亲河的水养殖淡水鱼，是河岸人民的一次思维大飞跃，岸边许多村民把自家承包的土地改造成鱼塘，用上汾河水放鱼苗，洒饲料，施便粪，扔杂草，一时间鲤鱼、草鱼、鲫鱼、鲢鱼、鲶鱼、各色鱼等均在汾河岸畔的鱼池里安家落户，满足大众口味繁荣市场需求……

这曾是一条充满脏污几近干涸的伤心之河；

还记得20世纪90年代初期那篇《挽汾河》的伤心哀怨的倾诉么？还记得那条污水滞流臭味冲天的河心么？还记得河畔无数座倾吐黑烟生发喧嚣的化工厂、石料厂、炼焦厂、炼铁厂么？滩涂与田亩在无节制地扩大与开发，开发围垦河滩，开发土地，乱挖河沙，各类打着"企业"旗号的厂矿遍布河岸，轰轰作响的动力挖沙机把河床的沙石挖走赚钱，留一个千孔百疮的河床面对青天，每天每天，城市的生活垃圾和建筑垃圾却肆意填充着河道……原本建立的水库水坝几乎成了一个摆设，汾河成了一个老太婆风干了的眼睛，那些美丽的沙滩，迷人的苗甸、宜人的湿地、动人的河湾们似乎永远消失了，河道平时干涸龟裂着，流淌着的，不再是往昔的河水，是企业和工厂排泄出的污泥浊水，那些成群的鸟雀飞走了，那些可爱的鱼虾死掉了，碧绿的莲湖和娇红的荷花仿佛永远消失了……

这所有的一切都过去了，汾河在呻吟了十多年之后，又迎来了她生命的崭新的春天。

这是一条涌动生机面貌一新的希望之河；

看今日的汾河沿岸，昔日的乱石河滩早已成为今日的湿地美景，市政建设者们挥洒汗水，集中智慧，巧手涂抹，让汾水再现碧波荡漾，让两岸再生苍翠无限，临汾，这个地处晋南盆地的北方小城，尽显湿地风光，二十里浩渺烟波，一万亩绿意无边。我不是汾河的歌者，作为写作人和采风者，发现才是敏感的艺术触须，写实才是艺术良知，面对这大片的生态绿地，我感觉到了中国古典山水园林的特色，体验到了作为汾河沿岸这个美轮美奂的园林景点的人文性、现代性和生态性的和谐一体。

走过九州广场，放眼草原广场，登望河楼，跨七孔桥，观瞻尧井园,上尧天舜日舞台,领略汾水古韵情趣,我甚至怀疑自己是在故乡的汾河岸畔,还是置身于江南的水乡园林?

是三友园的青绿翠竹让我久久驻留,感叹良多。

松竹梅岁寒三友,我最为敏感的,是那一大片青青的竹子。

多年了,在故乡的其他地方,乡人是执着地要栽植一些竹子的,或庭院,或花园,或其他靠水又向阳的地段儿。乡人的良苦用心终未能感动上帝,原本翠绿的青竹,不知何种缘故,是缺了水的滋养,是少了阳光的沐浴,还是没有适宜生存的土壤,渐渐地,无可奈何地就泛了青黄、就萎了叶片、就干枯了身躯……

眼前这一片竹子,却翠绿着,每一条叶子上,每一管竹茎上,都充盈着生机,都涌动着生命的活动,都蓬勃着向上的激情,难道青绿的有灵性的竹子也在为日新月异变化着的汾河岸畔添一缕别致的新绿,增一道迷人的景观么。

古往今来,有多少文人墨客或达官贵人,在他们笔下的诗文中或绘画里,有数不清的咏叹青竹的美文和图画,咏竹之空心谦和、叹竹之节操风骨、赞竹之勃发向上、唱竹之柔韧生命……竹与松与梅之所以成为岁寒三友,便不同于其他花草植物样,经不起秋之风霜、冬之严寒,在风刀雪剑里,你依然伸直腰身直挺青天,把象征生命的青绿叶片延展开去,把气节与情操展示在沉默的柔韧里……

我想,质朴的汾河岸畔的普通带动者,勤劳艰辛的故乡人民正是秉承了竹的谦和竹的气节和竹的柔韧,在笑迎困苦、在面对生活的……

我想,这大片的青竹也正是因了这里诚实的人们,这片多情的土地和这里所营造的优美环境和氛围,重新在这条古朴悠然的母亲河畔生根长节伸展枝叶的吧。

修竹青青,枝叶婆娑;

修竹青青,摇曳生姿;

我的思绪,在汾河岸畔的翠竹间萦绕。

日子如水流走多少小说情绪

　　二十二年前的冬日，也就是 1990 年的冬天，年过而立的我忽然接到山西作家协会的通知，让到太原参加为期两个月的青年作家读书班。那时候寒风砭骨，雪粒抽打，我正从单位文教委朝家里一步步地艰难走去，心里却有两股暖流在滚动。首先，是文教委主任刚刚同我谈了话，大意是我年轻，有不错的文笔，工作也还努力务实，欲提拔我担任文教委办公室副主任，专门负责文秘材料、通讯报道和一份文教月刊的编辑工作。文教委刚成立不久，我也是刚从教育局调到这里，年轻人不少，要求进步的年轻人尤其多，经过一段时日的考验并被器重，是件不容易的事情，工作的大好前程如眼前的雪路一样，白花花铺展开来……自然有暗喜在胸中涌动；其次是省作协的通知，那是从全省近年来创作活跃的上百人中挑选出来的十余名青年作家骨干和代表。在《山西文学》发了几个较有影响的小说，特别是《姨夫》和《山枝》，曾博得圈内人士和一些著名作家如西戎、张石山、段崇轩等人的好评，能参加此次读书会，能进入全省骨干青年作家的行列，是省作协对我的厚爱，也是两个刊物《山西文学》《黄河》的期待，显然，这个机会的宝贵和难得。兴奋得如一团儿火，在周身燃烧，以至飞扬的雪花一落到身上便纷纷融化。

　　我不清楚其实是生活中一个严峻的命题摆在我的面前，参加省作协的读书会，就失去了单位里一个被提拔的机会；如果不去，踏踏实实在单位里撰写材料，肯定会得到领导的赏识，在行政工作的楼梯上一步步向上攀去……

去还是不去？成了一问题，某种程度上成了一个人生选择！

对文学强烈的爱，使我选择了前者，在稍许犹豫之后踏上了北去的列车，去开启了我的文学之旅，去寻求我的文学之梦……

参加作家读书班才知道，我和吕新、王祥夫、曹乃谦、常捍江、房光、谭文峰，这些后来闻名全省全国的知名作家同住一屋同上一灶，和后为成为大导演的贾樟柯也在一个班里，那会儿，贾樟柯是最年轻的一个，到京城闯天下的念头可能在读书班里已经酝酿成了……

可以说，真正的文学之旅，是从作家读书班迈步的，尽管以后的日子里，风沙弥漫，旅途迢迢，毕竟经受了凡俗生活中的各样困顿和名利诱惑，如一头执着的骆驼，怀着对泉水的渴望和对遥远绿洲的期待，走在迷茫的风沙和漫漫旅途中……

十年前的夏日，也就是二〇〇二年的夏天，年过不惑的我忽然接到山西作家协会的电话通知，说是中国作家协会下属的鲁迅文学院经过一段时日的准备，要在全国招收中青年作家高研班学员，各省由省作家协会对符合条件的中青年作家进行筛选推荐，最后选拔出一至二名来，到鲁院进行为期半年的文学研讨和学习深造。我并不知道，那是鲁迅文学院首届全国中青年作家高级研讨班，是被人称为文学界的"黄埔一期"的美誉的，我后来才清楚，山西省作协有十一位中青作家符合要求和条件，十一人中只能由主席团成员无记名投票选取前两位，选举的结果，我排第三，前两位分别是吕新和谭文峰，出于多种原因，吕新决定不去了，这就使我有了赴京学习的机会（到了鲁院才知道，谭文峰也因家事未能报到，因是半月之后，那个名额也可惜地作废了）。

那时候，我已调到文联工作，脱产学习单位是没问题的，问题是家里刚购了一套房子，正要着手装修呢！一百二十平方米的房子，在当时已算较大的房子了，要一次性装修得满意一些，其费心费力，其烦其累，装修过房子的人就深有体会了。担子就只能落在弱小的妻子身上。那时候，如果我犹豫一下，给省作协陈述缘由，省里会派常捍江或房光去鲁院的，因为投票的名次我们紧挨着，可是，对文学的热爱远远超过了对自家房子的装修，房子可以迟装几个月，而鲁院错过了这一期可能就永远没有机会了……克服了许多困难，安排好家里的一切事务，我踏上了赴京的列车，开始了一段短暂却对我的文学事业有莫大意义的学习生活。那真是一段愉快、紧张、充实、生动的日子，和许多已在全国颇有名气的作家如徐坤、孙惠芬、关仁山、马丽华、谈歌、雪漠、柳建伟、凌可新等作为同学，相互研讨，文学对话，在切磋中提高。鲁院的学习，开阔了我的文学视野，自觉了我的文学意识，讲究了某种创作技艺，填充文学之外的姊妹艺术，当然，还有其他诸多的文学内外的条件和因素……

鲁院学习之后，形成了又一轮的创作高峰，几年时间里在全国各地诸多刊物发表了中短篇小说和散文，一种小说的浓郁情绪，一直在周身萦绕着，正因了这种情绪的延宕，我凡俗的生活里才充盈了欢悦和魅力。

七年前的初冬，也就是二〇〇五年的初冬季节，四十六岁而面相苍老的我在料峭寒风里，接到了一个令人心情温暖的消息，我成为山西作家协会第一届签约作家；之后我才了解到，在五十六位符合条件的中青年作家中，省作协主席团成员用几轮无记名投票的选举，初选出二十四位，再在二十四位中选出最后的十位签约作家。四十六岁，我是十位签约作家中年龄最大的一个，可能因为我的原因，签约作家在以后的几年里，一直被称为"山西作协首届中青年签约作家"。此次签约使我有了压力，把压力变为动力，把被动的创作变为主动的创作，使自己的心态平和起来，平淡起来，同以往任何一个时段一样认真的读书、勤奋地写作。原来散淡随意的日子，也得有一些计划，有一些改变。列了一些书目，如期阅读并尽量写一些读书体会，如《悲剧哲学家尼采》《中国书画史》《近代画家点评》《美学历程》《中华美学》《中国诠释学》，另外还有我喜欢的几个当代作家的近作，如莫言、闫连科、李佩甫等人的小说，还有赛珍珠的《大地》，波兰作家显克微奇的《第三个女人》等，阅读是随时随地见缝插针的，一旦走进阅读中，心一下就平静下来，安详下来，如同服用几剂调和的中药一样。同时，涉足于文学之外的领域，又有一种捕获的愉悦和审美的鲜活，使视野也开阔几分。

省作协文学院也多次组织签约作家到各地采风，赴埃及、越南，踏入云贵高原，领略黄土高原之外的异域风情和边地风光，以真切地感受人文景观和自然景观的深沉内涵以及其历史脉络和历史延宕。

这期间的创作是轻松愉悦的，每天几乎被一种小说的情绪缠绕着，先后写出十余部中篇小说，如《在故里上空飞翔》《翰墨大院》《城市小麦》《荒漠沉日》《捞河汉》《晚风渐凉》《乡村私塾》《留守家园》和《远逝的村景》系列小说共八篇，之外还写了长篇小说《心魔》《古塬苍茫》，除长篇《心魔》外，这些作品分别发表在《中国作家》《山西文学》《黄河》《绿洲》《红岩》《广州文艺》《延河》和《江门文艺》上，其中《远逝的村景》系列小说先后获得二、三届赵树理文学奖，我也因在签约的几年间创作较丰而获得山西省优秀签约作家奖和优秀签约作家称号。

总之，签约的那段日子是充实而愉快的，这得感谢文学院院长作家张锐锋先生，感谢诗人潞潞先生，是他们的厚爱才使我没有拖下步子，才使得一匹瘦削的老骆驼跟上了年轻的驼队。

今年，二〇一二年的初冬时节，五十三岁的我忽然接到作家朋友王保忠的来信，让写一篇反映近几年生活和创作状况的短文，且和常捍江、房光、谭文峰几位在《山西作家通讯》上出一个专辑。这让我唿叹良多，几乎隐退文坛、被人遗忘的几位，一下被人提及和关注了，不能不悲喜交加，涕泪欲流，一时间思绪如云，随风飘飞，这情绪很可能不是小说的情绪了，被这个欲老未老说老还壮的年龄段浸泡得有了许多异味儿，鲜活的艺术感觉被一地鸡毛的琐碎日子消耗得迟钝和木讷了，凡俗的时光冲淡了多少浓郁的文学情绪，流去了多少美好的小说情绪呀，虽说文学不是青春饭，但文学也绝不认可无为的迟暮之人。今日思之，亦羞亦愧而不胜感叹。

两年来，除了办一份文学刊物外，也还写了五六个中短篇小说，分别发表在《山花》《芳草》《黄河》《山西文学》《青年文学》，云南的《边疆文学》刚来信，也定发一个中篇小说，还有一个中篇小说、一个长篇小说等待着消息。发表的分别是《国画达人》《口啊口》《东山石匠》《清明上坟图》《老了就一塌糊涂》《找一棵最适合上吊的树》等。

　　日子是平静也是清冷的，就如同这个季节一样。选择文学其实就是选择一种清冷，要让鲜活生动的小说情绪浓烈地延宕下去，就看自个的造化吧。

阅读与思索：创作的精神烛照

记得第一次读卡夫卡的时候，是一九七八年的深冬，其实已是七九年的元月了吧。是在《世界文学》上读的。隆冬的深夜，那些冷静的文学让我惊心动魄，原来小说还可以这样写么？《变形记》和《饥饿艺术家》两篇，其后还有对作者的介绍和作品的简要分析。我反复地读着《变形记》，感受着那些文字里扩散出的特有魅力，体会着从语句里迸发出的从未有过的鲜活感觉。这种感觉是陌生的，起码在此之前的阅读中特别是在现当代文学作品中，尚没遇到过。

处于爱屋及乌的心理，之后我一直订阅着《世界文学》，三十多年几乎没有中断。

卡夫卡的小说给我一个重要启示：小说的写作有多种可能性。

同时卡夫卡给我带来了一种重新审视小说的自觉。对心中已经形成的所谓经典小说的概念，进行了某种颠覆性的质疑。

这种置疑是带着惶恐困惑还有一缕惴惴不安。

七十年代末和八十年代初期的阅读，对我而言是不成熟的阅读，那时的文学观念包括文学理解尚处于稚嫩期。对当下的小说理解是打探当时上边政策趋向和政治风头的带有窥视性的阅读，这与真正的文学阅读的意义大相径庭。我不清楚当时十分年轻的我怎么会有那种畸形的政治折射心理和时效性的文学功利。

真正校正了文学的观念是在大学时期同省作协的作家们包括《山西文学》编辑的接触、交流、请教和早期的文学交往，以及对域外文学的自觉阅读中。

《静静的顿河》应该是第二次阅读了。第一次是"文革"后期，那时候年龄太小纯属看热闹那种。八一年，把《静静的顿河》认真地读了一遍，那真叫引人入胜撼人魂魄。一部战争题材的小说却表现了顿河两岸的文化和民俗，把亲情与人性也表达得入木三分。战争带给人们的是苦难和灾难中的挣扎……同时，我把我国的描写战争题材的几部长篇同它做一个比较，便显出了我们作家的小气、狭隘和文学目光的短浅。明明是表现苦难的战争题材，却表达不出人的心灵磨难，表现最多的却是阶级属性，是人为的阶级斗争，是对历史，更是对文学毫不负责任的故事的杜撰。这些所谓的经典，居然还红火走俏了好长时间，有的片段节选还上了中小学课本，真是中国文学的悲哀。

不会揭示人性的复杂，甚或刻意回避人性的文学，能叫文学么。人性本是人的自然属性和人的社会属性的多元混合和复杂的交融，迎合政治氛围下的独裁者的旨意，费尽心机去在作品里营构本不存在的阶级鸿沟和阶级斗争的文学，这样的文学是遵命的奴性文学，是没有审美价值的空洞说教，是苍白的甚或令人厌恶的文字垃圾。

三十多年前刚二十出头的我，能产生这种认识，是阅读赋予我的精神力量。

尽管这种力量是微薄的。

读屠格涅夫的《猎人笔记》更早一些，在我还在山区当代教的时候。

在清贫、寂寞和青春苦恼的日子里，是《猎人笔记》中的域外风情填补了青春的苍白。

当然，还有无比优美的诗化的语言。

屠格涅夫的这部作品，标志了他文学创作的成熟，是他首先作为小说艺术家确立自己的创作个性和语言风格，摆脱初期习作阶段的模仿和效法，他终于找到了自己的创作道路。我们可以把这部作品看作暴露农奴主的家庭内幕的内面文章，也可以读作对专制的农奴制度的控诉书，还可以当精美散文去品读。他把握生活、性格和事件的准确性与典型性，常常有含蓄和细致的心理刻画，他对结构的精微、匀称、简略的安排，特别是对大自然的出色描写的技巧，往往简洁的几笔便勾勒出景物的画面感，形成了简朴、鲜明的风格。自然、流畅、抒情、极富表现力的语言，深深感动了爱好文学的我。我不清楚，在后来的文学创作中，特别是散文创作中，不知是否受到屠格涅夫文学语言的潜移默化的影响，而且是最初的带有启蒙和可塑性的影响。这种重要性是在以后真正从事文学创作中才慢慢意识到的。

现在回过头去看，其实20世纪80年代应该是中国当代文学的顶峰时代或叫黄金时代，人们对文学的热爱关注与追求就如同小伙子们对漂亮姑娘的留意与追求一样。那个时期全社会以宽容和开放的姿态迎接四方八面的来风，当然包括域外的清新鲜活的文学艺术之风。那时候民主向人们刚刚露出亲切的笑脸，几乎每个有头脑有思考的人心底潜藏的理想之火被重新点燃。人们崇尚知识敬重精英作家，知识分子社会地位高，而文学刊物又有可观的发行量，文学青年之众之优，一个有出息的文学人不甘平庸不甘一叶障目，探索也罢猎奇也好，无不把目光投放在以前曾被视作洪水猛兽的先锋文学和现代派作品上面。这样，我也同这些阅读大军一样，好奇也不乏费解地拜读了乔伊斯、福克纳、马尔克斯还有那个米兰、昆德拉……这种阅读有点像吃补品，因为以前亏空太多，便带有偏执和畸形地喂养一番，这的确让人大开眼界。一是长期麻木的思维让西方当然不仅仅是西方现代派的小说好好刺激一下，满足一下渴求的欲望；二是领会一下那种全新的文学形式和小说手法；其三呢，是接受陌生的文学观念，包括所阅读作品涉及的领域、内容、载体等，使人打破思想的束缚。即，文学没有界线，文学也没有禁区，没有不可以触及的题材，但要看作者如何认识如何把握如何具体操作了。

最让人敬钦和倾心的，还是伟大的俄罗斯文学，和那片辽阔土地上的伟大的作家杰出的作品。

且不说托尔斯泰作为文学泰斗和世界的良心，他伟大的作家的良知和宽广的同情与悲悯在时时感动着启发着激励着一代又一代真正的知识分子和文学人；也不多谈屠格涅夫在创作中的不断探索，且敏锐地触及俄国及西欧社会中屡屡出现的新思潮新问题，以丰硕的创作影响了俄罗斯和欧美文学的发展轨迹。这里想多谈一些的，是作为俄罗斯民族的精神脊梁和知识分子特质的一大批精英作家的精神求索和舍身批判的意识。

俄罗斯精英作家们就像俄罗斯开阔土地上高大的白桦林和直刺青天的阔叶松一样，身躯的硕壮象征着他们的文学成就，而直刺青天则标志着他们永远求索勇于批判的精神。

这一系列的作家有帕斯捷尔纳克、索尔仁尼琴，包括高尔基和法捷耶夫的后期。对于帕斯捷尔纳克，首先在友人家里带有几分神秘性地悄悄看了其电影录像，之后才接触了这部颇受时人争议的长篇小说。

《日瓦戈医生》是作者历经十年才写成的一部长篇，作品深刻生动地描写了博学多才的日瓦戈医生及情侣在十月革命前后的遭遇，集中体现了作者多年来对人生、对社会、对历史的思索，特别是对十月革命的反思和拷问。表现了作者卓越的叙事技巧，诗歌才华。是当代俄苏文学中最优秀最有价值的作家。由于"在当代抒情诗和伟大的俄罗斯叙事文学传统领域所取得的重大成就"，而被授予诺贝尔文学奖……但《日瓦戈医生》在国内长期被退稿，在国外却被泽成二十多种文字风行各地。这样一位优秀作家，当局却长期不容，屡遭迫害、扣帽子、打棍子，即使获诺奖之后，又施压不让其领奖，并开除出作家协会。

面对如此高压，他在致苏联作协信中写道："任何力量也无法让我拒绝人家给予我——一个生活在俄罗斯的当代作家，即苏联作家——的荣誉。但诺贝尔文学奖奖金我准备转赠给保卫和平委员会。我知道你们必定会提出开除我的会籍，我并未期待你们会公正对待我。你们可以枪毙我，将我流放，你们什么事都干得出来。我预先宽恕你们，但你们用不着过于匆忙，这不会给你们增添光彩，你们记住，几年后你们不得不为我平反昭雪，在你们的实践中这已经不是第一次了。"

面对独裁与强权，作家的铮铮铁骨与人格魅力将感天动地。

在一连串的打击迫害恐吓之下，作家溘然逝世，他下葬那天，成千上万的人到他的住宅同他告别并送行……

专制毕竟不能扭转人们的心愿，品读帕斯捷尔纳克，再搜寻作家的相关资料与文学经历，这本身能教会人明白许多小说中不可能有的对社会体制的清晰认识和更为复杂的政治文化背景的深思。

帕斯捷尔纳克的诗歌、小说和他的文学命运政治命运，会让一个有良知的作家深深反思的，反思人类、反思政治、反思我们面对的社会和所从事的文学。

一个作家除了应具有起码的社会道德底线之外，重要的还应具有最基本的社会认识包括政治鉴别的眼光和底线，没有批判精神的作家，是文学界的太监。

接触索尔仁尼琴是20世纪90年代以后了。

早在20世纪80年代初期，我曾十分虔诚地请教一位大学中文系的教授，他的沉吟之后这样回答我，那可是一个非常反动的坏作家。

我对他对索尔仁尼琴的评价迷惘而怀疑。

作家具有"反动"的特质，不正是作家的个性和特色么，这是难能可贵的呀，为何还要加一个"坏"的定语？再说"好"与"坏"的界定与标准是什么？难道整日歌功颂德涂脂抹粉莺歌燕舞山呼万岁的所谓作家才算是好作家么？我觉得那个教授可笑可怜可悲可叹！

索尔仁尼琴是因为给朋友的书信，被人怀疑内容有攻击斯大林的言辞，并流露出对当时的社会制度不满而被苏联专政机关逮捕且判处八年监禁的。他后来曾在文章中写道："我骄傲地笑了，因为我被捕的原因，一非偷窃，二非叛变，三非当逃兵，而是凭借猜测之力探索到斯大林罪行的秘密。"刑满后又被放逐到哈萨克斯坦。

中篇小说《伊凡·杰尼索维奇的一天》，是首次描写集中营生活的内容，首次表现营中营极端恶劣的生活环境、看守的专横凶残，以及主人公一天的非人生活。

小说一发表便引起全社会关注，被评价为"令人想起托尔斯泰在表现民族性格方面的艺术力量。"之后许多作品不被当局发表而以手抄本形式在民间流传。他曾上书苏联作家协会并致作代会代表公开信，信中指责苏联文学已处于压迫的窒息中，要求当政者取消对文艺创作的一切公开和秘密的检查制。

一九七〇年十月他获诺贝尔文学奖后，苏联当局对他展开了新一轮攻势致使他没能去领奖金。七二年，索尔仁尼琴将自己在国外发表作品所得稿费变成"援助俄国政治犯的社会基金"。

被当局逮捕驱逐出境的索尔仁尼琴，在异常艰难与困苦中完成鸿篇巨制《古拉格群岛》。古拉格是苏联劳动改造营的缩写，意思是集中营遍及苏联各地，如同群岛。作者除写个人经历和遭遇之外，还引证了上百人的报告、回忆、书信及官方许多资料，全方位、多角度、广视角地描写了在当政者的残酷统治压迫下，苏联政治犯的悲惨命运，从另一侧面真实地表现了苏联当局的统治内幕和人民的生存现状。作者站在冷静客观的立场上，用作家可贵的良知和无畏勇气，用不休的政治活动和不倦的文学创作，反对独裁、反对暴政，呼唤人文和自由。

难怪卡夫卡早就发出过一个预言：二十世纪地球，是一个巨大无比的劳改营。

这并不过激的预言，实在让人深思，何况是一个文学创作者。

索尔仁尼琴最喜欢的一句名言是：如果不是长着长长的喙，任何人在森林里也认不出啄木鸟。

索尔仁尼琴正是社会树林中一只执着勇敢而柔韧不屈的啄木鸟。

自此，我们可以品出俄罗斯作家作品的品质来：开阔的艺术视野，悲悯的人文情怀，勇敢的批判精神，高擎的思想烛照。

学者余杰曾说过：人类的写作分为两种，一种是天上写作，一种是地上写作。天上写作者是被当政者养起来的御用文人的写作，他们生活在衣食无忧的丰裕里，甚至还被提用为政府的非政府的各样官职。他们的写作是按照领导人的意图写作的，按照各种上方的政策写作的。列宁时代斯大林时代从事这种写作的作家有高尔基、马雅可夫斯基、法捷耶夫等。余杰先生把这样的作家叫作笼中金丝鸟儿，作为宠物的他们，享受着优厚的物质和政治待遇，在天堂里便得抒写天堂的快乐，久而久之，失去个性，没有自我。深夜里偶有远离文学本质的大苦恼，但在白天里又愿意同政客们一起香车宝马，风光无限……在我国建国之后直到当下这样的作家何止一二十个，可以说成百上千，浩然老兄只不过是这千万中的一个极致而已。可悲的是到了晚年的浩然居然不思反悔不懂忏悔，依然固执而可恶的反复诉说他最好的小说是《艳阳天》《金光大道》，这些宣扬扩大阶级斗争，而一味否认复杂人性的政治宣传品，在当时乃至后来起到了多大的负面效应和恶劣影响，浩然老儿竟到了如此这般自恋和痴迷地步，他是在怀恋那个万劫不复的政治畸形社会里他的高高在上的政治地位呢，岂不知他仅仅是被政治利用的一柄生冷的工具而已，算什么文学家？真是可怜可悲可笑可叹矣。

回过头去再认真地看看俄罗斯的两位极其受宠的大作家高尔基和法捷耶夫吧。

晚年的斯大林是一直间接和直接地想让高尔基给他写传记的，之所以让高尔基写《斯大林传》，当然也是冲着高尔基当时文坛领袖的地位和在世界上的影响。就如同之前高尔基写过的《弗伊·列宁》一样，写一本《斯大林传》永远屹立在每个苏联家庭的书架上。高尔基目睹和经历了斯大林独揽大权，个人独断的种种行径。他曾说过要摧毁俄国知识分子，他摧毁的是俄国人民的核心。在后来的日子里，高尔基每每同斯大林的意见对立，特别是对一些作家的态度上的重大分歧，致使斯大林恼羞成怒。最终，高尔基用迂回战术，托病也罢，出国也好，终没有写那部大独裁者的传记，不管怎样说，高尔基还是守护了最后的底线，保持了一个大作家的晚节。

作家法捷耶夫作为苏联作家协会主要领导人，之后又是作协总书记，还有十多年的中央委员的荣誉与地位，就在他最为辉煌与鼎盛的时候，却在作家林别墅里开枪自杀。在之后发现的遗书中，这位写过《毁灭》《青年近卫军》的"社会主义现实主义的典范作家"曾写道：我看不出有再活下去的可能，我为之奉献终生的艺术被自负而无知的最高领导所扼杀，现已无法挽救。优秀的文学干部在当权者罪恶地纵容下，或从肉体上消灭，或被折磨至死，其人数之众，甚至历代沙皇暴君做梦也难想到。文学，这神圣的事业，早已遭到官僚主义和人民当中最落后分子的蹂躏……作为作家的我活着已失去任何意义……

法捷耶夫开枪结束了自己的生命，那一声清脆的枪响也捍卫了作家的最后一缕尊严。

这是一个真正作家反思之后的觉醒。法捷耶夫执行独裁的政府下达的各种政策迫害过无数作家，他其实也是一个深深受害者，他用自杀的方式为自己开脱也为其他受害者忏悔。

想一想，我们国家的"在天上创作的"这类作家，会有这种自我反省的精神么？

知识分子的良知和民族脊梁的承担者愈发地稀缺就显其愈发地珍贵。一次又一次政治运动和带有胁迫的政治活动，使许多知识分子变得精明起来，可塑性适应性也强大起来，多年来在某种压力之下蛰伏着，委屈着也窥探着，一旦有一个被提拔被重用的契机，那性格中的二重性和人格分裂便兀显出来，亢奋着，愉悦着，与过去的清高与清贫作一彻底告别，甚或自嘲以前的思想稚嫩与行为的可笑，便会悄然无声地跑到一清澈的河边趴下身子探出脑袋，再一下一下清洗自己的舌头……自此之后，便要用这条崭新的舌头舔拭各样官员们丰硕的臀部，亲吻各色美女们性感的嘴唇……传统知识分子的风骨在那一刻里土崩瓦解。

余杰先生所说的第二种写作为地下写作，即最底层的民间写作，上面提到的索尔仁尼琴就是这一类作家的代表人物。在我国的当下，是否可以把一些真心写作者而无官无职却又有写作成就者归为这一类呢，还有大都市里以写作谋生的职业作家也可以属归此。但职业写手们不能归在此列，他们是看着市场行情写作的，他们所谓的写作仅仅是为了活着或更好地活着。应该严格区分的是，真正的文学家生活的意义是为了写作，而把写作当成谋生手段的则是写手。

话有些说远了……

阅读俄罗斯文学，品味苏俄作家，除了受他们辽阔的生活视野和悲悯的人文情怀之外，更为重要的是钦佩和汲取苏俄优秀作家的批判精神，我觉得，对一个从事文学创作的人，尤其重要。

作家应成为社会的精神脊梁（访谈）

高桦："行健"这个名字首先让人想到的就是《周易》中的名言"天行健，君子以自强不息"，"耕夫"这个笔名则让人看到了勤勉、坚韧、执着和无畏的精神。评论家段崇轩老师曾说，您堪称一位"乡村小说作家"，您的艺术目光始终聚焦在农村和农民身上。也有网友评价说，您的作品"情系人民，心连百姓"。请问，这是否与您"先当农民后当教员"的生活经历以及"一个教员的儿子和一个农民的孙子"的出身有关？

张行健："行健"这个名字是父亲给我起的，自然源自《周易》中的"天行健，君子以自强不息"。父亲早年毕业于山西大学中文系，由于家庭出身和爷爷的历史问题，他只能在一个山区中学里踏实从教，谨慎做人。他满腔的人生理想和文学热情倾注到青灯黄卷、单调清贫的繁忙教程里。粉笔的灰末终于染白了浓密的黑发时，他把曾经的文学期望寄托在他教过的一批批学生和他的儿女们身上。父亲首先要求我们做一个脚踏实地的自食其力者，在此基础上热爱自己的本职工作并有所作为，积极向上，奋发努力。同我的名字一样，我妹"行敏"，我弟"行远"，都是有出处、有寓意的。

"耕夫"是我发表文学作品之初起的笔名，一般用于非虚构文学。20世纪90年代写小说之余所发表的所有纪实文学，大都是用这个笔名的。

旧时读书人有"三耕"的讲究，说来很有意思。一曰目耕，那便是读书看书，多么亲切形象的叫法。在田地里犁地叫耕地，用眼睛读书叫目耕，想来读书同样有耕地的艰辛，当然也有耕地的乐趣。二曰舌耕，旧时读书人教书者居多。教书是读书人的末路，尽管书中自有黄金屋，书中自有颜如玉，飞黄腾达者毕竟是少数为官者，大多读书人穷极一生教书糊口。舌耕便是授课讲解，用现在的话说就是教书育人。舌头与嘴巴，便是传道、授业、解惑的基本工具。也有授课之余游说各处的，如诸子百家和战国说客，也应归属"舌耕"一类，只是有了宏大理想和政治目的。三曰笔耕，即写文章，这是三耕中的重要一耕。古人把写文章上升到极致的高度，写作也成为考量一个秀才是否合格的界定，这里便不多赘言。故而笔名为"耕夫"的我，把自己的书房叫作"三耕斋"，意在秉承旧时知识分子的生存状态，当然也蕴含着一些人文精神于其中。

在乡村长大的我，后来有幸到省城接受高等教育，成为体面的国家干部，圆了自己的文学之梦，从事专业的文学创作。在感谢命运之余，更应感恩的是生我养我的那片乡土和乡土上劳作着的那些人们。是乡野之风和乡野文化塑造了我的人生和我的人格。诸多因素决定了我和我们这一批写作者绝不会成为文学大家，但我们的乡土和我们浓郁的乡土情怀有可能使我和我们成为有个性有潜质的乡土风情的本土作家。对我而言，精神家园的营造是和这片厚重的土地紧密相连的。我的生活之根、文学之根和生命之根，深扎在这片乡土上。田野上的每一次剧变，都震动着我的心灵，牵引着我敏感的神经，而田野上的每一个生灵甚或每一棵树每一苗庄禾，都可以触动我的文学触颌，诱发我的忧伤喟叹和奇妙的多色调的想象……只有乡土，才能不断抽出我的精神绿芽，结出多情而坦诚的生命硕果，也只有乡土才是安放我灵魂和情感的一方厚土。只有在土地上，人才可以不朽，才可以努力实践，对人们的终极关怀达到自由发展的大境界。作为一名本土作家，忠实于乡土的创作，是有价值的。

高桦：您的作品《婆娘们》获人民文学1990～1994年度优秀散文奖，曾被著名播音家任志宏先生在中央电视台配音朗诵。可以谈谈这篇作品的创作过程吗？

张行健：《婆娘们》是一篇3000字的散文，是25年前我30岁时的一个小品。那是1989年的夏日，我推着不满周岁的儿子坐的小木车，在城南小屋前的一片绿草繁茂的场地上转悠。眼前，临汾南郊的妇女们三五一群从小土路上走过。她们是去田野的，也是去往城市的，嘻嘻哈哈的笑声无拘无束，从这片城乡交叉地带飞出去，笑声摇撼了古老的乡村，也给一座正茁壮发展的小城增添了活力……这引发了我的创作冲动，从奶奶、姥姥老一辈乡村女性的生活轨迹，到母亲、姑姑中年一代的人生命运，再到堂妹表妹新一代女性的生活理念和婚姻选择，我把晋南乡村的风习民俗和人文特质糅进这篇短小的作品里，力争使它圆润饱满充满力度和柔韧，当然还有许多生活的毛边和生活的细节和情趣。我是在场地一侧写着草稿的，只觉得诗情奔涌不吐不快，周身激情燃烧血脉偾张。我是两三个小时完成那篇东西的。不承想这篇短小散文却带给我不小声誉。首先是获省内一个文学奖的头奖；之后由任志宏在太原、北京和深圳三地文化节时朗诵，央视转播；其后发表在《人民文学》上，继之又获得1990～1994年度人民文学奖，接着又有《散文选刊》选发头题，《中国文学》法文版翻译，香港中文大学出版英文版《古今经典散文》，之后又有十余家刊物包括《作家》《新华文摘》《文艺报》《名作欣赏》等转载和评价。在好评如潮之际，我趁热又写了《婆娘们》的姊妹篇《北方的庄稼汉》。这篇东西有6000余字，还由任志宏先生朗诵，贵州《山花》一发表，《散文选刊》又头条转载，之后又有几家刊物转载。这篇东西更凝重大气，激情澎湃又意蕴深长。20世纪90年代初中期，是我小说写作的高峰期，间或也发表了几十篇散文，至今想来是很值得怀念的日子。

高桦：迄今为止，对您的人生影响最为深刻的一本书或一位作家是？另外请介绍一本您近期比较喜欢的书，分别谈谈理由。

张行健：首先是《红楼梦》对我影响很大。一部小说有多元意蕴，几百年来仍像一团谜，让文学界、评论界、研究界猜测研讨、争论不休，是一部小说最大的成功。《红楼梦》的文化内涵和艺术结构以及语言风格，最能彰显中国传统小说的伟大魅力。

给我印象深刻的小说是苏联作家肖洛霍夫的《静静的顿河》。他用另一种视角关注战争,用另一种理念诠释战争。一部战争题材的小说中却表现了顿河两岸的文化和民俗,把亲情和人性也表达得入木三分。战争给人们带来的是苦难和苦难中的挣扎。相比之下,我国的战争小说便显出了作家的小气狭隘目光短浅,没写出人性磨难和心灵痛苦,反而彰显人为的阶级斗争,这是对历史的歪曲和杜撰。

另外,卡夫卡对我也有较大影响,他的《变形记》和《饥饿艺术家》给人陌生而鲜活的感觉,给人的重要启示是,小说的写作有多种可能性。同时,卡夫卡的小说给当时还十分年轻的我带来重新审视小说的自觉,对心目中刚刚形成的所谓经典小说概念,进行了质疑和颠覆。这是当时的收获。

近期比较喜欢的书有两部,一是莫言的《生死疲劳》,另一部是河南李佩甫的《生命册》。《生死疲劳》用中国式的魔幻现实主义、开阔的文学视野和史诗般的文学载体触及中国半个多世纪的农村发展历程,用批判的锋芒和颠覆的勇气廓清历史雾霾,还原历史真相。《生命册》书写了一个土地的儿子背离土地,闯荡都市,个人奋斗的心灵轨迹和心灵史诗,追溯时代与生命的艰难蜕变。

高桦:作品离大众越远,大众离文学越远。文学还会再有20世纪80年代的"轰动效应"吗?面对人民大众的疏远,怎么唤起大众对文学的热情?

张行健:20世纪80年代文学的轰动效应,有特定的社会政治环境、社会经济环境和社会文化环境。那个时期的文学是人性化的人道主义思潮,审美化的现代主义思潮,其后是世俗化的消费主义思潮……那时候,人民对社会政治的期盼寄托在文学上。当下,社会早已呈现多元趋势,文学的边缘化在一定程度上是回归正常,回归文学本身。全社会对文学的狂热是畸形的文化现象。

高桦:面对市场经济的冲击,文学越来越被边缘化。在这种情况下,作家有两种选择,一是迎合市场,写些媚俗的东西获取经济利益;一是耐得住寂寞,写出厚重的文学作品而不负伟大的变革时代。您怎么看待这种现象?

张行健：作家的类型很多，突出的几类有：一是真心热爱文学，用心去体验去创作，把文学看得同生命一样重要，甚至活着就是为了文学，文学是生命中的第一需求，是不可替代的精神家园；另一类作家是，搞文学是为了更好地活着，文学让生活多姿多彩，文学也可以带给生活极大的物质需求；还有一种是闲适文学态度，酒足饭饱之后，玩玩文学可以填充心灵之空缺，文学是生活的辅助和消费品等。

社会的宽松和多元使作家也相对自由和多元化了，但文学绝不可以媚俗和迎合政治，否则就不是作家不是知识分子了，那是真正的御用文人和写字匠人或者叫写手。真正的作家应当拥有人文情怀和人道主义，应当成为社会的精神脊梁和有所担当，应当具有社会批判意识和清醒的社会判断界定，在文本上应当不息地探索试验和超越自我。